D1141334

AFGESCHREVEN

De Galaprinses

AMANDA GOLDBERG
&
RUTHANNA HOPPER

De
Galaprinses

DIENST OPENBARE BIBLIOTHEEK
NIEUW WALDECK
DEN HAAG

the house of books

Eerste druk, februari 2008
Derde druk, maart 2008

Oorspronkelijke titel
Celebutantes
Uitgave
St. Martin's Press, New York
Copyright © 2008 by TWINHEADS LLC
Copyright voor het Nederlandse taalgebied © 2008 by The House of Books,
Vianen/ Antwerpen

Vertaling
Marjet Schumacher
Omslagontwerp
marliesvisser.nl
Omslagdia
Hollandse Hoogte
Foto auteurs
Samantha Traina
Opmaak binnenwerk
ZetSpiegel, Best

All rights reserved.
Niets uit deze uitgave mag worden verveelvoudigd en/of openbaar gemaakt door
middel van druk, fotokopie, microfilm of op welke wijze ook, zonder schriftelijke
toestemming van de uitgever.

ISBN 978 90 443 2054 1
D/2008/8899/29
NUR 302

Voor Wendy & Leonard en Daria & Khosrow
voor alles

Dankwoord

Met dank aan ons Dream Team: Leonard Goldberg, onze mentor, voor het lezen van de honderdste ruwe versie alsof het de eerste was en omdat je ons vanaf het prille begin hebt geleid met je wijsheid, humor en je vermogen om helder te zien wat wij niet zagen; Deborah Schneider, onze mega-agente, omdat je onze allergrootste held bent geweest sinds het moment dat ons manuscript op jouw bureau belandde en omdat je onze droom om bonafide auteurs te worden werkelijkheid hebt gemaakt; Jennifer Weis, onze redacteur, omdat je het beste in ons zag en ons er vervolgens naartoe hebt geleid; Betsy Rapoport, onze lerares, voor je opmerkelijke schrijf- *en* levenslessen. Dank aan Edwin Chapman, Stefanie Lindskog, John Murphy, Steve Troha en de rest van ons topteam bij St. Martin's voor jullie enthousiasme en steun. Bijzondere dank aan Cathy Gleason, Julie Johnson, Sandi Mendelson en Jaime Toporovich.

Aan onze redders achter de schermen: Liz Goldwyn, omdat je ons hebt begunstigd met je visionaire stijl; Michael Lynton, omdat je ons op weg hebt geholpen; David Unger, omdat je per toeval twee gelijkgestemde zielen aan elkaar hebt voorgesteld op die fatale avond tijdens Oscarweek.

Voor het delen van jullie verhalen en deskundig advies: Marisa Gallagher, Samantha Gregory, Corwin Moore, Mally Roncal en Debi Sokol-Treiman.

Aan onze familie: Anna en Larry Halprin, voor jullie inspiratie; Jahan Khalighi, omdat je een constante herinnering bent aan waar het werkelijk om gaat; Richard en John Mirisch, omdat jullie altijd in ons hebben geloofd; Toni en David Yarnell, voor jullie humor, liefde en aanmoediging.

Aan Philip Raskind, voor alles.

Aan ons emotionele, spirituele en creatieve testpanel tijdens het schrijven van dit boek. Dank dat jullie het met ons hebben uitgehouden. Zonder jullie zouden we het niet hebben gered: China Chow, Maxwell Federbush, Abby Feldman, Chelsea Gilmore, Stephen Hanks, Amy Pakter, Angela McNally Schell en Emily Wagner. Nu kunnen we uit eten gaan en over jullie praten.

Vanity Unfair

*1 uur, 22 minuten, 17 seconden nadat de laatste
Oscar is uitgereikt voor Beste Film.*

'Paulie! Blanca! Lola! Christopher! Kijk eens hierheen! En nu eentje van de hele familie Santisi bij elkaar!' roepen de paparazzi terwijl we worden ondergedompeld in een meteoren-regen van flitsende lichten. We zien geen hand voor ogen terwijl we ons op de rode loper begeven voor de jaarlijkse after-Oscar Party van *Vanity Fair* – hét feest van het jaar in Hollywood.

Mijn moeder trekt mijn oudere broer Christopher en mij naar zich toe en kijkt haar echtgenoot smekend aan. 'Toe, Paulie, een-tje van ons vieren,' kirren haar bloedrode lippen, haar mediter-rane ogen sprankelen dankzij de rokerige klaar-voor-de-Parijse-catwalk oogschaduw die François Nars *in eigen persoon* nog geen vijf uur geleden heeft aangebracht in Villa Santisi. 'We kun-nen er een kerstkaart van maken.' Alleen mijn geflipte Joodse moeder zou kerstkaarten sturen – van de rode loper van *VF*. Ook al zijn we niet het volmaakte Norman Rockwell-gezin, mijn moe-der zou graag willen dat we voor de camera poseerden alsof het wel zo was.

Ik zweer je dat mijn moeder daar de hele avond zou kunnen staan alsof ze zelf een Oscar had gewonnen, pirouettes draaiend voor de fotografen en waaierend met de rok van haar knalroze Chanel-jurk van gerimpeld satijn, één olijfkleurige Pilatesdij naar voren duwend ('Dan lijk je slanker, Lola, je zou het eens moeten proberen.'). Zelfs de zwartdiamanten Neil Lane-libelle die haar schouderlange platinablonde haar naar achteren gebonden houdt, lijkt te smeken om een foto. Ze gedraagt zich alsof ze weer terug is in de studio van Irving Penn om te poseren voor een van de vele omslagen van *Vogue* die ze in de jaren zeventig sierde.

Mijn vader rolt met zijn ogen. 'Vooruit dan maar, Blanca, eentje dan,' zegt hij, en strijkt zijn op maat gemaakte Armani glad, een geschenk van de ene Italiaan aan de andere – alleen is mijn vader geen *echte* Italiaan. Hij komt uit Georgia. En hij is Joods. En onze achternaam? Die was eerst *Sitowitz* en hij heeft hem veranderd toen hij naar Hollywood verhuisde om meer te zijn zoals zijn idool Marcello Mastroianni, op wie hij toevallig uiterlijk ook leek toen hij nog jong was – en dun. Papa's smoking verhult het zwembandje van 120 kilo dat hij heeft dankzij elke avond gepaneerde kalfsschnitzels met Parmezaanse kaas en spaghetti met gehaktballetjes aan zijn tafel in de hoek bij Dan Tana's. Maak er maar 130 kilo van. Die arme papa heeft gegeten voor twee – zijn zenuwen en zijn ego – tijdens de twee maanden durende aanloop naar de Oscaruitreiking. Hij slaat één arm om mijn moeder heen en beweegt met een pompend gebaar triomfantelijk zijn gouden beeldje in de lucht terwijl er nog meer flitslampen voor ons gezicht ontploffen.

'Lachen,' sis ik tegen Christopher, die zijn slungelige, één meter vijfentachtig lange lijf tegen me aan laat hangen. Met zijn slordige, donkere bos krullen en de hoge groene Converse-gympen die hij onder zijn smoking draagt, ziet mijn broer er meer uit als een lid van de All American Rejects of Panic! at the Disco dan de regisseur van hun videoclips. 'Doe het voor mama,' zeg ik, terwijl de fotografen opnieuw een meteorenregen over ons uitstorten.

Zet het beeld stil bij het kiekje van mijn familie op de rode loper – en wat is mijn rol daarin? Wat er vanavond na de afterparty te zien zal zijn op de foto op de WireImage website: ik, Lola Santisi, zesentwintig jaar oud, lid van de Hollywood royalty zonder een eigen koninkrijk – of zelfs maar een koopflat – met een lengte van één meter zeventig (op naaldhakken van tien centimeter), geperst in een last minute garderobekast-noodgeval – een geleende, minuscule, met kralen bezette, granaatrode jurk die twee maten te klein is, tien centimeter te kort, en waarin ik me net de blonde Ugly Betty voel.

'Geen foto's meer,' verkondigt papa. Hij wuift de fotografen weg terwijl hij in de binnenzak van zijn smokingjasje reikt naar een illegale Cohiba Esplendido om het te vieren. Hij houdt de Oscar voor Beste Regisseur in een verstikkende greep rond de nek geklemd, alsof het ding misschien zou verdwijnen als hij het niet stevig genoeg vasthoudt.

Dat hij zijn tweede gouden poppetje heeft gekregen na achttien jaar (en na een reeks grote flops en meer grijs in zijn baard dan bruin) is het bewijs van waar mijn vader al sinds zijn zestiende in gelooft: dat hij *inderdaad* de beste regisseur is van dit moment. En als de mensen het morgen vergeten zijn? Dan helpt hij ze er wel weer aan herinneren.

Ik wou alleen maar dat mijn vader net zoveel van *mij* hield als van die Oscar.

'Ik moet hier weg,' fluistert Christopher. 'Ik zie je straks binnen wel weer.' Hij verdwijnt in de menigte.

Er stuift ineens een fotograaf op me af in een soort tijgersluipgang nadat hij honderddrieënveertig plaatjes heeft geschoten van een innig zoenende Jennifer Garner en Ben Affleck. Hij moet wel een nieuweling zijn als hij zijn lens op mij richt. Niemand zal een foto van mij willen hebben zonder mijn vader. Ik verstijf. Christus, nee, niet in *deze* jurk. Ik heb geen tijd gehad om een polaroid te maken.

Het zit namelijk zo: je weet nooit echt goed hoe je eruitziet, tot je jezelf op een foto ziet. Daarom moet je altijd een polaroid maken van je jurk *voordat* je de deur uit gaat naar een feestje. Het is echt je kop in het zand steken als je denkt dat de spiegel de waarheid spreekt. Een spiegel is als een slechte relatie. Hij laat zien wat hij denkt dat je op dat moment *wilt* zien, enkel om je achteraf met de waarheid om de oren te slaan. Dat weet ik. Het doet pijn. En het doet nooit zoveel pijn als op de avond van de Oscaruitreiking.

Weet je, op mijn betere dagen zou ik mezelf op zijn minst een acht geven. Oké, dat zou zijn als ik door Main Street loop in Muskogee, Oklahoma. Maar dit is Hollywood. Hier ben ik een zesje. Vooral in de directe nabijheid van Charlize Theron, die tien stappen voor ons loopt in een nauwsluitende, ijsblauwe, adembenemende creatie van satijn, organza en tule van Christian Dior. De diamanten oorhangers die haar blote schouders beroeren, zijn praktisch vlammenwerpers, en de fotografen vreten haar op. Zij heeft beslist een polaroid gemaakt. En ze gaat straks ook nog eens naar huis met Stuart Townsend.

Ik trek aan de zoom van mijn jurk, vurig wensend dat-ie langer werd, dat ik om het even wat aanhad, maar niet *dit*. Alle valse wimpers, gezichtspoeder en rode lippenstift van de wereld zouden de aandacht nog niet kunnen afleiden van deze catastrofe. Zelfs een heet bad met Dwayne Wyer op de iPod zal de pijn niet kunnen verzachten als ik die kiekjes op WireImage zie. Deze met de hand opgestikte robijnrode kralen vloeken verschrikkelijk met mijn paarse oogschaduw en mijn paarse Louboutins, die de exclusieve jurk die ik *had zullen* dragen zo volmaakt completeerden.

Maar deze avond – of deze week – ging er werkelijk helemaal niets zoals het *had moeten* gaan. Ik *had* mijn Happy Hollywood Ending *zullen* krijgen. Mijn eerste en enige grote liefde à la Kate Winslet & Leo DiCaprio in Titanic *zou* hier bij me *moeten* zijn. Ik heb het gevoel alsof ik in mijn borst ben gestoken met die zilveren YSL-naaldhakken die Nicole Kidman aanheeft.

'Angelina! Brad! Angelina! Brad! Kijk eens hierheen! Toe, eentje nog!' brullen de paparazzi. Hun bulderende, stadionwaardige, gescandeerde kreten verschuiven van mijn familie naar de imposantere meneer en mevrouw Jolie-Pitt, die bovenaan de voedselketen van Hollywood staan. Graydon Carter heeft deze keten gebruikt om tot zijn darwinistische theorie te komen van gespreide uitnodigingen voor de after-Oscar Party. De superieure rassen krijgen de beste tijd. Angelina en Brad mogen om 21.30 uur naar binnen, de winnaar van Beste Geluidseffecten (geen 'plus gast') mag om 23.30 uur naar binnen en geen seconde eerder. Zij en haar Oscar zijn in ieder geval niet gedegradeerd tot Elton Johns Oscarfeestje in het Pacific Design Center met Paula Abdul en John Stamos. De dag waarop de uitnodigingen de deur uit gaan, wordt iedereen in Hollywood gekweld door de vraag of ze op de lijst zullen staan en de meest gewilde tijden toebedeeld zullen krijgen. Voor alle duidelijkheid: op mijn uitnodiging staat 21.30 uur. Oké, dat heeft niets te maken met mijn voornaam en alles met mijn achternaam. Maar het is absoluut beter dan naar Barbara Walters' Oscar special kijken in je Wonder Woman-pyjama met een bak Häagen-Dazs. Of toch niet?

Mijn mond doet pijn van het glimlachen als we Mortons binnenlopen. Ik snak ernaar om mijn haar te bevrijden uit deze faceliftstrakke wrong, een glas bubbels te nemen en op zoek te gaan naar Kate, mijn BV. De gedachte om *dit* feestje helemaal in mijn eentje en zonder een dosis vloeibare moed en mijn beste vriendin te trotseren, is ondenkbaar. Kate is een 23.00-er – maar ze zullen haar vast wel eerder binnenlaten. Haar sensationele cliënt Will Bailey, een 21.30-er, heeft vanavond de Oscar voor Beste Acteur in de wacht gesleept.

Ik weet niet hoe ik Kate ooit moet vinden; het is een drukte van belang bij Mortons. Iedere presentator, winnaar, en zelfs de verliezers zijn hier. Zelfs als de brandweercommandant de elektriciteit uitschakelt, zullen J-Lo's geleende Fred Leighton-diamanten met hun tweehonderd karaat de hele tent verlicht houden. Ik manoeuvreer me tussen de glimlachende gezichten door van Ang Lee, Al Gore en Sandra Bullock, die om mijn vader heen zwermen terwijl mijn moeder trots aan zijn zijde staat te stralen.

Graydon Carter, de *Vanity Fair* man in eigen persoon, houdt hof in het midden van de zaal. G.C.'s gevleugelde kapsel is zo imposant dat het eruitziet alsof het door Robert Graham is gebeeldhouwd. 'Het gaat er niet om tegen wie je "ja" zegt, het gaat erom tegen wie je "nee" zegt,' hoor ik Graydon Carter zeggen tegen Kelly Lynch (een erelid van de G.C. intimi.) G.C. is *heel* goed in nee zeggen. Er mag dan wel een reportage in *In Style* hebben gestaan over je bruiloft van vijf miljoen dollar in het Cipriani in Venetië, maar als je megasterwederhelft op locatie in Toronto aan het filmen is, kun je het wel vergeten om in je eentje naar *dit* feestje te komen. Neem nou Russell Crowes vrouw. (Maak je geen zorgen, ik weet ook niet hoe ze heet.) Fax een pasfoto met cv en stuur een Hèrmes-asbak van vierhonderdvijftig dollar mee en het antwoord blijft nee. Echt niet. Uitgesloten. Niet dat het mensen ervan weerhoudt om het te proberen. G.C. heeft naar verluidt zelfs nee gezegd tegen één wanhopige wannabe-gast die hem een ton bood voor een uitnodiging om 23.30 uur. Het is moeilijker om onuitgenodigd binnen te komen bij het VF-feest dan bij de inauguratie van de president – hoewel ik niet weet waarom iemand *daar* naartoe zou willen.

Ik pers me langs mega-agent Ed Limato die David Beckham probeert in te palmen, en duik langs Sir Elton. Zelfs EJ is kennelijk liever hier dan op zijn *eigen* feestje. Als ik langs Dominick Dunne en Jessica Simpson stuif, die diep in gesprek gewikkeld zijn, hoor ik hem geduldig aan haar uitleggen: 'Nee, liefje, van het eten van *aardbeien* krijg je geen *aambeien*.'

'Lola!' Ik draai me met een ruk om en constateer dat een zekere Koningin van de Tienerfilm (wier neiging om zonder slipje het nachtleven in te duiken haar een tweede kroon heeft opgeleverd: Koningin van de Blote Poes) haar vingernagels met afbladderende Black Satin-nagellak van Chanel op mijn blote schouder heeft gelegd. Ze is in ieder geval niet meer zo griezelig graatmager na die dodelijke dieetspiraal. Maar ze heeft wel een radioactieve oranje Day-Glo-gloed, het zoveelste slachtoffer van de spuitbusziekte waar beroemdheden door geteisterd worden tijdens het Oscarseizoen. 'Geweldige jurk,' zegt ze met een aspartaam glimlach.

'Dank je,' zeg ik, en ik voel een sprankje schoonheid door mijn lichaam trekken. Misschien zullen die WireImage-foto's uiteindelijk toch nog wel meevallen.

'Konden ze hem niet in jouw maat maken?' Sluit je er voor af. Sluit je er voor af. De vlasblonde haarextensies van de Tiener Koningin wapperen in mijn ogen als ze afstormt op een van de weinige mensen van ouder dan tien die deze jurk daadwerkelijk zou passen – haar maatje Nicole Richie – die bezig is zichzelf een sms-duim te bezorgen op haar met Swarovski-kristallen bezette Motorola Sidekick.

Twee oorverdovende jammerklanken klieven door de lucht. Madonna en Gwyneths kreten van paniek wanneer ze elkaar zien in dezelfde tint rood. Morgen zullen er *beslist* koppen rollen in stylistenland. Door het gekrijs bots ik bijna tegen Penelope Cruz op, die rad Spaans afvuurt in de richting van Alejandro González Iñárritu.

Penelope's gezicht is puur Sophia Loren in 'Two Women'. Ze moet bij de Soho House langs zijn geweest voor een van hun *gratis* Diamant Acupunctuur Gezichtsbehandelingen. Niemand wordt 's morgens wakker met een gezicht als Sophia Loren. Zelfs Sophia Loren niet.

'Lola, kom eens hier, meid!' Ik zou die diepe stem overal herkennen. Dat idiote haar. Die grijns. Die donkere retro hoornen Ray-Ban. Ik zweer je dat het dezelfde bril is die oom Jon droeg tijdens het paasdiner toen ik acht was. Hij is de enige man in Hollywood die er werkelijk stoer uitziet met een zonnebril op terwijl het avond is. Hij ontbiedt me met een autoritaire zwaai vanaf de beste tafel voor in het restaurant.

'Ik haat deze poppenkast,' fluistert oom J. in mijn oor als hij opstaat om me te omhelzen.

'Ja, tenzij je een nieuw gouden poppetje hebt om bij het drietal te zetten dat je al boven de wc hebt staan,' fluister ik terug.

'En nu heeft je vader er twee. Ik heb altijd geweten dat Paulie Santisi weer terug zou komen aan de top. Geef je oom eens een pakkerd.' Hollywoods beroemdste sater trekt me naar zich toe voor een kus. Dit keer houdt oom J., die, dat hoef ik natuurlijk niet toe te voegen, geen oom van me is, zijn tong bij zich. Hij maakt ruimte voor me naast zich, naast Barry Diller en Diane von Furstenberg, die al aan hun derde portie kleverige toffeepudding met vanillebonenijs bezig zijn. B.D. en D.V.F. hebben het beste alternatief voor een gouden beeldje gekregen vanavond. Ze behoren tot de honderdzeventig Carter-winistische 'natuurlijk geselecteerde' überwezens die om 17.30 uur zijn uitgenodigd om tijdens het eten naar de Oscaruitreiking te kijken. Het vroegste en meest op de zwarte markt verhandelde tijdstip van de avond gaat naar die alfa's die de Oscaruitreiking niet bijwonen, zoals Annette Benning en Sumner Redstone. Zij mogen een van de lichtgevende, glazen, koepelvormige middenstukken met '*Vanity Fair*' erin gegraveerd mee naar huis nemen om boven *hun* toilet neer te zetten.

D.V.F. biedt me een hapje pudding aan.

'Ik ben van de geraffineerde suiker af,' zeg ik.

'Dat zijn we toch allemaal,' zegt ze, een volle lepel in haar mond stekend. 'We zijn zo blij voor je vader, liefje,' voegt ze eraan toe terwijl ze de pudding in mijn richting schuift. Het is niet moeilijk om je tijdens Oscarweek net Bill Murray in *Groundhog Day* te voelen. Het zijn dezelfde mensen, dezelfde gesprekken, alleen andere exclusieve kleding. Gisteren nog waren we bij Barry en Diane thuis voor hun jaarlijkse pre-Oscar brunch, waar D.V.F. mijn vader als een stuk trekspeelgoed heen en weer sleepte over het gazon, van Nic Cages tafel naar die van Naomi Watts.

Mijn oog valt op een klein grijs notitieboekje op tafel, weggestopt tussen een struisvogelleren Judith Leiber-tasje en het vierkante sterlingzilveren middenstuk. Ik sla het open. Er zit een zilveren potlood in geklemd zodat elke gast zijn favorieten kan aankruisen terwijl ze tijdens het diner naar de Oscaruitreiking kijken. Ik blader naar de pagina voor Beste Regisseur. Iemand heeft mijn vaders naam overgeslagen en het hokje naast Clint Eastwoods naam aangekruist. Ik scheur de bladzijde eruit en stop 'm in mijn slangenleren Bottega-handtasje. Leuk voor in het familieplakboek, toch?

Ik stel me voor hoe de eersterangsgasten op de populaire ezelsorensalade van het chique restaurant hebben zitten kauwen – de in plakjes gesneden New York-steak met frietjes, haricots verts, en shiitake risotto – terwijl ze hun geld inzetten. Heeft er *iemand* van G.C.'s gasten aan Tafel Eén voor mijn vader gelobbyd? B.D. en D.V.F. toch zeker wel? Ik stel me Ronald Perelman voor die Amber Valletta's sigaret aansteekt met een van de zilveren, met VF gegraveerde, Dunhill-aanstekers terwijl hij tegen Fran

Leibowitz zit op te scheppen dat Clint pas nog in zijn huis in East Hampton is geweest. Ik kan de zuchten van teleurstelling horen die van deze tafel zijn opgestegen toen Julia Roberts mijn vaders naam voorlas.

Ik overweeg naar de aangrenzende tafel te reiken om te zien of Francis Ford Coppola, Larry David of Anderson Cooper mijn vaders naam hebben aangekruist. Het is maar goed dat de eettafels haastig worden weggehaald, want anders zou ik van tafel naar tafel rennen om overal de stemboekjes te jatten.

Daar heb je die ober met mijn champagne. Ik breng het glas naar mijn lippen terwijl ik opkijk naar een van de plasmaschermen waarop het gekkenhuis rond de aankomst van de beroemdheden buiten te zien is. Mijn glas spat uit elkaar op de terracotta tegelvloer.

SMITH's gezicht dringt zich aan me op vanaf het grote scherm. Hij schenkt de fotografen *die* glimlach die voor het tijdschrift *People* aanleiding is geweest om hem te benoemen tot hun 'Sexyste Man in 't Heelal' (maar dat is zo'n mond vol dat ik hem gewoon SMITH noem). Vroeger was *die* glimlach altijd voor *mij*. Voordat hij mijn hart verpulverde en de roddelpers heeft laten smullen zoals ze niet meer had gedaan sinds het scheerincident van die arme Britney.

O god. O nee. Hij is met HAAR. En ze staan te – ZOENEN. Ik krijg geen lucht meer. Ik moet overgeven. Na wat er vier uur geleden is gebeurd, dacht ik dat ik er klaar voor was, maar dat ben ik *niet*. Ik overweeg of ik de champagne van de grond zal likken naast Rachel Weisz' met kralen bezette Blahniks, maar wil er niet al te nooddruftig uitzien. SMITH en ZIJ zijn overal. Overal waar ik kijk, hangt een ander plasmascherm waarop hun misselijkmakend beroemde gezichten te zien zijn. Ik ben Alice die in de ronddraaiende theekopjes zit, en ze draaien steeds sneller en sneller.

Ik voel de totale vernedering van een aanval van Onwaardigheid op komen zetten. Je weet wel, dat afschuwelijke, misselijkmakende, deprimerende gevoel dat iedereen op de hele planeet knapper, slimmer, sexyer, grappiger en beter gekleed is dan jij.

Onwaardigheid speelt vooral op tijdens het in het openbaar stuklopen van relaties (en is met TMZ.com niet elke stukgelopen relatie in Hollywood openbaar? Inclusief die van mij), floppende films en verjaardagen, en tijdens Oscarweek is er werkelijk helemaal niets meer tegen te beginnen. Symptomen zijn onder meer een overdosis botox, kabbala, fotosessies, couture en kalmeringsmiddelen, maar ik geef de voorkeur aan het oude, vertrouwde aannemen van de foetushouding. Ik kijk koortsachtig om me heen op zoek naar iets wat me van die koude vloer af kan houden; mijn jurk zou vreselijk vloeken met de gebrand-oranje tegels. Ik sla oom J.'s whisky met water achterover om het tij te keren.

'Liefje, gaat het wel?' Oom J. bedekt mijn hand met de zijne. 'Je ziet een beetje bleek.'

'Niks aan de hand, oom J.,' stamel ik. 'Ik ga alleen even het verplichte rondje doen en een luchtje scheppen, oké?'

Oom J. kijkt naar het plasmascherm, dan weer naar mij, trekt vervolgens die beroemde wenkbrauw op en grijnst. 'Lola, de enige mensen tegen wie je ooit moet liegen, zijn de politie en je vriendje,' zegt hij. 'Pas goed op jezelf, liefje, en zeg tegen je vader dat ik van hem hou.' Een niet nader geïdentificeerde brunette vleit zich tegen hem aan terwijl ik de benen neem.

ZIJ lopen nu naar binnen. Ik moet maken dat ik wegkom voordat we elkaar tegen het lijf lopen. SMITH mag me *zo niet* zien. En helemaal *alleen*. Ik wou dat Daniel Craig, die even verderop staat, me als de sodemieter weg zou helikopteren uit Mortons, rechtstreeks naar Monte Carlo.

Waar is Kate? Ik moet haar vinden.

Om, shit, ram... um... *shit*. Ik probeer me mijn evenwichtsmantra voor de geest te halen om me op de aarde te houden. Vooral nu ik loop te wankelen op tien centimeter hoge Louboutins, en Natalie Portmans tiara me verblindt. Godzijdank heb ik die diamanten Winston-tiara niet geleend. Wie kan er tegen Natalie Portman op als het om tiara's gaat?

De mantra werkt niet. SMITH, oom J.'s whisky en water en oogverblindende tiara-edelstenen brengen me totaal uit balans.

Ik moet zien dat ik in die achterkamer kom. Ik baan me wankelend een weg tussen alle verwrongen gezichten door. George Lucas en Arianna Huffington, Jack Black en Stephen Colbert, Carrie Fisher en Meryl Streep – ze wervelen allemaal in en uit beeld. We zijn zo dicht op elkaar gepakt dat het lastig is om vooruit te komen. Ik voel dat mijn keelchakra geblokkeerd raakt door het voortdurend achteromkijken over mijn schouder of ik SMITH zie. Ik ben zo gefocust op het achteromkijken, dat ik niet in de gaten heb dat ik op Kate Bosworths jurk ga staan.

'Eh, neem me niet kwalijk. Kijk je een beetje uit? Je staat op mijn Balenciaga,' kwinkeleert Kate, de sleep van ivoorkleurige chiffon met een spookachtige arm onder mijn naaldhak vandaan trekkend. Ik mompel een verontschuldiging, maar ze heeft haar halogeenglimlach al op iemand achter mijn rechterschouder gericht, iemand die niet Onwaardig is. Ik zwenk om Adrien Brody heen, die druk bezig is het nummer van Donald Trump in zijn mobieltje te programmeren.

Ik stap de witte kamer binnen. Eindelijk. Het is hoe ik me de hemel voorstel. Vooral omdat de duivel zich in de andere kamer bevindt. Elk jaar laat Graydon Carter een architect invliegen om de achterste muur van Mortons neer te halen en eenentwintighonderd vierkante meter armoedig parkeerterrein om te toveren in een monochromatische Ian Schrager-droom waarbij vergeleken de Coco Chanel-suite in het Ritz in Parijs een motelkamer lijkt. Het warme, bleekroze licht is zo buitengewoon flatterend dat het lijkt alsof Annie Leibovitz in eigen persoon de verlichting heeft verzorgd. Ik zou niets liever willen dan neerploffen op een van de felbegeerde, witte Mies van der Rohe-banken die langs de rand van de kamer staan, maar die bofkonten van dinergasten zijn hier tijdens het dessert al naar binnen geslopen om ze te veroveren.

'Iets zoets, juffrouw?' De ober houdt me een zilveren dienblad voor, boordevol suikerkoekjes en fruitlolly's met alle volmaakte gezichten van de grote sterren erop gespoten. Hoe aangenaam het ook zou zijn om aan Orlando te zuigen, ik moet kokhalzen bij de aanblik van HAAR op een van de lolly's. Ik voel mijn bloedsuikerspiegel abrupt dalen. Ik storm op de stapels In-N-Out cheeseburgers af die in de rechterhoek van de kamer op schalen liggen. Kanye West tilt zijn Ferrari-rode bontkraag aan de kant terwijl we in onze cheeseburgers bijten, die op de een of andere manier nog veel lekkerder smaken als je couture aanhebt. Zelfs couture die de verkeerde maat en kleur heeft.

Een man die van top tot teen gehuld is in zwart Ducati-leer plus helm duikt naast me door de nooduitgang naar binnen. Ik verstijf; het is een lid van een terroristische cel die gestuurd is om heel Hollywood weg te vagen. Instinctief wil ik naar de grond duiken. Aangezien dat in deze jurk geen optie is, zoek ik onmiddellijk dekking achter Kanye West's limoengroene smoking met Schotse ruit. Terwijl ik me schrap zet voor de klap van een dodelijke explosie, vliegt de helm af à la Lucy Liu in 'Charlie's Angels' en sta ik oog in oog met Tom Cruise. Katie is vanavond zeker aan de beurt om op Suri te passen, of misschien zit ze te broeden op gezinsuitbreiding. Is T.C. hier om ons allemaal met de grond gelijk te maken omdat we onze zielenknijper in vaste dienst hebben en onze apotheker onder de snelkeuzetoets van onze telefoon? Bij nader inzien is een volledige beschermingsuitrusting geen slechte keuze voor een avond als deze. Vooral als het enige wat je slikt vitaminepillen zijn. T.C. heeft misschien wel de meest gewaagde modekeuze van de avond gemaakt. Ik vraag me af of ik die helm van hem zou mogen lenen.

Een tengere brunette loopt voorbij met een dienblad vol regenboogkleurige sigaretten. Wat kan mij het ook schelen; ik gris er eentje af. Ik rook alleen als ik dronken ben. Of als ik toch al de behoefte voel om mezelf van kant te maken. Vanavond is het beide. Het voelt zo rebels om er *binnen* eentje op te steken. Graydon, bedankt dat je een kettingroker bent. Ik blaas gelukzalig uit en kijk hoe mijn rookwolkje zich vermengt met dat van Benecio Del Toro – ongetwijfeld het enige van mij wat zich ooit met de meest sexy mompelaar aan deze kant van San Juan zal vermengen. Hij knipoogt lodderig naar me als SMITH en ZIJ mijn enige pleziertje van deze avond verpulveren door *mijn* achterkamer binnen te dringen. Ineens kan ik niet meer uitademen. Sterren dansen voor mijn ogen – niet van het type beroemdheden, maar van het type ik-sta-op-het-punt-om-de-verstikkingsdood-te-sterven-en-Ians-interieur-te-ruïneren. Alstublieft, Heer, maak dat ZIJ me niet zien. Gelukkig krijg ik Will Bailey in het oog, Oscar voor Beste Acteur in de hand. Tot op zijn onderbroek gehuld in Prada. Zijn woeste haardos en pose zijn een flashback naar DeNiro in 'Mean Streets.'

'Will, godzijdank,' zeg ik tegen hem, de manchet van zijn smoking beetpakkend. 'Je moet me beschermen. ZE zijn hier, en ZIJ verdient het om naar een dorre woestijn zonder water en met een heleboel landmijnen te worden ge-Roman-Polanski'd.'

'Lola, hoi.' Will verankert me en kust me op beide wangen. 'Weet je? Pacino heeft net tegen me gezegd dat hij dolgraag met me wil werken. Oliver Stone ook. En jouw vader heeft Christian Bale de rol gegeven die hij mij had beloofd. Daar heeft hij nu vast spijt van. Wanneer beginnen de opnames?'

'Ik weet het niet, Will. Trouwens, gefeliciteerd,' zeg ik, knikkend naar het gouden beeldje dat hij bij de keel geklemd houdt, wensend dat iemand *mij* gewoon de strot om zou draaien en me uit mijn lijden verloste. 'Ik wist wel dat je zou winnen.'

'Dat zei Kate ook alsmaar tegen me. Hé, weet jij of Reese Witherspoon hier alleen is?' Will speurt als een bezetene de menigte af. 'Waar *is* Kate toch? Ik heb een vriend die ze voor me naar binnen moet loodsen.'

'Hoe bedoel je? Ik dacht dat ze bij jou was,' zeg ik, doodsbenauwd bij de gedachte dat mijn beste vriendin er misschien niet is. Ze *moet* er zijn.

'Er was niet genoeg plaats in de limo.'

'Dus je hebt haar *achtergelaten*?' zeg ik, in groeiende paniek.

'Nou ja, het was dat of mijn moeder, mijn broer, mijn neef of mijn vrienden uit Jersey. Ik zou haar in de kofferbak hebben gestopt als ik had geweten dat ze er zo lang over zou doen. Ze hoort hier verdomme te zijn. Ik heb net een Oscar gewonnen. Ik zou me hier niet druk over hoeven maken. Zij is mijn agent. Ik betaal *haar* om zich druk te maken.'

'Kate kan er elk moment zijn,' zeg ik, hem op zijn arm kloppend. 'Ik zal haar wel even voor je bellen, oké?'

'Bedankt, Lola,' zegt Will. 'Op *jou* kan ik tenminste rekenen.' Christus nog aan toe. Acteurs. Will werkte in een pizzatent voordat hij Kate leerde kennen! 'Met of zonder peperoni?', dat was alle tekst die hij in die tijd had. Kate is degene die voor zijn carrière heeft gevochten. Scorsese stond op het punt om Mark Wahlberg voor de hoofdrol in 'The Day Before Today is Yesterday' te casten voordat Kate haar onvermoeibare – en succesvolle – campagne begon om de rol voor haar cliënt in de wacht te slepen. Will zou niet eens een Oscar *hebben* als zij er niet was geweest – en nu is hij kwaad omdat ze er niet is nadat hij haar uit de limo heeft gegooid!

Ik stuif in de richting van de voordeur en bel Kate, die werkelijk in alle staten is.

'Het is vijf voor elf! Die trut bij de deur heeft net gezegd dat ik nog maar een blokje om moet rijden omdat mijn uitnodiging pas vanaf elf uur geldig is!'

'Kate –' probeer ik haar in de rede te vallen.

'Mijn cliënt heeft net een Academy Award gewonnen! Will heeft me bedankt op de nationale televisie!'

'Kate –' probeer ik haar nogmaals in de rede te vallen.

'En nou moet ik een *blokje om* rijden?! Het heeft me een roze parkeerkaart, twintig minuten en twee checkpoints gekost om dat *ene* blok van Robertson naar Beverly te rijden. Bush zou Graydon Carter tot hoofd van de binnenlandse veiligheidsdienst moeten benoemen.'

'Kate!' krijs ik uiteindelijk.

'Wat!' krijst ze terug.

'Will loopt te mokken. En ik sta op het punt om mezelf van kant te maken. Alsjeblieft, SMITH is hier. Kun je de auto gewoon ergens neerzetten en verder lopen?'

'Heb ik geprobeerd. Ik werd door een smeris terug in mijn auto geduwd. Het is net Abu Ghraib hier buiten. Ik verzin wel wat. Zeg maar tegen Will dat ik er over vijf minuten ben.'

Klik.

Mijn beste vriendin heeft zojuist gewoon opgehangen, ik ben dronken, ik ben misselijk van die cheeseburger en van dat gevoel van zeeziekte dat een gebroken hart met zich meebrengt, en van de haarspelden in deze wrong krijg ik puntbloedinkjes op mijn hoofdhuid. Ik overweeg om Cricket te bellen, mijn BAO (Beste Actrice Ooit). Maar hoe kan ik nu zwelgen in zelfmedelijden terwijl mijn beeldschone, getalenteerde vriendin in haar schoenendoos vlak bij Abbott Kinney in Venice zit, waar ze wordt gekweld door haar eigen aanval van Onwaardigheid, tofoe etend, zo uit de verpakking, en zich opvretend over de zoveelste auditie die ze heeft verknald?

Tijd om over te schakelen op plan B: een aurazuiverende minimeditatie in een wc-hokje, een nieuw laagje lippenstift en een snelle plas zodat ik hier als de sodemieter weg kan en naar de after-afterparty van Patrick Whitesell en Rick Yorn met alle Leo-intimi kan gaan. Daar zullen ZIJ in ieder geval niet zijn. Misschien krijg ik op tijd mijn eetlust weer terug voor het door Four Seasons verzorgde ontbijtbuffet om 1.00 uur.

Ik doe de deur van de toiletten open in de verwachting een privémodeshow te zien te krijgen. Of op zijn minst een of ander sterretje dat staat te kotsen. In plaats daarvan is het enige wat ik aantref een paar verrukkelijke, open, tien centimeter hoge, zilveren Manolo's die onder het wc-hokje uit piepen. Ik doe een stap dichterbij voor nadere inspectie en zie dat de Blahniks gezellig tegen een tweede paar schoenen aan staan te schurken: zwart, leer, van het mannelijke soort, vergezeld van wat nu hoorbaar gekreun en gegrom begint te worden. Ik doe een stap achteruit.

Ik heb in het geheel geen morele bezwaren tegen een bescheiden vrijpartij op het toilet. Het is enorm hip om het in de toiletten van Mortons tijdens het *VF*-feest te hebben gedaan. Per slot van rekening hangen de muren van de toiletten vol met de sober ingelijste kiekjes van Graydons eerste feest in 1994. De foto's zijn praktisch het enige wat er nog over is van een aantal van de beroemde stellen. Weet je nog, Nicole en Tom, Bruce en Demi, Ellen en Anne? Nog veel hipper dan het doen, is om de eerste te zijn die weet wie het met wie doet *voordat* het op de omslag van *US Weekly* staat. Stilletjes schop ik de toiletzitting in het hokje ernaast naar beneden en klim erop om het beter te kunnen zien. Dit gelukkige heerschap heeft vanavond twee keer gescoord. Hij houdt een glanzende Oscar stevig in zijn ene hand geklemd, en een zonnebankbruine kont in de andere.

Wacht eens even. O god, ik herken de Hawaiian Orchid-nagellak op die tenen. En die jurk. Ook al is-ie een tikje lastig te herkennen, zo ver omhooggeschoven. En de kruin van het hoofd van die man herken ik *uit duizenden.*

'Papa?'

Mijn vader kijkt reikhalzend achterom en verschiet van kleur. 'Lola, het is niet wat het lijkt.'

'O nee?' zeg ik. 'Ik denk dat mama daar anders over denkt.'

'Lo-la,' klinkt het eentonig uit haar glansloze mond terwijl haar benevelde brein uit alle macht naar woorden zoekt. 'Wauw,' is het enige wat ze weet uit te brengen terwijl ze me haar meest stralende, brede, miljardenglimlach schenkt. Wauw.

Mijn hoofd tolt. Ik voel me slap. Het enige wat ik voor me zie, is mijn moeders hand die in die van mijn vader knijpt – hard – vlak voordat Julia Roberts die envelop openscheurde. 'Dit wordt jouw avond, lieverd,' had ze gefluisterd.

Ik klauter onhandig naar beneden en ga met mijn hoofd tussen mijn benen zitten. Als er hard op de deur van de wc wordt gebonsd, schiet mijn hoofd met een ruk omhoog en knalt tegen de wc-rolhouder.

'Ik kan het uitleggen –' zegt mijn vader smekend. Ik kan dit geen seconde langer aanhoren. Ik moet hier weg. Ik moet Kate vinden. De deur van de toiletten slaat met een klap achter me dicht.

De hemel zij dank, daar zie ik Kate door de menigte op me af stormen. Maar alle kleur is uit haar gezicht weggetrokken, en haar blauwe ogen lijken grijs. Haar donkere chocoladekleurige haar danst wild om haar hoofd. Haar Marc Jacobs-jurk hangt als een hobbezak om haar lijf, hetgeen een ware prestatie mag heten met zo'n perfect gevormd figuurtje. Ze staat niet op het punt om zichzelf van kant te maken. Ze staat op springen. Dit is pas de derde keer in de elf jaar dat ze mijn beste vriendin is dat ik een barstje heb zien verschijnen in haar stoere stoïcijnse buitenkant. Ik grijp haar schouders beet om haar in evenwicht te houden.

'Jij eerst,' zeg ik.

'Mijn leven is voorbij,' roept ze uit.

Mijn leven gemeten in kleine gouden poppetjes

Ik ben geboren in de nacht van het Oscarfeest van de legendarische agent Swifty Lazar in de originele Spago op Sunset Boulevard – *het* Oscarevenement voordat Graydon Carter de fakkel greep voor *Vanity Fair*. Mijn moeder wilde net een hap nemen van Wolfgang Puck's nog-niet-beroemde pizza met gerookte zalm en haar hand uitsteken naar Dustin Hoffmans Oscar voor Beste Acteur toen haar vliezen braken. Mijn vader was des duivels. 'Jezus, Blanca, had je het niet nog een paar uur op kunnen houden? Ik heb nog niet eens de kans gehad om Jodie Foster te feliciteren!' Mama had haar asymmetrische, zwart met zilveren, met lovertjes bezaaide mini-jurk van Thierry Mugler nog aan toen papa de eerste foto van ons nam in de verloskamer van Cedars. Ik lig aan mijn moeders tiet te zuigen en zij ligt aan een Camel Light te zuigen.

Geboren worden in de Oscarnacht is net zoiets als geboren worden op oudejaarsavond. Iedereen moet naar een feestje, maar geen ervan is voor jou. Sterker nog, het voelt alsof mijn hele leven lang dat gouden poppetje hetgeen is geweest waar het feest om draaide, in plaats van om mij.

Terwijl mijn vriendinnetjes hun achtste verjaardag vierden in een fastfoodrestaurant onder het genot van een potje tafelvoetbal en een peperonipizza, vierde ik die van mij tijdens de Oscaruitreiking, drieëneenhalf uur lang onder de brandende lampen zittend, ingeklemd tussen kindermeisje nr. 5 en de plaatsvuller voor Martin Landau, die nooit is komen opdagen. Ik zou liever bij mijn vriendinnetjes in het fastfoodrestaurant zijn geweest – maar mijn vader was genomineerd voor zijn eerste Oscar voor Beste Regisseur voor 'The Assassination'. En ik had in ieder geval een schitterende outfit aan.

Ik had mijn moeder maandenlang aan haar hoofd gezeurd om de korte witte taftzijden ballonrok van Lacroix die ik combineerde met een zwartzijden hemdje met witte stippen van Pixie Town en zwartleren Mary Janes van Harry Harris. Ik zag er oogverblindend uit. Tien minuten voordat we moesten vertrekken naar de Oscaruitreiking, liep mijn moeder echter nog steeds rond te stappen onder het Warhol-portret van haarzelf in haar immense inloopkast, naakt op een glas Dom in de ene hand en een Camel Light in de andere hand na. 'Lieverd, Issey Miyake of Hervé Léger?' vroeg ze aan mij, doof voor mijn vaders geschreeuw dat we in de limo moesten stappen.

'Ik ben dol op de voorgevormde rode fiberglas bustier van Miyake, maar daar kun je nooit in zitten, en je ziet er meer uit als een mummie dan als mijn mammie in die crèmekleurige Léger,' zei ik vanaf mijn strategische positie op de champagnekleurige canapé. Ook al was ik pas acht, ik had de innerlijke modestem van Diana Vreeland. Daar word je mee geboren of niet. En ik ben geboren in een Thierry Mugler. 'Waarom trek je niet iets van Karl aan?' Mijn moeder had een doorkijkblouse van Karl Lagerfeld met een enorm decolleté en crèmekleurige hotpants aangehad toen ze in St. Tropez met mijn vader was getrouwd, twee maanden nadat ze elkaar hadden leren kennen op het inmiddels niet meer bestaande Filmfestival van Joegoslavië. Ze had het altijd goed gedaan in Karl. En voor wat mijn vader betreft, de Italiaanse Jood uit Georgia, hij moest er helemaal voor naar Joegoslavië om een leuk Joods meisje te vinden.

'Perfecto,' kirde ze. 'Chanel. Je bent een genie,' zei ze terwijl ze zichzelf besproeide met het parfum Opium van Yves Saint Laurent dat haar handelsmerk was. Ik liet haar alleen zodat ze zich verder kon aankleden en stoof naar mijn slaapkamer om mijn schetsblok te pakken zodat ik mijn favoriete jurken van de avond kon tekenen.

Uiteindelijk won mijn vader die avond zijn eerste Oscar en deelde ik mijn eigen privé-Oscar voor Beste Outfit uit aan Cher, die een adembenemende, art-decoachtige, met kralen bezette, blote Bob Mackie droeg. Mijn moeder viel ook in de prijzen: zij kreeg een plekje op Mr. Blackwell's Slechtst-Gekleed-lijst. Zelfs nu nog krimp ik ineen als ik denk aan de close-up van haar rugloze, felgele Versace-jurk waar één bil bovenuit piept. Had ze nou maar naar mij geluisterd.

We maken een sprong van acht jaar vooruit in de tijd, en papa is na een hele reeks gigantische flops van Oscargoud naar gebakken peren gegaan. Onze persoonlijke balans: mijn vader had een miljoenenschuld, was twintig kilo zwaarder geworden en oogde twintig jaar ouder. Zijn status van icoon was door de Hollywoodplee gespoeld en hij was gedwongen geweest om een grote studiofilm te doen, 'Bradley Berry' – een verschrikkelijke vernedering – om de rekeningen te betalen.

Mama, die zich dood geneerde vanwege het verlies van de beste tafel bij Chasen's en het feit dat mijn vader was gezakt tot onder Michael Bay op *Vanity Fair*'s lijst van meest invloedrijke personen in Hollywood, was begonnen een sjamaan te raadplegen om papa's carrière uit de stront te trekken – als ze er niet in haar champagnekleurige Mercedes-jeep vandoor stoof naar de praktijk van Brian Novak, cosmetisch restaurateur van de sterren. Ze zei tegen iedereen dat ze de deur uitging voor spirituele ondersteuning, hetgeen strikt genomen de waarheid was als je onder 'spiritueel' 'oog', 'tiet' of 'kont' verstaat. Christopher sloop rond over papa's set in Texas met zijn Super 8, de vernedering van onze vader vastleggend voor zijn toelating tot USC Film School. En ik, ik stond op het punt om voor het eerst iets met een acteur te krijgen.

Papa mocht het dan wel vernederend vinden om 'Bradley Berry' te regisseren, maar ik vond het geweldig om de hele zomer op de set te wonen, aangezien het voorwerp van mijn tieneradoratie (die inmiddels een ster van Titanische proporties is) Bradley speelde. Ik had gehoord dat Alyssa Milano Bradley had gedumpt voor Justin Timberlake en besloot hem te troosten met het geschenk van mijn maagdelijkheid. Tuurlijk, ik had vaak zat gezoend met Lukas Haas, thuis in LA, maar na de wending die zijn carrière na 'Witness' nam – ik bedoel, 'Solarbabies'? *alsjeblieft, zeg* – wist ik dat hij mijn maagdelijkheid niet waard was.

Ik ontmoette de jongeman die Acteursvriendje nr. 1 zou worden bij Aunt Tilly's Rib House op het kennismakingsfeestje aan het begin van de opnamen, waar cast en crew geacht worden 'elkaar te leren kennen' onder het genot van gratis bier en spareribs. Dat is geheimtaal voor het in kaart brengen van potentiële romances op de set. Wie was ik om met de traditie te breken? Ik liet weten dat ik belangstelling had via de aloude keten: ik zei tegen de kostuumontwerper dat ik hem leuk vond, die zei het tegen zijn assistent, die zei het tegen zijn kapper, die zei het tegen zijn visagist, en die zei het tegen hem. Twee weken later – wat ongeveer drie maanden is in de echte wereld – terwijl de crew aan de Craft Service tafel zat te snacken tijdens het gebruikelijke schiet-op-en-wacht ritme van een filmset, slopen wij tussen de scènes door naar zijn trailer om de kleren van elkaars lijf te rukken. 'Schiet op, Lola, ik kom...'

'Nee, wacht, wacht, wacht, wacht –'

Van Acteursvriendje nr. 1 kreeg ik mijn eerste flanellen blouse, mijn eerste Nirvana-album, mijn eerste Marlboro Red-sigaret, en mijn eerste seks. Ik wou dat ik kon zeggen mijn eerste orgasme.

Van hem kreeg ik ook nog een andere eerste keer – de gevangenis. In paniek belde ik Christopher om de borgsom te komen betalen, maar aangezien hij zijn mobieltje niet opnam, moesten mijn ouders mij en Acteursvriendje nr. 1 uit de bak komen halen wegens onwettig alcoholgebruik en 'openbare onzedelijkheid' – zo noemen ze dat kennelijk als je om vier uur 's morgens met je Hanros rond je enkels in een wc-hokje wordt betrapt. Wat kun je anders verwachten, nadat Acteursvriendje nr. 1 me had uitgedaagd om de worm op de bodem van de tequilafles bij de Hawg Stop met hem te delen?

'Sorry, Paulie.' Acteursvriendje nr. 1 liet schaapachtig zijn hoofd hangen. 'Het was allemaal Lola's idee.' Wat?! Hoe haalde hij het in zijn hoofd om zo te liegen? Hij had tegen me gezegd dat hij van me hield! In de film van mijn leven was dat Narcistisch Acteursgelul, take one. (Sindsdien zijn er talloze takes geweest. In feite wacht ik nog steeds tot de regisseur 'Cut!' roept.)

'Papa,' protesteerde ik, 'daar is niks van wa–'

'Lola! Dit is allemaal jouw schuld!' Mijn vader was pislink. 'Over één uur is het tijd voor mijn opname bij zonsopgang. Dat is het belangrijkste shot van de hele film.' Hij schudde zijn vuist voor mijn gezicht. 'Als hij straks die scène verprutst, heb jij het gedaan. Ik kan niet geloven dat je me dit aandoet. Je *weet* hoe belangrijk het vroege ochtendlicht voor me is.' Hoe was het mogelijk dat papa zijn hoofdrolspeler geloofde in plaats van mij, zijn eigen dochter?

Zodra ik in ons huurhuis in Texas arriveerde nadat ik was vrijgelaten, stormde ik mijn broers kamer binnen om te zien waarom hij in godsnaam niet had opgenomen toen ik hem had gebeld op zijn mobieltje. Het bleek begraven te liggen onder Kate Wood's pronte kont. De trut die me al de hele zomer tot waanzin dreef en die op dit moment bezig was mijn broer te neuken. Ik vervloekte mijn vader omdat hij de dochter van zijn kredietverstrekker stage liet lopen achter de schermen bij wijze van tegenprestatie voor het uitstel dat hij had gekregen voor de afbetaling van zijn tweede hypotheek.

Kate en ik hadden net zoveel gemeen als Lindsay Lohan en Rachel McAdams in 'Mean Girls'. Zij was een donkerharige, blauwogige, lacrosse spelende, tienen halende kakker die overal waar ze ging ijverig aantekeningen maakte op een stenoblok. En ik was een netkousen, Converse All Star en zwarte eyeliner dragende, a-sportieve, zesjes halende kakkerhater die eeuwig moest nablijven op Crossroads, mijn middelbare school, wegens te laat komen. En de enige aantekeningen die ik maakte, waren in de kantlijn van *Teen Vogue*. Toen ik daar zo stond in Christopher's deuropening, had ik sterk de neiging om Kate bij die lange paardenstaart van haar te grijpen en haar van mijn broer af te rukken, maar een nog sterkere neiging nam de overhand.

Ik stommelde naar de badkamer en kotste. Ik indentificeerde me volledig met de worm die in de toiletpot verdween bij de gedachte aan hoe Acteursvriendje nr. 1 me had verraden, me door de plee had gespoeld.

Terwijl ik languit op de koude linoleumvloer ging liggen, kwam Kate de badkamer binnenstormen en trok haar donkergroene poloshirt en bijpassende poloslipje aan. Toen ik haar zag, begon ik opnieuw te kokhalzen.

'Je broer zei dat ik je hier wat van moest geven,' zei Kate, die het medicijnkastje binnenstebuiten keerde en me een fles Pepto Bismol onder de neus duwde.

'Doe die troep weg. Ik kan niet geloven dat mijn broer iemand neukt die haar kraagje omhoogzet.'

'Het is toch zo. En het beffen is nog beter dan de seks.'

'Wat?'

'O, sorry, doet je vriendje het niet van onderen?'

'Hoezo, van onderen?'

'Je neemt me in de maling, hè?'

'Wacht – mijn poes?' riep ik uit. Ik moet toegeven dat ik nieuwsgierig was – toen ik Acteursvriendje nr. 1 mijn maagdelijkheid schonk, ging ik ervan uit dat ik er wel iets voor terug zou krijgen – maar nu was ik te pissig om me te laten bijscholen. 'Wat ben jij een bedriegster met dat hele kakker, tienen, voorzitter-van-het-dispuut gedoe. In feite ben je gewoon de nieuwe Traci Lords,' zei ik.

'Nee, jij dan, met je Marlboro Red, flanellen blouse, Doc Martens, zogenaamde rebellen act. Je bent een verwende prima donna uit Bel Air.' Kate sloeg zelfgenoegzaam haar armen over elkaar. 'En ter informatie, niemand in Seattle in de echte grunge scene zou een jurk van Marc Jacobs dragen uit zijn aanhalingstekens openen-aanhalingstekens sluiten grunge collectie.'

De aanval op mijn geliefde MJ Jurk werd me te veel. Ik barstte in tranen uit, zodat er zwarte rivieren van mascara over mijn wangen stroomden.

'Ik heb mijn maagdelijkheid aan Bradley Berry gegeven en hij heeft net geprobeerd zijn eigen hachje te redden door tegen mijn vader te zeggen dat het *mijn* schuld was dat we in de bak waren beland,' zei ik.

'Hij is acteur. Wat had je anders verwacht?'

'Dat hij van me hield. Zoals hij had gezegd.'

'Weet je dan nu nog steeds niet dat acteurs alleen van zichzelf houden?' zei Kate, me een doos Kleenex aanreikend vanaf de wastafel.

'Maar ik *houd* echt van hem,' jammerde ik.

Kate gooide gefrustreerd haar handen in de lucht. 'Hou alsjeblieft op met huilen,' zei ze, in de lege badkuip klimmend. 'Daar kan ik echt niet tegen. Ik ben gewoon niet zo goed met emoties en zo. Weet je, ik ben een rijkeluiskindje. Wij doen gewoon niet aan gevoelens. Mijn ouders zijn al drie jaar gescheiden en hebben het nog steeds aan niemand verteld omdat ze bang zijn voor wat mensen ervan zullen denken.' Ik bleef maar jammeren. Kate ging rechtop zitten in het bad. 'Oké, moet je horen. Je broer was mijn eerste keer. Maar dat mag je niet verder vertellen.'

'Ik haat Nirvana. Maar dat mag je niet verder vertellen,' biechtte ik op.

'Ik heb een keer een acht gehaald voor Latijn,' zei Kate.

'Ik heb nog nooit een orgasme gehad,' zei ik.

'Ik ook niet,' zei ze.

'Meen je dat?' zei ik.

'Nee, dat meen ik niet. Ik probeerde er alleen voor te zorgen dat je je wat beter voelde,' zei Kate.

'Ik zal me *nooit meer* beter voelen. Hij heeft me gedumpt!'

'Lola, we zijn zestien. Het gaat wel weer over. En bovendien, je bent veel te goed voor hem,' zei Kate.

'Weet je dat zeker?' vroeg ik.

'Honderd procent.'

'Dank je, Kate,' zei ik, nog steeds snuffend.

Kate keek aandachtig naar me terwijl mijn schouders omhoog gingen. 'Vooruit, kom dan maar even hier,' zei ze, me naast zich in de badkuip trekkend. 'Je hebt natuurlijk behoefte aan een knuffel. En dit mag je ook niet verder vertellen.' Hoewel ik wist dat ze zich er ongemakkelijk bij voelde, liet ze me twintig minuten lang uithuilen in haar armen. Uiteindelijk duwde ze me zachtjes van zich af. 'Je komt er wel overheen,' zei ze. En ze zei het op zo'n manier dat ik haar geloofde.

'Moet je horen, Kate, over jou en Christopher. Ik heb er totaal geen problemen mee als jullie –'

'Maak je daar maar niet druk over. Het enige waar hij echt om geeft, is die verdomde Super 8 van 'm.' Ik zag dat Kate nu ineens haar eigen mascaraprobleem had.

'Gaat het? Ik dacht dat rijkeluiskindjes niet aan gevoelens deden.'

'Val dood,' zei Kate.

'Val zelf dood,' zei ik, met een grote grijns. 'En je zit er volkomen naast voor wat betreft Marc Jacobs.'

En zo werden we beste vriendinnen voor het leven, daar in die badkuip. Kate in haar poloshirt en ik met een fles Pepto in mijn hand – in een stinkende badkamer in een of ander gat in Texas.

Ik zag Acteursvriendje nr. 1 pas weer bij de Oscaruitreiking van het jaar daarop. Hij was genomineerd voor Beste Acteur voor 'Bradley Berry'. De Academy besloot wat ik al wist: dat hij een loser was. Maar ik was een winnaar in een strapless Chanel van zwart leer en kant die ik van mijn moeder had geleend voor *Vanity Fair*'s eerste Oscarfeest in de oorspronkelijke Mortons. Kate, met wie ik erheen ging, had gelijk over het hele grunge-gebeuren. Couture is kennelijk de enige optie. Had ik nou ook maar naar haar geluisterd waar het acteurs betrof. Tegen Kates verstandige adviezen en tegen beter weten in, wisselde ik die avond speeksel uit met Adrian Grenier – voordat hij *Adrian Grenier* was.

Een paar weken na het *VF*-feest werd Adrian Acteursvriendje nr. 2. Twee maanden later ging het zo goed dat hij beloofde met me mee te gaan naar mijn eindexamenbal – en zelfs hartverwarmend enthousiast in mijn geliefde modetijdschriften zat te bladeren op zoek naar de perfecte jurk. (Uiteindelijk heb ik gewoon weer een Chanel van mijn moeder geleend.) Ik vermoed echter dat het naïef was om te denken dat hij daadwerkelijk naar de jurken keek, want een week na het bal dumpte hij me voor een amazone van één meter tachtig. Hetzelfde supermodel, zo zag ik, dat hij al bladerend in mijn *Vogue* had gevonden.

Ik had ervan gedroomd om na de middelbare school bij *Vogue* te gaan werken, maar nadat ik was gedumpt voor een supermodel, vond ik de gedachte om dagelijks met die levende Barbies te worden geconfronteerd ondraaglijk. Mijn moeder, die zo haar eigen drama's met Warren Beatty had beleefd (vóór Julie Christie), Mick Jagger (vóór Bianca) en Richard Gere (vóór de Dalai Lama), zag dat ik me terugtrok op mijn kamer en stuurde me direct naar een therapeut. ('Lola, schat, geloof me, we moeten dit gedoe met die acteurs in de kiem smoren.')

Dokter Gilmores praktijk aan Ocean Avenue in Santa Monica was praktisch een kopie van sterrenrestaurant Ivy At The Shore aangezien Lynn von Kersting, eigenaresse van The Ivy, deze heeft ontworpen. Ik stortte mijn hart bij haar uit terwijl ik op haar divan van roze chintz lag. Terwijl dokter Gilmore me ernstig aanstaarde vanuit haar totaal versleten, Franse, leren, jaren twintig armstoel, merkte ik dat ik wou dat ze die Ivy-cocktails zou laten doorkomen.

Nadat ze me tijdens onze sessies als een bezetene in mijn schetsboek had zien krabbelen, zette dokter Gilmore me onder druk om toelatingsexamen te doen op de kunstacademie. 'Ik wil dat je dat negatieve zelfbeeld van je kanaliseert op het schildersdoek.'

Dertien weken en acht schildersdoeken later had ik mijn hevige supermodellenjaloezie zo succesvol uitgebannen dat ik tot de ontdekking kwam dat ik Frida Kahlo had gekanaliseerd in haar meest zelfverminkende zelfportretten vol zelfhaat tijdens de colleges 'Gnomische spiegels: verbuiging en wederopstanding van de eigen ik' op de kunstacademie. Ondanks mijn moeders smeekbedes liet ik Anastasia mijn wenkbrauwen niet meer waxen en had ik mijn haar gitzwart geverfd met Clairol Nice 'n' Easy No. 122. Blondjes zijn veel te dom om Frida's soort pijn te kunnen voelen.

Mijn vader vond de kunstacademie totale tijdverspilling. 'Waarom betaal ik zoveel geld zodat jij dit soort lelijke schilderijen kunt maken?' wilde hij weten, wijzend naar het portret dat rechtstreeks uit mijn gebroken hart afkomstig was – 'Gebroken pilaar', een afbeelding van mezelf, naakt en huilend (verdriet om Adrian Grenier/jaloezie op de amazone), ingesnoerd door een korset van Vivienne Westwood (verknipt zelfbeeld met een vleugje haute couture verdriet). 'Je zou mooie landschapschilderijen moeten maken. Dit is zonde van je talent.'

'Ik weet niet wat mijn talent is. Ik wil gewoon iets vinden waar ik goed in ben. En ik denk dat ik hier misschien wel goed in ben.'

'Prima. Wil je kunst maken? Maak dan het soort kunst waar mensen naar willen kijken.' Een snel telefoontje van mijn vader naar zijn maatje Scott Rudin, en voor ik het wist, bracht ik mijn zomervakantie na het eerste jaar aan de academie door als productie-assistente bij 'The Red Tent'. Met de smaak van het kassucces van 'Charlie's Angels: Full Throttle' nog in hun mond, vormden Cameron, Drew en Lucy opnieuw een team voor de feministische nieuwe vertelling van Genesis. 'Doe dit en dan blijf ik je studie betalen,' waren papa's orders.

Je zou denken dat ik mijn lesje wel had geleerd, maar vanaf het moment dat Acteursvriendje nr. 3 de set op liep, was ik verloren. Ik weet niet of het de biceps waren die onder zijn Oude-Testamentgewaad vandaan kwamen (hij was Levi), of de kastanjebruine strepen in zijn baard en borsthaar, maar het duurde niet lang of we kenden elkaars adamskostuum.

Acteursvriendje nr. 3 deed me vergeten dat P.A. in werkelijkheid staat voor *Permanent Afbeulen*. Ik moest elke ochtend tussen 3.00 uur en 5.00 uur op de set zijn, uren voordat de opnames begonnen, om ervoor te zorgen dat de thermostaat in de trailer van de regisseur precies op 22 graden stond. De regisseur, die enkel met 'kapitein' mocht worden aangesproken, liet me elke dag rond zijn trailer patrouilleren, zodat ik hem kon oppiepen als zijn vriendje eraan kwam terwijl hij binnen zat te kwijlen bij Rupert Everett's interpretatie van Jacob. Ik moest ervoor zorgen dat Craft Service de geglazuurde Krispy Kreme-donuts had waar de kapitein naar snakte na de bezorging van de hasj van de kapitein, die de eerste assistent van de regisseur elke maandag per koerier naar de set liet brengen, en waar ze *mij* voor lieten tekenen.

Gearresteerd worden zou een opluchting zijn geweest. Elke dag bracht nieuwe vernederingen met zich mee. De kapitein bezorgde me er eentje ten overstaan van de voltallige crew omdat ik zijn dwergpoedel had uitgelaten op het asfalt in plaats van op de golfbaan. 'Je weet dat Cleopatra gevoelige pootkussentjes heeft!' Dat was nog niets vergeleken bij de vernedering die Ruperts assistente me aandeed.

Sonia hield de rol wc-papier vol walging van zich af, alsof het een dode rat was, of vochtinbrengende crème van Rite-Aid. 'Dit is totaal inacceptabel. Dit goedkope imitatiepapier is een ware belediging voor Ruperts kont!'

Ik onderbrak het likken van mijn nieuwe wonden om de Krispy Kreme-donuts voor de kapitein te gaan halen en Kate op te pikken van LAX. Ze was terug komen vliegen vanuit Harvard voor haar zomerstage bij het William Morris Agency nadat ze een zomercursus had gedaan. (Ze was van plan om in drie jaar af te studeren en in vier jaar agent te zijn bij impresariaat der impresariaten CAA). 'Je ziet eruit als Morticia,' zei Kate, die haar armen om me heen sloeg nadat we haar bagage hadden opgehaald. 'Zijn dat sandalen? Het verbaast me dat er zelfs maar iemand is die met je naar bed wil als je er zo uitziet,' zei ze en deed een stap naar achteren uit onze omhelzing. Mijn BV zag er beslist uit om op te vreten, haar glanzende haar naar achteren geduwd met haar hoornen pilotenbril, een verschoten Levi's als gegoten om haar volmaakte kont. 'Wat is er eigenlijk met je aan de hand?'

'Zo ziet lijden eruit, Kate. Ik ben totaal uitgeput, Acteursvriendje nr. 3 krijgt hem de helft van de tijd niet omhoog, iedereen op de kunstacademie vindt alles wat ik doe afschuwelijk, en moet je dit zien,' zei ik, een plastic zakje uit elke zak trekkend van ieder kledingstuk dat ik aanhad. 'Om de stront op te rapen van de hond van de regisseur. Ik haat die weerzinwekkende, rozige gloed van je. Wat doen ze in je cornflakes daar op Harvard?'

'Ik ben bezig het hele roeiteam af te werken.'

'Ik heb je gemist, trut,' zei ik, haar praktisch fijn knijpend.

'Nee liefje, je hebt jezelf gemist. De Lola die ik ken, ligt begraven onder deze hele nieuwe uitmonstering van je. Ik wil haar terug. Nu.'

Kate weet altijd precies hoe ze door al mijn flauwekul heen moet prikken. Alleen al doordat ik haar zag, kreeg ik heimwee naar mezelf. Ik was een waardeloze PA en ik wilde weer blond zijn. Kate wist ons in een recordtijd van twintig minuten bij Frederic Fekkai te krijgen op Rodeo Drive.

'Mon dieu,' zei Frederic naar adem happend, en hij liet zijn schaar op de grond vallen.

Na acht uur in de stoel kon ik niet wachten om Acteursvriendje nr. 3 mijn nieuwe zongebleekte lokken te laten zien. Nu ik weer een California Girl was, neuriede ik David Lee Roths gelijknamige liedje terwijl ik met twee treden tegelijk de trap nam naar het appartement van Acteursvriendje nr. 3. Waar ik hem in bed aantrof – met de kapitein. Kennelijk had Acteursvriendje nr. 3 liever een California Boy.

'Wat? Ben je homo?!' zei ik naar adem happend.

'Wat? Ben je blond?!' Acteursvriendje nr. 3 worstelde uit alle macht om overeind te komen op de futon en gooide daarbij een hasjpijp omver. 'Betekent dit dat je je vader mijn cv niet gaat geven?'

'Hé, Lola,' zei de kapitein loom vanaf de andere kant van het matras. 'Heb je toevallig ook Krispy Kremes bij je?'

Ik ben nooit meer teruggegaan naar de set. Of naar de kunstacademie. Ik heb de Krispy Kremes opgegeten.

Dokter Gilmore keek me streng aan over de rand van haar hoornen Oliver Peoples-bril. 'Lola, ik ben bang dat je acteurholist bent.'

'Wat?'

'Acteurholist,' herhaalde ze. 'Je bent verslaafd aan relaties met narcistische acteurs omdat je worstelt met een relatie met een narcistische vader die niet in staat is om van iemand anders te houden dan van zichzelf. Zolang je relaties met acteurs aan blijft knopen, houd je een fantasieleven in stand dat je de kans op een echt leven ontneemt.'

'Maar dat is nou precies het probleem.' Ik versnipperde de Kleenex in mijn handen. 'Ik weet niet wat ik met mijn echte leven moet *doen*!'

'Aha. Carrière Tekort Stoornis. Dat komt heel vaak voor bij *Volwassen Kinderen Van* in Hollywood.' Dokter Gilmore leunde naar voren en trok voorzichtig mijn schetsboek onder mijn arm vandaan. 'Maar Lola, ik denk dat jij *wel degelijk* weet wat je met je leven moet doen,' zei ze, pagina na pagina met tekeningen omslaand. 'Ik denk dat het tijd wordt dat jij je ware passie gaat najagen. Ik denk niet dat jij een kunstenares bent. Ik denk dat jij een *ontwerpster* bent.'

Dokter Gilmore had gelijk – ik was niet geschikt voor dat hele kunstenares-die-lijdt-gedoe. Dat zou ik aan Christopher overlaten. Ik smeekte mijn moeder om een kans voor me te creëren bij haar goede vriend Karl Lagerfelds felbegeerde team van ontwerpers in Parijs. Ik stapte uit het lichaam van Frida en fantaseerde over het belichamen van Coco. Ik bedoel, Karl – die man is zo'n genie dat zelfs Kim Jong-il er in Chanel goed uit zou zien. Er was slechts één klein probleem: er was maar één stageplek te vergeven, en er waren drie kandidaten.

Mijn BHV (Beste Homo Vriend), Julian Tennant, had mijn moeder eveneens gesmeekt om hem aan te bevelen voor de positie. Hij was al mijn BHV sinds we tien waren en in botsing waren gekomen toen we bij Neiman allebei de laatste Rifat Ozbek-riem wilden pakken.

Nadat onze moeders ons uit elkaar hadden gehaald (Julian kreeg de riem) trok Julian aan het schetsboek dat ik altijd bij me had. 'Mag ik dat eens zien?' Hij raakte beurtelings de pagina's en zijn ravenzwarte, à la Farah Fawcett in laagjes geknipte lokken aan. 'Deze is goed – die vind ik mooi.' Hij wees naar mijn op 'Working Girl' geïnspireerde pakje. 'Maar je krijgt er meer beweging in als je de rok schuin afsnijdt. En die schoudervullingen moeten weg.' Hij griste het potlood uit mijn hand en schoot met een paar snelle bewegingen over het papier. 'Zie je wel?' Ook al was Julian pas tien, hij was een meester.

Vanaf dat moment was Julian een constante metgezel, voor zover de afstand tussen de twee verschillende kusten waaraan wij woonden dat toestond. Magnolia Bakery, the Met, Bungalow 8 en Julians schitterende schetsen van de Fashion Week in New York. The Chateau, Canter's Deli, Wasteland, filmavonden in Hollywood Forever Cemetery en mijn snelle krabbels van Oscar Night in Los Angeles. Urenlange telefoongesprekken over de verdiensten van YSL voor en na Tom Ford, darmspoelingen en J. Crew-kasjmier. Als ik dan met iemand moest strijden om de stageplek bij Karl, was ik blij dat het Julian was.

We vlogen samen naar Parijs en ontmoetten de derde aspirant-stagiaire in Karls atelier aan de rue Cambon, dat steriel was als een operatiekamer, met meer in elkaar grijpende C's dan op de 'Meest Invloedrijke Vrouwen van Hollywood'-lunch van *Premier Magazine*. Adrienne Hunt was één meter zestig lang, had maatje nul en droeg haar haar in een messcherpe zwarte bob. Ik was vreselijk jaloers op haar Londense accent en de manier waarop ze Gitanes rookte alsof ze ermee geboren was. En daar hield de liefdesverhouding op – punt.

'Laten we nou niet net doen alsof we vriendinnen zijn,' zei ze op vlakke toon, mijn hand wegwuivend toen ik me aan haar wilde voorstellen. 'Ik heb hard gewerkt om hier te komen. Jij bent hier alleen maar omdat je moeder een goed woordje voor je heeft gedaan. Je houdt het nog geen week vol.'

Ik was vastbesloten om te bewijzen dat Adrienne het bij het verkeerde eind had. Alleen al het inademen van de Parijse lucht vervulde me met inspiratie, en al snel puilde mijn schetsboek uit van de ideeën. Ik was vooral gecharmeerd van een popperig, doorgestikt schoudertasje dat ik had verzonnen tijdens een bezoekje aan een van Degas' schilderijen in het Louvre. Die ballerina snakte gewoonweg naar een piepklein lavendelkleurig Chanel-tasje dat aan haar slanke pols bungelde. Adrienne grijnsde zelfgenoegzaam toen ze over mijn schouder gluurde. 'Ben je nu voor Mattel aan het ontwerpen?'

'Luister maar niet naar haar; ze zit er volkomen naast,' zei Julian. 'Dat tasje is *très jolie*.' Julian had door de Tuilerieën rondgelopen en werkte als een bezetene aan een reeks schetsen van jurken die hij zijn 'Le Cabaret' collectie noemde.

Alle visioenen die we hadden van Karl die onze overvloedige hoeveelheid schetsen transformeerde in catwalkmateriaal, werden al snel gedoofd door Mademoiselle *tout en noir*, Yvette de Taillac, die nog voordat ik geboren was al Karls rechterhand was bij Chanel. We zouden de Grote Paardenstaartige zelf niet te spreken krijgen. 'Jullie mogen niet eens naar Monsieur Lagerfeld kijken,' waarschuwde Madame Yvette ons streng.

Het was onze taak om Karls textielmonsters te catalogiseren, de stalenkast uit te mesten, en bij het krieken van de dag op te staan om als eerste bij Clignancourt te zijn om vlooienmarktinspiratie op te doen voor de Oscarjurk die Monsieur Karl en zijn intimi zouden gaan ontwerpen voor Marisa Tomei (zo aandoenlijk betraand in 'The Bedroom'.)

Naarmate de Oscardatum dichterbij kwam en Marisa de ene schets na de andere afwees, kregen we allemaal migraine van het geluid van Madame Yvettes hakken die door het atelier beenden, dat stonk naar de dampen van de Gauloises die de ontwerpers onafgebroken rookten als ze hun vingertoppen niet tot stompjes aan het bijten waren.

'Als ik Madame Yvette maar zover kon krijgen dat ze hiernaar wilde kijken,' verzuchtte Julian, zijn schetsblok naar me toe schuivend. 'Deze zou perfect zijn voor Marisa, dat weet ik gewoon.'

Ik boog me over het schetsblok heen en zag een roze Folies Bergère o-la-la satijnen japon.

'Julian,' zei ik ademloos. 'Hij is betoverend. Je moet hem aan Madame Yvette laten zien.'

'Durf ik dat? Je weet hoe ze over de stagiaires denkt.'

'Julian, dit is *de* jurk. Schiet op!' Ik joeg hem de deur uit en de gang door naar Madames kantoor.

Een verdwaasde Julian keerde een uur later terug met een trillende glimlach om zijn lippen. 'Madame zei dat hij *"absolutement magnifique"* was.' Julian ging verbluft op de sofa zitten. 'Het is een droom die uitkomt.'

Ik kneep hard in Julians hand toen Marisa de week daarop een langzame pirouette voor de driedelige spiegel maakte, waardoor de rok van de golvende roze japon zachtjes opbolde.

'Madame, ik vind hem simpelweg schitterend. Ik wist wel dat Karl me niet teleur zou stellen. Dit is *de* jurk.' Marisa strekte haar armen uit en trok Madame Yvette naar zich toe om haar op beide wangen te kussen. Tot besluit omvatte Madame Marisa's gezicht voor een mond-op-mondkus.

'We wisten wel dat Mademoiselle ervoor zou vallen,' zei Madame Yvette sereen. 'En dan nu de accessoires.' Ze klapte kordaat in haar handen, en er kwam een assistent de kamer binnen stappen met een met fluweel bekleed dienblad. In het midden lag een lavendelkleurig, popperig, doorgestikt schoudertasje. Mijn tasje.

'Deze is ontworpen door een van onze meest veelbelovende stagiaires... Adrienne Hunt,' kirde Madame Yvette, het tasje losjes aan de arm van de actrice schuivend. 'U zult het met me eens zijn dat het een heel geestig tasje is.'

Marisa knikte goedkeurend. 'Het is geniaal, Madame, puur geniaal.'

Ik deed een stap naar voren. 'Madame, dat is mijn –'

Madame snoerde me de mond met een vlijmscherpe blik.

Ik stoof de trappen van het atelier af en rende terug naar het appartement, waar ik Adrienne aantrof met een Gitane in haar mond, en bladerend in een schetsboek. Mijn schetsboek.

'Zoek je dit?' Ze blies een rookwolk in mijn gezicht.

Ik griste het uit haar handen. 'Adrienne, waar ben je in godsnaam mee bezig? Je hebt mijn ontwerp gestolen!'

Adrienne blies behendig een kring van rook uit. 'Doe alsjeblieft niet zo kinderachtig, Lola. Niets is meer origineel. Ik geef toe dat ik me inderdaad enigszins heb laten inspireren door jouw slordige krabbeltje, maar ik heb er uiteraard eerst mijn eigen ontwerp van gemaakt voordat ik het aan Yvette gaf.'

'Het enige wat je hebt gedaan, was de in elkaar grijpende C's aan de voorkant toevoegen!'

Ik probeerde Madame Yvette later nog in te lichten. Maar ze zei dat ze me niet geloofde. Ik had eerder moeten bedenken dat Adrienne Hunt letterlijk Madames kont had gekust. (Terwijl ik mijn avonden had verlummeld met dansen in Club Les Bain Douches, had Adrienne zich veel productiever beziggehouden in Madames appartement op de rechteroever.) Maar ons korte 'Dynasty'-moment was uiteindelijk niet belangrijk, want Julian kreeg de stageplek. Ik was er kapot van dat ik mijn modedroom in rook zag opgaan, maar Julian had het echt verdiend. En ik vloog naar New York om zijn hand vast te houden toen Marisa Tomei na de ceremonie triomfantelijk backstage poseerde met haar Oscar – in een gouden, met lovertjes bezaaide Elie Saab, een schapenwollen beursje bungelend aan haar bevallige pols.

Après Paris kreeg ik een baan als derde assistent van de kostuumontwerper voor het vervolg op 'Crash', maar kwam met de rest van het personeel op straat te staan toen de regisseur besloot om virtuele kostuums met een groen scherm te doen. Mijn collectie maillots van bewerkt bamboe met applicaties van duingras bleken een tikje te biologisch afbreekbaar te zijn. Ik was bang dat mode weliswaar mijn grote liefde was, maar dat ik misschien beter was in het kopen van kleren dan in het ontwerpen ervan. Ik schreef me in op Scripps College, een school voor niet-exacte wetenschappen, exclusief voor vrouwen (lees: geen acteurs) om psychologie te gaan studeren, omdat ik besloot dat ik mezelf echt moest leren begrijpen – en de crisis met mijn innerlijke Diana Vreeland te boven moest komen. Tegen de tijd dat het tweede semester begon, had ik mezelf geclassificeerd als een Afhankelijke Paranoïcus met Narcistische en Vermijdende trekjes. Daarna stapte ik over naar Pepperdine University omdat, nou ja, omdat het een aangename locatie in Malibu was met uitzicht over de Stille Oceaan. Ik zou afstuderen in Oceanografie – ik kon niet wachten om die afgezaagde zwarte wetsuits in een modern jasje te steken – maar ik baalde toen ik tot de ontdekking kwam dat je geen studiepunten kreeg voor luieren op Carbon Beach of marshmallows roosteren op Courtney Cox Arquettes barbecues. De enige lessen waar ik naartoe ging, waren de yogalessen van Shiva Rea in Venice Beach.

Cricket Curtis, mijn BAO (Beste Actrice Ooit), en ik hebben elkaar leren kennen tijdens mijn eerste yogales van Bikram Choudhury. Zelfs in de zee van ongerechtvaardigd oogverblindende actrices in het klasje, onderscheidde Cricket zich van de rest, met haar lichtgroene ogen, haar porieloze melkachtige huid, en haar *van nature* blonde, Rapunzelachtige lokken zonder extensies: ze was deels onaards, deels buurmeisje. Ze slaagde erin om er zelfs nog stralend uit te zien als we druipend van het zweet in de verzengende hitte op onze plakkerige matjes zaten.

'Waarom ben jij hier?' vroeg ik haar toen we elkaar in de sapbar na de les tegen het lijf liepen.

'Mijn carrière zit muurvast, en ik dacht dat Bikram alle giftige stoffen wel los zou kunnen maken en me kon bevrijden,' zei Cricket, die zich vervolgens naar voren boog en in mijn oor fluisterde: 'Als ik heel eerlijk ben, ben ik hier ook omdat ik hoorde dat Brian Grazer zou komen.'

'Wat wou je doen, hem in de douche in een hoekje drijven?'

Cricket glimlachte schaapachtig. 'Ach, ik geloof dat ik er eigenlijk niet goed over na heb gedacht. Maar ik ben wanhopig. Ik ben vanuit Ohio hierheen verhuisd om de nieuwe Cameron Diaz te worden, en in plaats daarvan moet ik op Spike Jonze' verjaardagsfeest haar Prius parkeren. Ik werk verdomme als gekostumeerd parkeermeisje bij Valet of the Dolls. Veel erger dan dit kan het niet worden.'

'Bekijk het positief: die zwarte smoking met minirok met het roze strikje is echt oogverblindend,' zei ik. 'En het kan *wel degelijk* erger worden dan dat: bijvoorbeeld als je alle Hollywoodconnecties van de wereld hebt en *nog steeds* een complete mislukkeling bent.'

Ik vertelde haar alle Lola ins en outs terwijl we van onze kweekgrassmoothies nipten. Toen het haar beurt was voor alle Cricket ins en outs, kwamen we tot de ontdekking dat we heel veel gemeen hadden: totale toewijding aan yoga (ik ben volkomen toegewijd aan die Hard Tail Rollover-broeken), een mislukte flirt met macrobiotisch leven (ik kon de biefstuk van Dan Tana's niet laten staan, maar ik ben nog steeds gek op de gegrilde seitan van M Café de Chaya), en een passie voor de Rose Bowl vlooienmarkt. Zij was het gezicht geweest van de Abercrombie & Fitch-reclamecampagne, en ik had er wel eens gewinkeld. Maar er was één ding dat Cricket had en ik niet: het meest hartverwarmende, oprechte gevoel voor optimisme en vrijgevigheid dat ik ooit had gezien.

Cricket keek me onderzoekend aan. 'Weet je, Lola? Ik geloof niet dat je een mislukkeling bent. Ik zie iemand die creatief is en zorgzaam, en die blijft zoeken naar haar plekje in de wereld en die het niet opgeeft. Jij komt er wel, Lola. Dat geloof ik echt.'

Kijkend in die lichtgroene, onschuldige ogen, was ik er volledig van overtuigd dat Cricket in me geloofde. 'Dank je, Cricket. Weet je? Ik denk dat jij er ook wel komt.' Terwijl ik de woorden uitsprak, realiseerde ik me met een schok dat ik ze ook echt geloofde.

Het hele Bikramgedoe was het meer dan waard dat Anastasia's $150 kostende Braziliaanse waxbehandeling een week lang helse pijn deed van de warmte-uitslag, omdat ik Cricket leerde kennen en zij mijn BAO (Beste Actrice Ooit) werd.

Terwijl ik goochelde met afstudeervakken op Pepperdine, was Kate inmiddels officieel benoemd tot agent bij het Douglas Reed Agency. Ze hadden haar weggekaapt uit Jim Wiatts kantoor bij mega-impresariaat William Morris. Ze had zich sneller opgewerkt vanuit de postkamer bij William Morris dan Adam Sandler groen licht kan krijgen voor een film, maar het Douglas Reed Agency bood aan haar te bevrijden uit het assistentschap en een volwaardig agent van haar te maken – met haar *eigen* assistent. Julian was na de stageplaats bij Chanel assistent-ontwerper geworden bij Oscar de la Renta in New York en had vervolgens een plekje veroverd in de show Gen Art's Fresh Faces in Fashion. Zijn verrukkelijke, gerimpelde, satijnen draperieën en puntige zomen brachten hem in sneltreinvaart naar zijn eerste grote show op de catwalk. En Cricket had eindelijk haar SAG Card – om voor grote rollen in aanmerking te komen – in de wacht gesleept met één zinnetje in 'American Pie 2' als Courtney, het Willekeurige Knappe Meisje.

En wat had ik op mijn naam staan? Een zeer verlate bul in Engelse literatuur en een reeks mislukte baantjes op mijn cv. Mijn afstudeercadeau – maak daar maar verplicht nummer van – was opnieuw een baantje als derde assistent van de kostuumontwerper, dit keer bij mijn vaders remake van 'Zorba de Griek', een klus die hij wederom had aangenomen, puur om de rekeningen te betalen.

Toen ik in Santorini aankwam, was papa buiten zichzelf. Hij had zichzelf jarenlang vernederd in de commerciële loopgraven ('I Know What You Did to the Babysitter's Pie Last Night') om uit de rode cijfers te komen en weer een buffertje op te bouwen. Papa had het hele buffertje opgesoupeerd om 'Whispered Screams' te financieren, een filmhuisjuweeltje met Maggie Gyllenhaal die schitterde als de weduwe met sclerodermie en David Strathairn als de tuinman die niet kan praten. Papa vond het zijn beste werk sinds tijden, maar hij was er weer door in de rode cijfers geraakt, zodat hij opnieuw een grote studiofilm moest aannemen om de rekeningen te betalen. Universal had hem gedwongen om de door *People* uitgeroepen 'Sexyste Man In 't Heelal' te casten als mannelijke hoofdrolspeler – 'een talentloze loonslaaf die nog niet eens goed genoeg is om De Niro's lul te kussen', noemde papa hem. En zijn vrouwelijke hoofdrolspeler Charlotte Martin, de snoezige koningin van het eindexamenbal uit Georgia die was uitgegroeid tot woordvoerster voor Revlon, was nog in Toronto aan het filmen voor haar rolprent over de broertjes Farrelly met nog slechts twee weken te gaan voordat de opnames begonnen.

Ik stond in de kostuumtrailer het ondergoed van een van de figuranten te schrobben, ervan dromend om in de Missoni-bikini die ik van mama had gejat aan de rand van het zwembad te gaan liggen zonnen, toen papa ineens achter me stond.

'Lola, ik heb je nodig,' zei mijn vader, me een script toewerpend. 'Charlotte is tot volgende week de stad uit, en ik kan de repetities niet langer uitstellen. Jij moet haar rol nemen tijdens de voorleessessies.'

'Papa, wat bedoel je nou? Ik kan niet acteren! De enige rol die ik ooit heb gespeeld, is als figurant in een van Christophers USC films.' Uiteraard had mijn vader mijn acteerwerk als de Dame Met Baard in 'Zampano Redux' nooit gezien. Hij keek nooit naar Christophers films, ook al heeft hij thuis zijn eigen filmzaal compleet met roodfluwelen stoelen en popcornmachine.

'Lola, *finito*. Zorg gewoon dat je er morgenochtend stipt om negen uur bent.' Geweldig. Ik wist niet wat erger was, in een snikhete trailer zonder ramen vuile slipjes moeten schrobben, of twaalf uur per dag in een repeteerruimte doorbrengen met papa – Il Duce.

In mijn laatste uren voordat ik op de slachtbank van de repetities werd verwacht, werd er aan de deur gebeld van mijn wit met turquoise hotelkamer. Ik liet me uit bed rollen en gooide de deur wijd open.

Het was *People* Magazine's 'Sexyste Man In 't Heelal'. Vanaf die dag bij mij bekend als SMITH. Hij was sexy als Steve McQueen in 'Bullit'. O nee. Ik had mijn Wonder Woman-pyjama aan en mijn gezicht was volledig bedekt met Sonya Dakar's Emergency Drying Potion. O-o. Ik had een probleem.

Ik smeet de deur dicht en rende naar de badkamer om mijn gezicht schoon te spoelen. Toen ik de deur weer opendeed, had ik een wit met lavendelkleurige sarong aan, en een wit mouwloos hemd.

'Hoi,' zei ik ademloos.

'Je ziet er fantastisch uit, maar ik vond die pyjama leuker. Zelf heb ik een Superman onderbroek,' zei SMITH. 'Ik zou hem je graag laten zien, maar ik ben hier eigenlijk omdat ik dacht dat het prettiger voor je zou zijn als we elkaar voor de repetities al hadden ontmoet. Je worstelt je natuurlijk liever door de *Lonely Planet*-gids voor Santorini heen.' Zijn grijns schoot rechtstreeks naar mijn kruis.

De repetities waren één grote waas. De rest van de wereld verdween. Zelfs de aanwijzingen die mijn vader me toeblafte, klonken gedempt. Ik hoorde alleen de stem van SMITH, zag alleen zijn gezicht. Dus dit was wat die D.H. Lawrence-figuur uit mijn literatuurlessen bedoelde toen hij zei: 'Wat het bloed voelt, en gelooft, en zegt, is altijd waar.'

Die avond stommelde ik terug naar mijn hotelkamer, doodmoe van twaalf uur repeteren. Toen ik mijn kleine terras betrad, trof ik daar tot mijn schrik een tafel gedekt voor twee aan, met een buitengewoon feestmaal van warme pitabroodjes met tzatziki, verse Griekse salade met kalamata-olijven, dolmades, moussaka, spiezen met gegrild lam en groenten. Op een bord met baklava lag een kleine witte envelop. Ik scheurde hem open. 'Mag ik er-bij komen zitten?' Ik stortte me op de telefoon en belde SMITH's kamer.

In de twee weken van repeteren die daarop volgden, dineerden we elke avond met uitzicht op zee. Af en toe aten we onze ge-grilde zalm en dolmades in onze pyjama. Soms namen we zelfs helemaal niet de moeite om te eten.

'Je gezicht,' zei SMITH, teder mijn wangen omvattend op een van de avonden dat we niet aan eten toekwamen.

'Wat is er mis mee?' vroeg ik.

'Het is volmaakt,' zei hij. Wat maakte het uit dat zijn woorden gejat waren van Cary Grant in *Charade*? Het was ongelooflijk ro-mantisch. In bed hoefde SMITH van niemand iets te jatten. Oké, misschien leende hij een heel klein beetje van Mickey Rourke in *9½ Weeks*.

Toen SMITH me voor het eerst meenam naar de maan, belde ik Kate.

'Je bent Neil Armstrong niet. Noem het alsjeblieft nooit meer zo,' zei Kate.

'Is dat alles wat ik krijg? Ik ben klaargekomen!' zei ik.

'Het werd tijd. Als je meer wilt, moet je Cricket bellen. Ik heb Sofia Coppola op de andere lijn en het is bijna halfacht. Ik kom te laat voor mijn afspraak met Jeffrey Katzenberg tijdens zijn tweede ontbijt in de Four Seasons. Hij wil dat Will de stem van Mohammed gaat doen in zijn animatiefilm over de Koran.' Will Bailey was pas een paar maanden Kates cliënt, maar ze had hem nu al gered van een sitcom met Adam Carolla als tegenspeler en hem gepresenteerd als de nieuwe Russell Crowe.

Cricket zat uren met me aan de telefoon in *Seks in de sterren: een astrologische gids over de liefde voor elke vrouw* te bladeren. 'Hier staat dat Leeuw de seksuele stimulans geeft die Vissen zoeken.' Tussen de repetities door, maakte ik heel wat NASA-airmiles. Als ik heel eerlijk ben, werd ik behoorlijk beurs van al die uitstapjes naar de maan.

Een week voordat de opnames begonnen, werd papa gebeld door Charlottes agent: ze had zich laten opnemen in Promises vanwege 'uitputting', wat maakte dat mijn vader zich op zijn beurt bijna liet opnemen in Bellevue. We weten allemaal waar 'uitputting' in Hollywood door wordt veroorzaakt: de onvermijdelijke onthulling aan *The Star* door een 'goede vriend' dat je backstage bent gezien bij een of andere inzamelingsactie voor een goed doel, coke snuivend als een truffelvarken. Gevolgd door de gênante videobeelden van jou achter het stuur van je Bentley, met je Venti Starbucks in de hand, terwijl je over een fotograaf heen rijdt die zich bij The Ivy had verschanst, om vervolgens op de vlucht te slaan in de Escalade van je bodyguards.

In zijn inzinking vanwege het verlies van Charlotte, zag mijn vader de hartstochtelijke chemie tussen mij en SMITH tijdens de repetities ten onrechte aan voor acteertalent. Mijn vader redeneerde dat hij zo'n briljant regisseur was dat hij een of ander verborgen talent in *mij* zou kunnen blootleggen. Ik had geen enkele ambitie om actrice te worden, ik ambieerde alleen SMITH. Maar de keiharde werkelijkheid was dat ik nog nooit zoveel aandacht van mijn vader had gekregen. En ik genoot ervan. (Nou ja, afgezien van dat moment tijdens mijn eerste liefdesscène met SMITH, toen papa van achter een camera tegen me brulde, met lichten die fel op mijn naakte lichaam brandden: 'Lola, schuif je kont eens vijf centimeter naar rechts.')

Toen we terugkwamen in LA nadat de opnames waren afgerond, had SMITH drie maanden vrij tot aan zijn volgende film, dus ik had zijn onverdeelde aandacht. We brachten elke gelukzalige seconde samen door. Het ging niet om de salade van ge-grilde groenten bij The Ivy (met een dressing van paparazzi) of de beste plaatsen bij de wedstrijd van de Lakers in Staples Center met Tobey Maguire en Dyan Cannon. Het ging puur om het gevoel dat SMITH me gaf dat ik het enige meisje op de hele planeet was. We voerden diepzinnige gesprekken over hoezeer hij me aanbad, de opwarming van de aarde en zijn Chris McMillan kapsel. Hij las me voor het slapengaan in bad voor uit *People Magazine*. En we kwamen zelden voor het middaguur van de maan af. 'Lola, jij maakt me compleet,' zei hij teder tegen me. Wat maakte het uit dat hij die tekst had gejat uit *Jerry Maguire*?

Ik was Ali McGraw in *Love Story*, godzijdank zonder de terminale ziekte. Toen kwamen de recensies over onze film in de kiosken te liggen en leek een terminale ziekte een fantastisch idee. Onmiddellijke dood? Nog beter. *The Hollywood Reporter* beweerde: 'Lola Santisi slikt haar woorden in, en misschien is dat maar goed ook.' *Variety* kopte: 'Lola? Nee, weg ermee!' *People Magazine* wijdde vijf pagina's aan de zonde van het nepotisme, met mij als bewijsstuk A: 'Wat slecht acterende dochters doen met goed regisserende vaders.'

Ik snakte ernaar dat SMITH me zou omhelzen en tegen me zou zeggen dat die stomme recensies niet belangrijk waren, dat alleen wij er iets toe deden. Maar hij was in Toronto aan het filmen voor Doug Liman. Toen zijn assistent, Kevin, belde om te zeggen dat hij iets bij me moest afgeven, had ik visioenen van de Cartier-ring met roze, gele en witte diamanten die SMITH en ik in een etalage hadden gezien, of misschien een doos met marshmallowroom gevulde chocoladecakejes van Joan's On Third.

Toen Kevin uiteindelijk alleen een klein wit envelopje bij zich bleek te hebben, paste ik mijn lijst aan. Een massage bij The Peninsula? Een Maxfield-cadeaubon? Nee, natuurlijk: een vlieg-ticket om direct naar SMITH toe te vliegen. Ik scheurde de envelop open.

Lieve Lola,
Ik weet dat je zult begrijpen dat ik op dit punt in mijn carrière
niet geassocieerd kan worden met de negatieve publiciteit rond-
om jouw persoon. Griekenland pakt niemand ons meer af.
Liefs, Ik

Ik viel op de grond. Het voelde alsof alle botten in mijn lichaam
braken. Ik kroop naar de telefoon en belde SMITH's nummer,
drukte vervolgens de hoorn tegen mijn oor. Toen ik de telefoon
over hoorde gaan, ging er vlak naast mij met een snerpend geluid ook een mobieltje af.

'Lola, met mij. Hij heeft al zijn gesprekken door laten schakelen naar mijn mobieltje,' zei Kevin, die me meewarig aan stond
te kijken vanuit mijn deuropening, waar hij nog steeds stond,
met zijn mobieltje aan zijn oor. 'Hij wil niet dat ik wegga zonder
zijn spullen in te pakken.'

Het overviel me met de kracht van een tornado van klasse 5.
SMITH dumpte me vanwege negatieve publiciteit? Hoe was dit
mogelijk? Nee! Hoe moest ik hem *ooit* vergeten? En dit keer kon
het me wel iets schelen dat hij de tekst had gejat van Bogart in
Casablanca.

Ik trok de stekker van mijn telefoon eruit, smeet mijn mobieltje in de wasmand en bleef dagenlang in bed liggen, waar ik alleen af en toe uit kwam voor een slokje water. Ik weigerde alle
bezoek. Het was een onbesliste keuze: mezelf wurgen met mijn
knalroze kanten Cosabella-ondergoed, of à la Virginia Woolf
mijn zakken volstoppen met stenen en mezelf verdrinken. Misschien in de vijver met de zwanen bij Hotel Bel Air? Of het door
Hockney geschilderde zwembad van het Roosevelt Hotel?

Na een paar dagen – ik raakte de tel kwijt – werd ik in mijn
diepe depressie wreed gestoord door de penetrante geur van rook.
Wat een opluchting zou het zijn om in vlammen op te gaan. Toen
weerklonken er gedempte stemmen in een vreemde taal. Misschien was ik al dood en betrad ik nu een vreemd land vol mystiek.

'Lieverd,' fluisterde mijn moeder met haar meest kalmerende
stem.

Ik richtte mijn wazige blik op de gealarmeerde gezichten van mijn vader, moeder, Christopher, een geheimzinnige man in een maagdelijk wit gewaad en tulband, en nog een paar anderen die ik niet goed kon onderscheiden. Ze stonden allemaal over me heen gebogen met aura's van helder wit licht, gloeiend boven hun hoofden.

'Ben ik dood?'

'Nee, liefje, je bent niet dood,' Kates gezicht kwam achter Christopher vandaan. 'Kunnen we een beetje voortmaken met dit hele gedoe? Ik heb over een uur een vergadering.'

'Staat mijn appartement in brand?'

'Nee, we roeien de negativiteit uit die is ontstaan door je ervaring met papa's film,' zei mijn moeder, in haar rode vintage Zandra Rhodes-hemdjurk met haar ik-heb-in-geen-dagen-gemediteerd-vanwege-alle-stress stem. 'Ja toch, dokter Freedman?'

'Dokter Freedman?' vroeg ik zwakjes. 'Is de Dalai Lama een Jood?'

'Je mag me bij mijn spirituele naam noemen, dokter Singh,' zei dokter Freedman.

'Hij komt uit Brooklyn,' zei Cricket, die over papa's schouder heen gluurde. 'We zijn hier voor jou.'

Dokter Freedman nam mijn rechterhand in de zijne, legde zijn andere hand op mijn hart en deed zijn ogen dicht. 'Ik wil dat iedereen nu zijn ogen dichtdoet. Adem in.'

'Ja, adem in,' zei mijn moeder, in mijn andere hand knijpend.

'Voel de liefde en steun in deze kamer en neem die liefde en stel je hart ervoor open,' zei dokter Freedman. Ik deed stiekem één oog open en zag mijn vader, mijn moeder en mijn broer die met gesloten ogen elkaars hand vasthielden, en oprecht probeerden om liefde en heling te projecteren. Een traan van dankbaarheid rolde over mijn wang. Het werkte echt. Ik begon me een ander mens te voelen. Ik stond op het punt om mijn ogen weer dicht te doen en me weg te laten zakken in het tedere gevoel van deze volmaakte liefde toen de sereniteit van het moment werd verbroken door een vertrouwd geluid.

'Kate!' De menselijke keten van liefde werd abrupt verbroken door het geluid van haar onbeschaamde gerikketik op haar BlackBerry.

'Luister, Lola, ze zijn al je slechte recensies en alle foto's van jou en SMITH aan het verbranden, oké? Het is tijd om de draad weer op te pakken.' Dokter Singh liet zijn van tulband voorziene assistenten werkelijk alles wat aan SMITH herinnerde in mijn open haard gooien.

'Hou ze tegen! Die foto's zijn het enige wat ik nog heb!' krijste ik, me in de richting van de open haard werpend terwijl Christopher zich bovenop me stortte om me tegen te houden.

'Nou, kennelijk had A.O. Scott het mis voor wat betreft je emotionele spectrum.' Kate had duidelijk haar geduld met mij verloren.

Papa boog zich naar me toe. 'Lola, waarom denk je nou niet heel even aan mij? Je hebt mijn film verpest.'

Christopher gooide vol walging zijn handen in de lucht. 'Dit gaat niet over jou, papa! We zijn hier voor Lola.'

'Ik haat Hollywood. Ik wil de rest van mijn leven geen woord meer horen over films of acteurs. Ik wil hier weg,' jammerde ik.

Dat was de reden was waarom ik me ineens aan boord van een vliegtuig van Air India bevond voor een reis van twee dagen naar Indira Gandhi International Airport in Delhi. Ik voelde me lichter zodra het vliegtuig opsteeg, vooral omdat ik, in een poging de materiële wereld achter me te laten, heel beslist had geweigerd de Vuitton-koffer mee te nemen die mijn moeder voor me had ingepakt. Alleen al van de gedachte om door het land van Gandhi te lopen, raakte ik in stille vervoering.

Drie weken later – of waren het drie maanden? Ik was hier alle besef van tijd kwijtgeraakt – lag ik, gehuld in een felpaarse katoenen sari, bedekt met allerlei mysterieuze insectenbeten, verdrinkend in de stank van ongewassen voeten en patchoeli, op een of andere vreemde ashramvloer, omringd door tientallen andere, in het paars gehulde, zingende vreemden. Mijn lichaam baadde in het zweet en was kromgetrokken van de dysenterie, en ik vroeg me af of dit de manier was om het nirvana te bereiken, en of ze daar Kiehl's gezichtscrème zouden hebben. Ik wilde Sai

Baba bij zijn smerige lendendoek grijpen en hem smeken me naar huis te sturen, maar ik was te zwak om over de stinkende matjes te kruipen. Door een of ander hemels wonder, verscheen er een beeldschone man in een oranje sari, die me een draadloze telefoon in de hand drukte.

'Het is Julian Tennant voor Lola Santisi,' zei hij in perfect Engels.

'Hallo,' zei ik in de hoorn met een hese stem vol ongeloof.

'Je kunt weer naar huis komen. Je bent oud nieuws.'

'Heb je iets over SMITH gehoord?' Zijn welzijn leek ineens belangrijker dan het mijne.

Julians zucht van afkeuring siste door de krakende telefoonverbinding. Mijn arme BHV had me elke avond gebeld en godweet-hoeveel uur van mijn diepbedroefde geraaskal aangehoord, zodat zijn telefoonrekening nu net zo hoog was als de huur van zijn loft in Soho. 'Ik stond op het punt om je te redden van de duistere somberte en het afschuwelijke draden tellen in die armoedige ashram van je, maar daar moet ik nu misschien wel van afzien.'

'Ik ben hier overspoeld met mantra's van liefde en medeleven. Nu kan ik het geen seconde langer verdragen. Ik krijg geen hap chana masala meer door mijn keel. Ik mis mijn bad, mijn bed, en de verse salade van La Scala. Ik kan geen enkele diepe gedachte meer verzinnen. Ik word er doodmoe van,' jammerde ik.

'Nou, Lo, dan heb ik misschien wel de perfecte dosis oppervlakkigheid voor je. Heb je wel eens gehoord van de Hollywoodambassadeurs?'

'Als Hollywood een ambassadeur heeft, zou-ie ontslagen moeten worden, want het is de meest onvriendelijke, genadeloze stad ter wereld,' zei ik door mijn tranen heen. Zelfmedelijden is altijd mijn sterke kant geweest.

'Kennelijk is het niet genoeg dat ik jubelende kritieken heb gekregen van de *Times* en *Women's Wear Daily* voor mijn meest recente collectie of dat ik de Council of Fashion Designer's of America Perry-Ellis prijs voor de beste nieuwe ontwerper prêt-a-porter heb gewonnen. Het enige wat mijn investeerder belangrijk vindt, is welke beroemdheden mijn creaties zullen dragen tijdens Oscarweek. Niemand, zelfs in Hollywood niet, kan zich een dag later nog herinneren wie de Beste Vrouwelijke Bijrol heeft gewonnen. Maar iedereen herinnert zich Gwyneth Paltrow in haar kauwgomroze Ralph Lauren ballerinajurk. En Hilary Swank's Million Dollar rug in die rugloze saffierblauwe Guy Laroche. Hetgeen betekent dat ik moet zorgen dat ik een aanhalingstekens openen-aanhalingstekens sluiten ambassadeur krijg die zorgt dat deze Hollywooddiva's in mijn kleren naar de Oscaruitreiking gaan.'

'Julian –' probeerde ik hem te onderbreken.

'De gratis Oscarpubliciteit in alle tijdschriften van *In Style* tot *Time* tot *Star* is van onschatbare waarde. En het schijnt dat elke ontwerper, van Cavalli tot Valentino, een ambassadeur heeft.' Julians stem was een ijle jammerklacht geworden. 'Ik wil dat jij die van mij wordt. Het wordt tijd dat je je weer met mode bezig gaat houden. Je verspilt je talent daar in India.'

'O, god, Julian, ik dacht het niet. Het klinkt afschuwelijk. Nee.' Ik snufte.

Stilte.

'Julian?'

Ik kon horen dat zijn ademhaling dieper werd – of was hij aan het hyperventileren?

'Ik ga het gewoon zeggen: ik heb je nodig, oké? Ik zou nog liever mijn gesigneerde Murakami Vuitton-gympen opgeven dan het te moeten toegeven, maar jij bent de enige die me kan helpen. Jij weet wat mensen wel en niet goed staat, en je wordt al je hele leven omringd door actrices, jij weet hoe je met ze moet praten. En jij zult hen ervan kunnen overtuigen dat ze mij moeten dragen. Als ik een plekje op de rode loper kan veroveren, kan ik de hele wereld veroveren. Schiet nou maar op en zeg dat je me zult helpen. We hebben nog maar zes weken tot de Oscaruitreiking.'

Hollywoodambassadeur worden? Beroemdheden overhalen om *wat dan ook* te doen is een nachtmerrie – en vooral om de ontwerper te dragen waar jij mee loopt te leuren op de belangrijkste avond van het jaar in Hollywood. Maar ik zou in ieder geval weer terug zijn in de modewereld. Misschien was ik niet geschikt om kleding te ontwerpen, maar Julian had gelijk: ik heb altijd geweten wat mensen wel en niet goed staat. En Hollywood-ambassadeur zijn was een begin. Vooral als ik mijn Carrière Tekort Stoornis wilde overwinnen.

Bovendien, ik was failliet. Zo failliet dat ik mijn moeders afdankertjes van vorig seizoen had moeten verkopen op eBay om de huur te kunnen betalen. En het was uitgesloten dat ik mijn ouders om geld zou vragen. Het was tijd om volwassen te worden.

Trouwens, hoe kon ik nou nee zeggen tegen mijn BHV? Hij had me nodig.

'Ik neem de eerste vlucht die ik kan krijgen.'

'Is dit je kostuum voor je nieuwste film?'

Ik bevond me oog in oog met een paar twaalf centimeter hoge zwarte naaldhakken bij de gate van British Airways op Heathrow Airport. Ik lag languit bovenop mijn handbagage in de overvolle terminal tijdens de drie uur durende tussenstop op de vlucht naar huis vanuit India. Mijn blik gleed langs die spillebenen omhoog. Natuurlijk had *Adrienne Hunt* het *volmaakte* zwarte jurkje aan. Ik liep zo ver achter met mijn modetijdschriften dat ik de ontwerper niet onmiddellijk kon thuisbrengen. Alleen de aanblik van haar was voldoende om al die mantra's van liefde en medeleven te doen verdampen. Ik sprong overeind. Zij mocht dan beter gekleed zijn, maar ik was langer dan zij – op *platte schoenen*.

Ik dwong mezelf om niet omlaag te kijken naar de in zweet gedrenkte sari van twee dollar die ik al wekenlang aanhad. 'Om precies te zijn is het een Comme Des Garçons die ik op de kop heb getikt bij Colette in Parijs,' zei ik.

Adrienne trok een wenkbrauw op. 'O ja? En wat staat er in je agenda? Wanneer *kunnen* we je weer op het witte doek verwachten?'

'Ik heb het helemaal gehad met acteren,' zei ik.

'Wat jammer. Ik weet zeker dat Hollywood treurt om het verlies,' zei ze, een van haar volmaakte kringen van rook uitblazend.

Ik kon die verdomde Gitane wel uit haar rood geverfde mond trekken en haar platte reet ermee in de fik steken.

'Wat doe jij op deze vlucht?' vroeg ik. 'Ik dacht dat je had gezegd dat je nooit een voet zou zetten in siliconenstad.'

'Ik maak een uitzondering – voor *Miuccia*,' zei Adrienne. 'Ze heeft me praktisch op haar blote knieën gesmeekt of ik haar wilde helpen mensen te kleden voor de Oscaruitreiking, dat kon ik toch niet weigeren? Bovendien verdient het een heel stuk beter dan dat armzalige loontje bij *British Vogue* en heeft Miuccia voor me geregeld dat ik in Madonna's huis mag logeren zolang zij in Londen zit.'

Natuurlijk. Haar zwarte jurkje. Puur Prada. Alleen god wist wie die talentloze trut had bedrogen of bestolen om dat baantje te krijgen. Wat haalde ik me wel niet op de hals door Julian te beloven dat ik zijn Hollywoodambassadeur zou worden? Een rechtstreekse confrontatie met Adrienne Hunt?

Wacht eens even. Misschien was dit mijn kans om wraak te nemen – *eindelijk.* 'Leuk voor je, Adrienne.' Ik glimlachte sereen. 'Om precies te zijn ga ik exact hetzelfde voor Julian Tennant doen.'

'Julian? O, wat *enig!* Ik zal je een tip geven, meid: ik heb gehoord dat Denise Richards nog niet weet wie ze zal dragen,' zei ze, me praktisch de keel doorsnijdend met haar messcherpe bob toen ze zich omdraaide om aan boord van het vliegtuig te stappen. 'Ik zal proberen je een warm koekje te sturen vanuit de eerste klas. Ik neem aan dat jij economy vliegt.'

Zag ik die naaldhakken daar een beetje wankelen toen Adrienne door het gangpad verdween? *Meid*, dacht ik bij mezelf, *ik lust je rauw.*

Nadat we op LAX waren geland, reed ik rechtstreeks naar het kantoor van dokter Gilmore.

'Wat maakt het uit dat Adrienne Hunt doctorandus is in de krengerigheid, doctor in de manipulatie en professor in bedriegen?' zei ik, ondertussen naar dokter Gilmore kijkend voor geruststelling. 'We zijn niet meer in Parijs. Dit is *mijn* stad. Ik laat me er niet door *haar* van weerhouden om mijn CTS te overwinnen. Geen sprake van. Ik heb deze baan *nodig*. Ik kan deze baan absoluut *aan*.' Ik begroef mijn gezicht in mijn handen. 'Ik *kan* deze baan aan, toch? O god. Ik geloof niet dat ik dit aankan. Ik zal aan Kate vragen of ze Julian wil bellen en tegen hem wil zeggen dat ik in een anaphylactische shock ben geraakt van de kipschotel in het vliegtuig en ben overleden.'

'Dat is heel creatief, Lola. Maar je weet dat ik het niet goedkeur dat je liegt.'

'Dokter Gilmore, als u Adrienne kende, zou u er misschien anders over denken. U zou me waarschijnlijk *hoogstpersoonlijk* rechtstreeks terugbrengen naar het vliegveld.'

'Lola, jouw problemen zullen je overal blijven achtervolgen – zelfs in India. Het is belangrijk dat je je leven onder ogen ziet. En zoals je zelf al opmerkte, is dit een uitstekende gelegenheid voor jou om je CTS te overwinnen. En het doet me deugd te horen dat je je weer op de mode stort. Je hebt er het talent voor. Nu moet je er alleen nog voor zorgen dat je succes boekt. En ik moet het gewoonweg even vragen: hoe is het met je acteurholisme?'

'Ik sta al 151 dagen droog,' zei ik. 'Er werden uiteraard ook geen Bollywoodfilms opgenomen in Sai Baba's ashram.'

'Ik ben trots op je, Lola. Je doet het goed, meid,' zei ze, overeind komend.

'Echt waar?'

'Lola, ik heb vertrouwen in je, en Julian heeft dat ook. We moeten blijven werken aan je gebrek aan zelfvertrouwen, want anders kom je niet van je CTS en je acteurholisme af.'

'Dus ik kan dit aan, dokter Gilmore?'

'Lola, het leven is hard. Koop een helm.'

'Heeft Jennifer Aniston dat niet ooit eens gezegd?'

'Dan heeft ze vast een goede therapeut,' zei dokter Gilmore glimlachend. 'Zorg dat je wat slaap krijgt. Je hebt nog heel wat werk te verzetten.'

Dokter Gilmore hield de deur open voor haar volgende patiënt, een of andere gozer die een zekere Paul-Rudd-achtige charme had. Hij schonk me die therapiemakkers-onder-elkaar glimlach – hij ging naar binnen om het gevecht met zijn problemen aan te gaan, en ik kwam net terug van het front. Spijkerbroek – *onidentificeerbaar* – geen Seven, Paper Denim, *of* Blue Cult. Gymschoenen – *onidentificeerbaar* – geen All Stars, Adidas *of* Puma. Ik geloof dat hij zelfs niet eens een stylingsproduct in zijn haar had. Wat deed een gozer als hij nou *hier*? Hij zag er zo *normaal* uit.

Ineens drong het tot me door dat ik Therapie Gozer stond aan te staren en wendde vlug mijn blik af. Toen hij dokter Gilmores kantoor binnenliep, besefte ik dat ik er niet van overtuigd was dat ik er klaar voor was om de veilige armen van haar kantoor te verlaten en Planet Hollywood opnieuw te betreden. Zou ik erin slagen om iemand Julian Tennant te laten dragen op die rode Oscarloper over zes weken? Was ik er echt eindelijk klaar voor om mijn Carrière Tekort Stoornis en mijn acteurholisme *definitief* te overwinnen?

Ja. Ik haalde diep adem, deed de deur van dokter Gilmores kantoor open en liep naar buiten.

Zondag

*176 uur, 12 minuten, 48 seconden totdat de Oscar
voor Beste Mannelijke Bijrol wordt uitgereikt.*

Het is acht uur op zondagmorgen. Het is zevenentwintig graden en zonnig. *Natuurlijk* is het zevenentwintig graden en zonnig – net als iedere andere dag in Hollywood. Zelfs in februari. Normaal gesproken zou ik nog midden in mijn remslaap zitten, maar over zeven dagen is de Oscaruitreiking. Dus in plaats daarvan zit ik op handen en knieën op een wit hoogpolig tapijt in de slaapkamer van een landhuis in Malibu aan Carbon Beach. Ik wou dat ik kon zeggen dat Jake Gyllenhaal achter me zat. Mijn vingers zijn bebloed van het spelden van de zoom van een zilverkleurige satijnen strapless enkellange Julian Tennant-japon bij Candy Cummings. De compleet gestoorde Britse rockster met de blauw geverfde haren en de grote mond is genomineerd voor een Oscar voor Beste Originele Liedje voor Quentin Tarantino's 'Kill Bill Vol. 6'.

Dit is de stand van zaken: ik heb meer dan een maand lang met mijn vuisten en mijn hoofd op deuren van sterren gebeukt in een poging hen zover te krijgen dat ze een van Julians schitterende jurken wilden dragen op de rode Oscarloper. Julian verwaarloost zijn slaappatroon, gezondheid en hygiëne en werkt zijn vingers tot stompjes terwijl ik de strijd heb aangebonden met talloze andere modeambassadeurs die de sterren smeken, omkopen en chanteren om toch maar vooral *hun* ontwerper te dragen. Het scheelde niets of ik had Kirsten Dunst, Salma Hayek en Emily

Blunt gehad. Ik ben eruit gegooid bij Jennifer Connelly, Helen Mirren en Beyoncé. Ik heb zelfs mijn moeder gesmeekt om Julian te dragen, maar ze weigerde: 'Lieverd, je weet dat ik dolgraag zou willen helpen, maar Karl is mijn oudste en dierbaarste vriend. Je weet dat ik Chanel moet dragen.' Mijn laatste drie kandidaten zijn:

1. Candy Cummings, bij haar vergeleken is Britney Spears een lieverdje.
2. Scarlett Johansson, die zojuist voor de twaalfde keer de definitieve pas-sessie heeft verzet die we vanmiddag zouden houden. Julian heeft praktisch gipsen afgietsels gemaakt van Scarletts beroemde tieten om de delicate jurk van gerimpeld rood kant te verzinnen waarin haar delicate bollen worden gepresenteerd alsof het bonbons zijn van Edelweiss Chocolates.
3. Olivia Cutter, de nog beschikbare genomineerde voor Beste Actrice – a*lle* ontwerpers steken elkaar de ogen uit met hun scharen om haar te mogen kleden.

En alsof *dat* nog niet genoeg is om een maagzweer van te krijgen, moet ik ook Jake Jones kleden – de wiet rokende, nachtclubdanseressen verslindende, aan Celebrity Poker Showdown deelnemende *acteur* – voor de jaarlijkse General Motors-modeshow annex pre-Oscar feest. Jake heeft de pas-sessie die we een week geleden hadden zullen houden zes keer afgezegd, en de GM Show is al over *twee* dagen. Het laatste wat ik wil, is een *acteur* kleden, maar het is een geweldige kans voor Julian.

Candy stond erop dat onze vijfde pas-sessie plaats zou vinden op dit onchristelijke tijdstip op de set van mijn broers videoclip voor haar nieuwste single, 'Bleep Off Mother F***er', omdat Christopher me heeft geholpen haar over te halen om Julian Tennant te dragen tijdens haar optreden bij de Oscaruitreiking. Althans, als ik deze hel overleef.

'Is deze glitter niet *schit*-te-rend? Moet je al die beel-di-ge kleur-tjes zien,' brabbelt Candy Cummings terwijl haar aandacht verschuift van de met de hand genaaide pijpkraaltjes rond haar buste naar het regenboogkleurige assortiment van vijftig flesjes ultrafijn 'Lust Dust' van M.A.C. op de make-uptafel. Ze begint de flesjes één voor één leeg te strooien op het witte tapijt. Ik kijk gekweld toe terwijl de glitters een glinsterende berg vormen van duizenden dollars aan make-up op de grond. Celery, haar visagiste, lijkt totaal niet uit het veld geslagen. Ik neem aan dat dit gewoon een normale werkdag voor haar is.

'Geen zorgen, we zullen het vergoeden,' fluistert haar manager vanuit de hoek van de kamer.

Voordat ik haar kan tegenhouden, smijt Candy 'Pinklette' glitter over de voorkant van Julians jurk, en verandert daarmee een jurk die een wulpse Marlene Dietrich waardig is in een vingerverfschilderij van een kleuter.

'O shit!' zeg ik naar adem happend.

'Dat gaat je drie keer de prijs kosten,' zegt Celery tegen de manager. 'Het wordt niet meer gemaakt, en ik heb er een vermogen voor neergeteld op eBay om het te bemachtigen.'

Ik probeer als een bezetene om de glitter op te deppen, maar die hecht zich alleen maar nog hardnekkiger aan het satijnen lijfje. 'Hoe moet ik dit eruit krijgen?' vraag ik aan niemand in het bijzonder.

'Hij was toch veel te lang,' snauwt Candy terwijl ze een schaar van de make-uptafel pakt. Voordat ik haar kan tegenhouden, heeft ze de enkellange jurk tot op kruishoogte afgeknipt. Het is veilig om aan te nemen dat ABS niet zal gaan leuren met een kopie van *deze* jurk samen met Ashley Judd's J. Mendel van 10.000 dollar in het praatprogramma 'The View' op de maandagochtend na de Oscaruitreiking. Wat maakt het uit dat de goedkope kopie uit elkaar valt zodra je naar voren buigt om dat extra blaadje rucola te eten? Je bespaart minstens 9800 dollar, of 9700 – ik weet het niet, ik was nooit zo goed in wiskunde.

'Hij is te g-e-e-e-e-e-k,' brabbelt de verdwaasde punkrocker, om vervolgens voorover te vallen in de glinsterende Jackson Pollock op de grond. Haar turquoise leren Frederick's of Hollywoodpumps bungelen aan de met sierspijkers bezette bandjes aan haar enkels.

'O mijn god!' roep ik. 'Bel 112!' De manager, Celery, noch Candy Cummings assistent vertrekken een spier. Kennelijk komen dit soort zwaluwduiken wel vaker voor.

Christopher komt de kamer binnenstormen als Jack Nicholson in 'One Flew Over The Cuckoo's Nest', zijn donkere haar in de war, een glazige blik, en de vage glans van zweet boven zijn lippen en op zijn voorhoofd. 'Is ze dood?'

'Ik hoop het voor haar. Zo niet, dan doorboor ik haar met die schaar omdat ze Julians jurk heeft verminkt,' zeg ik.

'Ze is niet dood,' mompelt een verslagen Celery, die vergeefse pogingen doet om de glitter van 100 dollar per potje van onder Candy's levenloze gestalte te redden. 'Dit is de derde keer dat dit is gebeurd in de afgelopen twee uur, maar nu heeft ze zichzelf overtroffen. Dit spul plakt als een dolle. Het gaat me alleen al een uur kosten om het van haar gezicht af te krijgen.' Dus *daarom* krijgt Celery tienduizend dollar per dag betaald. Eigenlijk moet ik onmiddellijk Julian bellen en tegen hem zeggen dat hij me voor honderd procent onderbetaalt.

Christopher voert me mee naar een hoekje voor een gedempt overleg. 'Ik ben zwaar de lul, La-la,' zegt hij met gespannen stem.

'Ik ook.'

'Hoe zwaar ben jij de lul? Leid me af van hoe zwaar ik de lul ben,' zegt Christopher.

'Kijk nou wat ze met die jurk heeft gedaan. Hoe moet ik dit ooit aan Julian uitleggen?'

'Oké, genoeg over jou,' zegt Christopher, bijtend op zijn wijsvingernagel. Hij wrijft met zijn hand over zijn ogen. 'Ik heb hier een hele crew in de startblokken staan. Ze staan al sinds 5.00 uur vanmorgen uit hun neus te eten. Straks ben ik mijn ochtendlicht *en* mijn olifanten kwijt. Dumbo en zijn broer Bam Bam moeten rond het middaguur op het feestje voor de derde verjaardag van die kleine van Joel Silver zijn,' zegt hij. 'Lo, wat moet ik beginnen?'

'Laten we haar naar het midden van de kamer verplaatsen,' stelt Candy's manager voor vanaf de andere kant van de kamer, knikkend naar Celery. 'Ik zal haar hoofd omhooghouden zodat jullie kunnen opruimen terwijl zij uitrust.'

'Uitrust?' mompelt een getergde Celery binnensmonds. 'Nou, geweldig. Daar gaan we weer.'

Ik herken de glinstering in Christopers ogen en besluit dat het niet veilig is om hem in een kamer te houden met ramen van het plafond tot aan de vloer. Ik sleur hem de kamer uit voordat hij dingen kapot begint te smijten.

'Laten we even een frisse neus gaan halen, Christopher,' zeg ik, zijn hand stevig vasthoudend terwijl ik hem de voordeur uit sleep.

'Daar heb ik geen tijd voor. Ik moet naar de vuurspuwers toe. Ik moet met de clowns praten. We moeten de grote overkapping minstens vijfhonderd meter verderop op het strand zetten vanwege het licht. Volgens de laatste berichten waren de rookmachines kapot. Ik moet de opname vanuit de kraan heroverwegen. Maar ik moet nu eerst op zoek naar de olifantenverzorger,' zegt Christopher gejaagd en met een glazige blik terwijl we langs de Pacific Coast Highway naar zijn trailer lopen. 'De volgende keer dat ik je vertel dat ik overweeg om weer een videoclip te doen, moet je me in een dubbele houdgreep nemen. Van nu af aan concentreer ik me uitsluitend op het afmaken van mijn Burning Man-documentaire.'

'Christopher, dat roep je al vijf jaar na *elke* videoclip die je hebt opgenomen. Je hebt veel te veel talent voor dit soort onzin. Wanneer ga je je nou weer eens richten op de dingen waarvoor je bent bestemd? Je laat je altijd maar weer verleiden door het grote geld.'

'Waarom moet je me er nou weer aan helpen herinneren wat voor slappeling ik ben? Ik haat mezelf,' zegt hij, de deur van zijn trailer opensmijtend.

'Op dit moment haat ik jou ook. Ik moet Julian bellen en hem vertellen dat Candy zijn jurk heeft verminkt.' Ik plof neer op Christopher's doperwtgroene bank terwijl hij als een bezetene loopt te ijsberen. 'Julian is nog steeds aan de Vicodin vanwege de eerstegraadsbrandwonden op zijn handen van het zuur in de verf die hij voor die stof heeft gebruikt. Hij spietst zichzelf op een eetstokje van Nobu als hij hoort dat ze de haute in zijn couture heeft veranderd in hoer op Hollywood Boulevard.'

'Een eetstokje? David Fincher steekt een kachelpook in mijn reet. Ik ben honderdduizend dollar over het budget heen gegaan bij de vorige clip die ik heb gemaakt voor Anonymous Content, en ze hebben gedreigd om de Pepsi-commercial aan Mark Romanek te geven.' Christopher haalt zijn vingers met de afgebeten nagels door zijn dikke, donkere haar. 'Ik krijg het nooit voor elkaar om al die opnames vandaag te maken. Ik had beter moeten weten dan een circus op het strand te willen creëren. Over drie uur ben ik officieel de lul. Mijn hele concept is verknald. Ze zeggen dat je nooit met kinderen of dieren moet werken. Hoe is het mogelijk dat ik nu met allebei zit opgescheept?' Hij trekt zijn draaiboek uit de achterzak van zijn verschoten Levi's. 'Wat moet ik beginnen, La-la?'

Ik staar uit het raam naar de dikke, paarsgrijze wolken die over het water onze kant uit komen. Ineens heb ik het.

'Christopher! "De tuin van de Finzi-Contini's", "Yesterday, Today and Tomorrow", "Shoeshine", "Vittorio de Sica"!' Als ik het niet kan helpen dat de jurk die Julian voor Candy heeft gemaakt er nu nog beroerder aan toe is dan de ozonlaag, kan ik net zo goed mijn broer helpen.

'Hè?' zegt hij door de dikke wolk rook van zijn joint. Hij ziet eruit alsof hij zo uit een George Romero-zombiefilm is geplukt.

'Je moet dat Felliniaanse circusgebeuren loslaten. Een uitgeklede, kale De Sica-achtige eenvoud, daar moet het over gaan. Weet je nog wat je op USC hebt gedaan in die 'Bicycle Thieves'-remake nadat je terugkwam uit Napels, die keer dat je onderzoek deed naar onze familiestamboom? Die korrelige zwart-witbeelden wanneer Bruno zijn vader terugvindt, waren zo simpel, zo ontroerend. Ik had er drie therapiesessies voor nodig om eroverheen te komen.'

'La-la,' fluistert Christopher vol ongeloof van achter zijn handen, die een permanente rustplaats zijn geworden voor zijn veel te zware hoofd. 'Je bent een genie. Hoe heb ik me zo kunnen laten meeslepen door al die commerciële flauwekul?? De Sica zou zichzelf verdomme nooit afhankelijk maken van een olifant! Het gaat nu alleen over mij, de camera en de junkie.' Hij stuift de trailer uit terwijl ik hem achterna ren.

'We zijn klaar voor vandaag. Iedereen naar huis,' roept Christopher over zijn schouder tegen de crew terwijl we de voordeur van het landhuis in Malibu binnenstormen. Hij dendert de trap op naar de slaapkamer en smijt de deur open.

'Jij. Op het bed. Nu.' Christopher wijst naar een verwilderde Candy Cummings, die inmiddels onderuitgezakt in een stoel van plexiglas hangt om voor de vijfde keer vandaag haar valse wimpers te laten vastplakken. Ze draagt een wit Oxford-buttondown herenoverhemd dat een beetje openhangt, zodat de tepel van een eigenaardig misvormd borstimplantaat te zien is. Julians verminkte jurk ligt in een verfrommelde prop aan haar voeten en ziet eruit als een gebruikte Kleenex vol glitters.

'Maar mijn gezicht,' jengelt Candy.

'Rot op met die make-up!' brult Christopher. Celery trekt een enkele geëpileerde wenkbrauw op en begint haar koffers in te pakken. 'Puur. Ik wil puur. Geen rook en spiegels meer. Het gaat nu tussen jou en mij, schat. *Jij en ik.* Op het bed. *Nu.*'

'Ik vind het heerlijk als je zulke stoute dingen tegen me zegt, Christopher,' kirt Candy groggy. 'Kan iemand me een scheermesje geven,' vraagt ze op gebiedende toon terwijl ze een trekje van haar Marlboro Red neemt met haar knalblauw gelakte nagels.

'Een scheermesje?' vraagt Christopher, met stomheid geslagen. De manager en de assistent staan er ongemakkelijk bij terwijl Candy moeizaam overeind komt.

'Als we naar bed gaan, moet ik me scheren. Ik heb in geen drie jaar mijn bikinilijn laten ontharen. Ik heb al genoeg pijn in mijn leven zonder dat een of andere stomme Russische koe mijn vagina staat kaal te plukken.'

'Dit is geen pornofilm,' protesteer ik.

'Haal nou maar een scheermesje voor me,' dringt Candy aan terwijl ze de as van haar sigaret op het tapijt tikt.

'Luister, dat is niet nodig,' zegt Christopher. 'Dit gaat over de waarheid, over eerlijkheid, over authenticiteit. Bovendien wordt het een close-up van je gezicht.'

'Is dit het hyperrealisme dat je zoekt?' vraagt de rockster preuts terwijl ze haar benen spreidt.

'Ik ben over vijf minuten terug,' zegt Christopher terwijl hij zijn ogen afschermt voor de 'Basic Instinct'-remake. De assistent van de rockster rommelt haastig in een stel tassen en diept een plastic Bic-scheermesje op.

'Het spijt me, maar we hebben geen scheercrème,' zegt de assistent timide. 'Ik zal even in de douche kijken of er zeep is.'

'Geef me die cola-light maar gewoon,' zegt Candy, wijzend naar een verdwaald bekertje op het nachtkastje. Ze steunt een broodmager been op het bed en doopt het scheermesje in het plastic bekertje met frisdrank. Vol afgrijzen draai ik me om en wil weggaan.

'Waar ga je heen, Lola? Blijf hier en praat tegen me,' zegt Candy vleiend met haar beste meisjesstem. 'Wat gaan we met die jurk doen?' Ik doe mijn best om mijn blik op haar gezicht gericht te houden – niet naar beneden kijken, niet naar beneden kijken, niet naar beneden kijken – terwijl ze zegt: 'Waar is Julian in godsnaam? Dat hele jurkgebeuren is totaal achterhaald. Ik wil zondag een beetje leven in de brouwerij brengen. Ik wil een zwartleren catsuit met een staart die ik kan gebruiken om Dakota Fanning mee op haar knokige kont te slaan.' Candy legt haar voet op mijn dij neer om een betere hoek te creëren voor de Bic.

Kan het nog erger worden dan dit? Ik dacht dat we het dieptepunt hadden bereikt bij de derde pas-sessie, toen Candy me naar de praktijk van haar dermatoloog had laten komen en zij in Julians schetsen zat te bladeren terwijl de brave dokter haar volspoot met botox. Of bij onze vierde pas-sessie, toen ze Flea's tatoeagekunstenaar naar haar landgoed in Silverlake had laten komen om de laatste hand te leggen aan Eva die in de appel beet op haar linkerschouder terwijl ik haar stalen van verschillende stoffen liet zien.

'Lola, jij bent de enige die me begrijpt,' lalt Candy. O god, dat kan toch niet waar zijn? Hoe verknipt moet *ik* wel niet zijn als Candy Cummings me als haar zielsverwant beschouwt? Ze begint een onsamenhangend verhaal af te steken over de strijd met haar ex-vriendin om de voogdij over hun Siamese katten, de inbeslagname van haar Porsche Cayenne door de fiscus, het opnemen van flops, zelfmoordpogingen, recente verschijningen voor de rechtbank, om nog maar te zwijgen van die ellendige paparazzi.

Wanneer Candy me uitnodigt om een volledige frontale inspectie te doen, 'voor het geval ik een plekje heb overgeslagen', neem ik me voor om later op de dag dokter Gilmore te bellen en te vragen om een dubbele sessie voor morgen. Dit is waarom het verplicht is om tijdens Oscarweek je therapeut minstens één keer per dag te zien, tussen de sessies met personal trainers, stylisten, acupuncturisten, massagetherapeuten, astrologen en spirituele begeleiders door. Misschien ben ik *inderdaad* Candy's zielsverwant, denk ik als ik me naar voren buig om het beter te kunnen bekijken, aangezien ik mezelf ervan lijk te hebben overtuigd dat dit een volkomen gerechtvaardigde bezigheid is als dat is wat ervoor nodig is om Candy in Julian Tennant te hijsen voor de Oscaruitreiking.

Ik sleep mezelf naar mijn zwarte Prius en beluister mijn voicemailberichten via de Bluetooth-luidspreker terwijl ik mijn bloeddoorlopen ogen richt op de Pacific Coast Highway, de neiging onderdrukkend om plankgas de vervuilde zee in te rijden. Het eerste bericht is van mijn vaders secretaresse.

'Je spreekt met Abby vanuit het kantoor van Paul Santisi om je uit te nodigen voor zijn overvloedritueel om zijn succes bij de Oscaruitreiking te verzekeren. Het zal gehouden worden in het huis van Barbra Streisand in Malibu om stipt 11.00 uur op zaterdag. De familie Santisi wil graag dat iedereen oranje draagt voor rijkdom, overvloed en Oscar. Graag reageren voor woensdag, en laat ons weten of je nog een gast meeneemt.'

Vervolgens spreekt ze het telefoonnummer in van mijn ouderlijk huis, alsof dat is veranderd sinds de dag dat ik ben geboren.

Aangezien papa me nooit rechtstreeks belt, ben ik wel bang dat mijn vader en ik misschien nooit meer contact met elkaar zouden hebben als Abby in zee gesleurd zou worden. Hoewel ik vermoed dat ik dan altijd nog op Mary Hart kan rekenen om me op de hoogte te houden van de belangrijke momenten in zijn leven op 'Entertainment Tonight' – op die manier kreeg ik ook te horen dat hij genomineerd was voor zijn tweede Oscar voor Beste Regisseur voor 'Whispered Screams'. Ik vraag me af of mijn vader me ooit nog eens het gevoel zal geven dat ik zijn dochter ben, en niet een of ander buitenaards wezen van Pluto dat zojuist is geland. En als Pluto ontzet kan worden uit het planeetschap, dan zou mijn vader onmiddellijk ontzet moeten worden uit het vaderschap.

Ik haal diep adem om me voor te bereiden op het volgende bericht van Planet Hollywood. Dat is afkomstig van de publiciteitsagent van Jake Jones.

'Het spijt me geweldig, maar ik moet Jakes pas-sessie van morgen afzeggen; hij heeft het hele weekend opnames gehad voor 'The Ten Commandments: The Musical' met Val Kilmer, en hij voelt zich mentaal leeggezogen.'

Mentaal leeggezogen. Alsjeblieft, zeg. Zeker nog nooit een dag doorgebracht met Candy Cummings.

Ik zet me schrap, toets Julians nummer in op mijn mobieltje, en flap alle gebeurtenissen van die ochtend eruit voordat hij me kan tegenhouden.

'Ik geloof dat ik er een ander gesprek doorheen hoorde van een of andere telefoonsekslijn, of heb je me zojuist werkelijk gevraagd om een zwartleren catsuit voor Candy Cummings te maken?' krijst Julian paniekerig. 'Ik heb Cindy Crawford, Christy Turlington *en* Naomi Campbell *niet* opnieuw tot leven gebracht om mee te lopen in mijn senioren modeshow bij Central Saint Martins zodat ik verdomme mijn debuut op de rode loper bij de Oscaruitreiking met een Halloweenkostuum kan maken.'

'En ik heb niet zes weken lang mijn geestelijk en lichamelijk welzijn op het spel gezet door tegemoet te komen aan iedere psychotische gril van Candy Cummings, mezelf vierentwintig uur per dag verlagend, met als klapstuk zojuist het inspecteren van haar pasgeschoren *kruis* zodat zij een *andere* ontwerper kan dragen,' zeg ik.

'*I-e-w*,' krijst Julian. 'O mijn god, Lola. Je moet meteen doorrijden naar de gynaecoloog om te laten controleren of je niets hebt opgelopen.'

'Ik heb geen seks met haar gehad, Julian,' bijt ik hem toe. 'Ik vertel je alleen wat ik er allemaal voor over heb om te zorgen dat Candy jou op de rode loper draagt,' zeg ik. 'Denk eens even mee. De Oscaruitreiking is over –'

'– zeven dagen,' zegt hij paniekerig. Ik kan praktisch door de telefoonlijn heen zien hoe Julian zijn in seersucker gehulde benen over elkaar slaat, zijn lange nerveuze vingers klauwend in zijn volmaakt ordeloze donkere haar, een ode aan Warren Beatty in 'Shampoo', zijn Aeron-bureaustoel onrustig op en neer wippend onder hem.

'Candy gaat zondag de Oscar winnen voor Beste Originele Liedje,' zeg ik. 'En dat kan in een Julian Tennant-catsuit zijn, of in een Gaultier-catsuit. De keuze is aan jou.'

Stilte. Afgezien van het duidelijk herkenbare geluid van Julians John Lobb-instappers die ijsberen op de betonnen vloer van zijn loft in SoHo.

'Julian?'

'Ik denk na.'

'Je hoeft niet na te denken. Je moet gewoon beginnen met naaien,' dring ik aan.

Nog meer stilte en geijsbeer.

'Sorry, Lola. Ik kan het niet doen,' zegt Julian uiteindelijk gedecideerd.

'Hoe bedoel je, je *kan* het niet, Julian? Ik heb je zojuist verteld wat ik allemaal heb doorstaan, voor *jou*.'

'En ik zal je volgende sessie bij dokter Gilmore volledig vergoeden om dat hele kruistrauma te verwerken, maar ik kan geen catsuit maken,' zegt hij.

'Julian, je hoeft mijn volgende sessie niet te vergoeden, je hoeft *alleen maar* zo'n catsuit te maken. Je *moet* dit doen. Je hebt me ingehuurd om je naam op de kaart te zetten. Laat mij *mijn* werk doen zodat jij *jouw* werk kan doen.'

'Lola, ik kan het gewoon niet,' zegt hij.

Ik mag niet nóg een carrière verprutsen. Ik haal diep adem. '*Alsjeblieft*, Julian,' smeek ik. 'Doe het voor mij. Doe het voor ons.'

'Een catsuit zou het einde zijn van mijn carrière,' zegt Julian terloops.

Ineens gaat er een lampje bij me branden. 'Oké, moet je horen, Julian, maak een catsuit en ik regel een afspraakje voor je met Tom Ford,' zeg ik.

'Afgesproken,' zegt Julian onmiddellijk. 'Maar ik maak er eentje in topaaskleurige zijde.'

'Geen sprake van. Ze wil zwart leer. Einde discussie,' zeg ik.

'Prima. Als je er maar voor zorgt dat Tom Ford op me zit te wachten in mijn kamer in het Chateau in een string met mijn naam erop in rode bergkristallen zodra ik morgen ben geland.'

Klik.

'Sorry, sorry, sorry dat ik zo laat ben,' roep ik ademloos naar Kate en Cricket wanneer ik mijn auto parkeer voor mijn piepkleine Spaanse huurbungalow aan de overkant van de straat van het Chateau Marmont. Terwijl ik haastig naar Kates zwarte Porsche 911 loop, probeer ik niet te struikelen over de vijf kledinghoezen vol met Jake Jones'-kostuums en de verschillende jurken voor Scarlett en Olivia die ik meezeul. Kate zit achter het stuur met haar mobieltje tegen haar oor gedrukt en een opengeslagen script op haar schoot, terwijl Cricket in lotushouding op de passagiersstoel zit, verdiept in de *LA Times*. Mijn arme BV en BAO zitten al ruim drie kwartier op me te wachten om te kunnen beginnen met onze vierde jaarlijkse Oscar filmmarathon. En na een dag als *deze*, heb ik echt behoefte aan mijn twee beste vriendinnen, een afhaalhap en de enorme stapel Academy-recensie-dvd's die ik van mijn vader heb gejat. Dankzij de recensie-dvd's kunnen Academy-leden Oscargenomineerden vanuit hun eigen luie stoel beoordelen; stel je voor dat ze voet zouden moeten zetten in een openbaar gebouw, net als de rest van het gepeupel. 'Je wilt niet weten hoe mijn dag met Candy Cummings is geweest.'

'Zo erg?' vraagt Cricket, haar opgewekte, pas gescrubde gezicht naar me toe kerend, friemelend aan de warrige kluwen vlaskleurig haar boven op haar hoofd terwijl ze uit Kates auto stapt. Zelfs in een grijs T-shirt en een slobberbroek ziet Cricket er stralend uit.

'*Nog erger*,' zeg ik. 'Als Candy Cummings niet beroemd was, zou zuster Ratched haar in een dwangbuis in de isoleercel stoppen.'

'Dan weet je niet hoe het is om agent te zijn. Ik heb niet één cliënt die niet zou opknappen van een maandje Bellevue,' zegt Kate, en duwt het portier van haar auto open met een kersrode leren pump terwijl Cricket me omhelst. Kate grist een zwart vestje van de achterbank en slaat het om zich heen. Zelfs de weelderige vierdraads kasjmier is niet genoeg om haar lichaam te verhullen. Ze verschikt de kraag van haar hagelwitte Oxford en trekt aan de tailleband van haar strakke zwarte spijkerbroek. Zelfs op zondagavond om zeven uur ziet Kate eruit alsof ze klaar is om uit eten te gaan met Jude Law. 'Je boft dat ik mijn tas met scripts bij me had, anders waren we al weg geweest,' zegt Kate.

'Ik betwijfel ten zeerste of ze ook maar iets heeft onthouden van wat ze heeft gelezen, want ze hing om het andere woord aan de telefoon,' zegt Cricket, die zorgvuldig de krant opvouwt en hem onder haar elegante arm steekt. 'Ik kon me amper op het vastgoedkatern concentreren.'

'Sinds wanneer lees jij het vastgoedkatern?' vraag ik. Cricket huurt al twee jaar een piepkleine studio van veertig vierkante meter op Viggo Mortensen's landgoed in Venice. Ze hoeft er maar vierhonderd dollar in de maand voor te betalen, omdat ze zijn papegaaien voert als hij op locatie is om te filmen.

'*Nou*,' zegt Cricket, die opeens roerloos blijft staan. 'Ik wilde nog niks zeggen omdat dat misschien ongeluk zou brengen, maar ik wil het jullie *dolgraag* vertellen, jullie zijn mijn beste vriendinnen. En ik heb groot nieuws,' zegt Cricket vlug terwijl ze Kate en mij bij de hand grijpt. 'Lola, houd Kates hand vast. Dit moet in een kringetje,' instrueert ze.

'Cricket, ik heb geweigerd om mee te doen aan dat hele "Kumbaya" gebeuren toen ik als meisje van tien op kamp ging, en ik ben niet van plan om er nu mee te beginnen, dus vertel ons het nieuws nu maar gewoon,' beveelt Kate.

'Toe nou, Kate,' zeg ik, mijn geopende handpalm naar haar uitstekend.

'Best hoor,' zegt Kate, de BlackBerry waarmee haar rechterhand praktisch vergroeid is in haar vanillekleurige leren hobotas stoppend. Cricket kijkt aarzelend naar de grond en haalt diep adem.

'Jullie weten toch dat ik nog steeds in de race was voor die remake van de serie "Baywatch"? Nou, de producers hebben het aantal kandidaten teruggebracht tot mij en de nieuwe Cameron Diaz, en ze hebben ons vandaag allebei een screentest bij de televisiemaatschappij laten doen,' zegt ze.

'Ik dacht dat *jij* de nieuwe Cameron Diaz was,' val ik haar in de rede.

'Nee, mijn huid is te licht. De producers hebben tegen mijn agent gezegd dat ze denken dat ik de nieuwe Kirsten Dunst ben,' zegt Cricket.

'O mijn god, Cricket, dat is geweldig,' zeg ik.

'Wanneer denk je dat je bericht krijgt van de televisiemaatschappij?' vraagt Kate.

'Nou,' Cricket wacht even, nauwelijks in staat om haar opwinding te bedwingen. 'Nadat ik vandaag auditie had gedaan, hebben de producers me even apart genomen en tegen me gezegd dat de mensen van de televisiemaatschappij de nieuwe Cameron Diaz verschrikkelijk vonden, maar dat ze mij *geweldig* vonden en dat het ernaar uitziet dat alles in kannen en kruiken is!' Cricket slaakte een gilletje terwijl we op en neer beginnen te springen op de stoep voor mijn huis. Zelfs Kate op haar hoge hakken doet onwillekeurig mee. 'O mijn god, Cricket,' krijs ik. 'Dit is fantastisch!'

'Ze zouden gek zijn als ze jou niet casten. Je bent een veel betere actrice dan Pam Anderson,' zegt Kate, en ze geeft Crickets hand nog eens een extra kneepje.

'Niet te geloven, hè? De televisiemaatschappij heeft al dertien afleveringen besteld. Ik word een van de vaste acteurs in een televisieserie als ik de rol krijg.'

'*Natuurlijk* krijg je de rol,' verbeter ik haar.

'Dan kan ik eindelijk mijn studielening afbetalen en een eigen huis kopen,' zegt Cricket verrukt.

'Cricket, dit wordt je doorbraak,' zeg ik, haar omhelzend. 'Als iemand dit verdient, dan ben jij het wel. Ik heb hier een heel goed gevoel over.'

'Ik ook! Volgens de astrologische kaart van de *LA Yoga Journal* is de stand van de planeten op dit moment heel gunstig voor mij,' zegt Cricket, die een koffer op wieltjes uit Kates kofferbak hijst terwijl Kate haar kolossale tas vol scripts over haar schouder gooit.

'Hoe lang ben je van plan te blijven?' vraag ik aan Cricket.

'Ik hoopte dat ik straks nog even een bad zou kunnen nemen, en het is niet zoveel als het lijkt. Mijn badjas en badzout nemen een hoop ruimte in,' zegt ze. Aangezien Viggo's piepkleine studio geen bad heeft, brengt Cricket regelmatig een bezoek aan mijn badkamer, gewapend met haar eigen, naar lavendel geurende sojakaarsen en organische badzouten. Ik ben bang dat als ze een eigen huis met een bad krijgt, ze er echt helemaal nooit meer uit komt. Hoewel ze misschien wel zo doorweekt raakt van 'Baywatch' dat ze volledig over de badobsessie heen groeit. 'Dit zou wel eens de laatste keer kunnen zijn dat ik bij jou in bad ga. Ik heb een leuk tweekamerappartement aan Ocean Avenue in de krant zien staan.'

'Ik geloof dat ik nog een fles champagne van oud en nieuw in de koelkast heb staan. Die gaan we opentrekken om het te vieren,' zeg ik.

'Ik had kiploempia's van Gingergrass voor je meegebracht om je te verrassen, maar ik heb de meeste misschien al opgegeten terwijl we op jou zaten te wachten,' zegt Kate. 'Ik moest helemaal naar Silverlake rijden, en ik verrek van de honger.'

'Dat geeft niet, Kate,' zeg ik terwijl we het stenen pad naar mijn huis op lopen. 'Wat moest je in Silverlake doen?'

Kate rolt met haar ogen. 'Bij Will op bezoek. Hij wilde dat ik naar zijn huis zou komen om hem te helpen zoeken naar een plek waar hij zijn Oscar kan neerzetten.'

'Je bedoelt de Oscar die Will nog niet eens heeft *gewonnen*,' merk ik op terwijl ik mijn voordeur opendoe en de kledinghoezen over de Louis XIV-stoel met luipaardmotief leg die mijn moeder me heeft gegeven toen ze vorig jaar een 'energiezuivering' hield in Villa Santisi. Ik wou dat ik het me kon permitteren om het ding opnieuw te laten bekleden.

'Will gaat *zeker* winnen,' zegt Kate. 'Het verbaast me dat de familie Santisi de dalai lama nog niet heeft laten komen om ruimte vrij te maken in het huis van je ouders voor je vaders tweede beeldje.'

'Eerlijk gezegd houden mijn ouders een overvloedritueel om mijn vaders succes op zondag te garanderen,' zeg ik, en doe mijn best om mijn gezicht in de plooi te houden. 'Het is bij Barbra Streisand thuis, op zaterdagochtend, en Abby heeft gezegd dat ik een partner mee mocht brengen, dus wie van jullie wil er met me mee?'

'Stik, ik kan niet. En ik hoor dat Streisands huis echt schitterend is,' zegt Kate.

'Ik kan ook niet. Sorry. Ik heb SD beloofd dat ik zijn yogalessen zaterdagochtend wel zou overnemen aangezien hij een privéles doet met Elijah Wood,' zegt Cricket. SD Rail is dé yogi van het moment en heeft genoeg magnetisme om te wedijveren met Bowie in zijn hoogtijdagen.

'Je zult niet zo heel lang meer hoeven invallen bij Yoga Works nu je de ster van "Baywatch" wordt,' zeg ik.

'Het is beter dan honden inzepen bij Chateau Marmutt. Als je wilt dat ik met je meega naar het overvloedritueel, kan ik wel kijken of iemand anders die lessen wil overnemen,' zegt Cricket terwijl ik de inhoud van Kates afhaaltas op mijn aanrechtblad uitstal. 'Hé, ik hoef daar niks van, hoor. Ik eet alleen nog maar ongeraffineerd voedsel.'

Kate en ik kijken haar ongelovig aan. 'Sinds wanneer?' vraagt Kate.

'Al een paar weken. Je krijgt er enorm veel energie van. Ik ben nog nooit zo ongelofelijk in balans geweest met mijn lichaam.' Crickets huid ziet er inderdaad bijzonder stralend uit. 'Bovendien heb ik gehoord dat Ashton en Demi hun boodschappen doen bij Erewhon. Ik heb echt het gevoel dat het me een voorsprong geeft op alle lusteloos-voedsel-etende actrices. Ik bedoel, kijk naar wat er nu al is gebeurd met "Baywatch".'

'Ja, want ik durf te wedden dat het heel anders had kunnen uitpakken als de nieuwe Cameron Diaz alleen maar *ongeraffineerd* voedsel at,' zegt Kate droog. 'Kom op, dit gaat natuurlijk over een of andere vent, Cricket. Heb je iemand ontmoet tijdens die yogaretraite?'

'Nee, Kate, waarom moet het voor jou altijd over mannen gaan? Dit gaat over mijn eigen persoonlijke welzijn,' zegt Cricket. 'Kunnen we nu met de films beginnen?'

'Heb je "Lawrence of Arabia" meegenomen?' vraagt Kate, gebarend naar de stapel dvd's op mijn keukentafel.

'Ik heb morele bezwaren om daarnaar te kijken. Brett Ratner die denkt dat hij daar een remake van kan maken en Peter O'Toole kan vervangen door Wentworth Miller, dat is echt een lachertje. Wil je niet liever die Woody Allen-film zien?' vraag ik.

'Die heb ik al gezien,' zegt Kate. 'Het verbaast me dat je vader die films aan je uitgeleend heeft – de Academy is als de dood dat er illegale kopieën van worden gemaakt. Ze zouden hem wel uit de Academy kunnen gooien als ze erachter kwamen.'

'Eerlijk gezegd heeft hij ze niet officieel aan me *uitgeleend* – ik heb ze gejat uit zijn filmkamer,' zeg ik. 'Ik heb zijn mand met officiële Academy Award-geschenken voor genomineerden geplunderd. Ik heb de nieuwe Nokia meegejat, een jaar beltegoed *en* een Krups-keukenset, inclusief broodrooster, waterkoker en de rest van je leven gratis koffie en thee.'

Cricket fronst. 'Als je vader dat zou verkopen op eBay, zou hij een ozon-waterfiltersysteem kunnen laten aanleggen voor heel Malawi,' zegt ze.

'Gelukkig zijn Madonna en Angelina daar al mee bezig, want het enige goede doel waar mijn vader iets om geeft, is hij zelf.

Bovendien, na al die verjaardagen en balletuitvoeringen die mijn vader heeft gemist, vind ik dat ik er recht op heb,' zeg ik. 'Trouwens, je weet dat hij nog minstens dertig *onofficiële* manden met hebbedingetjes krijgt. CAA heeft hem er al eentje gestuurd met tien paar van die Ice Cream-gympen waar hij zo gek op is. Universal heeft een gegraveerd sterling zilveren scheermes gestuurd *en* Peter Luger-steaks. Vespa heeft verdomme een scooter laten bezorgen met zijn initialen erop gespoten. Hij zal heus niet merken dat ik dat weekendje weg naar de San Ysidro Ranch heb meegenomen, dat ik bewaar voor mijn toekomstige niet-acteursvriendje.' Kate en Cricket trekken allebei hun wenkbrauwen naar me op. 'Oké, wie houd ik nou voor de gek, de geldigheidsdatum is straks al lang verstreken voordat ik hem zelfs maar heb ontmoet. We zouden eigenlijk met zijn drietjes moeten gaan als de Oscarweek achter de rug is.'

'Echt waar?' jubelt Cricket. 'Sinds ik die foto's van Gwyneth in *People* heb gezien die daar haar toevlucht zoekt, droom ik ervan om erheen te gaan. Dit is zo gaaf.'

'Ik heb ook een gratis vijfjarig abonnement van The Sports Club/LA voor je meegesnaaid, Kate,' zeg ik tegen mijn BV. 'En een TSE kasjmierpyjama en ochtendjas voor jou, Cricket. Mijn vader zal er flink voor moeten dokken, want die lui bij de belastingdienst hebben besloten dat ze het zat zijn dat beroemdheden alles gratis krijgen.'

'Dank je wel, Lo. Je bent een schat,' zegt Cricket.

'Bedankt, Lo,' zegt Kate. 'Het enige wat Will me heeft gegeven uit *zijn* mand met cadeaus voor genomineerden was het cellofaan dat eromheen zat. Hé, had ik jullie al verteld dat Bryan Lourd vrijdag vanaf zijn tafel in de Grill naar me zwaaide?' B.L.'s impresariaat der impresariaten, CAA, is Kates beoogde laatste pitstop op de weg naar wereldheerschappij.

'Jouw obsessie met Bryan Lourd is nog enger dan Lisa Nowak en haar astronautenluiers,' zeg ik.

'Als ik er samen met Will was geweest, zou hij naar onze tafel toe zijn gekomen. Gelukkig had ik een afspraak met Ellen Pompeo voor het ondertekenen van het contract. Ziet Will er niet verrukkelijk uit op deze omslag?' Kate pakt het lijvige Hollywoodnummer van *Vanity Fair* van mijn keukentafel. De uitklapomslag van 'Hollywood's Meest Sexy Mannelijke Hoofdrolspelers' is een typisch Annie Leibovitz prutswerkje met Will Bailey, Ryan Gosling, Orlando Bloom, Johnny Depp, Jamie Foxx, Heath Ledger, Josh Hartnett en Jake Gyllenhaal in de hoofdrollen. Arme Peter Sarsgaard, Zach Braff en Jake Jones hebben slechts de binnenflap gehaald.

'Daar kan ik nu niet naar kijken,' zeg ik. 'Het is te deprimerend, al die rijke, succesvolle acteurs die er gelukkig en sexy uitzien. Het is walgelijk,' protesteer ik terwijl Kate als een trotse moeder de foto van haar voor Beste Acteur genomineerde cliënt staat te aaien. 'En Julian die aan mij vraagt om Jake Jones te kleden, is als een alcoholist vragen om achter de bar te gaan staan. De GM Show is over twee dagen, en Jake heeft nog steeds zijn maten niet laten nemen voor zijn kostuum. Zijn publiciteitsagent heeft zijn pas-sessie van morgenochtend *alweer* afgezegd.'

'Hé, hebben jullie zin om morgenavond mee te gaan naar het feestje in de Skybar van het tijdschrift *Premiere*?' vraagt Kate.

'Kate, heb je dan niets gehoord van wat ik net heb gezegd? Geen sprake van. Het wemelt daar van de acteurs,' zeg ik. 'Ik wil gewoon deze week overleven zonder binnen een straal van negen meter van een acteur te komen – tenzij ik er eentje moet kleden, natuurlijk. Ik kan me niet nog verder door hen laten afleiden van het overwinnen van deze verdomde Carrière Tekort Stoornis,' zeg ik. 'Ik ben zesentwintig. Het wordt tijd dat ik eens een keer iets presteer.'

'Dat *doe* je al, Lola,' zegt Cricket. 'Je bent bezig Candy Cummings, Scarlett Johansson *en* Olivia Cutter zover te krijgen dat ze in Julian Tennant over de rode Oscarloper schrijden.'

'Candy en Scarlett, oké. Olivia, dat weet ik nog zo net niet,' merkt Kate op. 'Ik wil niet vervelend doen, Lo, maar waarom zou Olivia Cutter Julian naar de Oscaruitreiking Tennant dragen als ze er in Givenchy zo goed uitziet?' Ze houdt een dubbele pagina in *VF* van de actrice omhoog, die er oogverblindend uitziet in een door de jaren twintig geïnspireerde jurk die dezelfde ijsblauwe kleur heeft als haar ogen. 'Zij is wel heel hoog gegrepen, Lo.'

'Alsof ik dat niet weet,' zeg ik. 'Joost mag weten hoeveel jurken Carolina Herrera, Vera Wang en Badgley Mischka op de gok voor haar in elkaar hebben geflanst. En dat zijn alleen nog maar de ontwerpers die ik weet omdat dokter Lee het me heeft verteld.' Mijn acupuncturist die ook de zus van de assistente van Olivia's manager als patiënt heeft. 'Bovendien is Adrienne Hunt op jacht voor Prada.'

Ik houd een nog veel somberder gedachte voor mezelf: zelfs als Olivia *toezegt* dat ze in een van Julians jurken voor Joan Rivers zal gaan paraderen, is het nog niet gezegd dat ze na ik-weet-niet-hoeveel pas-sessies niet een stunt à la Sharon Stone zal uithalen en in de laatste nanoseconde nog een zwart T-shirt van vijftien dollar zal aantrekken van Gap of Monique Lhuillier. Het Maldon-zeezout in de wonde is dat zelfs als de prima diva's de verbluffende creaties van de ontwerpers afwijzen, ze deze evengoed mogen *houden*. Wat moet ik doen, door Olivia's raam klauteren om een afgewezen jurk terug te halen? Denk je dat Renée Zellweger de perfect op maat gemaakte Michael Kors-afdankertjes per koerier naar zijn atelier in New York laat terugbrengen?

'Ik heb alle vertrouwen in je, Lo,' zegt Cricket. 'Olivia gaat Julian Tennant dragen omdat jij haar ervan gaat overtuigen dat ze dat moet doen. Jij hebt echt oog voor mode. En je weet wat mensen wel en niet goed staat. Het is een gave. Je moet alleen nog leren visualiseren dat alle puzzelstukjes op hun plaats vallen.'

'Nou, André Leon Talley vertelde me wel dat Olivia vorige maand tijdens Fashion Week op de voorste rij bij Julians show heeft zitten kwijlen,' zeg ik. 'En ze heeft Julian een gigantisch boeket Casablanca-lelies gestuurd met de mededeling dat zijn show absoluut haar favoriete collectie was.'

'En jij geloofde haar?' zegt Kate. 'Ze hengelt gewoon naar nog meer gratis spullen. Ze geeft vijftig dollar uit aan een paar bloemen en krijgt er voor duizenden dollars aan jurken voor terug. Misschien is ze toch niet zo dom als ik heb horen zeggen. Of in ieder geval haar agent niet. Ze gaat de nominatie volledig uitmelken. Dat zou ik ook doen. Ik heb gehoord dat ze niet zo tevreden is over William Morris – denk je dat dat echt waar is?'

'Kate, kan het alsjeblieft nog tien seconden langer over mij gaan? Ik heb een maagzweer zo groot als mijn vaders ego op dit moment,' zeg ik. 'Godzijdank gaat Scarlett Julian dragen. Als ik haar niet in de Julian Tennant-kledinghoes had zitten, zou ik momenteel in een modecoma liggen.'

'Ik weet gewoon dat Olivia verliefd zal worden op een van de jurken die Julian morgen meebrengt,' zegt Cricket. 'Je hebt straks een Oscarwinnares die Julian Tennant draagt. Olivia is een gedoodverfde winnares. Ze is vijftien kilo aangekomen, heeft een tandprothese gedragen en een drugsverslaafde gespeeld.' – het heilige Hollywood drietal dat praktisch garant staat voor Oscargoud.

'Precies. Waar is de spanning? Amerika zou Olivia opvreten voor het ontbijt, de lunch en het diner als het kon,' zegt Kate. 'Hoe het ook zij, je hebt straks *twee* winnaars, Lo. Candy zal Phil Collins met zijn 'In The Air Tonight Remix' beslist verslaan. Op *Extra* wordt Candy die de hit uit *Kill Bill Volume* zingt praktisch non-stop gedraaid.'

'Dat lukt alleen als ik Julian kan overhalen om die zwarte cat-suit voor Candy te maken,' zeg ik. 'Ik heb hem moeten beloven dat ik een afspraakje met Tom Ford voor hem zou regelen.'

'Lo, je *kent* Tom Ford niet eens,' zegt Kate.

'Dat weet Julian niet,' antwoord ik. 'Dit is voor zijn eigen best-wil. En die van mij,' zeg ik, mijn hooggehakte Mary Janes uit-schoppend, die op Kates tas met scripts terechtkomen.

'Hé! Daar zit Alexander Paynes nieuwe script in!' krijst Kate.

Ik schuif mijn schoenen opzij met mijn teen. 'Wat is *dit*?' vraag ik, en til de zwarte nylon tas met het bekende driehoekige logo van de grond. 'Heult mijn beste vriendin nu opeens met die advokut van de duivel?' Ik begrijp wel min of meer waarom Kate Prada heeft verkozen boven Julian om Will te kleden, maar het steekt toch.

Kate heeft niet eens het fatsoen om schuldbewust te kijken. 'Wat? Had ik een Prada-tas van twaalfhonderd dollar dan terug moeten sturen, soms?'

'Wees op je hoede, Kate, het is slechts een kwestie van tijd voordat Adrienne Hunt je in je rug steekt met haar Prada-naaldhakken van twaalf centimeter,' zeg ik.

'Heb je onlangs nog over Sunset Boulevard gereden en gezien hoe goed Will eruitziet in die Prada-campagne van zes bij zes meter? Ik zou tegen Will zeggen dat hij met Adrienne naar bed moest als ik dacht dat het goed was voor zijn carrière. Ik zou verdomme *zelf* met haar naar bed gaan. Het kan me niet schelen dat ze een walgelijk mens is. Dat weet je.'

'Ik kan maar niet geloven dat ik het tegen die vrouw op moet nemen om Olivia te krijgen. Het is niet zo dat ik een hekel heb aan Prada. Ik vind het fantastisch wat Miuccia voor nylon heeft gedaan. Ik heb er alle respect voor dat ze een van haar schattige logo'tjes op een simpele LeSport-tas van dertig dollar kan plakken en er vervolgens twaalfhonderd dollar voor kan vragen. Het is die verdomde Adrienne. Vergeleken bij haar is Anna Wintour een schatje,' zeg ik. 'Ik heb gehoord dat op de dag dat de nominaties bekend werden gemaakt ze heeft geprobeerd Olivia om te kopen met een knalroze slangenleren Prada-minihandtasje. Ik bedoel, Kate Moss staat twaalfde op de wachtlijst voor die tasjes. Adrienne heeft 'm uit Giselles hand gerukt zodra ze in Milaan van de catwalk af stapte. De kers op de taart is dat ze een Prada-kasjmiertrui met een bontrandje voor Olivia's hond heeft laten maken. Daar kan ik toch niet tegenop?'

'Heeft ze bont laten maken voor een hond?' roept Cricket uit. 'Dat is echt ziek. Dat is net zoiets als mijn dode tante Martha om mijn nek draperen en haar een sjaal noemen. We zouden haar moeten aangeven bij PETA,' verkondigt ze terwijl het snerpende geluid van een mobieltje dat afgaat de kamer vult. 'O jeetje, dat is vast mijn agent,' gilt ze, met haar hoofd in haar boodschappentas van organisch katoen duikend.

'Sorry, Cricket, dat ben ik,' zegt Kate. Terwijl Kate kalmpjes op de knop van haar Nokia drukt, stort Cricket als een teleurgesteld hoopje mens ineen, boven op de inhoud van haar tas, zodat de *Autobiografie van een yogi,* het script van *Baywatch* en een grijs joggingpak over de vloer schuiven.

'Ik hoop dat je hier een heel goede reden voor hebt, Adam,' blaft Kate tegen haar arme assistent, de nieuwste in een lange reeks overgekwalificeerde, overdreven ambitieuze afgestudeerden van N.Y.U. Film School. Kate schijnt vergeten te zijn dat de laatste keer dat Adam een weekend vrij heeft genomen, ze hem heeft gestraft door hem een week lang de toestemming te weigeren om met haar Porsche naar de Santa Palm Autowasstraat te rijden.

Adams bescheiden stem is nauwelijks hoorbaar. 'Je zus zou heel graag willen dat je toch nog een keer zou overwegen om vrijdagavond naar het oefendiner voor haar huwelijk te komen.'

'Adam, we hebben het hier al uitvoerig over gehad. Ik dacht dat je aan Sarah had uitgelegd dat ik Bryan Lourds Oscarfeestje op vrijdagavond absoluut niet mag missen. Ik bedoel, zoals het nu is, vlieg ik zaterdagmiddag naar Marin voor de bruiloft, direct na de Film Independent's Spirit Awards en mis daardoor ook al het feestje van de Weinsteins.'

'Weet je zeker dat je haar niet zelf wilt bellen? Ze klonk behoorlijk overstuur,' suggereert Adam timide.

'Goed idee. Zet haar maar op mijn bellijst voor morgen,' instrueert Kate voordat ze haar telefoon uit klikt.

'Wat?' zegt Kate bij het zien van onze afkeurende blikken.

'Je kunt het oefendiner van je zus toch niet missen?' vraagt Cricket. 'Je begint al zo'n echt Hollywoodkreng te worden. Ik kan er niet tegen.'

'Ben je eigenlijk wel uitgenodigd voor het feestje van Bryan Lourd, Kate?' vraag ik.

'Nee. Jij neemt me er mee naartoe,' zegt Kate. 'En alsjeblieft zeg, het is niet zo alsof ik het jawoord mis. Bovendien, ik betaal hun huwelijksreis.'

'Ik geloof niet dat ik bij Bryan ben uitgenodigd,' zeg ik. Ik heb me er niet toe kunnen zetten om de gigantische lading uitnodigingen voor pre-Oscarfeestjes door te nemen die zich op mijn nachtkastje heeft opgestapeld.

'Ja, dat ben je wel,' zegt Kate.

'Hoe weet jij dat nou, heb je mijn post soms bekeken?'

'Ja. En vind je het niet onbegrijpelijk dat ik een uitnodiging voor 23.00 uur heb voor het *Vanity Fair*-feest? Ik heb Graydon dat exclusieve interview met Will gegeven, direct nadat we gehoord hadden dat hij genomineerd was, en hij kon niet eens met een uitnodiging voor 22.30 uur over de brug komen?'

'Wees blij dat je überhaupt bent uitgenodigd,' zegt Cricket knorrig.

'Jij wordt volgend jaar ook uitgenodigd, wanneer je een van de vaste acteurs bent van *Baywatch*,' zeg ik.

'En dan heb ik een huis met een bad,' vult Cricket aan.

'Zullen we de film starten?' vraagt Kate.

'O, wacht – nog even mijn e-mail controleren.' Cricket draaft naar mijn zwarte MacBook op het aanrecht. Ze heeft al geen eigen computer meer sinds ze is afgestudeerd aan de toneelschool.

'Misschien kan ik een laptop van de set van Spiderman 4 voor je regelen. Daar filmt Will een scène,' biedt Kate aan. 'Ze hebben een contract met Apple dus het kost bijna niks en ze zetten die dingen nauwelijks aan.' Cricket reageert niet. 'Cricket, heb je me gehoord?' vraagt Kate.

'O mijn god. O mijn god, o mijn god, o mijn god,' zegt Cricket, naar adem happend van achter mijn laptop.

'O mijn god!' val ik haar bij. 'Cricket, gefeliciteerd!' gil ik, en ren naar haar toe, klaar om het op en neer springen te hervatten. Maar dan blijf ik staan. Crickets melkachtige huid steekt ineens doorzichtig af tegen de zwarte avondlucht die door het keukenraam naar binnen kruipt. Haar anders zo kristalheldere, zeegroene ogen zien eruit alsof ze doordrenkt zijn met olie van de milieuramp met de Exxon Valdez. Ze hijst zichzelf overeind in de lotuspositie en haalt diep en krachtig adem.

'Ik heb de rol niet gekregen,' zegt Cricket monotoon, zonder haar gezicht naar ons toe te keren, haar ogen glazig, gefixeerd op het computerscherm.

'*Wat*?' vragen Kate en ik eensgezind.

'Ze zeiden dat ik – te lang was,' fluistert Cricket. 'Ze hebben de rol aan de nieuwe Kate Bosworth gegeven. En er is nog meer.'

'*We willen je niet langer als cliënt van The Dorff Agency. Har-*

telijke groet, Greg,' leest Kate hardop over Crickets afhangende schouder heen. 'Die dikke nicht van een Greg Dorff kan doodvallen met zijn mislukte impresariaatje. Hij deed net zoveel voor jouw carrière als Michael Brown voor New Orleans. Je kunt hem missen als kiespijn,' zegt Kate.

'O god, Cricket,' zeg ik geschokt. 'Wat erg voor je.'

'Te lang,' kreunt Cricket. 'Te lang!? De casting director heeft bij mijn eerste, tweede of *derde* auditie niet tegen me gezegd dat ik te lang was. De producers hebben nooit tegen me gezegd dat ik te lang was toen ze me *vijf* keer lieten terugkomen. Wanneer hebben ze dan besloten dat ik te lang was? Was het vandaag, toen de bazen van de televisiemaatschappij me in dat niets verhullende rode badpak lieten ronddraaien, op de grond gaan liggen en omrollen alsof ik een hond was ten overstaan van het voltallige personeel? Die bazen keken me in de ogen en zeiden dat ik goed was. Ze zeiden dat ik *goed* was!' jammert Cricket.

'Je *bent* ook goed, Cricket,' zeg ik.

'Dit is maar *één* tv-serie, er komen er nog wel meer,' zegt Kate zacht. 'Cameron Crowe heeft tegen Will gezegd dat hij te klein was, en nu is hij genomineerd voor een Academy Award.'

'Je moet gewoon blijven volhouden,' zeg ik, terwijl ik de losgeraakte lokken lang blond haar die rond Crickets engelengezichtje hangen achter haar oren duw.

'Waarom? Zodat de volgende casting director tegen me kan zeggen dat ik te lang ben of te blond of te oud of te jong of te – wit. Ik geef het op! Ik kap ermee! Talent heeft er niets mee te maken,' zegt Cricket, terwijl de tranen over haar wangen stromen.

'Je bent veel te goed om het op te geven. Kom, misschien moeten we in de woonkamer gaan zitten,' zeg ik, haar bij de hand nemend en meevoerend naar de andere kamer. 'De feng shui-man die mijn moeder na mijn breuk met SMITH heeft laten komen zei dat daar de beste energie is van het hele huis.' Ik zet haar neer in de met linnen beklede leunstoel in de hoek en wikkel haar tengere lichaam stevig in de oranje kasjmierdeken die de feng shui-man heeft geadviseerd voor vitaliteit en bescherming. Haar kleine, transparante gezicht ziet eruit alsof het in het niets zal oplossen naast de massa oranje stof waar ze haast in verdwijnt.

'Vind je het goed als ik die TSE-kasjmierpyjama die je me net hebt gegeven verpats zodat ik een vliegticket terug naar Ohio kan kopen? Ik heb de afgelopen maand mijn bankrekening geplunderd om alle ontharingsbeurten voor die stomme serie te kunnen betalen,' zegt Cricket, haar tranen wegvegend met haar handpalmen.

'Cricket, er komt *heus wel* een andere rol,' zeg ik, en ik ga naast haar zitten.

'Een veel betere rol,' voegt Kate eraan toe, en ze gaat aan Crickets andere kant zitten.

'Ik kan dit niet meer. Ik ga naar huis. Ik ga terug naar Ohio,' zegt Cricket resoluut.

'Geen sprake van. We laten je niet opgeven vanwege een of andere televisiebaas met een Napoleon-complex,' zeg ik. 'Bovendien, wat moeten wij zonder jou beginnen?'

'Cricket, denk je dat Jennifer Lopez erover dacht om het op te geven en terug te gaan naar de Bronx, elke keer dat een of andere lul van een casting director, of producer, of director tegen haar zei dat haar kont te dik was? Nee. Ze hield stug vol, en dat moet jij ook doen,' zegt Kate.

'Kate heeft gelijk, Cricket,' zeg ik. 'Je kunt niet opgeven. Dit is alles wat je ooit hebt gewild. En je was vorige maand zo goed in *Law & Order: Special Victims Unit*. Ik vond je echt heel overtuigend.'

'Ik speelde een *lijk*, Lola. Ik had misschien vijf seconden in een shot van mij en vier andere meiden die meeliepen in een Greenpeace-protestmars voordat ik door een Hummer werd overreden.' Cricket haalt vlug haar arm langs haar neus en slaakt een bibberige zucht werd overreden.

'En je gastrol in *Grey's Anatomy* was briljant,' zegt Kate, die zelden dergelijke complimenten uitdeelt.

'Kate, ik was een verkeersslachtoffer dat in coma lag.'

'Ja, maar het was echt fascinerend. Jij *werd* het coma. Ik geloofde in het coma,' zegt Kate.

'Hoor nou eens wat jullie zeggen – dat ik goed ben in me dood houden,' zegt Cricket. 'Weten jullie nog dat ik auditie heb gedaan voor *The Ingenue*? Faye Dunaway zei dat ik het emotionele spectrum heb van Karl Rove. Ze zei dat ik me moest beperken tot poseren in de Nordstrom catalogus met mijn mond dicht.'

'Jakkes, liefje, wat afschuwelijk,' zegt Kate. 'Laat haar maar kletsen, Cricket. Je bent *veel* te goed voor *The Ingenue*.'

'Maar de hoofdprijs bij *The Ingenue* is een rol in *Lost*. En ik heb het totaal verknald,' zegt Cricket. 'Mijn besluit staat vast; ik pak mijn koffers en ga terug naar Ohio. Het universum probeert me iets duidelijk te maken.'

'We laten je niet gaan. We zouden ons geen raad weten hier zonder jou. We gaan op zoek naar een nieuwe agent voor je, een veel betere,' zeg ik.

'Ik zal Adam vragen of hij morgen David Feldman wil bellen van onze televisieafdeling om ervoor te zorgen dat ze je weten te vinden voor pilot season,' biedt Kate aan. Ik kijk haar aan met een doe-normaal blik. 'Oké, ik zal David morgenochtend zelf meteen bellen,' zegt Kate.

'Echt waar? Zou je dat voor me doen, Kate?' vraagt Cricket.

'Echt waar, Cricket. Je kunt dit,' zegt Kate stellig. 'Vooruit, sta op,' gebiedt ze, terwijl ze Cricket van de bank omhooghijst en de deken van haar afwikkelt. 'En vergeet die idiote televisiebazen,' zegt Kate, die beschermend haar sterke armen om Cricket heen slaat. Ik omhels haar vanaf de andere kant.

'Jij komt er wel,' fluister ik in Crickets nek.

'*Wij* komen er wel,' fluistert ze terug.

'Zo kan-ie wel weer,' zegt Kate, 'we hoeven niet dat hele gedoe met een groepsknuffel te doen,' maar ze omhelst Cricket en mij toch nog even heel stevig voordat ze zich losmaakt.

'Kom op, Cricket, we gaan *The Violinist* kijken. Ryan Phillippes biceps zullen je aandacht afleiden van Greg Dorff en die stomme televisiebazen,' stel ik voor.

'Die gaat over de volkerenmoord in Armenië, Lola,' antwoordt Cricket zorgelijk. 'Laten we *Old School 2* kijken. Ik voel me altijd beter als ik Will Ferrell zie.'

'Dat is de film van CAA. Daar hebben ze verdomme een for- tuin aan verdiend,' zegt Kate. 'Lola, doe me een lol. Zou je Oli- via morgen tijdens de pas-sessie willen vragen of ze het naar haar zin heeft bij William Morris?'

'Kate, alsjeblieft, zouden we het nog even tien seconden over Cricket kunnen hebben?' zeg ik, terwijl ik mezelf van de bank hijs en naar de koelkast loop om te bevestigen hoe leeg die is en hoe uitgehongerd ik ben.

'Oké, volgens mij waren dat wel tien seconden. Vergeet niet om het ook aan Scarlett te vragen.' Ik werp Kate een smekende blik toe wanneer ik terugloop naar de woonkamer. 'Oké, sorry,' mompelt ze.

Als ik een film wil pakken, kan Kate de neiging niet weerstaan om te zeggen: 'Laat me in ieder geval weten of Olivia haar agent bij zich heeft.'

'Jezus, Kate,' zucht ik.

'Ik zou als een hondje achter haar aan lopen,' zegt Kate.

Vijf uur, één koude, doorweekte keizerlijke rol, twee verwaaide Kate Winslet close-ups, één kraken van *The Giotto Code*, en één ernstig geval van een houten kont later, doe ik de deur achter Kate en Cricket dicht. Het enige wat ik wil, is in bed stappen en pas weer wakker worden wanneer het enge gedeelte achter de rug is. Wanneer we allemaal precies zijn waar we willen: carriè- re, oké; liefdesleven, oké; geneesmiddel tegen kanker, oké – de nieuwe krokodillenleren laarzen van Chanel tot over de knie met lakleren neuzen, oké, oké.

Mijn mobieltje gaat. Wie belt er in godsnaam nog zo laat?

'Hé Angela,' zeg ik. Het telefoonnummer van Scarlett Johans- sons nichtje-annex-derde-assistente staat in mijn geheugen ge- grift.

'Scarlett heeft me gevraagd je te bellen om de pas-sessie van morgen af te zeggen,' zegt ze.

Wat zal het dit keer zijn? Pilates? Een reikibehandeling? Een paranormale sessie bij Suzannah Galland? 'Ik begrijp dat Scar- lett het druk heeft. Zeg maar gewoon wanneer ze een nieuwe afspraak wil maken,' zeg ik, me afvragend wanneer mijn lippen aan elkaar zullen kleven van het stroop smeren. 'We verheugen ons enorm op haar definitieve pas-sessie en we zijn zeer vereerd dat Scarlett Julian wil dragen naar de Oscaruitreiking.'

'Dat wil ze dus niet. Ze gaat Narciso Rodriguez dragen.'

Alle zuurstof wordt meteen uit de kamer gezogen. 'Hoe bedoel je, ze gaat Narciso Rodriguez dragen?' zeg ik langzaam.

'Ze is van gedachten veranderd. Meer kan ik er niet over zeggen. Mijn andere telefoon gaat, ik moet ophangen.'

'Hoe bedoel je, je andere telefoon? Dus ze wil geen Julian Tennant dragen?'

'Lola, het is Nicole van Terminex Ongediertebestrijding, en ik probeer haar al dagen te pakken te krijgen om onze jaarlijkse afspraak in te plannen. Ik moet ophangen.'

'Wacht,' zeg ik smekend. 'Ongediertebestrijding? Het is verdomme middernacht.'

'Lola, ik moet dit telefoontje aannemen. Ik weet zeker dat je het begrijpt.'

'Maar –'

Klik.

O ja. Ik *begrijp* het best. Op de schaal van wat belangrijk is, scoort het inplannen van Scarletts jaarlijkse afspraak met de ongediertebestrijding hoger dan het feit dat ze Julian niet gaat dragen naar de *Oscaruitreiking*. Nu heb ik alleen de ter aarde gestorte Candy Cummings nog. En de kans dat ik een krokodillenleren Birkin-tas kan bemachtigen is groter dan de kans dat ik Olivia Cutter in Julian kan hijsen voor de Oscaruitreiking.

Ik ben net zo de lul als Paris Hilton.

Maandag

149 uur, 13 minuten, 7 seconden totdat de Oscar voor
Beste Art Direction wordt uitgereikt.

'Gelieve de aangegeven route te volgen,' gebiedt de vrouwenstem op mijn Prius-navigatiesysteem terwijl ik over Marmont Lane rijd. Ik vertrouw op mijn navigatiesysteem om overal te komen waar ik wil. Inwoners van Los Angeles gaan er prat op dat ze in hun eigen stad totaal de weg niet kennen.

'Sla over honderd meter...' Ineens begint het scherm van het navigatiesysteem te knipperen. INKOMEND GESPREK. Ik heb het geïntegreerde Bluetooth telefoonsysteem altijd absoluut een van de beste kenmerken van mijn Prius gevonden. Het verbindt mijn gsm automatisch met het luidsprekersysteem in de auto zodat ik handsfree kan praten terwijl ik door de verraderlijke straten van LA laveer met mijn grote beker koffie verkeerd met volle melk. Het enige probleem is dat het navigatiesysteem in de pauzestand gaat wanneer er iemand belt. Het is volstrekt oneerlijk om een vrouw te laten kiezen tussen het missen van een telefoontje of het missen van een afslag.

'Hallo,' zeg ik.

'Ik ben op weg om Will op te halen om een Lautner-huis van vier miljoen dollar met hem te gaan bekijken,' zegt Kate. 'Het ligt naast het huis van Heidi Klum en Seal in de Hollywood Hills. Will heeft besloten dat hij Silverlake ontgroeid is nu hij genomineerd is. Daarna moet ik hem naar de "Extra" Oscarsuite in The Peninsula brengen voor een gratis gezichtsbehandeling en een spelletje virtueel golf met de nieuwe set Callaway-clubs die ze hem aanbieden. Vervolgens gaan we de Cadillac Escalade ophalen die hij van de mensen van GM krijgt. Daarna moet ik hem naar de opnamen van de Tonight Show brengen.'

'Kate – ' probeer ik haar in de rede te vallen.

'En zijn eiwitomelet van Doughboys wordt koud en zijn aardbeiensmoothie druipt zijn stomerijgoed helemaal onder. Weet hij eigenlijk nog wel dat ik degene ben die hem een contract heeft aangeboden toen zijn grootste prestatie die Trojan Twisted commercial was?' De trotse-moeder-Kate van gisteren is opgelost in een wolk Escalade-uitlaatgassen. Dat is wat Oscarweek met je doet.

'Kate!' roep ik smekend. 'Ik heb mijn navigatiesysteem nodig. Ik moet Julian ophalen op LAX voor onze pas-sessie met Olivia.'

'Denk erom dat je hebt beloofd om me te laten weten of Olivia haar agent bij zich heeft.'

'Jezus, Kate, volgens mij heb ik de afslag gemist,' zeg ik.

'Je woont al je hele leven in LA, Lola. Zorg dat je de weg kent!' zegt Kate. *Klik.*

'Keer om.' Mijn navigatiesysteem komt met een kwetterend geluid weer tot leven.

Na twee keer het album 'X&Y' van Coldplay helemaal te hebben gehoord arriveer ik eindelijk bij de terminal van American Airlines op LAX. Ik heb een afspraak met Steven van Special Services, die mijn ouders al 'meet and greet' sinds mijn vader zijn eerste Oscar heeft gewonnen. SS is een briljante service voor vips die geveld zijn door sterrengriep en die anders misschien nooit tussen de verraderlijke zandbanken van stoeprand, beveiliging, eersteklas suite en gate door zouden kunnen laveren. De gevreesde sterrengriep slaat meestal toe zodra je de omslag van je eerste roddelblad siert. Symptomen zijn onder andere het verlies van het vermogen om je eigen boodschappen of was te doen, te koken, een gloeilamp in te draaien, en vooral om met het gewone volk aan boord te stappen van een lijndienst 767 in plaats van de G550 van de zaak. Sterrengriep is helaas genetisch bepaald en uit zich in verwaarloosde, in Fred Segal gehulde *Kin-*

deren Van die enorme hoeveelheden therapie nodig hebben om te verwerken dat gezellig met zijn allen eten in de optiek van hun ouders om middernacht bij Spago plaatsvindt – op een doordeweekse avond – en dat hun idee van een cadeau voor je zestiende verjaardag een bezoekje aan de cosmetisch restaurateur is.

'Sorry dat ik zo laat ben,' roep ik naar Steven, die er verzorgd uitziet in kalmerende bruine tweed. Steven is echt een schat. Hij geeft me altijd op het laatste moment betere plaatsen en smokkelt me de eersteklas suite binnen zodat ik mijn zwartleren Chanel-lapjestas – wederom een afdankertje van mijn moeder – vol kan proppen met gratis chocoladekoekjes en Fiji-water voor tijdens mijn vlucht. Vandaag is hij eigenhandig met een rol roodwit beveiligingslint in de weer zodat ik Julian bij de gate kan ontmoeten. Julian zou net zomin de weg kunnen vinden van de gate naar de bagageband als Mel Gibson zich zou bekeren tot het jodendom.

'We moeten opschieten. Het vliegtuig taxiet al naar binnen,' roept Steven me toe. 'Rennen!'

Ik geef Franka Potente een *Ren, Lola, Ren* voor haar geld. Normaal gesproken ben ik tegen rennen. Ik bewaar al die energie liever voor dingen die werkelijk belangrijk zijn in het leven, zoals de besloten uitverkoop bij Fred Segal, en seks.

'O, shit!' Ik kijk omlaag en zie dat het turquoise bandje van mijn geliefde gladiatorensandaal geknapt is.

'Schiet op!' roept Steven een paar meter voor me.

'Ga maar vast vooruit! Ik haal je wel in!' Als ik minuten later uiteindelijk strompelend de gate bereik, is Steven nergens meer te bekennen en de gate totaal verlaten.

'Waar is iedereen?' vraag ik me hardop af. In de verte krijg ik de bemanning van het vliegtuig in het oog, en ik ren op hen af.

'Waar is vlucht 201 van JFK?' vraag ik een steward.

'Iedereen is al van boord,' antwoordt hij.

'Nee! Steven!' roep ik. Hij is nergens te bekennen. Ik heb het verknald. Waar is Julian in godsnaam? Ineens zie ik een jonge stewardess die loopt te zeulen met drie van Julians onmiskenbare, karakteristieke witte kledinghoezen met zijn naam erop in knalroze letters. Ik strompel naar haar toe.

'Waar is de man die bij deze hoezen hoort?' vraag ik smekend.

'Ben jij Lola?' vraagt ze. Daar staat mijn naam, in grote letters op de onderkant van een van de hoezen gekrabbeld met zwarte Sharpie-inkt, Julians favoriete pen. 'Ik heb vreselijk met Julian te doen. Hij wilde dolgraag met de vlucht mee, maar hij had acute contactdermatitis en hij wilde de andere passagiers niet aansteken. Hij heeft me gevraagd deze jurken aan je te geven. Zoals je begrijpt, is het in strijd met de veiligheidsvoorschriften, maar ik ben zo'n enorme fan van Olivia Cutter dat het me een grote eer was.' De snoezige stewardess loopt over van vriendelijkheid terwijl ze me de kledinghoezen overhandigt.

'Onwijs bedankt,' zeg ik, donders goed wetend dat de kans dat Julian Tennant contactdermatitis oploopt in Manhattan net zo groot is als de kans dat Mary-Kate Olsen en Nicole Richie een driedubbele cheeseburger met patat en een aardbeienmilkshake bestellen bij In-N-Out Burger. Ik gooi de hoezen over mijn schouder terwijl de stewardess haar weg vervolgt. Steven duikt achter me op.

'Het spijt me zo, Lola. Ik heb niet gecontroleerd of Julian in NYC daadwerkelijk aan boord van het vliegtuig is gegaan. Ik heb zo'n hectische ochtend gehad met de aankomst van Susan Sarandon en Tim Robbins. Je weet hoe dat gaat in Oscarweek,' hijgt hij.

Ik zak in elkaar op een rij grijze stoelen bij het raam, leg de kledinghoezen voorzichtig naast me neer en begin Julians nummer in te toetsen. De telefoon gaat over. En over. En over. Er wordt niet opgenomen. Ach, natuurlijk. Ik toets *67 om mijn nummer te blokkeren zodat hij niet kan zien dat ik het ben die belt en toets opnieuw zijn nummer in.

'Hallo,' kwettert Julian, een tikje te opgewekt voor iemand die zo'n vreselijke last heeft van acute contactdermatitis.

'Wat is er in godsnaam gebeurd Julian? Je had me bezworen dat je die hele vliegangst van je onder controle had. Ik heb per koerier slaappillen *en* kalmeringstabletten bij Katya laten bezorgen en ervoor gezorgd dat ze je ophaalde in je loft en tegen haar gezegd dat ze je geen seconde uit het oog mocht verliezen tot je de gordel had vastgeklikt in die vliegtuigstoel! Over vijf uur hebben we een afspraak met Olivia Cutter! Ik heb je hier nodig! En moet je horen, ik wilde je dit persoonlijk vertellen. Scarlett valt af. Ze draagt Narciso Rodriguez.'

Julian stoot een lage, gekwelde kreun uit. 'Lekker is dat. Ik stond toch al met één been in het graf, duw me er dan ook maar gelijk helemaal in en begin alvast te scheppen.'

'Julian, ik dacht dat je in al die sessies met Gonzalo en Doctor Friedlander met die vliegangst had afgerekend.'

'Ik was vast van plan om aan boord van dat vliegtuig te stappen, Lola. Ik heb een kalmeringstablet genomen en ik was met Katya op het vliegveld toen er pal voor de terminal van American een taxi van achteren werd aangereden. Dat was het. In een flits zag ik mijn leven voor mijn ogen voorbijtrekken. Het was een teken dat het vliegtuig zou neerstorten.'

'Julian, nieuwsflits, het vliegtuig is *niet* neergestort! Als ik de sessie een uur uitstel en jij het volgende vliegtuig neemt, dan kunnen we het nog redden. Wat moet ik doen om je zover te krijgen?'

'Dat kan ik niet,' protesteert Julian. 'Dat kan ik gewoon niet, Lola. Bovendien, ik kan Olivia Cutter niet ontmoeten als ik zo onder de galbulten zit. Ze zal denken dat ik een monster ben. Ik heb van die donkere kringen onder mijn ogen. Ik wil zo niet gezien worden. Ik zie er vreselijk uit.'

'Je wilt haar niet vragen of ze met je naar bed wil, je wilt haar vragen om *jouw jurk te dragen* naar de Oscaruitreiking!'

Er wordt een vermoeide zucht uitgeblazen in mijn oor. 'Denk je dat Donatella zou tolereren dat er zo tegen haar gesproken wordt? Zou *zij* naar LA vliegen voor een pas-sessie? Ik ben een kunstenaar. Ik ben kwetsbaar.'

'Julian, ten eerste zou Donatella een hondenslee nemen naar Antarctica om Olivia Cutters kont af te vegen als ze Versace zou dragen. Ten tweede, het spijt me, lieverd, maar het punt is, jij bent geen Versace. Ik doe mijn uiterste best om je daar te krijgen. En Olivia Cutter heeft nog niet toegezegd dat ze jouw jurk zal dragen.'

'Jij bent zo koud.'

'Julian, wat is er zo moeilijk aan "Ik heb je hier nodig voor de afspraak met Olivia Cutter"?'

'Lola, ik heb je ingehuurd om die lastige Hollywoodtypes voor de Oscaruitreiking in mijn kleren te hijsen. Regel het. En hoe kun je zo wreed zijn tegen een man die op sterven ligt?'

'Waar heb je het over, Julian?'

'Ik ben zo goed als dood als ik in die aluminium machine des doods stap.'

'Julian, de kans dat je getroffen wordt door de bliksem is groter dan de kans dat je omkomt bij een vliegtuigcrash.'

'Schreeuw niet zo tegen me. Dat kan ik er nu niet bij hebben. Ik heb de hele nacht geen oog dichtgedaan en ik voel me *heel* kwetsbaar. Een nieuwe jurk voor Candy Cummings creëren onder dit soort druk is net zoiets als tegen Michelangelo zeggen dat hij vierentwintig uur de tijd heeft om de Sixtijnse Kapel te schilderen.'

'Hoe bedoel je, *jurk*, Julian? Je hebt tegen me gezegd dat je die zwarte catsuit voor haar zou maken!'

'Het is de Oscaruitreiking, geen Halloween. Zelfs Halle Berry zag eruit alsof ze op betaal-tv thuishoorde in dat mislukte-dominatrix Catwoman-kostuum. Vergeet de catsuit. Christian Dior is neergedaald uit de haute-couturehemel en heeft vannacht om halfvier bezit genomen van mijn lichaam. Het is het beste wat ik ooit heb gemaakt. Maak de hoes met Candy's naam erop open, Lola.'

'Julian, er loopt een vliegtuig van Korean Air leeg om mij heen en ik word overspoeld door een zee van toeristen. Ik ben hier niet voor in de stemming. Waar is de catsuit?'

'Maak die hoes nou maar gewoon open, Lola.'

Terwijl ik worstel met de eigenzinnige rits van de kledinghoes, floept er een eenzame pauwenveer uit. Vijf centimeter verder naar het zuiden wordt er een drietal lichtgevende pauwenveren zichtbaar, genesteld op een pauwblauw satijnen schouderbandje. Na nog eens tien centimeter wordt de subtiel ingenomen taille van het lijfje met maar één schouderbandje onthuld. Als ik uiteindelijk centimeter voor centimeter de hele jurk heb bevrijd, slaat mijn hart een slag over wanneer de handgeschilderde bos pauwenveren als een regenboog op de zestig centimeter lange sleep uitwaaiert.

'Julian, dit is de mooiste jurk die ik ooit heb gezien,' zeg ik, en ik krijg tranen in mijn ogen.

'Echt waar?' Julians stem breekt.

'Als Candy Cummings er zelfs maar op durft te niezen, dan vermoord ik haar.' Ik neem me voor om bij onze volgende passessie alle scharen te verstoppen.

'Wat als ze hem afschuwelijk vindt?' fluistert Julian, die in ongecontroleerd snikken uitbarst.

'Julian, deze jurk afschuwelijk vinden is hetzelfde als *Citizen Kane* afschuwelijk vinden. Dat is tegen de wet.'

'Ik heb geen oog dichtgedaan. Ik krijg geen hap door mijn keel. Ik heb vier bekers koffie verkeerd gedronken. En ik heb drie kalmeringstabletten genomen. Ik schijt zowat in mijn broek. Ik hang nu op. En daarna neem ik een Imodium.' *Klik.*

'Julian! Julian!' O jee. Hij heeft geen inzinking meer gehad sinds Anna Wintour steak serveerde – een grovere belediging dan wit dragen na Labor Day voor mijn beminde PETA-posterjongen – tijdens het etentje dat ze vorig jaar voor hem heeft gegeven nadat hij de CFDA Award had gewonnen voor Beste Nieuwe Ontwerper. Achter me kucht Steven discreet.

Ik draai me met een ruk om en schenk Steven een verontschuldigende glimlach. 'Neem me niet kwalijk.' Ik was Steven totaal vergeten.

'Niet verder vertellen, maar Jennifer Aniston heeft ook vliegangst,' fluistert hij. 'Het is een veel grotere rage dan mensen denken. Ik hoor het wel van je als ik een nieuwe vlucht voor hem moet boeken.' Ik glimlach dankbaar terwijl hij terugloopt naar de eersteklas suite.

Mijn rinkelende telefoon doet me abrupt opschrikken uit mijn mijmering. Wat nou weer?

'Luister, Julian,' zeg ik.

'Lieverd.'

'O, hoi, mam.'

'Wat is er, lieverd? Je klinkt vreselijk verslagen.'

'Het is Julian. Hij komt niet. Hij kon niet in het vliegtuig stappen.'

'Meen je dat? Wat raar. Ik heb gisteravond een dapperheidskaars voor hem aangestoken. Heeft Gonzalo gewerkt aan het in balans brengen van zijn chakra's?'

'Hij zei dat hij er geen woord van begreep, mam.'

'Hij hoeft het niet te begrijpen. Hij hoeft alleen maar zijn chakra's in balans te laten brengen. Ik maak me zorgen om Julians navel- en wortelchakra. Ik zal Gonzalo gelijk bellen en hem meteen naar Julian toe sturen.'

'Laat maar, mam, er valt toch niet met hem te praten. Bovendien, die spijkerbroek met die taps toelopende pijpen die Gonzalo altijd draagt, is voldoende om Julian definitief tot waanzin te drijven.'

'In dat geval, ik heb je vader uit golfen gestuurd met oom J. en ik verrek van de honger. Laten we krabkoekjes gaan eten in The Ivy.'

'Mam, ik moet die afspraak met Olivia Cutter vanmiddag nog tot een goed einde brengen. Wacht even. Mijn andere lijn gaat.' Ik schakel over naar het andere telefoontje.

'Mijn rockster is vermist en ik heb haar vandaag nodig voor een paar opnames,' jammert Christopher.

'Nou, mijn ontwerper is met ongeoorloofd verlof.'

'Ik heb een kalmeringsmiddel nodig. Heb jij dat recept voor Xanax nog van dokter Gilmore?'

'Christopher, dat was alleen voor noodgevallen na mijn breuk met SMITH. Ik weet zeker dat dokter Gilmore er sterk op tegen zou zijn als ik dat recept met familieleden zou delen.'

'Wat ben je toch hypocriet. Wie is er naar het vliegveld gereden om jou eigenhandig slaaptabletten te komen brengen voor je twintigduizend-uur-durende vlucht naar India toen je zo kapot was van SMITH? Tegen de orders van dokter Singh in, moet ik er wellicht aan toevoegen.'

'Je probeert me gewoon een schuldgevoel aan te praten,' zeg ik. 'Mijn slaapkamerraam is open. Er staat een ladder bij de garage. De Xanax ligt in mijn la met ondergoed. Ik kan je niet beloven dat-ie niet over de datum heen is. Ik moet ophangen. Ik heb mama in de wacht staan op de andere lijn.' Ik schakel weer terug naar haar. 'Mam, je wilt niet geloven wat Christopher allemaal voor zijn kiezen krijgt bij de opnamen voor die videoclip,' zeg ik.

Mijn moeder grinnikt meewarig. 'Vertel mij wat over rocksterren. Ik was met Mick en Keith op de Redlands tijdens de inval van februari 1967. Marianne Faithfull en ik verstopten ons in Keiths kast terwijl die beesten het hele huis ondersteboven keerden. Ik kreeg zowat een zenuwinzinking. Ik was natuurlijk wel aan de lsd, dus dat heeft misschien ook bijgedragen aan mijn paranoia –'

'Mam, het spijt me, maar ik heb hier geen tijd voor. Ik heb Julians jurken hier op LAX en een afspraak met Olivia Cutter over een paar uur. Aangezien Scarlett zich heeft teruggetrokken, *moet* ik ervoor zorgen dat Olivia valt voor Julians jurken.'

'Dan moet je mij een zuiveringsritueel met salie laten uitvoeren om de angstige energie die Julian erop heeft geprojecteerd weg te nemen. Je wilt niet dat de negativiteit van die jurken af straalt als Olivia ze aantrekt.'

'Mam, de dagen zijn te kort. Mijn leven is een permanente crisis.'

'Je leven is een permanente crisis omdat je dit soort noodzakelijke rituelen niet uitvoert. Die jurken hebben een heleboel meegemaakt. Het is heel belangrijk om ze te ontdoen van alle negativiteit die zich in de draden heeft genesteld. Textiel is buitengewoon absorberend. De toxiciteit die ze vasthouden is heel donker.'

Ik sta ineens als aan de grond genageld voor de muur met televisieschermen in de Home Turf Sports Bar. Beelden van Candy Cummings flitsen over ieder scherm. Ze is omgeven door politieagenten, in de handboeien geslagen op Sunset Boulevard, mascarastrepen op haar gezicht, en haar haar ziet eruit alsof ze zojuist haar vingers in het stopcontact heeft gestoken.

'Mam, ik moet ophangen,' zeg ik, en ren naar de bar.

'Rockster Candy Cummings is gisteravond gearresteerd tijdens haar onaangekondigde optreden in de Viper Room,' meldt een fronsende Sam Reuben monotoon van achter de KTLA-nieuwsdesk. 'Naar verluidt heeft ze haar Fender gitaar naar een fan gegooid nadat ze het publiek herhaaldelijk haar borsten had laten zien. De politie heeft ook illegale medicijnen in haar bezit aangetroffen. De Academy of Motion Pictures heeft zojuist de volgende verklaring uitgegeven: "Gezien de arrestatie van Miss Cummings, zal Mary J. Blige tijdens de Oscaruitreiking in haar plaats optreden."' Nog meer beelden van de agenten die Candy escorteren naar de achterbank van een wachtende politieauto, rode zwaailichten die ronddraaien op de maat van de flitsende camera's van de paparazzi. Krankzinnig genoeg draagt ze de violette kasjmiertrui van Julian Tennant met de phoenix van zilveren kralen erop die ik haar heb gegeven. Niet bepaald het soort publiciteit dat we in gedachten hadden. O mijn god, ik voel me alsof ik net een klap in mijn gezicht heb gehad met Candy Cummings' microfoonstandaard. Ik ga op de grond zitten, daar midden in de terminal. Het kan me niet schelen dat ik praktisch kan voelen dat mijn kont mond- en klauwzeer oploopt op deze smerige vloerbedekking. Liever dat dan de realiteit dat nu Candy afvalt voor de Oscaruitreiking, het erop of eronder is met Olivia Cutter. Mijn telefoon rinkelt en ik houd hem zwakjes tegen mijn oor.

'Lieverd, luister je wel naar me? We moeten die jurken helpen om zich te ontdoen van iedere op angst gebaseerde energie.' Ik kan mijn moeders stem amper horen boven het gebulder van mijn eigen verse portie 'op angst gebaseerde energie' uit. 'Ik vind het gewoonweg niet goed dat je naar een vergadering gaat zonder mijn bescherming. Anders zou ik een slechte moeder zijn.'

'Je hebt vijf minuten met de jurken. Ik ben er over een kwartier,' bijt ik haar toe terwijl ik mijn mobieltje uitklik en mezelf overeind hijs.

'Om ah-pa-sahr-pahn-too teh boota yea boota boo-vee sahm-stee-tah-ha yea bootah vig-nah kahr-tah-rah stea gah-chahn-too shee-vah ahj-nah-yah,' zingt mijn moeder monotoon. Haar kroezige, zandblonde haar beroert de schouders van haar helderwitte tuniek. Hij ziet er bijna exact hetzelfde uit als de exemplaren die ik voor twintig dollar heb gekocht bij de Hare Krishna-winkel op Venice Boulevard, maar aangezien mijn moeder alleen couture draagt, is dit natuurlijk een Gaultier van tweeduizend dollar. 'Mogen de geesten die hier rondwaren verdwijnen en nooit meer terugkeren, op bevel van Shiva,' vertaalt mama terwijl ze haar handen met een weids gebaar over de jurken beweegt, een smeulend bosje salie in haar rechterhand geklemd. Haar honderden gouden armbanden rinkelen tegen elkaar.

'Mam, ik ben bang dat die jurken straks net zo ruiken als de binnenkant van Woody Harrelsons klerenkast,' zeg ik, ineenkrimpend wanneer de salie ineens mijn neusharen verschroeit.

Mijn moeder is zo diep in trance dat ze geen antwoord geeft. Haar lichaam tolt in het rond op de maat van de Afrikaanse bongo's die in het midden van de kamer in surround sound staan te blèren. Uiteindelijk zakt ze op de grond ineen als een hoopje van geïmporteerde zijden chiffon, tule, lamé en organza.

'Ik neem aan dat je klaar bent,' zeg ik, terwijl ik de jurken voorzichtig uit haar armen losmaak.

'Liever, je moet echt met me mee zingen. Ik ben volkomen eufoor. Mijn kanalen zijn volledig gezuiverd. Je zou je zoveel beter voelen als je meedeed met mijn ritueel,' zegt ze vanaf de grond, haar blauwe ogen glazig.

'Ik moet gaan, mam,' zeg ik, een kus op haar kruin drukkend terwijl ik de jurken weer in de hoezen rits. Ik zal ze wel luchten als ik in de auto zit op weg naar Olivia's huis.

'Vergeet het familieritueel voor de Oscaruitreiking op zaterdag niet,' roept mijn moeder me na. 'We gaan de negativiteit van je vaders carrière in zee werpen en een nieuw hoofdstuk inluiden.'

'Ik weet het, ik weet het mam, Abby heeft me al gebeld,' zeg ik tegen haar. Misschien heeft mijn moeder wel gelijk met al haar rituelen. Misschien moet ik mijn eigen negativiteit ook in zee smijten. Dat, of Adrienne Hunt.

'Vergeet niet om die Ganesh mee te nemen die je hebt meegebracht uit Sai Baba's ashram in Puttaparthi.' Mama werpt me een kushandje toe vanuit haar poel van couture op de grond terwijl ik de kledinghoezen de deur uit zeul.

'Olivia heeft een catastrofe beleefd bij Sally Hershberger,' jammert de eenentwintigjarige ingénue terwijl ze door haar roodborstei-blauwe kamer stormt. Boven de drempel hangt een ingelijste, vetgedrukte missionstatement voor haar werknemers: OLIVIA CUTTERS HUISELIJKE RUST GARANDEREN EN TE ALLEN TIJDE VOOR HAAR ZORGEN.

Ik zit al tweeëneenhalf uur te wachten in deze kamer, ingeklemd tussen rekken vol met designerplunje en schetsen van Oscaravond-aspiranten, samen met Olivia's Dream Team: haar Wonder Twin-stylistes, een stel Twiggy dubbelgangers met een touwkleurig, kort en rommelig kapsel en een jaren zestig minijurk. Haar agente, de vrouwelijke Ari Gold van binnen, puur Jennifer Beals in *The L Word* van buiten – de 'L' staat in dit geval voor *Lesbische Hollywood maffia*. Haar manager, die meer highlights heeft in zijn haar – borsthaar inbegrepen – dan Olivia, en tanden zo wit als Chiclets-kauwgom. Haar publiciteitsagente, die wel een paar highlights zou kunnen gebruiken – haar bloedeloze witte haar en gezicht zien eruit alsof ze nog nooit de zon hebben gezien, tenzij je de fonkelende stralen meerekent van die vierkaraats kanariegele diamant aan haar linkerhand, van haar man die studiobaas is en geen idee heeft dat ze een verhouding heeft met Olivia's agente. Haar assistente, een tenger Japans tekenfilmfiguurtje – dan moet je denken aan een van Gwen Stefani's Harajuku Girls.

Haar agente, gehuld in een lichtgrijs Gucci-herenkostuum en een paar Jimmy Choo's om een moord voor te doen, was aan het bellen. 'Jezus, Jesse, hoe kun je nou van me verwachten dat ik die hele heterokwestie buiten de publiciteit houd als *The Enquirer* beweert dat ze je hebben zien zoenen met Lance Bass?'

(Alsof iemand met zulke wanhopig geëpileerde wenkbrauwen voor hetero, of zelfs maar metro, door zou kunnen gaan.) Haar publiciteitsagente zat alle roddelbladen uit te pluizen op zoek naar foto's van de genomineerde voor Beste Actrice, en noteerde bij welke bedrijven ze gratis hebbedingetjes kon aftroggelen. *US Weekly* heeft Olivia in een bikini aan de rand van het zwembad van het Hollywood Roosevelt, huig-hockey spelend met Owen Wilson – 'Heeft de geelbruine hengst opnieuw een merrie gevangen?' – die minimaal goed moet zijn voor promotie tot de presidentiële suite. Ze zal waarschijnlijk een kristallen telefoonfrontje van Swarovski overhouden aan het kiekje van Olivia in de *Star* waarop deze met haar T-Mobile Sidekick in de weer is op het *Glamour 'Don'ts'*-feest. *OK! Magazine* heeft Olivia op de foto gezet terwijl ze pruilend aan een Parliament Light zuigt – het enige wat Olivia daaraan over kan houden, is longkanker.

Ik ben de hele tijd bezig geweest om rekken vol moordende concurrentie recht in de ogen te kijken. De Amerikanen: Ralph, Donna, Calvin, Carolina, Marc, Vera. De Britten: McQueen, Stella, Vivienne Westwood. De Fransen: Gaultier, Galliano, Lacroix, Lanvin, Roland Mouret. De Italianen: Dolce & Gabbana, Armani, Valentino. Hoe was het mogelijk dat ik me hier in mijn eentje naartoe had laten sturen door Julian? Het goede nieuws: ik zag geen Prada.

'Olivia moest even bij Fred Segal langs om een hoed te kopen om deze ramp te bedekken,' verkondigt de actrice. Haar hoofd is gecamoufleerd met een paarse gleufhoed en een staalgrijze Christian Dior-wraparound zonnebril met spiegelglazen die haar tengere gezichtje nog kleiner doen lijken. 'Sally wilde *wanhopig graag* Olivia's haar knippen en nu heeft ze Olivia *geruïneerd* voor de Oscaruitreiking.'

Ik vraag me af of het glas tequila dat ik op LAX heb gedronken mijn gehoor heeft beschadigd. Ik kom al snel tot de conclusie dat het meer is dan gewoon een hardnekkige gemene roddel: Olivia Cutter praat over zichzelf in de derde persoon. Echt waar.

'Zet die hoed af, Olivia,' zegt haar stylistentweeling in stroperig stereo terwijl ze hun handen zachtjes op Olivia's schouders leggen. Als hartchirurgen die op het punt staan de eerste incisie aan te brengen, steken de Wonder Twins uiterst behoedzaam hun handen uit naar de gleufhoed.

'Nee! Olivia wil niet dat jullie Olivia zo zien,' piept Olivia, en rukt zich abrupt van hen los.

'Kom, liefje, je bent zo volmaakt, een catastrofe bij Sally Hershberger kan daar niets aan veranderen,' kirren de Twins.

Werkelijk? Wat grappig. Dat was beslist niet het liedje dat de Twins de afgelopen tweeëneenhalf uur hebben gezongen terwijl we op Olivia zaten te wachten. Hun beurtzang ging ongeveer als volgt: 'Te klein. Geen tieten. Dikke kont. Lastpak. Enorm kreng. IQ van een kind van twee. Slechte actrice (ook al is ze genomineerd.) Lelijke huid die zelfs niet zou opknappen van een gezichtsbehandeling van vijfhonderd dollar per keer van de befaamde schoonheidsspecialiste Sonya Dakar. Nog steeds kwabbig nadat ze zoveel is aangekomen voor haar rol.' En het refrein ging ongeveer als volgt: 'Een Big Mac heeft meer smaak.'

De Twins werpen een waarschuwende blik naar de anderen die in elkaar gedoken op de sjofel chique bank zitten. Onmiddellijk kirt Olivia's voltallige Dream Team in koor: 'Je bent volmaakt, een catastrofe bij Sally Hershberger kan daar niets aan veranderen.'

'Zonder mij is ze nergens,' waren, zo meen ik, de precieze bewoordingen die haar manager eerder gebruikte om haar te omschrijven, het 3500 dollar kostende Paul Smith-kostuum strelend dat was bekostigd van zijn royale tien procent commissie.

'Ik ben degene die haar bij die bushalte heeft zien staan,' had haar agente eraan toegevoegd.

'Verwacht ze nou echt van me dat ik het fabeltje dat ze nog maagd is in stand houd terwijl ze alles neukt wat los en vast zit?' viel haar publiciteitsagente hen bij.

'Ze is echt een walgelijke diva. Ze behandelt me als oud vuil,' waren de woorden van de assistente.

'Je bent volmaakt, een catastrofe bij Sally Hershberger kan daar niets aan veranderen,' zingt het Dream Team opnieuw.

De Twins lopen voorzichtig in Olivia's richting. Uiterst behoedzaam tillen ze de paarse gleufhoed op om exact hetzelfde benijdenswaardige lange blonde haar te onthullen dat ik gister nog in *People Magazine* meen te hebben gezien. Met in mijn achterhoofd het legendarische Meg Ryan korte-koppie van de haargoeroe en diens tarief van duizend dollar per knipbeurt, kan ik eerlijk gezegd niet zien dat Sally's schaar Olivia's hoofd zelfs maar beroerd heeft.

'Is het niet afgrijselijk? Olivia schaamt zich dood. Olivia ziet eruit als een monster,' jammert de actrice, starend in de passpiegel die de Wonder Twins vanaf de andere kant van de kamer hebben aangedragen. 'Doe weg, Olivia kan het niet verdragen om in de spiegel te kijken.' Als ze de spiegel voorzichtig wegdragen, krijst Olivia: 'Breng terug! Olivia wil zichzelf zien!' De Twins beginnen aan een doldwaze dans met de spiegel, vooruit en achteruit. 'O nee, haal weg, Olivia kan niet naar zichzelf kijken. Niet weghalen. Breng terug. Haal weg. Wacht. Olivia wil zichzelf zien.'

In een ogenblik van goddelijke inspiratie springt Olivia's manager overeind en roept: 'Je bent verdomme zo heet dat ik je verdomme wel zou willen neuken.' Grappig, ik dacht dat hij de zwembadjongen van The Chateau neukte.

'Ik zou je ook willen neuken,' zegt haar agente.

'Ik zou je ook willen neuken,' zegt haar publiciteitsagente instemmend.

'Ik zou je ook willen neuken,' zegt haar huishoudster terwijl ze de Dyson DC14-stofzuiger van zeshonderd dollar uitzet, die speciaal is gemaakt voor het opzuigen van honden- en kattenharen.

Ineens is het doodstil. Je kunt een speld horen vallen wanneer Olivia Cutter zich langzaam naar mij omdraait, nog steeds in de hoek zittend. 'Zou jij Olivia willen neuken?' wil ze weten.

'In een privévliegtuig van hier tot Egypte. Hopelijk zonder staartwind.' Ik kijk verbijsterd toe terwijl ik op de een of andere manier over deze Everest van stroop smeren heen spring. Het is officieel: ik ben zojuist overgegaan naar de Duistere Kant met een vip-pas.

'Wie *ben* je?' vraagt Olivia in het eerste moment dat niet over haarzelf gaat.

'O, hoi,' zeg ik. 'Ik ben Lola Santisi. Ik werk voor Julian Tennant.' Als ik mijn hand uitsteek om de hare te schudden, komt Olivia's piepkleine, donzige, witte maltezer, Thor, binnen rennen vanuit een andere kamer en begint beschermend te keffen.

Olivia deinst vol afgrijzen achteruit voor mijn uitgestoken hand. 'Olivia heeft iets tegen bacteriën. Olivia schudt geen handen. Waar is Julian? Olivia dacht dat ze een afspraak had met de ontwerper. Ralph is gisteren geweest.' Olivia zwijgt even en ik zie de radertjes in haar hoofd loom ronddraaien. 'Wacht – ben jij niet de dochter van Paul Santisi? Olivia dacht dat je probeerde een actrice te zijn.'

Ik krijg acuut klamme handen, mijn keel wordt dichtgeknepen en de kamer begint te tollen. Het was zoveel makkelijker toen Olivia het alleen maar over Olivia had. Ik weet mezelf voldoende te vermannen om te zeggen: 'Met actrices zoals jij op de wereld, Olivia, maak ik geen schijn van kans.' Wauw, daar deed ik het weer; misschien heb ik een gave.

Thor heeft Olivia's zijde verlaten om behoedzaam aan mijn enkels te snuffelen. Hij heeft een snoezige hemelsblauwe trui aan met een bontkraag. Ik steek mijn hand uit om het diertje te aaien, en ik weet niet precies of ik stroop aan het smeren ben bij Olivia of dat ik probeer een vreselijke paniekaanval in de kiem te smoren. Is dat echte kasjmier? Ik gluur naar het label in de trui. Wraakgevoelens maken korte metten met mijn onzekerheid, en ik weet ineens weer waarvoor ik hier ben. Thor draagt die speciaal voor hem gemaakte Prada. Die verdomde Adrienne Hunt. Ik ga rechtop staan en glimlach poeslief naar Olivia.

'Julian wilde hier zo heel erg graag bij zijn om je de jurken zelf te laten zien. Maar hij worstelt al een tijdje met een vreselijke griep, en omdat hij als geen ander weet wat een teer gestel jij hebt, wilde hij niets doen wat je welzijn in gevaar zou brengen – vooral niet nu je op het punt staat je eerste Oscar te winnen. De dokter heeft tegen hem gezegd dat hij echt niet mag reizen.

103

Hopelijk is hij er op de volgende pas-sessie wel bij,' zeg ik. Jep, geen twijfel mogelijk: een gave.

Olivia fronst in ongewone concentratie. 'Denk je dat hij de jurken besmet heeft?'

Ik overweeg om Olivia Cutter te vertellen dat ze spiritueel gereinigd zijn, enkel om de wezenloze uitdrukking te zien die er over haar gezicht zou komen bij zo'n diepzinnige gedachte.

'Absoluut niet. Maar ik heb ze voor de zekerheid laten stomen,' zeg ik tegen haar.

Er hangt een bijna tastbaar gevoel van verwachting in de lucht, misschien omdat we allemaal snakken naar een Marix-margarita-infuus, de foetuspositie, een muilkorf voor Olivia's mond, of alle drie. Na wat voor mijn gevoel een eeuwigheid duurt, zegt Olivia uiteindelijk: 'Dan zal Olivia ze passen.' Ze begint zich zonder plichtplegingen uit te kleden ten overstaan van de hele kamer. Eerst gaat haar MIJN VRIENDJE IS DE STAD UIT T-shirt uit. Ze smijt haar paarse, satijnen, decolleté-creërende Victoria's Secret Miracle Bra uit, hetgeen bij mij wel enig respect afdwingt. In tegenstelling tot Pam Anderson en Carmen Electra, heeft zij haar cup A borsten intact gelaten. Vervolgens verwijdert ze haar verrukkelijke Rock & Republic struisvogelleren kniehoge sleehaklaarzen van volgend seizoen, gevolgd door haar strakke spijkerbroek. Uiteindelijk staat Olivia Cutter in haar nakie midden in de kamer met niets meer dan een minuscuul streepje haar dat haar Nederlanden bedekt. Ik zou zeggen dat de broodmagere actrice dringend meer tijd moet besteden op de bank bij haar psychiater en minder onder de zonnebank. Al heb ik nauwelijks recht van spreken, want ik snak op dit moment naar de bank van dokter Gilmore, en de eenzaamheid van een zonnebank klinkt ongelofelijk verleidelijk.

Ik schuif snel de talloze andere designerjurken aan het rek van de stylistes opzij om plaats te maken voor Julians vier jurken. De eerste is een oogverblindende, frivole, saffierblauwe organza halterjurk met een piepkleine turtleneck.

'Jakkes, stop die maar terug in de hoes. Die is afschuwelijk, niet sexy genoeg. Hij ziet eruit als een habijt van een non. Olivia zal de turtlenecks aan Diane Keaton overlaten,' gebiedt Olivia mij, blind voor het feit dat de subtiele jurk een volkomen blote rug heeft en druipt van smaakvol raffinement. Kennelijk heeft Olivia Cutter zelfs nog minder smaak dan Lil' Kim.

'Wat is dit?' vraagt Olivia terwijl ze de volgende jurk bekijkt die ik haar voorhoud, een buitengewoon sierlijke, zandlopervormige crèmekleurige jurk met een delicaat lijfje en weelderige, gouden, edwardiaanse draperieën. De strook onderaan de rok neemt bijna de helft van de vloer in beslag. 'Deze is heel erg Napoleon en Josephine. Olivia vindt hem mooi,' kirt Olivia. 'Help Olivia om deze aan te trekken,' commandeert ze de Twins, die haastig toeschieten.

Ze zit er honderd jaar naast in het verkeerde land, maar wat maakt het uit? Julians jurk is geïnspireerd op Wenen, Egon Schiele en Sissi. Je zou denken dat Olivia dat toch moest weten. In de herfst gaat ze keizerin Sissi spelen in een film van John Madden, nota bene.

'Ik stel me een wit gepoederd gezicht voor...' verkondigt één Twin opgewonden.

'En knalroze lippen, misschien een valse zwarte moedervlek boven je lip,' zegt de andere Twin zangerig.

'Een hele massa verrukkelijk decolleté die eroverheen puilt, zoals bij Uma Thurman in *Dangerous Liaisons*,' besluiten de Twins in koor.

Grove fout. 'Jakkes, trek dit ding uit. Olivia kan nooit concurreren met Uma Thurman. Olivia zal nooit één meter tachtig zijn met spectaculaire borsten. Olivia zal altijd één meter vijftig zijn met piepkleine tietjes. Trek dit ding *nu* uit!'

'Trek haar die jurk uit. Vlug,' blaft haar publiciteitsagente tegen de Twins.

'Sneller,' gebiedt haar agente.

De Twins schieten toe om de jurk uit te trekken terwijl Olivia op de grond valt in een kwetsbaar, snikkend, naakt hoopje ellende. Thor begint beschermend te blaffen en rondjes om haar heen te rennen. Uiteindelijk gaat hij zitten op de schitterende jurk die ze opzij heeft gesmeten. Ik krimp ineen bij de gedachte van zijn teennagels die over de ruwe zijde krassen, maar het lijkt op de een of andere manier niet gepast om te proberen hem te verplaatsen terwijl Olivia totaal is ingestort.

'Je bent zoveel meer dan Uma Thurman. Zij kan niet concurreren met *jou*,' roept de ene Twin uit, en ze gaat bij Olivia op de grond zitten om haar haren te strelen.

'Je bent veel mooier,' beweert de andere Twin.

'En een veel betere actrice,' doet Olivia's manager ook een duit in het zakje.

'Een veel betere actrice,' zegt het voltallige personeel in koor.

Olivia begint langzaam met één oog van onder haar rommelige goudkleurige haar uit te gluren.

'Uma Thurman heeft nog nooit een Academy Award gewonnen. Het enige wat zij ooit heeft gewonnen, is een MTV Movie Award,' verkondigt Olivia's manager. Oeps, foutje.

'*Olivia* heeft nog nooit een Academy Award *of* een MTV Movie Award gewonnen. *Waarom* heeft Olivia geen MTV Movie Award gewonnen?' krijst Olivia. 'Dat is jouw schuld!' schreeuwt Olivia, wijzend naar haar manager.

'Vorig jaar was je genomineerd voor Beste Kus,' zegt haar manager smekend.

'Nou en, Olivia heeft niet gewonnen,' gilt Olivia.

'Volgend jaar ben je een gedoodverfde winnares dankzij de *Grease*-remake, en het is alleen al een eer om genomineerd te worden, liefje,' helpt haar manager haar herinneren.

'Het is alleen een eer om genomineerd te worden *en* te winnen. En je hebt bovendien *nog steeds* Olivia's volmaakte Danny Zuko voor *Grease* niet eens *gevonden*. Eruit! Olivia wil dat je ophoepelt!' blaft Olivia terwijl haar manager aanstalten maakt om te vertrekken.

Nee! Kies mij! Ik wil weggestemd worden uit dit gekkenhuis. Ik ga wel weg! wil ik schreeuwen, maar kom dan tot de ontdekking dat mijn lippen niet van elkaar zijn gegaan en dat mijn voeten stevig op hun plek verankerd blijven.

Als haar manager de deur open wil doen, gilt Olivia: 'Hoe *durf* je Olivia alleen te laten! Waar dacht jij naartoe te gaan? Je bent net als alle mannen in Olivia's leven – altijd weglopen. Uitgerekend jij zou Olivia moeten begrijpen. Je *weet* dat Olivia verlatingsangst heeft! Als Olivia zegt dat je weg moet gaan, betekent het dat je moet blijven. Thor zou Olivia nooit alleen laten,' zegt ze, haar hand uitstekend naar de hond. Ik slaak een enorme zucht van verlichting als ze hem van de verfomfaaide jurk af haalt en haar hoofd in zijn vacht begraaft. Vlug stop ik de jurk terug in zijn hoes.

'Het spijt me, liefje,' zegt de manager berouwvol. 'Ik zal je nooit in de steek laten. Je weet dat ik er altijd voor je ben.' Hij loopt naar haar naakte lichaam toe.

'Echt waar?' jammert Olivia, en er breekt een voorzichtig glimlachje door.

'Echt waar, liefje,' zegt haar manager.

Voelend dat ze voorlopig weer voldoende opgebeurd is, haal ik de volgende jurk tevoorschijn.

'O, dit is 'em. Dit is 'em! Dit is een juweel. Het is een juweel,' roept een van de Twins geestdriftig terwijl ze de oogverblindende, met kralen bezette jurk met blote schouders uit mijn handen grist. De andere Twin helpt Olivia van de grond overeind, waarop de tweeling haar gezamenlijk en behendig in de creatie van glinsterende tule helpt.

De Twins halen dramatisch en reusachtig diep adem, en slaan hun handen voor hun mond. Uiteindelijk kirt de ene Twin: 'Olivia, je bent adembenemend. Je ziet eruit als een volmaakte robijn. Je bent een fonkelend juweel.'

'Je bent absoluut een juweel,' jubelt de andere Twin terwijl Olivia dichter naar de spiegel toe loopt.

'Ik vind het schitterend,' beweert haar publiciteitsagente.

Olivia bekijkt zichzelf aandachtig, als een wetenschapper die een cel bestudeert door een microscoop. Ze bekijkt zichzelf vanuit iedere hoek, laat haar handen voorzichtig over het granaatrode satijnen lint glijden dat in een strik op haar taille bevestigd is, en over dezelfde versiering van lint boven elke elleboog van haar lange, met kralen bestikte, gelaagde mouwen. De kamer is gehuld in nagelbijtende stilte terwijl we allemaal met ingehouden adem wachten op Olivia's reactie.

'Olivia vindt het echt verschrikkelijk lelijk!'

'Lelijk,' haast haar publiciteitsagente zich te zeggen.

'Olivia ziet eruit als een garnaal in een jutezak. Olivia is geen Sarah Jessica Parker. Olivia draagt niet van deze korte funky dingetjes. En Olivia is geen Nicole Kidman. Jullie weten dat Olivia niet van die gazelle-benen heeft. Waarom proberen jullie Olivia een rotgevoel te geven over Olivia's benen? Jullie *proberen* ervoor te zorgen dat Olivia zich klein voelt!' schreeuwt Olivia in mijn richting.

'Liefje, het ligt niet aan jou. Het is de jurk. Daar klopt niks van,' zegt haar manager terwijl hij plechtig zijn hoofd schudt. Het voltallige Dream Team kijkt me somber aan.

Ik wil tegen Olivia zeggen dat ze zich klein voelt omdat ze klein *is*. Sarah Jessica Parker heeft meer stijl in haar linker kleine teen dan Olivia ooit zal hebben. Drie schatten van vrouwen hebben hun gezichtsvermogen op het spel gezet om het verrukkelijke stuk haute couture dat zij nu achteloos aan de kant gooit met de hand met kralen te bestikken. In plaats daarvan zeg ik: 'Mag ik even van je toilet gebruikmaken?' Ik wacht niet op antwoord en stuif de deur uit.

Het is een leugen. Ik moet niet naar de wc. Ik moet linea recta de deur uit lopen, in mijn auto stappen, rechtstreeks naar huis rijden, de gordijnen dichtdoen, de telefoon eruit trekken, in bed kruipen en daar de komende eeuwigheid blijven liggen, om nooit meer iets van me te laten horen. Tegen de tijd dat de politie mijn deur openbreekt en mijn in staat van ontbinding verkerende lichaam wordt ontdekt, zal Julian vast en zeker zo'n medelijden met me hebben dat hij me zal vergeven dat ik de handdoek zo snel in de ring heb gegooid.

Ik smijt die voordeur open à la Julie Andrews in *The Sound of Music*. Zodra mijn voeten de deurmat raken, dans ik pal tegen een enorme koerier met dreadlocks op die gebukt gaat onder vijf omvangrijke kledinghoezen.

'Kunt u hiervoor tekenen?' vraagt de koerier, en verplaatst zijn vrachtje zodat hij me een klembord kan toesteken.

Ik werp een blik op de naam van de afzender op het bezorg-bewijs: A. Hunt.

De onschuld van Julie Andrews vloeit weg uit mijn ziel. Ik dacht dat ik het verwerkt had in therapie, maar ineens ben ik weer terug in Parijs en zie ik Adrienne er met mijn ontwerp en mijn erkenning vandoor gaan. Die baan zou mijn leven veranderd hebben. Oké, ik weet het, Julian verdiende die plek het meest. Maar dan zou ik hier nu niet staan, in Olivia Cutters deuropening, aan de vooravond van de zoveelste mislukking tenzij ik stroop smeer bij een psychopathische tuinkabouter en haar Griekse koor van slaafse volgelingen. Onder de gegeven omstandigheden denk ik dat een vleugje wraak wel op zijn plaats is, toch?

'Tuurlijk wil ik wel tekenen,' zeg ik, terwijl de koerier me een pen overhandigt.

'Nummer negen,' zegt hij.

'O, wacht even. Eigenlijk is deze zending naar het verkeerde adres gestuurd. Deze kledingzakken moeten naar ICM – ter attentie van Kathy Griffin,' zeg ik tegen hem. Ik weet dat Kathy haar ogen uit zou steken met een kleerhanger om zichzelf van de 'slechtst gekleed lijst' te krijgen, met dank aan Adrienne Hunt en Prada. Laat Adrienne zich maar eens inspannen om deze kleren terug te krijgen van de D-lijst. Veel succes.

Transformerend van Julie Andrews in Robert de Niro in *Raging Bull*, storm ik Olivia Cutters deur weer binnen en rechtstreeks die kamer vol huichelaars binnen met hernieuwde veerkracht in mijn tred.

'Weet je, Olivia, je hebt gelijk voor wat betreft al die andere jurken. *Dit* is de jurk die je zondag op de rode loper zou moeten dragen,' zeg ik, en haal het meesterwerk tevoorschijn dat Julian voor Candy Cummings had gemaakt. 'En ik weet dat dit ook de jurk is die Julian voor jou in gedachten had. Deze jurk is geïnspireerd op Olivia de Havilland,' zeg ik, zelf ook ineens geïnspireerd.

'Olivia dacht dat Olivia de enige Olivia was die naar de Oscaruitreiking ging,' zegt Olivia paniekerig.

Diep en louterend ademhalen. 'Nee, nee, Olivia de Havilland was ook een groot actrice, net als jij. *En* ze heeft twee Oscars gewonnen,' zeg ik, en ik voel dat mijn enthousiasme overslaat op de rest van de kamer.

'Voor Beste Actrice?' vraagt Olivia geïntrigeerd, terwijl ze met snelle bewegingen de betoverende jurk aantrekt die dezelfde kleur heeft als haar ogen.

'Ja, voor Beste Actrice,' zeg ik, en ik zie de nieuwe fonkeling in Olivia's ogen als ze dichter bij de spiegel gaat staan om zichzelf te bekijken.

'In welke films heeft ze gespeeld?' vraagt Olivia, haar interesse duidelijk gewekt. Ze bestudeert zichzelf in de spiegel, rondjes draaiend terwijl de bos pauwenveren achter haar heen en weer wuift.

Jezus, neemt ze me in de maling? O god, ze neemt me niet in de maling. 'Ze speelde in *Gone with the Wind*,' zeg ik, een zucht onderdrukkend.

'O, Olivia heeft wel eens van die film gehoord. Olivia vindt hem leuk. Olivia vindt dit idee leuk. Olivia vindt deze jurk leuk,' zegt ze. Ik moet toegeven dat ze er buitengewoon verrukkelijk uitziet in de jurk, die haar wespentaille accentueert.

'Je bent verrukkelijk. Je bent verrukkelijk. Dit is 'em! Dit is 'em!' krijsen de Twins, die Olivia's handen beetpakken en op en neer staan te springen. 'Je bent zo volmaakt! Alles aan je is volmaakt! Alles!'

'Zelfs je voeten zijn volmaakt, liefje,' kweelt haar manager lyrisch.

'O mijn god. Olivia is volmaakt. Olivia is gewoonweg volmaakt. Alles aan Olivia is volmaakt. Zelfs Olivia's voeten zijn volmaakt,' herhaalt Olivia, die met de tweeling mee stuitert terwijl Thor vrolijk staat te keffen. Dan houdt ze abrupt op met stuiteren, heft vermanend een vinger op naar de Twins. O nee. Wat is er nou weer?

'Haal de polaroidcamera. Neem een foto van Olivia in deze jurk. Het doet er niet toe hoe de jurk er in het echt uitziet. Olivia moet er op de foto goed uitzien in de jurk. Het gaat er alleen maar om hoe Olivia eruitziet op foto's. Het gaat er alleen maar om hoe Olivia er op de foto op de rode loper bij de Oscaruitreiking uitziet.'

Tja, ze heeft gelijk. Daar kan ik niks tegenin brengen. Lieve Heer, laat haar flatteus op de foto staan. Terwijl de Twins ervandoor stuiven om hun camera's te zoeken, voel ik de obscene bontkraag van Thors Prada-truitje verwoed heen en weer schuiven tegen mijn voet. Vlug buig ik me voorover om hem weg te meppen.

De Twins beginnen Olivia vanuit diverse hoeken te fotograferen. 'Olivia begint te geloven dat Sally Hershberger misschien toch een genie is als ze Olivia zo ziet,' zegt Olivia terwijl ze haar blonde manen in de war maakt voor de spiegel.

'O nee!' gil ik wanneer er iets warms op mijn voet sijpelt. Ik kijk omlaag en zie dat zich een gele plas vormt rond mijn gloednieuwe zilveren Stella McCartney-sandalen. Terwijl ik vergeefs zoek naar iets om mezelf mee af te drogen, wordt het duidelijk dat Olivia en de rest van het Dream Team gewoon net doen of ze gek zijn. Dat mormel heeft zojuist zijn poot opgetild en over me heen gepiest, verdomme! En deze mensen doen alsof ze niks in de gaten hebben! Dit is het volmaakte einde van een volmaakt krankzinnige dag. Wie heeft er vandaag *niet* over me heen gepiest? De hond komt er tenminste eerlijk voor uit.

'Olivia wil dat je morgen terugkomt zodat we een volledige haar- en make-uptest kunnen doen met de jurk,' zegt Olivia, en ze werpt me een zakelijke blik toe. 'Jij, laat Jeff Vespa van Wire-Image hierheen komen om foto's te nemen van Olivia in de jurk,' beveelt ze haar publiciteitsagente. 'Jij, laat Bobbi Brown hierheen komen om Olivia's make-up te doen en Sally Hershberger om Olivia's haar te doen,' beveelt ze haar assistente. 'Jullie tweeen,' zegt ze, wijzend naar de Twins, 'Olivia wil diamanten, massa's diamanten. En jij,' zegt ze, wijzend naar mij, 'drie uur. Zorg dat je op tijd bent.'

'Natuurlijk, Olivia, je zegt het maar,' zeg ik. Mijn sandalen soppen over de vloer terwijl ik de voordeur achter me dichttrek.

Het kalmerende geluid van de sitar vult de grote studio, waar nog steeds de vage geur van zweet vermengd met wierook hangt van de les van 18.30 uur. Als ik mijn yogamatje uitrol, voel ik de waanzin van de dag oplossen terwijl ik mijn best doe om mezelf te gronden in de aarde. Normaal gesproken verstop ik me graag in de verste hoek, maar Cricket wilde per se een plekje vooraan omdat 'Curtis Hanson en David O. Russell altijd in de buurt van het altaar hun oefeningen doen,' zegt ze tegen me. Dit verklaart waarom Cricket dik in de make-up zit en haar haren kundig in de war heeft gemaakt, zodat ze eruitziet om op te vreten in een wit fitnesspakje met spaghettibandjes waar haar melkwitte huid goed in uitkomt.

De lichten worden gedimd wanneer S.D. Rail's engelachtige stem plotseling de kamer vult. Ik voel meteen de moleculaire structuur van de lucht veranderen; S.D. heeft een onweerstaanbaar sexappeal dat zorgt voor hevig getouwtrek om matruimte bij de vrouwelijke yogi's. Het zou te maken kunnen hebben met het feit dat hij eruitziet als Robert Redford in *Butch Cassidy and the Sundance Kid* en klinkt als een jonge Mick Jagger.

S.D. brengt zijn handen naar elkaar in gebedshouding. 'Ik zou de les graag in het teken willen stellen van iets wat mij nogal bezighoudt, en dat is liefde.'

Geweldig. Liefde. Het laatste waar ik me op moet concentreren, is hoe ontzettend genaaid ik ben (of helaas niet genaaid) op liefdesgebied dankzij SMITH. Ik doe mijn ogen dicht en probeer me helemaal over te geven aan deze liefde, liefde, liefde. Plotseling ben ik Dorothy in een angstaanjagende tornado die aan het tollen is gebracht door Olivia Cutter, de blikken man; Adrienne Hunt, de boze heks van het westen; en SMITH, de laffe leeuw. Hoe kom ik hier uit? Wat mankeert mij? Waarom ben ik nog niet over SMITH heen?

'Zoek je weg naar de omlaagkijkende hond. Iedereen diep inademen, mond wijd open, en blaas maar helemaal uit. Aahhhh,' zegt S.D. sensueel. 'Laat het maar lekker los.'

Ik kan het niet. Ik kan het niet loslaten. Ik wil het niet loslaten. S.D. kent de marteling niet die Olivia Cutter heet. S.D. kent de uitgestrekte oceaan niet die Adrienne Hunt heet. Hij kent SMITH niet, de lul.

'Blijf je vasthouden aan het thema liefde, laat de liefde door je hele lichaam stromen,' zegt S.D. nog eens tegen ons. Ik wil wel tegen hem gillen dat hij moet kappen met al dat gezeik over liefde.

Desalniettemin moet ik na zeven keer de zonnegroet en een reeks vinyasa-bewegingen toegeven dat ik me veel evenwichtiger begin te voelen. Of misschien ben ik gewoon te uitgeput om me nog ergens druk over te maken. S.D. laat ons op onze rug liggen.

'Als iedereen nu even naar Cricket zou willen kijken terwijl ze het wiel demonstreert,' verzoekt S.D.

Hij stapt op haar af om haar in de juiste positie te manoeuvreren. Nou ben ik geen yogi, en voor zover ik kan zien, is haar houding foutloos, maar S.D. is de deskundige. Hij gaat schrijlings op Crickets benen zitten terwijl hij zijn handen onder haar heiligbeen legt en haar omhoogduwt tegen wat mij zijn kruis lijkt. Jep, zeer beslist zijn kruis.

'Maak een innerlijke spiraal met die benen,' instrueert S.D. Cricket terwijl hij zich hard tegen haar aan drukt. Ineens weet ik niet zo goed meer welk type yoga S.D. bedrijft. Ik speur Crickets gezicht af naar tekenen van ongenoegen, maar het enige wat ik zie, is een ongewone gloed op haar wangen.

Zodra we in de kleedkamer komen na de doodhouding, buig ik me naar Cricket toe. 'O mijn god, Cricket, ik zou S.D. een knietje in zijn ballen hebben gegeven. Soms denken die knappe kerels dat ze zomaar alles kunnen maken. Gaat het wel?'

Cricket, die bezig is haar witte fitnesspakje uit te trekken en in haar zwarte Samsonite-vliegtuigkoffertje aan het spitten is, lijkt geen enkele aandacht aan me te schenken. Ik realiseer me dat ze me simpelweg negeert.

'Cricket, sorry hoor, maar je luistert totaal niet, en trouwens, wat heeft die koffer te betekenen?'

Waarom geeft ze geen antwoord?

'*Cricket!* Wat is er aan de *hand*?' vraag ik smekend.

'Ik kan er hier niet over praten, Lo,' zegt Cricket, en werpt me haar hou-*nu*-je-mond blik toe.

Ineens begint het me te dagen. Hoe heb ik zo onnozel kunnen zijn? 'O nee, Cricket, doe dit niet, *doe dit niet*,' fluister ik. Natuurlijk. Het dieet van ongeraffineerd voedsel. Het thema liefde. De maffe seksueel getinte demonstratie. De volgepakte koffer. Die gloed.

'Zeg iets,' gebied ik als Cricket me het wc-hokje in trekt en de deur achter ons op slot doet.

'Luister, Lo, ik ben verliefd, oké? Het is liefde,' zegt ze op dringende toon en met gedempte stem.

'Cricket, waarom heb je het ons niet verteld?' zeg ik smekend, van de wijs gebracht. 'Kate en ik zouden het je ten stelligste hebben afgeraden. Je weet van het pijpen in de achterkamer. Hij maakt misbruik van die rocksterren-aantrekkingskracht.'

'Daarom heb ik het jullie niet verteld,' verzucht Cricket. 'S.D. is zo miskend. Hij is absoluut briljant. Hij leert me alles over boeddhisme, hindoeïsme, soefisme. Hij is een mysticus. Hij is de meest fantastische minnaar. Hij is een beoefenaar van het tantrisme. En ik zal je vertellen,' Cricket buigt zich naar me toe om in mijn oor te fluisteren, 'het is de beste seks van mijn leven. Hij heeft de workshop gegeven die Sting heeft gevolgd.'

Ik zak in elkaar op de wc-bril en stel me het onvermijdelijke liefdesverdriet voor. 'Hoe is dit zo gekomen?' vraag ik.

'Hij heeft me gevraagd of ik hem wilde assisteren bij de workshop Thaise massage. Dan hadden we intensieve studiedagen van tien uur lang, en gingen we daarna nog eens vier uur lang eten bij Rawvolution. Hij vindt dat ik talent heb,' legt Cricket uit.

'Moet je horen, Cricket, SMITH zei ook tegen mij dat ik een getalenteerd actrice was toen het net aan was, oké? Zo zijn mannen nu eenmaal,' zeg ik.

'Ga vanavond met ons mee uit eten bij Juliano's. Dan zul je zien hoe vurig zijn innerlijke geest is,' zegt Cricket, die duidelijk niet meer te redden is.

'Innerlijke geest,' herhaal ik, terwijl ik de deur van het wc-hokje opendoe. 'Wat is dat, S.D. taal?'

'O, ik weet het, hij is gewoon besmettelijk.'

'Daar ben ik nou juist zo bang voor.' Ik kijk voor het eerst sinds het begin van de twee uur durende les op mijn mobieltje. 'Dertig gemiste oproepen? Wat zullen we nou krijgen?' Ik lees een sms-bericht van Olivia's manager:

> Olivia en ik willen onze welgemeende excuses aanbieden namens Thor. Hij is nieuw in de familie en is zich er niet van bewust dat het ongepast is om over vreemden heen te piesen. ;-) Uiteraard heeft mijn prinses van het hele incident niets gemerkt. Maar ik kan je verzekeren dat haar gêne geen grenzen kende toen je eenmaal was vertrokken. Dank, niet alleen voor het schoonmaken, maar bovenal voor de jurk. Ze is als een kind zo blij.

En zo gek als een deur. Maar ze is in ieder geval blij.

Mijn mobieltje gaat. 'Hallo,' zeg ik zachtjes, want stel je voor dat ik de Dodelijke Mobiele Telefoon Blik krijg vanwege het gebruik van het verboden speeltje in de yogastudio.

'Ik probeer je al uren te pakken te krijgen. Waar zit je toch?' blaft een schrille vrouwenstem.

Sinds wanneer is een vriendelijk 'hallo' afgeschaft?

'Met wie spreek ik?'

'Met Jennifer van het kantoor van Ken Sunshine. Je moet *nu meteen* naar het huis van Jake Jones toe. De GM Show is morgen. Waarom nam je je telefoon niet op? Het is Oscarweek! Hij zit midden in zijn pokerwedstrijd, maar hij zei dat hij een ronde zou passen. Je krijgt tien minuten bij hem.'

Wacht even. Jakes publiciteitsagente heeft zijn pas-sessies in de afgelopen drie weken tien keer afgezegd en *ik* heb het gedaan? Rot op met het thema liefde. Ik haat dit werk. Ik zucht. *Doe het voor Julian,* zeg ik tegen mezelf. 'Hoe kom ik daar?'

Ik sleep me de steile trap op naar Jake Jones' Topanga Canyon ranchachtige huis, een verrassend prettige plek die voelt alsof Jerry Garcia er zou kunnen hebben gewoond in de zestiger jaren. Niet bepaald het kille, strakke, Palm Springs moderne of mediterrane optrekje dat veel jonge filmsterren die een smaakvol imago najagen schijnt te overkomen. Hoewel de volledig gepimpte zwarte Mercedes die voor de deur geparkeerd staat volkomen in overeenstemming is met wat ik zou verwachten van een playboy. Mijn benen deden toch al pijn van de talloze vinyasa's en mijn pijnlijke chataranga-armen hebben de grootste moeite met het tillen van de kledinghoezen met daarin de vier op maat gemaakte Julian Tennant-kostuums die in mijn auto hebben liggen verstoffen sinds de eerste keer dat Jakes publiciteitsagente me heeft afgebeld. Ik voel me net Janis Joplin in Crickets slonzige chocoladebruine halterjurk en haar taupekleurige Birkenstocks, maar ik had geen tijd om naar huis te gaan en me om te kleden en ik kon het simpelweg niet verdragen om die ondergepieste sandalen weer aan te trekken. Julian zou gruwen van dit goedkope vod en deze weerzinwekkende hippiesandalen. Bij Cricket staat het bohémienachtig chic; mij geeft het de uitstraling van een mislukte kunstenares. Maar dat geeft niet, want ik denk dat het juist maar goed is dat ik me allesbehalve sexy voel terwijl ik me voorbereid op een ontmoeting met de acteur die door *In Touch* wordt omschreven als het lekkerste hapje van Hollywood.

Als ik op de deur klop, vraagt het krijsende stemmetje in mijn achterhoofd zich af wat ik hier in godsnaam aan het doen ben om elf uur 's avonds, terwijl ik in bed naar een aflevering van *Oprah* zou moeten liggen kijken met een kalmerend Kiehl's algenmasker op mijn gezicht. In plaats daarvan bereid ik me voor op een live aflevering van *Entourage*. Typische acteursongein op de late avond. Altijd maar hun egoïstische grillen moeten volgen. Ik bereid mezelf voor op het gevolg van jonge, betaalde, slaafse volgelingen – vroegere schoolkameraden – die bij elkaar zijn gekomen voor hun nachtelijke spelletje poker.

De deur zwaait open. Hij is het. Jake Jones die zelf de deur opendoet? Ach, zo laat is elf uur nou eigenlijk ook weer niet. Hij heeft vast een heel drukke dag gehad. Bovendien ga ik toch nooit vóór enen naar bed. Wie probeer ik nou eigenlijk voor de gek te houden? Hij is oogverblindend knap. Absoluut en onmiskenbaar gevaarlijk. Die grote blauwe husky-ogen, die maffe scheve glimlach. O god. O nee. Ik heb een probleem.

'Hoi, ik ben Jake. Ben jij Lola?' O mijn god, hij is toegankelijk. Hij staat met beide benen op de grond. Dit is totaal niet wat ik had verwacht. Hij is verrukkelijk verfomfaaid op een mannelijke manier. Hij draagt een surfbroek met hawaïprint die vlak onder zijn heupen hangt, en een oversized marineblauw shirt met lange mouwen. Zijn woeste blonde haar staat alle kanten op. Ik steek bijna mijn hand uit om het glad te strijken en twijfel onmiddellijk aan mijn integriteit. Is het dan zo makkelijk voor me om van het rechte pad af te wijken? Ik begin meteen mijn nuchterheidsmantra op te dreunen. 187 dagen. 187 dagen. 187 dagen. Geen acteurs. Geen acteurs. Geen acteurs. Ik realiseer me dat ik naar de grond sta te kijken in een wanhopige poging om zijn grote blauwe ogen te ontwijken. O nee, ik heb nog geen woord gezegd.

'Eh. Ik ben Lola. Ik heb een kostuum. Voor jou. Wil je je uitkleden? Ik bedoel in je eentje. Ik bedoel... je snapt wel wat ik bedoel.' Jezus. Ik heb mezelf officieel voor gek gezet. Op de een of andere manier vermoed ik dat ik nu niet bang hoef te zijn dat Jake Jones me zal bespringen. Probleem opgelost.

Jake glimlacht geruststellend, alsof hij dagelijks met bazelende idioten wordt geconfronteerd die bij hem op de stoep staan. 'Ik wilde net een burrito gaan eten en ik heb er eentje over. Heb je honger?' vraagt hij, de kledinghoes van me overnemend.

'Eerlijk gezegd ben ik uitgehongerd.'

'Mooi. Dan ga ik ze opwarmen,' zegt hij, en hij gooit de kledinghoes over zijn schouder en loopt naar binnen. 'Wil je dat ik je burrito daar kom brengen? Ik bedoel, dat zou ik wel kunnen doen, maar het is best koud buiten,' voegt hij eraan toe als hij merkt dat ik nog steeds als aan de grond genageld op zijn deurmat sta.

'Sorry, ik was even afgeleid. Het is een zware dag geweest.'

'Wat vervelend voor je. Wil je erover praten?'

Wil ik erover praten? Wat mankeert die gozer? Hij heeft vast een kleine penis, want dit valt niet binnen de sfeer van iedere vorm van menselijke interactie die ik met een acteur in Los Angeles heb gehad. Ooit. Goed dan, hij heeft erom gevraagd.

'Om te beginnen heb ik mijn koffie verkeerd overgeslagen. Ik probeer van de koffie af te komen. Maar dat was een grote vergissing, want toen heb ik uiteindelijk twee espresso's genomen om het glas tequila te neutraliseren dat ik had gedronken op LAX omdat Julian – de man die je kostuum heeft ontworpen, je zult het fantastisch vinden – zijn vliegtuig had gemist en ik heb geen idee of er op de hele planeet genoeg kalmeringsmiddelen bestaan om hem op de volgende vlucht te krijgen en de geflipte rockster die we moeten kleden voor de Oscaruitreiking is zojuist in de gevangenis gesmeten wegens onzedelijkheden en dan had je nog Juffie Ik Spreek Alleen Maar In De Derde Persoon en Thor de Fantastische Tegen Benen Piesende Hond...' De sluizen gaan wijd open terwijl ik op Jake Jones' drempel sta, en nog steeds niet goed wist of ik het aankon om er overheen te stappen. Ik ratel maar door, ongecontroleerd woorden uitbrakend.

'Volgens mij ben je toe aan een potje airhockey en een biertje,' zegt Jake als de woordenstroom uiteindelijk opdroogt, en trekt me mee naar binnen, zijn woonkamer binnen. Terwijl ik achter hem aan loop naar de keuken, constateer ik verbijsterd dat Martha Stewart trots op hem zou zijn: de smaakvolle bank met kussentjes erop, de kasjmierplaids, de kaarsen van Diptyque Figuir en Feuille de Lavande, de witte orchideeën. Aha. Ahahaha. Hij is homo. Natuurlijk, hij is homo. Wat een opluchting. Ik kan weer terug op het rechte pad. Als we langs de eetkamer lopen, zie ik de pokertafel van groen vilt met daarop de overblijfselen van het spelletje dat Jake zojuist moet hebben afgerond met zijn vrienden: volle asbakken die uitpuilen van de uitgedrukte sigaren, lege Amstel en Heineken bierflesjes, pindadoppen. Oké... niet homo. Ach ja... weet je... wat is nou één potje airhockey en een biertje?

'Kip of rund?' vraagt Jake, en houdt het vettige papieren zakje van Baja Fresh omhoog.

'Eigenlijk ben ik veg... rund, geef mij maar rund,' zeg ik, in een plotselinge, schaamteloze, gulzige honger naar vlees terwijl ik ga zitten op een zwartleren kruk aan zijn marmeren aanrechtblad.

Ik werk mijn burrito in recordtempo naar binnen. Ik had me niet gerealiseerd dat mijn lichaam zo wanhopig naar proteïnen hunkerde. 'Jemig, die biefstuk is goed,' zeg ik, opkijkend om tot de ontdekking te komen dat Jake nog maar amper drie happen van zijn burrito met kip heeft genomen en me nieuwsgierig aan zit te staren. Allemachtig, wat is hij sexy. Ik reik naar een papieren servetje van de stapel die op het aanrechtblad verspreid ligt. Net als ik op het punt sta om mijn mond eraan af te vegen, lees ik: *Sarah 818-555-9160 – ik verheug me op dat spelletje airhockey,* gevolgd door een groot hartje met kinderlijk ronde vormen. Ik draai het servetje om en zie het logo van de Whiskey Bar.

Ik houd het servetje voor Jakes neus. 'Het is maar goed dat ik deze niet heb gebruikt. Sarahs nummer zou definitief verloren zijn gegaan,' zeg ik. 'Of is dit jouw idee van een Rolodex?' vraag ik, wijzend naar de slordige stapel. Jake smijt het servetje van de Whiskey Bar in de prullenbak.

'Rolodex? Dat is zo passé.'

'Ik ben een pen-en-papier type. Noem me maar ouderwets,' zeg ik. 'Dat arme meisje zit bij de telefoon te wachten, weet je.'

'Ze komt er wel overheen. Geloof me, dat is echt het beste voor haar. Ze studeert voor verpleegkundige op UCLA. Ze ontmoet vast wel een leuke dokter.'

Waarom kan ik geen leuke dokter ontmoeten? Of een verpleegkundige, desnoods. Ik zou zelfs Ben Stiller nemen in *Meet the Fockers*. 'Weet je, het is al laat – misschien moet je die kostuums nu maar even passen,' zeg ik, ineens totaal niet meer geïnteresseerd in dit leeghoofd.

Jake kijkt me strak aan. 'Zullen we niet eerst een potje airhockey doen?'

'Dat laat ik liever aan de Sarahs over.'

'Eén potje,' zegt hij, terwijl hij zijn half opgegeten burrito op het aanrecht achterlaat en zijn broek ophijst.

'Hoef je die niet meer?' Ik neem de burrito met kip mee naar zijn spelletjeskamer annex speelhol.

Concentreer je op het doel van je bezoek. Zorg dat je hem in kostuum krijgt. O nee, daarvoor moet hij zich eerst uitkleden. O nee. O-o. Beeld van naakte Jake Jones terwijl zijn hand langs de mijne strijkt om me het duwding van rood plastic aan te geven waarmee ik geacht word de puck in de goal te slaan. Oké, concentreer je op airhockey. Concentreer je op scoren. Nee, niet dat soort scoren, puck in goal, nee niet dat soort puck in goal.

Zwiep. Jake scoort. 'Hoppa! Je kunt maar beter opletten,' plaagt hij.

'Dat was een cadeautje,' zeg ik, en staar in die ogen van hem. Ik houd zijn blik vast terwijl ik de puck weer op de tafel leg en uithaal om te scoren. Doelpunt!

Jake glimlacht goedkeurend. 'Hé, niet slecht! Ik houd wel van meiden die recht op hun doel afgaan.' Is hij nou met me aan het flirten? Vergeet het maar, mannetje.

'Waarom was je spelletje poker al zo vroeg afgelopen?' vraag ik terwijl hij de puck weer op de tafel legt.

'Ik heb iedereen eruit geschopt. Ik moet morgen auditie doen,' zegt hij terwijl hij schiet.

'Aha, je hebt je schoonheidsslaapje nodig,' zeg ik. 'Waar ga je auditie voor doen?'

Hij scoort opnieuw en trekt triomfantelijk een wenkbrauw op. 'Ik moet een screentest doen voor *Hawkman*.'

'Wauw, wat leuk voor je! Mijn broer heeft altijd gevonden dat Hawkman zwaar ondergewaardeerd werd als superheld. Hij *is* per slot van rekening koning van de ornithologie en feitelijk heerser van het luchtruim.'

'Hé, jij bent het eerste meisje dat ik ken dat ooit van Hawkman heeft *gehoord*. Nou, als het aan Jerry Bruckheimer ligt, zal Hawkman straks niet meer ondergewaardeerd worden. De man is koning van de blockbuster en feitelijk heerser van de zomer,' zegt Jake, mijn schot blokkerend.

'Ik hoop dat Jerry trouw blijft aan de originele mythologie. Ik vond het als kind altijd heel erg inspirerend dat Hawkman superheld werd nadat hij als baby in de steek was gelaten. Ik bedoel, denk je eens in hoeveel mensen met verlatingsangst Jerry zou kunnen inspireren om hun jeugdtrauma te overwinnen.'

'Wauw. Dat is diepzinnig. Ik kwam niet verder dan de gedachte hoe ik eruit zou zien in spandex.'

Eh, ik ook niet. Stoute Lola! Stoute Lola! Hou daarmee op!

'Ze geven de rol waarschijnlijk toch aan Matt Damon.' Jake schenkt me een scheve grijns, maar in feite oogt hij een tikje... triest... en onzeker. O *nee*, ik kan er niet tegen als acteurs zich van hun kwetsbare kant aan me laten zien. Tijd om ter zake te komen.

'Sorry, ik houd je wakker terwijl je morgen een grote dag hebt. Laten we dat passen even afhandelen.' Ik leg de rode hockeyschuiver op de tafel en ga de kledinghoes halen uit de andere kamer.

'Je kunt gewoon niet tegen je verlies,' zegt Jake, zijn stem ineens omfloerst terwijl hij op me af loopt, zijn broek ophijsend rond die beroemde billen. Ik zet me schrap voor de vaart waarmee ik straks weer uit de bocht zal vliegen, van het rechte pad af. O-o. 'Lola.' Zijn elektrische vingers gaan naar mijn gezicht. O jee, nu komt het. 'Er zit een stukje... eh... ik denk dat het sla is op je wang.'

Ik voel dat ik een kleur krijg. 'O, o jee, o... ik, eh, mag ik even van je toilet gebruikmaken?'

Ik gris mijn tasje in de keuken van het aanrecht en vlucht de gang in. Vlug doe ik de deur van de wc op slot en begin als een dolle water in mijn gezicht te plenzen, koortsachtig van schaamte en vernedering. Ik pak mijn mobieltje en weersta de neiging om dokter Gilmore te bellen, aangezien ze wil dat ik eraan ga werken om grenzen te stellen in onze relatie. (Alleen omdat ik haar zondagavond om elf uur heb gebeld. Twee keer.) Ik ga op de wc-bril zitten en bel Cricket in mijn wanhopige behoefte aan een coach. Hij gaat direct op de voicemail. Kate neemt tenminste meteen op.

'Ik hoop dat je hier een heel goede reden voor hebt. Ik ben op het *Premiere*-feestje en ik heb net Hugh Jackman zien lopen zonder zijn agent,' zegt Kate.

'Ik heb interventie nodig.'

'Kun je niet beter Cricket bellen voor dit soort dingen?'

'Haar telefoon staat uit. Zal ik je eens wat vertellen? Ze doet het met S.D.'

'Ik wist het wel. Niemand zou zichzelf blootstellen aan onge-raffineerd voedsel als het niet om seks draaide. Wat is dat voor echo? Waar ben je?' wil Kate weten.

'Ik zit op het toilet bij Jake Jones en ik sta op het punt om van het rechte pad af te wijken.'

'Lo, doe dat dan. Ik bedoel, SMITH is al minstens zes maan-den geleden. Je kunt onderhand net zo goed in het klooster gaan. Doe het. Dan kom je tenminste over hem heen,' zegt Kate.

'Fout antwoord. Je moet tegen me zeggen dat het me alleen maar weer een gebroken hart zal opleveren, dat hij een playboy is, dat hij gewoon de zoveelste stomme acteur is. Ik weet dat je denkt dat ik vanzelf weer de oude word als ik maar weer gewoon in het zadel klim' – ik moet mijn uiterste best doen om een onge-wenst visioen van Catharina de Grote en de hengst in de takel-installatie uit mijn hoofd te zetten – 'maar zo werkt het gewoon niet bij mij. Als ik nog één keer iets krijg met een acteur, zul je me moeten komen opzoeken in Shady Acres.'

'Lola, het is maar seks. Analyseer het nou niet te veel.'

'Kate! Kun je je niet gewoon heel even in iemand anders ver-plaatsen?'

'Je kunt beter met Cricket praten. Maar zelfs zij heeft het te druk met aan haar trekken komen.'

'Ik hang nu op.'

Klik.

Ik ben hier voor Julian, niet voor seks. Hier om iets van me-zelf te maken en om een vriend te helpen. Hier om mijn Carrière Tekort Stoornis en mijn acteurholisme te overwinnen en er alles aan te doen om dag 188 te bereiken. Ik besluit om beleefd af-scheid te nemen en thuis in bed te gaan liggen dromen over mijn man, de niet-acteur. Ik hoor morgen wel van de publiciteits-agente welk kostuum Jake het mooiste vindt.

Ik gooi de deur van de wc open en sta oog in oog met Jake Jones, die er ronduit ontwapenend uitziet in Julians antraciet-grijze krijtstreepkostuum. Hij pakt mijn gezicht beet en drukt een dikke kus op mijn lippen. *Absoluut, onmiskenbaar, halsover-kop, rennen, vliegen, springen van dat rechte pad af.*

Dinsdag

149 uur, 13 minuten, 7 seconden totdat de Oscar voor Beste Originele Script wordt uitgereikt.

'Ben je met hem naar bed geweest of niet?' vraagt Kate terwijl ik mijn grote beker koffie verkeerd als stormram gebruik om de voordeur binnen te stormen van haar tweekamerappartement in het El Royale op Rossmore, hetgeen natuurlijk een miniatuur replica is van Bryan Lourds huis in Benedict Canyon. 'Jezus, het is een simpele vraag! Wat ben jij voor imbeciel?' Ik verschiet van kleur, totdat ik me realiseer dat Kate via haar headset een stem zonder lichaam staat af te blaffen. 'Kun je hem nu aan de telefoon krijgen of niet? Doe het gewoon, Adam!' Ze schudt vol afkeer haar hoofd, rukt de headset af en smijt hem op een bijzettafeltje. Ze trekt een wenkbrauw naar me op. 'Nou?'

'We hebben samen geslapen, maar we hebben niet met elkaar geslapen,' biecht ik op.

'*Wilde* je dat niet?'

'Het is nog veel erger; ik vind hem echt leuk,' zeg ik, en zak als een pudding in elkaar op de ivoorkleurige Christian Liaigrebank die ze uit Parijs heeft laten verschepen. Bryan Lourds binnenhuisarchitect had haar ervan overtuigd dat het ding de moeite waard was om zich ervoor in de schulden te steken. Het is dezelfde bank waar Matthew McConaughey zijn beroemde kont op parkeert als hij een afspraak heeft bij zijn agent der agenten. Zoals altijd is Kates appartement *American Psycho* griezelig schoon. En die verdomde Cartier-fotolijstjes die B.L.'s binnenhuisarchitect op strategische plaatsen in het appartement heeft neergezet staren me nog steeds aan met die nare opvulmodellen waarmee de lijstjes geleverd zijn – drie jaar geleden. Ondanks het feit dat het pas 5.00 uur 's morgens is, heeft Kate al haar Europese telefoontjes al afgehandeld, de oostkusteditie van *Good Morning America* gezien, en *The New York Times*, de *Hollywood Reporter* en *Variety* van voor tot achter helemaal doorgenomen.

'Je hoeft hem niet *leuk* te vinden, Lola, je hoefde alleen maar met hem naar bed te gaan om over SMITH heen te komen.'

'Jake is geen opblaasbare sekspop, hij is een mens van vlees en bloed,' protesteer ik.

Er rolt een harde zucht van Kates lippen. 'Nee, hij is een *acteur*,' zegt ze.

'O god, ik weet het. Je hebt gelijk. Acteurs zijn de vijand. Ze vormen een bedreiging voor de nationale veiligheid. Als ik Dick Cheney was, zou ik ze allemaal afschieten.'

'Heather Graham die een hersenchirurg speelt, zou nog overtuigender zijn dan jij op dit moment.'

'Het is gewoon dat ik denk dat deze anders is, Kate. Ik bedoel, Jake is gevoelig en toegankelijk en hij luisterde echt naar me en hij heeft niet eens geprobeerd mijn La Perla's uit te trekken.'

'Dus hij is homo?'

'Hij is geen homo. Hij is een *gentleman*.' Kate werpt me een 'ja hoor, het zal wel' blik toe. 'Oké, hij heeft strikte orders van zijn reikimeester, die tegen hem heeft gezegd dat hij, om zijn carrière-chi te versterken, minstens vierentwintig uur voor een grote auditie geen seks moet hebben. Toen Jake seks had in de nacht voor de *DaVinci Code II: DeCoded* auditie, heeft Ron Howard de rol aan Billy Crudup gegeven.'

Kate maakt een triomfantelijk krassend geluid. 'Acteurs gelul, hoofdstuk één.'

'Kate, het is *vijf* uur 's morgens, ik zou midden in mijn remslaap moeten zitten, maar in plaats daarvan sta ik hier in een van Crickets goedkope vodden en haar *Birkenstocks*. Dit is duidelijk een noodkreet. Grijp in! *Alsjeblieft*.'

Kate bukt zich om haar Nikes te strikken en haar springtouw te pakken voor haar straffe trainingsprogramma van 5.30 uur.

'Oké! Oké! Laat me even nadenken,' zegt Kate, en ze gaat naast me zitten. 'We komen hier wel uit. Ik moet nadenken. Je weet dat ik hier niet zo goed in ben.' Haar rinkelende telefoon redt haar van een Dr. Phil-imitatie. Ze klikt op de luidspreker-knop van haar draadloze Panasonic.

'K-a-a-a-a-t-e-!' krijst Will Bailey als een kind van acht dat aan de helium is. 'Hoor je dat?' schreeuwt hij boven een oorver-dovend gebulder uit. 'Dat is het geluid van *v-r-r-r-r-ij-heid*! Ik sta op het tarmac met Tom Cruise. Hij staat op het punt om me mee te nemen voor een vlucht in zijn gevechtsvliegtuig uit de Twee-de Wereldoorlog.'

'Zeg tegen Tom dat je een rol wilt in *Mission: Impossible 4* als je daarboven met hem alleen bent,' zegt Kate. 'Zeg tegen hem –' Ze zet de luidsprekerfunctie uit voor een intiemer gesprek en zwaait naar mij met een wacht-heel-even wijsvinger.

Terwijl Kate met Will praat, schop ik Crickets monsterlijke schoeisel uit, ga languit op de bank liggen en zet de oostkust-editie van *The Today Show* aan. Meredith Vieira interviewt Dee-pak Chopra. Je weet wel, die vent waar iedereen helemaal wild van was *voordat* ze de kabbala ontdekten.

'Meredith, verslaving is het grootste probleem van deze maat-schappij.' Deepaks stem is strelend, zijdeachtig, kalmerend, een bad in een chocoladefontein. Hij leunt naar voren in zijn stoel, de presentatrice als een magneet in zijn richting trekkend. Hun neuzen raken elkaar bijna aan. 'Ongeacht wat het verslavende middel in kwestie is, alcohol, seks,' *Acteurs,* denk ik bij mezelf, 'verslaafden moeten op een gegeven moment tot het inzicht komen dat de nadelen van hun verslaving zwaarder wegen dan de voordelen.'

'Dat is absoluut waar,' zegt Meredith, de trekboom van Dee-pak's blik verbrekend.

Als ze naar de commercial break gaan, pak ik een script van de gigantische stapel op Kates salontafel en graaf in mijn tasje op zoek naar een pen. Ik draai het script om en krabbel neer 'nadelen' en 'voordelen.' 'Nadelen': als je acteurholist bent, krimpt de vijver waarin je in LA kunt vissen tot het formaat van een Franse baguette. Ik wil het al opschrijven in mijn kolom met nadelen, maar begin dan te aarzelen. Is dat een voordeel? Ik bedoel, acteurs zijn de meest sexy mannen die er rondlopen. Nee. Het is fout, fout, fout. Concentreer je. Nadelen van het acteurholist zijn. Nou ja, je betaalt duur voor de maand van gelukzaligheid waarin je het gevoel hebt dat de zon in je slipje opkomt en ondergaat, met het onvermijdelijke gebroken hart dat leidt tot talloze bekers Cherry Garcia en eindeloos *Breakfast at Tiffany's* kijken.

Ik hoor de klik van Kate die de telefoonverbinding verbreekt. Ze kijkt op haar Rolex. 'Ik heb vijf minuten om in te grijpen en je te redden.'

Ineens komt er een stoere kerel in een marineblauw 'Home Jeeves'-uniform Kates slaapkamer uit stormen, grijpt een opvouwbare step die in de hoek staat en loopt saluerend naar Kate de voordeur uit. Kate grijnst en blaast hem een kushandje toe.

'Wie was dat in godsnaam?' vraag ik.

'Eén martini te veel bij Zach Braff thuis, gisteravond na het feestje van *Premiere* in The Skybar. Dus heb ik 'Home Jeeves' gebeld. Ze stuurden die kerel zodat ik me kon laten rijden, en daarna heb ik zelf nog een plezierritje gemaakt.'

'Tja, dat is natuurlijk veel beter dan een bekeuring en een politiefoto à la Mel Gibson op de website *The Smoking Gun*.' Ik weet niet wat schattiger is: de snoezige kleine stepjes die ze in je kofferbak leggen of de mannen van 'Home Jeeves' die de sleutels uit je handen pakken.

'Moet je horen, ik heb nog vier minuten. Denk je dat je het redt?'

'Weet je, ik denk het wel. Ik heb net een heel bijzonder interview gezien met Deepak Chopra, en hij heeft me op een geweldig idee gebracht voor een lijstje. Ik heb veel meer met hem dan met Dr. Phil. Waarom heeft hij geen eigen tv-programma?'

Ik zweer dat ik de geest van Thomas Edison het lampje in Kates hoofd zie aandoen terwijl ze aan het bellen slaat met haar mobieltje en de deur uit loopt. 'Adam, we moeten uitzoeken wie

Deepak Chopra vertegenwoordigt… Nee, ik weet niet hoe je dat spelt. Ik betaal *jou* om voor mij te spellen… Ik wil dat het uiterlijk om halfacht op mijn bureau ligt. Ja, 's morgens.'

'Als je maar zorgt dat ik de helft van die commissie krijg,' roep ik Kate achterna als ze de deur achter zich dicht trekt.

Ik word wakker gerukt uit een door valeriaanwortel opgewekte slaap door mijn rinkelende Nokia. Ik veeg het kwijl van mijn mond en ga rechtop zitten op Kates bank. Verdomme, oproep gemist. Ik was zo gestrest nadat Deepak me zo onomwonden de waarheid had gezegd dat ik gewoonweg die kruidentinctuur *moest* proberen waar Demi me over had verteld toen ik Ashton en haar tegen het lijf was gelopen op Rabbi Eitans verjaarsfeest. Ik bedoel, een meid is verplicht om haar zenuwgestel in balans te houden. Memo aan mezelf: je raakt er totaal van in coma. Goed als je verkering net uit is en de wereld ondraaglijk is. Slecht als je een werkgerelateerde zenuwinzinking hebt en je op de toppen van je kunnen moet functioneren.

Hoe laat is het? Verdomme. Het is al middag! Over twintig minuten moet ik Julian ophalen op LAX voor onze pas-sessie met Olivia om twee uur vanmiddag. Godzijdank heeft hij beloofd om in het vliegtuig te stappen nadat ik tegen hem had gezegd dat Tom Ford een diner bij kaarslicht heeft geboekt in de Sunset Tower voor de GM Show vanavond. Ik pak mijn sleutels en tas en schiet Crickets Birkenstocks aan. Ik sta net op het punt de voordeur uit te stormen als ik me realiseer dat het absoluut niet haalbaar is om naar huis te gaan, me om te kleden, en het hele eind naar LAX te rijden in twintig minuten tijd. En ik *kan niet* verschijnen in deze vodden. Julian zal compleet door het lint gaan als hij me *hierin* ziet. Per slot van rekening ben ik een soort verlengstuk van zijn kledinglijn. Ik steven regelrecht op Kates garderobekast af en begin als een dolle te snuffelen in haar agent-der-agenten uitmonsteringen: kakigroene keper van H&M, niet geschikt; metaalkleurige tweed van Lela Rose, absoluut fout; zwarte Prada, Kate, jij verrader, ik zou het moeten verbranden; marineblauw hemdjurkje van Burberry, het moet maar.

Ik stuif naar de gootsteen, ruk Crickets jurk uit en schrob verwoed onder mijn armen met Kates groene thee handzeep. Ik plens water in mijn gezicht, grijp de fles Listerine, doe mijn haar in een paardenstaart en sproei met haar Must de Cartier. Nog een kwartier. De paniek slaat nu in alle hevigheid toe.

Ondergoed. Rommelen in Kates ondergoedla. Rood kant en, eh, geen kruis; oké, afschuwelijk. Knalroze satijnen string, zelfs niet genoeg om Anastasia's Braziliaanse bikinilijn te bedekken. Luipaardmotief en alweer geen kruis; mijn god, heeft ze dan niet één simpele katoenen onderbroek? Ik keer mijn degelijke grijze La Perla's binnenstebuiten. Ik gooi de marineblauwe hemdjurk over mijn hoofd en zet het op een rennen naar mijn auto. Elf minuten. Ik geef plankgas.

Ik haal wat mascara tevoorschijn bij het stoplicht op de kruising van La Cienega en Rodeo (niet Drive, *Road* – dus *Tar-Jay* en geen Tiffany). Als ik niet zo laat was, zou ik naar binnen wippen om een paar Isaac Mizrahi-mocassins van $13,99 te kopen voor in de auto. Wat maakt het uit dat het *imitatie*leer is, ze kosten maar $13,99.

Mijn scherm begint op te lichten. INKOMEND GESPREK.

'Hallo?'

'Gedeelde smart is halve smart. Candy Cummings is vrij op borgtocht en wordt aangeklaagd wegens onzedelijkheid en geweldpleging,' schreeuwt Christopher door de telefoon. 'Ik werd net gebeld door de platenmaatschappij. Ze hadden een ruwe versie gezien van mijn videoclip. De platenbazen vinden het briljant, maar Cummings geeft geen groen licht – die schoft van een advocaat van haar denkt dat het haar reputatie zal schaden voor de op handen zijnde rechtszaak. Maar ze heeft de gerechtsdienaar wel een snuifje van haar coke aangeboden – alsof dat helpt.'

'Ze gaan je toch nog wel betalen, hè?' vraag ik.

'Ja.'

'Oké, mooi zo. We praten een andere keer wel over je carrière. Ik werk nu aan de mijne. Ik heb een andere lijn.'

Klik.

'Met Katya.' Julians lankmoedige assistente. Wat is hij nu weer vergeten? Zijn Hot Tools-strijkijzer? Zijn Hermès-halsdoek met de roze eendjes? Zijn lavendelkleurige Tweezerman-neushaartrimmer?

'Hoi, Katya. Is Julian nu al uit het vliegtuig? Ik ben er over een paar minuten – ik ben op zoek naar een parkeerplaats,' jok ik.

'Eh, tja, het hangt ervan af wat je verstaat onder "uit het vliegtuig".'

Ik krijg een vertrouwd, wee gevoel. 'Ik ben Kenneth Starr niet, Katya. Zeg het maar gewoon.'

'Ik ben in Julians appartement. Hij is nooit *in* het vliegtuig gestapt.'

'Wat?!' zeg ik, een steek bijna mijn oog uit met het gekromde mascaraborsteltje. 'Geef hem maar even aan de telefoon.'

'Dat is nou juist het probleem. Hij is buiten westen. Er staat een doosje Tamiflu, een flesje Ativan, wat Imodium en een half bord gegrilde groenten van Masa op het nachtkastje. Ik heb een spiegel onder zijn neus gehouden, dus ik weet dat hij nog ademhaalt. Maar ik kan hem niet zover krijgen dat hij zijn ogen opendoet of iets zegt.'

Oké, ademhalen. In. Uit. In. Uit. Dit is verdomme niet de G8-top. Het is alleen maar die klote Oscaruitreiking. Shit. Het is die klote *Oscaruitreiking*. Een of andere lul achter me in een gele Porsche gaat op zijn toeter hangen. Ik kijk op. Het licht is groen. Ik zet mijn auto langs de kant en haal diep adem. 'Katya, zou je alsjeblieft de telefoon bij zijn oor willen houden?' vraag ik. 'Nick Lachey is uit de kast gekomen!' schreeuw ik zo hard ik kan.

'Ik wist het welllll,' zegt Julian met dikke tong, tot leven gewekt.

'Julian, dit is echt niet het moment om me een John Belushi te flikken. Dit kun je me geen tweede keer aandoen. Je moet hierheen komen!'

'Ik willl daaat Tooomm Foooord me inn zijnn aaarmenn neeeemmt enn teeegenn me zeeegt daaat allllless goed kommt.'

'Julian, ik zou graag willen dat Johnny Depp de vader werd van

130

mijn kinderen, maar het punt is, hij heeft al twee kinderen met Vanessa Paradis en hij woont in Frankrijk. Je moet je vermannen en verdomme in een vliegtuig stappen. Ben je vergeten dat Olivia Cutter onze laatste kans is voor de Oscaruitreiking? En p.s., de enige penis die ooit binnen een straal van vijf millimeter bij Nick Lachey in de buurt zal komen, is die van hemzelf.'

Klik.

Ik leg mijn hoofd op het stuur. Ik zou zelf ook wel graag buiten westen willen zijn op dit moment. Dan zou ik niet *in mijn eentje* naar Olivia toe hoeven. Alweer.

Ik voel mijn bloedsuikerspiegel instorten. Ik kijk naar rechts en zie een Winchell's Donut Shop. Ik zet mijn alarmlichten aan en loop erheen. Als mijn hand de deurknop beetpakt, valt mijn oog op een briefje waarop staat HULP GEVRAAGD. WE ZIJN OP ZOEK NAAR VRIENDELIJKE, ENTHOUSIASTE, BETROUWBARE MEDEWERKERS.

Oké. Ik ben vriendelijk. Ik ben *razend* enthousiast over donuts. En ik ben door en door betrouwbaar. Ik heb nog nooit een aflevering van *America's Next Top Model* gemist. Niet *eentje.* Ik lees verder. ERVARING VEREIST. Ik heb massa's ervaring met donuts. Ik bedoel, ik eet hun jamdonuts al sinds ik een jaar of vijf was. Oké. Wie probeer ik voor de gek te houden? Als het me niet eens lukt om *iemand* Julian Tennant te laten dragen bij de Oscaruitreiking op zondag, ben ik zelfs niet geschikt voor een baan bij *Winchell's.* Ik *moet* deze afspraak met Olivia tot een succes maken.

Ik bestel de veertien-donuts-in-een-dozijn – jammer dat Krispy Kreme *dat* niet heeft. Als ik alweer bijna bij mijn auto ben, blijf ik staan en staar naar de doos. Adrienne biedt slangenleren handtasjes aan en god weet wat nog meer, en het beste wat ik kan verzinnen, zijn *donuts*? Ik schrok een exemplaar met hagelslag erop naar binnen om mezelf te kalmeren. Mijn telefoon piept. Ik kijk op het scherm. Eén nieuw voicemailbericht. Het is Olivia's manager, John.

'Olivia heeft al haar afspraken voor vandaag moeten afzeggen voor een Doe-Een-Wens meisje van zeven, genaamd Sofia, dat

helemaal idolaat van haar is. Uiteraard heeft mijn engel alles afgezegd en is ze meteen naar het meisje toegesneld toen ze hoorde dat Sofia's aantal witte bloedcellen drastisch was gedaald.
Olivia is zo onzelfzuchtig! Ze zei: "De Oscarjurken kunnen wel
wachten." We zullen een nieuwe afspraak maken om te passen,
afhankelijk van Sofia's toestand. Bid alsjeblieft voor haar.'

Ik beluister het bericht een tweede keer. Arme Sofia. Wacht
even. Arme *ik*. De Oscaruitreiking is over vijf dagen. De jurk *kan
niet* wachten. O god, ik ben de duivel. Er ligt een meisje van
zeven *op sterven* en ik maak me druk om een of andere stomme
jurk! Ik zou een enorme golf van dankbaarheid naar Ganesh
moeten sturen omdat hij mijn dag Olivia-vrij heeft gemaakt.
Wacht, zei John nou 'jurken' – *meervoud*? O god.

Mijn mobieltje gaat over.

'Lola, ik ben zo blij dat je opneemt,' zegt Cricket buiten adem.
'Ik moet die Yoko Ono-pruik lenen die je vorig jaar met Halloween op had naar Fiona Apple's Halloweenfeestje. Je weet wel,
toen Julian en jij verkleed waren als John en Yoko. Ik heb hem
nu meteen nodig. Kate heeft morgen een auditie voor *Found*
voor me geregeld. Het is een onwijs diepzinnig ensembledrama
over inwoners van een wijk in New Orleans die bewijs vinden
van buitenaards leven nadat het water van de overstromingen is
gezakt. Ze zijn op zoek naar de nieuwe Sandra Oh om de bijdehante, sexy, aan sudoku's verslaafde receptioniste op het politiebureau te spelen!'

'Cricket, het is geen toverpruik, je blijft gewoon een blank
meisje met een slechte zwarte pruik op.'

'Charlize Theron is ook geen tachtig kilo wegende, lesbische
seriemoordenaar met bruine ogen – maar ze heeft wel een
Oscar gewonnen door er eentje te *spelen*. Ik ben een kameleon
en ik kan hen ervan overtuigen dat ik Aziatisch ben als ik echt
mijn best doe. S.D. zegt dat mijn energie er perfect voor is.
Mag ik die pruik alsjeblieft lenen, of wil je me liever naar het
station brengen en me op de eerste bus terug naar Ohio zetten?'

'Ik laat je niet teruggaan naar Ohio. Ik zou een moord doen

voor een cheeseburger. Kom over een uurtje naar de Coffee Shop van het BH Hotel, dan trakteer ik je op een aardbeien-milkshake en een pruik.'

Mijn twaalf centimeter hoge Roger Vivier-naaldhakken hebben het zalmkleurige beton van de entree aan Crescent Drive naar het Beverly Hills Hotel nog niet geraakt of ik word aangeklampt door een met behulp van siliconen opgeleukte, amazoneachtige pr-zwaargewicht. Ik weet al sinds de baarmoeder dat parkeren bij de zij-ingang samen met de *echte* Angelenos de enige juiste manier is – om nog maar te zwijgen over de vijfentwintig minu-ten en vijfentwintig dollar voor de parkeerservice die je bespaart met al die Hollywoodaanbidders die even een lunch komen *doen*.

'Hoe is het met jou, schat?' vraagt de koningin van de pr, een gat van vijf centimeter openlatend tussen mijn wang en haar bo-toxlippen terwijl ze over mijn schouder kijkt of er ondertussen geen belangrijker iemand is die het hotel binnen wil gaan. 'Deze kant op, ik wil je voorstellen aan mijn cliënt. Ik hoor dat je nog steeds niemand zover hebt gekregen om Julian Tennant te dra-gen naar de Oscaruitreiking.' Prettig toch, dat slecht nieuws zich in Hollywood sneller verspreidt dan via AP Wire. 'Ze wordt de nieuwe Halle Berry,' zegt de koningin van de pr, grijpt me bij de arm en sleurt me mee door de gang met het bananenbladbe-hang.

Godallemachtig, niet *nog* een 'nieuwe Halle Berry'. Dat is de derde in twee dagen tijd. Mijn mobieltje is dichtgeslibd met hoogdravende berichten van de pr-verspreiders van de *nieuwe* Naomi, Nicole, Cate, Hilary. Ik zou liever op Crickets Birken-stocks naar Dani Jansen's Oscarfeestje gaan dan de *nieuwe* Halle Berry ontmoeten, wier enige prestatie tot dusverre bestaat uit een slachtoffer van een aanval met zenuwgas in *24* en één schreeuw in *Scary Movie 8*.

'Het is mijn gunst aan jou ter compensatie voor het feit dat ik al die foto's van Sienna heb gewist op je verjaarsfeest vorig jaar in The Roosevelt,' zegt de koningin van de pr. 'Ze poseerde met een Jimmy Choo-tas voor WireImage en dat kon ik gewoon niet laten gebeuren aangezien Coach mijn cliënt is,' zegt ze terwijl ze me meesleept naar de zonnige patio van de Polo Lounge.

'Eh, wat heb je gedaan?!' zeg ik tegen de koningin van de pr, maar ze heeft het te druk met van tafel naar tafel schrijden op zoek naar respectabele onderdanen om antwoord te geven. Ik zweer je dat haar hoofd bijna van haar lichaam af tolt à la Linda Blair in *The Exorcist* terwijl ze probeert te bedenken in wiens kont ze als eerste moet kruipen. Ik ga direct op de automatische-glimlach stand terwijl zij links en rechts met kushandjes strooit. De eerste gaat naar Alec Baldwin die een hap garnalencocktail neemt. Het verbaast me dat de maître d' de democraat in hart en nieren zo dicht naast de gouverneur heeft gezet, die zich te goed doet aan steak tartaar. Ik zou A.B. Arnold wel eens willen zien bekogelen met een van die rozemarijnbroodjes. Diddy krijgt een viervoud aan luchtkusjes van de koningin van de pr. Is dat Rupert Murdoch die daar gezellig aan de kaviaar zit met Diddy? Hoorde ik R.M. nou net Sean tegen hem zeggen?

O nee. De koningin van de pr schrijdt rechtstreeks naar de tafel van Charlotte Martin en Graydon Carter. Het is niet zo dat ik het haar *nog steeds* kwalijk neem dat ze zich heeft laten opnemen in Promises. Wat maakt het uit dat zij de koers van mijn leven definitief heeft verkloot door het te laten afweten voor mijn vaders remake van *Zorba de Griek*? Iedereen heeft zo'n moment dat bepalend is voor zijn leven en waardoor zijn wereld voorgoed verandert, toch? Zoals Rosa Parks in die bus, of Paris Hilton met die sekstape. Maar om naar Charlottes tafel toe te lopen en haar gedag te zeggen? Liever niet. Ook al zit ze daar met G.C., ik worstel om me los te rukken en ervandoor te gaan alsof mijn naaldhakken Air Jordans zijn, maar de koningin van de pr heeft mijn inmiddels bijna blauwe vingers in een soort bankschroefgreep.

'Graydon, ik verheug me zo op zondagavond. Ik bedoel, wie interesseert zich nou nog voor die Oscars? *Jouw* feestje, daar gaat het om.' Ik overweeg om Graydons asbak onder de mond van de koningin van de pr te houden om alle kwijl op te vangen die eruit loopt. Ze probeert zichzelf duidelijk omhoog te werken naar een uitnodiging voor 00.30 uur. Had ze gedacht.

Graydon schenkt de koningin van de pr een plichtmatig half glimlachje voordat hij zich tot mij wendt. 'Lola, wens je vader veel succes zondag en zeg tegen hem dat hij niet hoeft te komen tenzij hij goud in zijn handen heeft,' zegt hij. Hij wendt zich tot de actrice tegenover zich. 'Je kent Charlotte Martin toch wel?'

'Ja, natuurlijk, het is enig om je weer eens te zien, Lola,' kirt Charlotte met haar vette zuidelijke accent. Ze klemt haar tengere handen smekend ineen voor haar roze T-shirt met 'J'adore Dior' erop en schudt haar haren naar achteren – er zijn hele websites gewijd aan het creëren van dezelfde grote, losse, kastanjebruine krullen. Ze verscheen zo fris als een hoentje weer op het toneel na haar 'uitputting' om de troon op te eisen als het nieuwe lievelingetje van Amerika, en vijftien miljoen in haar zak te steken voor haar imitatie van Doris Day in *Pillow Talk*. 'Zal je vader het me *ooit* vergeven dat ik die film destijds niet heb gedaan?'

'De foto van Helmut Newton die je hem hebt gestuurd kon beslist geen kwaad.'

'Fijn. Het is nog steeds een droom van me om met je vader te werken. Maar kun *jij* het me ooit vergeven? Persoonlijk vond ik je helemaal niet zo *heel* slecht,' zegt Charlotte, me die glimlach schenkend die op nummer één stond in *US Weekly*'s top tien van 'wellustige lippen om te zoenen.' Ik proef de smaak van sacharine achter in mijn mond.

Voordat ik het weet, reik ik over het roze tafellaken naar Charlottes halflege glas Fiji-water om de gigantische brok in mijn keel weg te spoelen. 'Getver,' zeg ik, *wodka* over mijn blauwwitte bloementopje sproeiend. Ik vraag me af of ze Charlotte in Promises hebben geleerd hoe ze haar sterke drank moet laten doorgaan voor Fiji water. Graydon biedt me zijn roze servet aan zodat ik mijn topje droog kan deppen.

Ik schenk Charlotte *mijn* meest sacharinezoete glimlach en zeg: 'Van dag tot dag leven, is dat niet wat ze zeggen bij de A –' maar voordat ik de andere A kan uitspreken, snoert de koningin van de pr me de mond.

'Oké, nou, het was echt *super* om jullie te zien. Geniet van jullie salade, en Graydon, ik kan niet wachten tot het zondag is,' zegt ze, terwijl ze me bij de tafel vandaan sleurt.

'Wie is Julian Tennant?' vraagt de nieuwe Halle Berry aan de koningin van de pr nadat deze haar vertelt, ongevraagd, dat ik het *enig* zou vinden om haar een Julian Tennant meesterwerk te geven om te dragen naar George Maloofs Oscarfeestje in Koi.

Wat? Dat kan de koningin van de pr niet *menen*. Alsof Julian ooit zou toestaan –

'Ik wil Armani aan,' jengelt de nieuwe Halle Berry terwijl ze haar rinkelende roze RAZR opneemt.

'Sorry, liefje, ik heb mijn best gedaan,' zegt de koningin van de pr met een knipoog voordat ik een woord kan uitbrengen. 'Doe je goddelijke moeder mijn hartelijke groeten.' Ze haalt haar BlackBerry tevoorschijn en perst zich in de roze hoekbank.

Oké, nu niet mijn naaldhak in haar mond rammen. Ze is de schade die het zou aanrichten aan de roze Viviers niet waard. Alsof een piepklein fotootje van de *nieuwe* Halle Berry in *In Touch* met de broer van Nick Lachey – hoe heet hij ook alweer, en wat doet het ertoe dat hij *Dancing with the D-List Stars* heeft gewonnen – Julian zou lanceren in een *nieuwe* modestratosfeer. Veel plezier bij Koi in Armani, nieuwe Halle Berry. Tuurlijk joh, misschien leent Giorgio je die jurk wel – als er een aardbeving van 8.0 is geweest op de schaal van Richter en jij de enige actrice bent die het heeft overleefd.

'Nou, geniet van de McCarthy-salade en veel plezier in Armani,' zeg ik, stralend van trots omdat ik voor de Mahatma Gandhi aanpak kies. Als ik me omdraai en weg wil gaan, zie ik – een wat? Is dat een *Choo*? Het is verdomme een *Choo*. En de dikke voet van de koningin van de pr zit erin geperst. O nee, nee, nee, nee, nee.

'Leuke schoenen, *liefje*. Wacht eens, zijn dat *Choos*?' zeg ik, en trek ze snel van haar voeten voordat ze kan reageren. Zou Gandhi me hierin steunen? 'Ik zal deze even *wissen*... als mijn gunst aan jou. Je hebt vast nog wel een exclusief paar Coach-schoenen in je kofferbak liggen,' zeg ik terwijl het gezicht van de koningin van de pr net zo roze wordt als het hotel. Ik draai me op mijn hakken om, laat de Choos in mijn tas vallen, en loop de trap af voor mijn cheeseburger.

'De Polo Lounge zou omgedoopt moeten worden in Paria Lounge. Hier, ik heb een paar Choos voor je geritseld,' zeg ik, en overhandig de sandalen van de koningin van de pr aan Cricket. Ik ga naast haar zitten op een van de twintig felbegeerde roze gietijzeren barkrukken aan de klassieke gekromde bar van roze formica. Wat een opluchting om hier beneden te zijn, waar zelfs Colin Farrell zijn zonnebril af kan zetten en in alle rust zijn hamburger van dertig dollar kan eten.

'Jimmy Choos? Voor mij?' zegt Cricket, die haar armen om me heen slaat om me te omhelzen. 'Eh, getver, ze zijn klam,' zegt ze, en ze laat er eentje terugvallen in mijn tas.

'We kunnen ze wel een keer met salie zuiveren. Geloof me, het was echt goed karma om ze te bevrijden.'

'Een cheeseburger en een aardbeienmilkshake, Lola?' vraagt Ruth, de in het roze geklede veteraan van een serveerster.

'Tweemaal, alsjeblieft, Ruth.'

'Nee, Ruth. Ik wil graag een krop romaine sla en een hele tomaat, in plakjes, alsjeblieft. Lola, ik eet alleen ongeraffineerd, dat weet je toch?' zegt Cricket terwijl ze rauwmelkse geitenkaas en een dressing van zonnebloemscheuten uit haar handtas van hennep tevoorschijn haalt.

'Meende je dat? De seks moet wel spectaculair zijn.'

'Ik wil jou, of mezelf, of S.D. niet in verlegenheid brengen, maar afgelopen nacht heeft hij me moeten uitleggen hoe ik mijn beide benen achter in mijn nek had gekregen en mijn handen om zijn enkels geklemd.'

'Getver, ik zit te eten,' zeg ik, en zet mijn tanden in de cheeseburger die Ruth voor me heeft neergezet. 'Wil je echt geen frietje?' vraag ik aan Cricket terwijl ze een hap neemt van haar armetierige bord met sla.

'Hoe kun je die dodelijke frietjes eten? Van de meervoudig onverzadigde vetten van de olie waarin ze gebakken zijn, kun je hart- en vaatziekten, maagklachten en zelfs kanker krijgen. Heb je *Super Size Me* niet gezien? Zaden- en notenoliën –' Crickets vurige veroordeling van mijn verrukkelijke frietjes verdwijnt naar de achtergrond wanneer mijn oog valt op een achteloos aan de kant gesmeten kunst- en cultuurkatern van *The New York Times* dat naast me op de bar ligt. 'Donatella vs. Miuccia! Het gevecht om de kleding – een impressie van de *ware* Oscarstrijd,' schreeuwt de kop me toe. Zelfs *The New York Times* weet dat wat ze aanhebben belangrijker is dan wie er wint. Dan valt mijn blik op de eerste alinea: '*Adrienne Hunt is de nieuwste It-Girl in de reeks Hollywoodambassadeurs. Ze is het brein achter Prada's pr voor de Oscaruitreiking.*' Ik lees het artikel vluchtig door, op zoek naar Julians naam. Niets, nada. Noppes. Een golf van paniek overspoelt me. Ik overweeg of ik Ruth zal vragen om me dat gigantische mes te geven dat ze gebruiken om de Gary-salade mee te snijden, maar besluit het toch niet te doen. Ik weet zeker dat Adrienne *veel* te veel plezier aan mijn dood zou beleven.'

'Gaat het wel? Je ziet zo bleek,' zegt Cricket. 'Heeft het met Jake te maken? Kate heeft me verteld wat er gisteravond is gebeurd, en nou ja, je hebt hem gekust. Het belangrijkste is dat je het geen tweede keer zult doen.' Cricket omhelst me nog een keer. Ik begraaf mijn neus in haar haar en inhaleer haar Aunt Vi's Aura Spray – en als er iemand wat auraversterking kan gebruiken, dan ben ik het wel.

'Moet je zien,' kreun ik, en druk haar het artikel onder de neus. 'De Oscaruitreiking is over *vijf* dagen en volgens *The New York Times* doen we zelfs niet eens mee aan de Oscarjurken-strijd. Cricket, ik ben echt bang dat ik het niet voor elkaar zal krijgen voor Julian. Zelfs de *nieuwe* Halle Berry wil Armani dragen.'

'Lola, je kunt het. Je moet je gewoon *volledig* op je carrière storten, en *geen acteurs meer.* Visualiseer dat het je lukt. Visualiseer Olivia die over de rode loper schrijdt in Julians jurk. Doe je ogen dicht,' beveelt Cricket. 'Lola? Ik meen het. Doe wat ik zeg.'

Ik doe mijn ogen dicht. Ik bedoel, moet je horen, ik ben wanhopig.

'Olivia zweeft over de rode loper als een lichtgevende, beeldschone pauw,' reciteert Cricket. 'Cojo vraagt Olivia welke ontwerper ze draagt en ze vertelt hem dat het Julian Tennant is.
Cojo zegt "Perfect. Perfect. Perfect. Je krijgt een tien plus, plus,
plus. Je bent een topper, meid –"'

Mijn ogen vliegen open, de betovering is verbroken. 'Cojo zou
nooit zeggen "je bent een topper, meid",' zeg ik.

'Je snapt het niet, Lola. Luister.' Cricket buigt zich naar me toe
alsof ze het medicijn tegen kanker heeft of het geheim van hoe
Diana Ross de dauwachtige huid van een kind van twaalf heeft.
'Je moet *doen alsof*. Doe *alsof* en je *zult* het waarmaken. Stap in
de rol, Lola. Vanochtend heb ik mezelf helemaal gevisualiseerd
als die bijdehante, sexy, aan sudoku's verslaafde receptioniste op
dat politiebureau in New Orleans. Morgen stap ik die auditie
binnen met de overtuiging dat ik Aziatisch ben, en dan krijg ik
die rol.' Cricket hengelt in mijn tas naar mijn Yoko-pruik en zet
hem op. 'Hoe zie ik eruit?'

'Perfect – als je auditie gaat doen voor de film over het leven
van *Sonny en Cher*,' zeg ik.

'Gaan ze daar een film over maken? Denk je dat Kate voor me
kan regelen dat ik auditie mag doen? Hé, is dat niet Brad Grey
daar in de hoek? Ik heb gehoord dat Paramount op dit moment
aan het casten is voor *Groupies*. Die meid uit *Wedding Crashers*
speelt erin mee, en het wordt net zoiets als *Almost Famous*, maar
dan nog grappiger. Ik heb Brad Grey met Jim Carrey bij mijn yogales gezien. Misschien moet ik me even gaan voorstellen?'

'Cricket, je kent de regels van de Coffee Shop: niet netwerken,
niet met je cv leuren, niet over werk praten, *alsjeblieft*. Laat de
man in alle rust zijn *Variety* lezen. Als hij gezien wilde worden,
zou hij wel daar buiten zitten bij de paria's op de patio.'

Wanneer Cricket en ik over het pad teruglopen naar onze auto's,
komen we langs de hotelbungalow die door Graydon's super-
team is omgetoverd in de *VF*-'oorlogskamer'. Een van G.C.'s
superassistentes staat voor de open deur in een Bluetooth headset te loeien.

'Zeg tegen Candy Cummings dat ze Graydon nog eens twintig gesigneerde Fender-gitaren moet sturen. *Daar hebben we geen boodschap aan*. Nadat ze met haar dronken kop heeft zitten *applaudisseren* tijdens het "in memoriam" gedeelte van de show van vorig jaar, komt ze er never nooit meer in. Bovendien is ze een veroordeelde.' En ik maar denken dat de gevangenis tegenwoordig heilzamer was dan een kuuroord. Kijk maar wat het voor Paris heeft gedaan.

'Oké, het is dus duidelijk dat *ik* er al helemaal niet in kom,' zegt Cricket teleurgesteld, terwijl we naar binnen loeren in de bungalow met bananenbladbehang. Eén assistente staat met een vergrootglas in de hand het drukwerk te controleren op de speciale *VF* M&M's. Een andere, uitgeputte assistente loopt met een rode markeerstift naar het tweeëneenhalve meter lange schema met activiteiten, dat de hele muur van de woonkamer in beslag neemt. Een derde sorteert extravagante cadeaus voor G.C. op merk – paarse Asprey-dozen op een stapel, blauwe Tiffany-dozen op een andere stapel, oranje Hermès-dozen op weer een andere stapel. Zou Graydon het merken als ik een van die schattige oranje dozen zou jatten? Of nog beter, ik zou in één keer klaar zijn met mijn inkopen voor Kerstmis *en* Chanoeka voor de komende tien jaar als ik de hele tent leeg roofde.

'Cricket, jij bent er volgend jaar ook bij op het *VF*-feest,' zeg ik als we bij mijn Prius zijn gekomen.

'Denk erom, *doe alsof*. Stap in de rol,' zegt Cricket, die me nog één keer omhelst voordat ze Crescent Drive in loopt naar haar auto. Haar vastberadenheid is behoorlijk aanstekelijk. Ik *zal* mijn CTS overwinnen. En mijn acteurholisme. Ik *zal* iets van mijn leven maken. Ik *zal* doen *alsof* ik zo succesvol ben als Oprah en zo nuchter als Robert Downey Jr. Ik *zal* acteurs mijden. En ik *zal* carrière maken. Verdomme!

Halverwege mijn visualisatie, zie ik vanuit mijn ooghoek Maggie Gyllenhaal het pad op lopen naar het BH Hotel. Dankzij papa's regie heeft ze voor *Whispered Screams* de beste recensies uit haar hele carrière gekregen. Ze staat bij hem in het krijt. Ik vraag me af of ze al heeft besloten welke ontwerper ze gaat dragen op

Oscaravond – ze moet er eentje uitreiken. Het is niet zo dat we wildvreemden voor elkaar zijn. Ik bedoel, ik heb haar ontmoet op het feestje na de laatste draaidag. Wat maakt het uit dat het maar twee seconden waren? Denk erom, doe *alsof*. Wat zou Oprah doen? O nee. Daar heb je Charlotte Martin. Ik zie haar heupwiegend naar Maggie toe stappen, en het volgende moment staan ze samen in een hoekje te smiespelen. Ik kan het niet. Oprah is meer mans dan ik. Ik spring in mijn Prius en toets het nummer in van papa's martelaar annex assistente.

'Abby, ik heb je nodig. Kun je mijn vader vragen of hij Maggie Gyllenhaal wil vragen om naar de Oscaruitreiking Julian Tennant te dragen?'

'Och, liefje, je weet dat ik alles voor je doe, maar ik denk echt dat je dat beter zelf kunt vragen.'

'Kun je haar niet gewoon stiekem op de bellijst zetten? Je weet wel, gewoon het nummer draaien en hem vervolgens een beetje in de goede richting coachen terwijl de telefoon al overgaat?'

'Zie ik er soms uit als Phil Jackson? Ik zou miljoenen verdienen met het coachen van de Lakers als ik zo goed was.' Ik hoor geworstel aan de andere kant van de lijn.

'Lieverd, vlug, naar welke kant wijst het toilet in de grote badkamer?' Mama's stem, doorspekt met hysterie, klinkt in de hoorn.

'Waar heb je het over, mam? Geef me Abby nog even.'

'Ik ben een formulier voor een stenen leeuw aan het invullen. Ik moet gewoonweg een van die handgemaakte beelden van Mr. Chung hebben. Er zijn er maar vijftig van gemaakt, en Goldie Hawn wist te vertellen dat De Wijze al duizend aanvragen heeft gekregen. Ik moet dringend de negatieve energiebalans in dit huis transformeren zodat je vader zondag zijn Oscar krijgt. Ik weet zeker dat dit huis een waardeloze feng shui heeft. Waarom heeft papa anders de DGA Award niet gewonnen vorige maand?'

'Wat maakt het uit dat de Director's Guild Award naar Wes Anderson is gegaan voor *Bottle Rocket Relaunched*? Dat betekent niet dat papa de Oscar niet zal winnen,' zeg ik, hoewel ik zelf ineens word overvallen door twijfel.

'Is dat zo? Ik heb het gegoogeld. Ik heb een betere kans om

boven Victoria Beckham te komen op de wachtlijst voor een leren Vuitton Steamer-tas met luipaardprint dan je vader heeft om die Oscar te winnen. Sinds 1949 is het maar *zes* keer voorgekomen dat de winnaar van de Oscar iemand anders was dan de winnaar van de DGA,' zegt mijn moeder.

'Mama, dit is Florida niet; een stuk steen kan de stemmen die al een hele week binnen zijn niet meer veranderen.'

'Nonsens, lieverd. Streisand zei dat haar stenen leeuw bij hen thuis voor een complete metamorfose heeft gezorgd. Haar huishoudster is er zelfs beter door gaan koken.'

'Mam, alsjeblieft, ik heb er nu geen geduld voor. Ik heb net een sms gekregen van dokter Gilmore. Ze heeft nog een gaatje voor me gevonden, en die afspraak wil ik *niet* missen. Bovendien moet ik mijn materiaal voor de therapie nog doornemen. Er valt een heleboel te bespreken. Maar eerst moet ik papa spreken. Waar is hij?'

'Hij is met Agostino in het restaurant. Lieverd, zorg in ieder geval dat je de wc-bril omlaag houdt in je badkamer. Anders vloeit al je overvloed weg. We moeten alle mogelijke voorzorgsmaatregelen treffen deze week.'

'Mam, alsjeblieft, geef me Abby nog –'

Klik.

Ik mijd Melrose Avenue op weg naar Ago, waarvan papa mede-eigenaar is, puur om een keuken te hebben als privéspeeltuin. Ik kan het me niet permitteren om een pitstop te maken bij James Perse of Maxfield om de pre-traumatische vaderstress te verlichten. Dat zielige salarisje dat ik van Julian krijg, is amper genoeg om de huur van te betalen. Ik sla linksaf Melrose op vanaf La Cienega Boulevard en meteen rechts, het autoshow waardige parkeerterrein op. Ik onderdruk de sterke neiging om rechtsomkeert te maken en de Marc Jacobs-boetiek binnen te wippen aan de overkant van de straat. Ik weet dat ik me veilig en getroost zou voelen, omringd door al die Stam-tassen.

De laatste keer dat ik mijn vader ergens om heb gevraagd, ging het om een handtekening van Keanu Reeves. Hij keek me kil aan en zei: 'Ik zal erover nadenken.' Dat was toen ik elf was. En nee, ik heb die handtekening niet gekregen. Dat had je toch niet hoeven vragen?

Ik begeef me tussen alle Zegna-kostuums in de volgepakte eetzaal door naar de open keuken. Ik baan me zigzaggend een weg langs de hulpkelners die de typerende, halfleeg gegeten Hollywoodborden staan leeg te kiepen – voor honderd dollar aan geschaafde witte truffels over de inktvispasta waar maar twee happen van ontbreken – de souschefs staan portobello champignons en minibroccoli te snijden, en de chef patisserie is mijn favoriete tiramisu aan het klaarmaken. Mijn vader staat over een grote borrelende pan gebogen met een schort vol sausspetters aan. De mede-eigenaar en chef, Agostino, omhelst me stevig. Ik wou dat ik hetzelfde kon zeggen over mijn vader, die niet verder komt dan een kortaf hallo. Papa houdt er niet van om gestoord te worden als hij staat te koken. Wie probeer ik nou voor de gek te houden? Hij houdt er niet van om gestoord te worden door mij. Punt. Misschien kan ik maar beter terugvallen op plan A en gewoon vragen of Abby dit voor me wil doen.

Wees toch niet zo'n watje. Ik kom alleen maar om een kleine gunst vragen. Wat is het ergste dat hij kan doen, tegen me schreeuwen in het bijzijn van *al* deze mensen? De pan met gepureerde Toscaanse bonensoep in mijn gezicht gooien? Ik draai me om en wil weggaan. Nee. Ik *moet* dit doen. Doe *alsof*. Alsof. Alsof.

'Eh, papa? Ik vroeg me af –'

'Proef dit eens,' zegt papa, en duwt een houten lepel vol kokendhete saus in mijn gezicht.

'Delicioso,' zeg ik, het verschroeide vlees van mijn tong negerend. 'Het is absoluut perfect. Niks meer aan doen.'

Mijn vader proeft zelf een lepel vol, knijpt bedachtzaam zijn ogen tot spleetjes, en pakt dan nog wat extra rozemarijn en chilipepervlokken.

'Wanneer ga jij nou eens een keer in een keuken staan? Een vrouw moet kunnen koken, Lola,' zegt papa.

'Ik kan heus wel iets, hoor. Ik heb eindelijk de magnetrontijd

geperfectioneerd voor mijn Amy's Santa Fe-enchiladaschotel.'
Kom op, Lola. *Alsof. Alsof.* 'Enfin, eh, dus, ik heb Maggie Gyllenhaal gezien vandaag.'

'En?'

'En, eh, ik kreeg ineens een idee. Ik vind het een heel goed idee. Een geweldig idee!' Mijn vader houdt op met roeren en staart me meedogenloos aan. Oké, ik begin nu te denken dat het een heel *slecht* idee was. 'Dus, nou ja, ik denk dat ze er oogverblindend uit zou zien in Julian Tennant – je weet wel, bij de Oscaruitreiking. En het zou echt fantastisch zijn voor mij, want ze moet presenteren. En papa, ik heb zo hard gewerkt, maar ik heb nog helemaal geen geluk gehad. En ze zou echt een doorbraak betekenen voor ons – voor mij. Papa, zou je haar alsjeblieft willen bellen voor me? En misschien alleen maar een afspraak regelen? Je weet dat ze je adoreert. Alsjeblieft?'

'Je wilt dat ik een *actrice* opbel en haar vraag om *mij* een dienst te bewijzen?'

'Eh, nou, ja, ik zou er enorm mee geholpen zijn, papa, het is maar een telefoontje. Ik vraag je om *één* telefoontje.'

Stilte.

'Nee.' Papa concentreert zich weer op zijn saus en laat de lepel er nog een keer in zakken. U kunt gaan.

'Waarom niet?' Mijn stem is ongeveer vijftig octaven hoger dan ik 'm ooit heb gehoord. Ik klink als een kind van zes.

'Omdat het vernederend is voor mij dat mijn dochter door het stof kruipt voor die acteurs. Het is net zoiets als de zoon van Ridley Scott die hulpkelner is in de kantine van Warner Bros. Wat denk je dat dat met mij doet? Ik geneer me dood.'

Niet huilen. Niet huilen. Hij mag *niet* zien dat je huilt.

'Oké. Tja. Nou ja, eet smakelijk straks,' zeg ik. Als ik nu niet rechtstreeks naar mijn afspraak met dokter Gilmore ging, zou ik mijn hoofd in die houtoven moeten steken naast de met bacon ingewreven gegrilde ribeye.

Na drie kwartier hartstochtelijk snikken, gewikkeld in dokter Gilmores roze-voor-bescherming kasjmierdeken, met haar rozenkwarts op mijn borst voor het helen van mijn hart, versnipper ik de laatste tissue in de inmiddels lege Kleenex-doos op mijn schoot. Dokter Gilmore zit zoals gewoonlijk tegenover me in haar leren armstoel. Ze strijkt haar Ann-Margret-rode paardenstaart glad, slaat de ene linnen broekspijp over de andere, en haalt een bolletje rood touw tevoorschijn.

'Ik ga je wat huiswerk meegeven, liever. Ik zou graag willen dat je dit rode touw neemt en het vastbindt aan je deurknop terwijl je het andere uiteinde heel stevig vasthoudt. Vervolgens wil ik dat je het rode touw doorknipt, hetgeen de bloedlijn symboliseert, terwijl je visualiseert dat je al je verwachtingen ten aanzien van je vader loslaat. Hoe meer je hem kunt accepteren zoals hij is – een heel beperkte persoonlijkheid – hoe minder verdriet jij zult hebben. Ik wil ook dat je dit meeneemt,' zegt dokter Gilmore, reikend naar de antieke Chinese theedoos die groot genoeg is om heel China te hydrateren. Ze tilt het deksel op en vist één elastiek uit de voorraad die erin zit. Ze geeft het aan mij. 'Doe deze om je pols. Als je Jake Jones vanavond ziet, of om het even welke andere acteur, wil ik dat je jezelf een knal geeft met mijn elastiek zodat je wordt herinnerd aan de cyclus van pijn die je in stand houdt door telkens van die acteurstypes uit te kiezen.'

'Dokter Gilmore, eh, het elastiek is geel en nou ja, dat is niet echt mijn kleur,' zeg ik. Dokter Gilmore trekt verwachtingsvol een wenkbrauw op, en ik doe het elastiek dus toch maar om mijn pols. Ik zal wel tegen iedereen zeggen dat het het symbool is van een of andere hippe nieuwe religie waar zelfs Madonna nog niets vanaf weet.

'Nou, dan moet je elke keer dat je naar het elastiek kijkt maar bedenken dat die mannen ook jouw kleur niet zijn,' zegt ze. 'Lola, als je jezelf een knal geeft met dat elastiek, wil ik dat je voelt dat je je kracht terugpakt. Het is belangrijk dat we onszelf niet als slachtoffer opstellen en dat we onthouden dat we een *keuze* hebben. Ik ben er om je te steunen. Laten we nu even gaan zitten voor een visualisatie. Welke kleur heeft de pijn?'

'Eh, beige... nou ja, meer lichtbruin eigenlijk,' zeg ik.

'Lichtbruin, interessant. Oké, en wat is de textuur van de pijn?'

'Hagedis.'

'Hagedis?' Dokter Gilmore kijkt me perplex aan.

'Sorry, ik werd totaal afgeleid door uw schoenen. Zijn dat Sergio Rossi's? Het is zo moeilijk om de perfecte lichtbruine pump te vinden. Mag ik vragen waar u ze vandaan hebt?'

'Lola, ik vrees dat je ons werk hier niet serieus neemt.' Dokter Gilmore drukt de vingertoppen van haar beide handen tegen elkaar en kijkt me onderzoekend aan.

'Dokter Gilmore, ik neem schoenen *uiterst* serieus.'

Wanneer ik de deurknop omdraai om dokter Gilmores wachtkamer te verlaten, blijf ik abrupt staan. Ik kijk naar het rode touw in mijn tas. Waarom niet meteen hier en nu loslaten? Ik wil net het rode touw uit mijn tas vissen als de deur openzwaait en ik bijna omver word gelopen.

'Het spijt me ontzettend,' zegt Therapie Gozer, die net niet op mijn tenen gaat staan met zijn versleten hardloopschoenen, en zijn grote handen om mijn schouders klemt om me in balans te houden. 'Gaat het?' vraagt hij. Ik geloof niet dat ik zijn sprankelende groene ogen al eerder had gezien.

'Ja hoor; nee, het is mijn fout, ik sta hier natuurlijk vreselijk in de weg. Ik verkeer in zo'n soort post-therapieroes,' antwoord ik.

'Ach ja, en je probeert te verzinnen wat je volgende zet zal zijn,' zegt hij, en haalt zijn vingers door zijn haar. 'Nou, het rode touw is echt super,' zegt hij, met een blik op het bolletje touw dat uit mijn tas piept.

'Ik stond me eigenlijk af te vragen of ik maar niet meteen aan de slag zou gaan met die deurknop,' zeg ik.

'Hoe eerder hoe beter,' lacht hij. 'Kom, ik help je wel even,' zegt hij, het touw tevoorschijn trekkend en een hand in de zak van zijn kakigroene broek stekend om me een Zwitsers zakmes te overhandigen.

'Ik heb zo'n ding niet meer gezien sinds ik van scouting af ben getrapt,' zeg ik, en klap het schaartje uit. 'Erg praktisch.'

'Jep. Iedereen zou er eentje moeten hebben. Mag ik vragen waarom je eraf bent getrapt?' vraagt hij glimlachend.

'Ik had een nieuw uniform ontworpen,' zeg ik. 'Mijn groep was nog niet helemaal toe aan de avant-gardistische richting die ik met hen in wilde slaan.'

'Dat kan ik me voorstellen,' zegt hij, zo hartelijk lachend dat ik het voel tot in mijn tenen. 'Oké, zet 'm op,' zegt hij, het rode touw strak houdend en met zijn donkere krullen knikkend in de richting van het touw. Ik aarzel. 'Toe maar,' spoort hij me aan. Ik doe mijn ogen dicht en vraag me af waarom ik me niet geneer om dit samen met een wildvreemde te doen. Oké, we zijn therapiemakkers. Maar wanneer hebben we de overstap gemaakt naar rituelen? Oké, ik haal diep adem en probeer het loslaten echt te visualiseren. Ik doe mijn ogen open en knip het touwtje door en slaak een zucht die net een tikje te hard is. Opnieuw trekt er gek genoeg zelfs niet eens een tinteling van schaamte door me heen. Dit is echt niet normaal. Maar hij wel. Dus misschien betekent dat dat normale mensen in de wachtkamer van hun therapeut samen rood touw doorknippen. Ik bedoel, ik heb altijd al normaal *willen* zijn.

'Goed gedaan,' zegt hij, en geeft me het bolletje rood touw terug terwijl dokter Gilmore de deur van haar kantoor opendoet en Therapie Gozer naar me zwaait ten afscheid voordat hij in die kamer verdwijnt.

'Bedankt,' roep ik hem achterna. En ik meen het, want terwijl ik het bolletje touw terugprop in mijn belachelijk zware tas, merk ik dat *ik* me al een stuk lichter voel.

Ik parkeer de Prius op de hoek van Hollywood en Vine, waar General Motors een tent heeft neergezet ter grootte van het MGM Grand Casino voor hun jaarlijkse 'Ten' modeshow. Ik wapper met mijn pasje naar de in een zwart T-shirt gehulde beveiligingsreus bij de backstagedeur. Ik heb nog nooit ergens een pasje voor gehad, en eventjes voel ik me een hele piet. Misschien hang ik het gelamineerde stukje papier wel op mijn koelkast zodat ik me dit gevoel elke dag kan blijven herinneren. Ik baan me een weg door de menigte fotografen, stylistes, visagistes, publiciteits-agenten, managers en talenten (lees: *acteurs*) die backstage door elkaar heen krioelen. Daar staat Djimon Hounsou een sigaret te roken. Hij is helemaal alleen. Misschien moet ik – *Klets*. Au, dat elastiek doet pijn! Ryan Gosling die drie borden eten van de catering balanceert. Ik vraag me af of hij mijn hulp nodig – *Klets*. *Klets*. Michael Vartan die zijn voicemail beluistert. Ik vraag me af of hij mijn hulp nodig – *Klets*. *Klets*. *Klets*. Oké. Au. Ik geloof dat ik het begin te snappen.

Ik zie Kate staan met Will Bailey en loop hun kant op. Dit keer is er geen verleiding waarvoor ik een klets moet uitdelen; Kate heeft me te vaak getrakteerd op verhalen over Wills karakteristieke driftbuien. Dat hij Razzles wilde hebben in zijn trailer tijdens de opnames van zijn nieuwste film, en vervolgens door het lint ging toen de kauwgom, naar hij beweerde, vlekken had gemaakt op zijn tandglazuur. Dat zijn assistent wegwerponderbroeken voor hem moet kopen als hij op promotietournee gaat, omdat hij niet wil dat zijn Calvin Kleins buiten LA worden gewassen. En dat zijn moeder-annex-manager-annex-schoonmaakster-annex-gigantische-lastpak altijd een kamer naast de zijne moet hebben als ze op reis zijn.

Ik sta op het punt om Kate mijn nieuwe gele accessoire te laten zien als ik, jawel hoor, Will in woede hoor uitbarsten, wild maaiend met zijn in blauw fluweel gehulde armen.

'Verdomme nog aan toe, Kate, waar zijn Heath Ledger en Michelle Williams in godsnaam? Die cheerleader uit *Heroes* – B-lijst. Die gozer uit *Scrubs* – C-lijst. Maria Menounos – ik weet niet op welke lijst zij staat, maar ik ben verdomme genomineerd voor een *Academy Award*, Kate.' Will staat zulke ongecontroleerde bewegingen te maken voor de spiegel dat het lijkt alsof hij lijdt aan het syndroom van Gilles de la Tourette, en zijn gevolg kijkt toe: Kate, zijn publiciteitsagente, zijn broer-annex-assistent, zijn nichtje-annex-visagiste, en zijn moeder.

Het effect van Wills driftbui wordt enigszins tenietgedaan door de aquamarijnblauwe mouw van zijn moeder, die ze, elke keer dat de spiegel in zijn blikveld verschijnt, over zijn neus heen gooit.

Nee, het is niet enkel een lasterlijk gerucht op de pagina's van *Star* ('Wie zijn neus schendt, schendt zijn aangezicht: de vijf gezichten van Will Bailey'). Will heeft een moeilijke relatie met zijn gok. Persoonlijk vind ik het een heel *fatsoenlijke* neus. Ik bedoel, hij is misschien een *tikje* vreemd geworden na die vijfde neuscorrectie. Ik vraag me af of ma Baileys arm niet verkrampt raakt doordat ze hem zo lang omhoog moet houden.

'Heath en Michelle hebben afgezegd omdat ze *SNL* moesten presenteren,' zegt Kate kalmpjes. Ze is gewend aan de verplichte neurotische uitbarstingen van acteurs. Ik kom in de verleiding om in haar plaats een slok van die valeriaanworteltinctuur te nemen.

Zonder zijn blik los te maken van de spiegel, maakt Will een hand-naar-mond gebaar in de richting van zijn broer. De broer draait bliksemsnel een sjekkie, dat door zijn moeder behendig met één hand tussen Wills lippen wordt gestoken terwijl ze tegelijkertijd de andere arm voor de aanstootgevende neus weghaalt. De griezelige choreografie doet me denken aan een poppenkastvoorstelling waar kindermeisje nr. 12 me mee naartoe heeft genomen toen ik negen was. We gingen allebei in tranen naar huis.

'Waarom ben *ik* verdomme *SNL* niet aan het presenteren, Kate?' vraagt Will, en wendt zich van de spiegel af.

'Omdat je hebt gezegd dat het een waardeloos programma is sinds Tina Fey weg is gegaan,' zegt Kate met meer dan engelengeduld. 'Will, weet je nog dat je in die sitcom speelde met Adam Carolla en dat ik je meenam naar dit feestje? Ik stond naast je toen Jamie Foxx over de catwalk liep in zijn witte *Saturday Night Fever*-kostuum met een knalgele Hummer H3 die stapvoets achter hem aan reed. Je hebt gezworen dat jij daar op een dag zou lopen. Die dag is vandaag.' Goed gedaan, meissie, juich ik in stilte, en onderdruk de neiging om Kate een high five te geven.

'Maar ik zie er verdomme uit als Austin Powers in dit blauwfluwelen kostuum, vind je niet, *Lola?*' zegt Will, zich tot mij richtend.

Ik verstijf en kan mijn ogen niet van zijn neus af houden. Begint de linkerneusvleugel een klein beetje in te zakken? Kate kijkt me smekend aan.

'Eigenlijk, Will, vind ik dat je er absoluut –' Ik word halverwege mijn zin in de rede gevallen door een bekende stem.

'Je bent veel lekkerder dan Austin, schat,' zegt Adrienne, spinnend als Catwoman. Lieve heer, waar komt die duivelse vrouw ineens vandaan? Ze drukt zich tegen Wills rug aan, beweegt een paar keer met haar schouders heen en weer, en strijkt met een graatmagere arm over zijn mouw.

'Leuk je te zien, Adrienne,' zeg ik.

'Insgelijks, schat. Is het geen compleet gekkenhuis vanavond?' Adrienne kijkt Will stralend aan. 'Wat ben je toch een verrukkelijke bofkont. Miuccia is erg in trek. Wist je dat ik vanavond ook Rebecca Romijn, Anne Hathaway en Eric Bana moet kleden? Wie moet jij hier nog meer kleden, Lola, schat?'

Ik neem een gewijd moment om te bedenken dat ze een duivels, duivels kreng is. 'We willen dat Jake Jones zich vanavond van alle anderen onderscheidt, dus hij doet Julian Tennant exclusief,' zeg ik op effen toon. 'Gewilde nieuwe acteur en gewilde nieuwe ontwerper.'

'Gewild. Werkelijk, schat?' zegt Adrienne met een grijns. 'Heb je het kunst- en cultuurkatern van *The New York Times* niet gezien?' Ze blaast ons een kushandje toe, haar blauwzwarte bob heen en weer zwaaiend. 'Nou, ik ben ervandoor. Nog zoveel te doen voor de show. Tot zo, Will!'

Terwijl Adrienne ervandoor galoppeert, wendt Will zich tot mij. 'Eerlijk zeggen, Lola. Hoe zie ik eruit?'

Als een psychotische smurf? Als Elvis nadat hij een paar liter koolmonoxide heeft gesnoven? Kate kijkt me opnieuw strak aan met haar je-moet-me-helpen blik. Ik haal diep adem en richt me stralend tot haar meest gewilde cliënt.

'Om op te vreten, Will,' zeg ik. 'Jessica Alba *en* Jessica Biel zouden je ter plekke willen neuken.' Wills schouders vallen voor zijn oren weg. 'Luister, ik moet Jake gaan opsnorren en hem helpen zich klaar te maken. Succes!' Kate mompelt een geluidloos 'dank je wel' terwijl ik me uit de voeten maak.

'Hoe is de auditie gegaan?' vraag ik terloops aan Jake Jones als hij praktisch spiernaakt voor me staat. 'Je hebt me natuurlijk *de hele dag* niet één keer gebeld omdat Bruckheimer zo weg van je was dat hij je meteen heeft meegenomen om je Hawkman-vleugels te passen,' zeg ik, strevend naar een luchtige, zorgeloze toon, en heb er direct spijt van. Ik geef de Calvin Klein-boxershort de schuld. En dat wasbordje. Jemig, Jake is aanbiddelijk.

Die huskyblauwe ogen worden groot en onschuldig. 'Had ik je moeten bellen? Over het kostuum of zo?'

O mijn god, heb ik me gisteravond alleen maar verbeeld? Nee. Hij heeft me gekust. Hij heeft me *zeker weten* gekust. Geweldig. Hij gaat gewoon doen alsof er niks is gebeurd. Dit is foute boel. Dit is *heel erg* foute boel. Wacht, misschien is dit juist goed. Ja, dit is goed. Dit betekent dat ik veilig ben. Ik ben *beslist* veilig. Het zal met Jake Jones niet verdergaan. Hij worstelt om zijn broek op te hijsen. Ik steek mijn handen uit om hem te helpen. *Klets.* Nou ja, het is wel mijn *werk* om hem te helpen. *Klets. Klets.*

'Waarom doe je dat met dat elastiek?' vraagt hij, en hij pakt mijn hand en wrijft over mijn pols. 'Het ziet eruit alsof het pijn doet,' zegt hij. *Klets. Klets.* 'Au. Waarom deed je dat?' vraagt hij als het elastiek zijn vinger raakt.

'O, sorry,' zeg ik nerveus. 'Het is iets wat mijn therapeute, ik bedoel, je weet wel, het is een soort oefening die, eh, moet voorkomen, eh...' Ik haal diep adem. 'Luister. Ik ben acteurholist. En jij bent een acteur. Snap je? Ziezo. Het is eruit. Ik sta al 188 dagen droog. En toen kuste jij me gisteravond en was ik bijna weer van het rechte pad af geraakt. Maar dat gebeurde niet omdat *jij* je chi moest sparen. En dus moet ik, elke keer dat ik een onreine gedachte heb over een acteur, dit elastiek laten knallen zodat ik *niet* van het rechte pad af raak. Het is zielig, ik weet het. Dus laten we jou nou maar gewoon in dat kostuum hijsen, dan is het achter de rug en kan ik verder met dag 189.'

Jake kijkt om zich heen om zich ervan te verzekeren dat er niemand meeluistert, buigt zich dan naar me toe en fluistert in mijn oor: 'Ik heb tien jaar AV op mijn naam.'

'A-wat? Ik kan je niet verstaan,' schreeuw ik boven het geblèr van U2 uit.

'Anonieme Veelvraten.' Jake komt dichterbij staan. 'Ik woog honderdtachtig kilo.'

De man met de legendarische billen woog honderdtachtig kilo? Ik ben geschokt. Ik probeer me Jake Jones voor te stellen in Kirstie Alleys lichaam vóór Jenny Craig.

'Ik moest altijd Bittere Appel in mijn mond spuiten als ik onbedaarlijke trek in iets kreeg,' zegt Jake.

'Die spuitbus voor honden?' vraag ik vol afgrijzen. Cricket heeft het spul één keer moeten gebruiken toen ze op de weimaraners van John Malkovich moest passen en ze niet wilden ophouden met op zijn schoenen kauwen.

'De spuitbus voor honden,' beaamt Jake. 'Ik heb deze altijd in mijn portemonnee zitten omdat ik nog steeds het gevoel heb dat ik in dat lichaam van honderdtachtig kilo zit.' Hij vouwt voorzichtig een *Rolling Stone*-omslag open waar hij in zijn onderbroek op staat, zijn wasbord strak in de olie en in de aanbieding. 'Het helpt me onthouden hoe ver ik ben gekomen,' zegt hij, en zijn stem breekt. 'Ik vertel je dit als verslaafden onder elkaar. Als mijn agent wist dat ik het je heb verteld, zou hij je een vertrouwelijkheidsverklaring laten tekenen. Dat was allemaal in een vorig leven, met mijn oude naam en vijftien maanden opgesloten in mijn eenkamerappartement in Tarzana met mijn Richard Simmons dvd's. Het voelt goed om erover te praten.'

Een man die echt weet hoe hij aan zichzelf moet werken. Dat is zo inspirerend. Jake is zo kwetsbaar. Zo gevoelig. Nou ja, ik bedoel, hij moet toch *ergens* zijn brood mee verdienen? O nee. *Klets, klets, klets.*

Jake kijkt me veelbetekenend aan. 'Dus ik begrijp precies hoe je je voelt. Ik heb hetzelfde doorgemaakt. Ik bewonder je om waar je mee bezig bent. Zal ik mijn assistente een flesje mineraalwater voor je laten halen?' Een flesje mineraalwater?

Voordat ik een woord kan zeggen, komt Jakes manager op ons af stuiven. '*Access Hollywood* wil een citaat. Billy Bush staat te wachten.'

'Van dag tot dag leven,' zegt Jake geluidloos tegen mij terwijl zijn manager hem meesleurt.

Aha. Een flesje *mineraalwater*. De man denkt verdomme dat ik bij de *Anonieme Alcoholisten* ben. Ik snak naar een borrel. Ik heb zojuist mijn hart uitgestort en de man heeft geen woord gehoord van wat ik heb gezegd. Oké. Nou ja. Het is rumoerig. Het is heel rumoerig hier. Het goede nieuws is dat ik nog steeds droog sta, en dat Jake best een goeie jongen is. En zo schattig met dat rups-werd-vlinder verhaal. *Klets. Klets. Klets.* Het geluid van mijn ene pols die ervan langs krijgt, wordt onderbroken door The Red Hot Chili Peppers die uit dj AM's luidsprekers schallen. De menigte begint te joelen zodra Patrick Dempsey en Mandy Moore zich op de gigantische catwalk begeven, die is omgetoverd tot een stuk snelweg. Geen wonder dat de menigte joelt, je kunt werkelijk *alles* door Mandy's transparante jurk van Proenza Schouler heen zien. Een turquoise Chevrolet Corvette uit 1953 rijdt achter hen aan over de weg terwijl er nepsneeuw op hen neerdwarrelt. Ik probeer naar de menigte toe te rennen om het beter te kunnen zien, maar mijn paarse slangenleren dijhoge Alaïa-laarzen zijn niet op comfort of snelheid gemaakt.

Ik heb nog maar net de eerste rij bereikt of het publiek begint wild te juichen wanneer Jake Jones over de weg slentert met een knalgele Cadillac Escalada achter zich aan. Hij ziet er werkelijk oogverblindend uit in dat antracietgrijze Julian Tennant-krijt-streepkostuum. Yes! Ik hef mijn hand op voor een high five met Eva Mendes die in een vintage maliënkolderachtige hemdjurk naast me staat. Ze trakteert me op een klap waar Shaquille O'-Neal die uit een vrije worp scoort nog een puntje aan zou kunnen zuigen.

Ik zweef naar de bar om mezelf te trakteren op een welver-diend glas champagne, trots dat Oscarweek-prestatie nummer één afgevinkt kan worden op de lijst. En dat ik Jake Jones heb gekleed en toch nog steeds droog sta. Nog maar één uur te gaan tot dag 189. Ik fantaseer over mijn volgende sessie bij dokter Gilmore. Ze is bij het gedeelte waar ze vertelt hoe trots ze op me is. Dat ik hard op weg ben om mijn CTS *en* mijn acteurholisme te overwinnen. Dan ineens sta ik als aan de grond genageld bij de aanblik van SMITH. Mijn maag draait om. Ineens sta ik oog in oog met SMITH, de man die 188 dagen geleden alle leven uit mijn hart heeft geknepen. *Klets. Klets. Klets. Klets. Klets.* Het elastiek knapt. Ik had het toch niet echt nodig. Iedere cel in mijn lichaam doet pijn. De pijn bij hem is pavloviaans.

'Hé,' zegt SMITH, en hij schenkt me *die* glimlach.

'Hé,' weet ik uit te brengen. Misschien kots ik zijn Gucci-instappers wel onder.

'Je ziet er wel goed uit,' zegt SMITH koeltjes. Ik stuur een snel bedankje naar Ganesh omdat hij me het lef heeft gegeven om deze jurk te dragen, die zo ultramini is dat ik dacht dat het een shirt was toen Julian hem aan me gaf. Ik voel SMITH's ogen als vingers over alle vijf de draden garen ervan op en neer glijden. Laat hem maar zien wat hij kwijt is geraakt. En wat hij nooit meer terug zal krijgen. Maar dan voel ik mijn lichaam reageren en tegen wil en dank, word ik letterlijk in zijn richting getrokken. Nee! Oké, een elastiek laten knallen is duidelijk niet genoeg. Misschien helpt ademhalen wel. Ik adem diep in, maar er lijkt helemaal geen lucht meer te zijn in de kamer. Een minuut geleden was die er nog wel.

SMITH buigt zich naar me toe en fluistert in mijn oor: 'Het uitmaken met jou was de grootste vergissing van mijn leven.' Nu sta ik werkelijk naar adem te happen. Heeft hij zojuist nou echt de woorden gezegd waarvan ik heb gedroomd, elke seconde sinds hij zijn assistent stuurde met dat briefje om het uit te maken? *Klets. Klets. Klets. Klets. Klets.* Het geluid van het denkbeeldige elastiek wordt overstemd door het gefluister in mijn hoofd. Misschien is hij al die tijd van me blijven houden. Misschien is hij veranderd. Misschien moeten we praten. Ik sta op het punt mijn armen om hem heen te slaan als ik de blonde del in een nauwsluitende jurk met zebraprint zie die haastig naast hem komt staan.

'Hier is je drankje, lieverd,' zegt ze, SMITH een glas in de handen drukkend. Ze schenkt mij een wezenloze glimlach. 'O, hallo. En jij bent –?'

Ach, natuurlijk. Oerdomme Lola. Ik heb geen elastiek nodig, ik heb een tourniquet nodig – om mijn hersens heen. 'Ik zie dat je nog steeds van een martini met olijvennat houdt,' zeg ik, en ik draai me om en wil weggaan. Ik moet maken dat ik wegkom. Als de bliksem.

'Enig je te zien, Lola,' hoor ik SMITH zeggen, maar ik neem niet de moeite om me nog eens om te draaien. Het enige wat ik wil, is die verdomde parkeerjongen vinden.

Er staat een enorme rij bij de parkeerservice. Mijn hart gaat tekeer als de luidsprekers in Snoop Dogg's Lincoln Navigator.

'Je ziet eruit alsof je ziek bent.' Natuurlijk staat uitgerekend Adrienne Hunt pal achter me in de rij, één heup opgeduwd. 'Geen zorgen. Jouw jongen heeft het prima gedaan vanavond. Al zal uiteraard niemand zich jouw succes hier nog kunnen herinneren morgenochtend,' zegt ze, een rookgordijn blazend met de Gitane die permanent tussen haar lippen zit. 'En ik heb gehoord dat je nog niemand hebt voor de grote avond. Wat jammer voor Julian.'

'Jij ook veel succes, Adrienne.' Ik stap op een van de parkeerjongens af en bied hem vijf dollar in ruil voor mijn autosleutels. Hij trekt een wenkbrauw op. Ik geef hem nog eens vijf dollar. Gelukkig vraagt hij niet om nog meer, want dat heb ik niet. Maar ik zou er mijn laatste stuiver voor over hebben om te kunnen ontsnappen aan Adrienne en SMITH en deze hele Oscarweekellende. Met mijn sleutels in de hand begin ik Hollywood Boulevard af te lopen op zoek naar mijn auto. O-o. Ik voel dat er een auto stapvoets naast me komt rijden. Ik probeer niet te kijken. O mijn god, iemand denkt dat ik een hoertje ben. Ik vervloek Ganesh uiteindelijk dus toch nog omdat hij me deze microjurk heeft laten dragen met deze dijhoge laarzen met twaalf centimeter hoge hakken. Ik blijf lopen. Er stopt een zwarte Mercedes met getinte ramen naast me. Ik ga sneller lopen en hoor dat het raampje omlaag gaat. Shit. Shit. Shit. Het is waarschijnlijk een griezel van een agent die op het GM-feestje heeft lopen azen op een prooi van verse sterretjes.

'Hé, wil je een lift?' Het is Jake Jones die uit het raampje hangt.

Nou en of. Nee. Nee, ik wil geen lift. Niet van hem. Niet van weer een acteur. Ik blijf gewoon stug doorlopen. Ik loop rechtstreeks dag 189 binnen. Nog maar 28 minuten te gaan. 27. 26. Niet eens naar hem kijken. Gewoon blijven lopen. *Klets. Klets. Klets,* zeg ik tegen mezelf. Waarom is dat klote elastiekje geknapt? Er ligt een smerig haarelastiekje in een plas modderwater op de grond. Ik stel me voor dat ik het eruit vis en om mijn pols schuif. Wat maakt het uit dat het soppig is en niet knalt? Het is beter dan in die auto stappen. Alles beter dan dat. Alles beter dan dat. Alles beter dan dat. Ik kijk achterom naar Jake, weer naar de plas water, Jake, plas, Jake, plas. *Klets, klets, klets.*

De handgreep van het portier klikt zacht als ik hem openmaak en naar binnen schuif.

Woensdag

103 uur, 19 minuten, 23 seconden totdat de Oscar
voor Beste Make-up wordt uitgereikt.

AAAAAAAAAAAAAHHHHHHHHHHHHHHHHHHHHHH
HHHHHHHHHHHHHHHHHHHHHHHHHHHHHHHHHHH
H!!!!!!!!!! Ik ben zojuist uit John Travolta's 707 geduwd op twaalf
kilometer hoogte. En de parachute gaat niet open. Ik ga in vrije
val op het Hollywoodbord af, dat ik amper kan onderscheiden
door de crèmekleurige chiffon van mijn goddelijke Madame Gres-
jurk, die omhoog is gevlogen tot boven mijn hoofd. Ik stort regelrecht op een Britney Spears-dieptepunt af. Hoe ben ik hier
gekomen en waarom heb ik Kates luipaardstring zonder kruisje
aan? Ben ik de nieuwe Koningin van de Blote Poes?

'Ja, dat ben jij,' zegt een stem in mijn oor. O nee. Ik hoop dat
ik niet kaal ben daar beneden zoals al die andere Poezen. Het
kan me niet schelen wat iedereen zegt; kaal is zo *niet* trendy.
Maar wacht eens even, wie is dat in vredesnaam op mijn rug? Is
dat God? Ik trek mijn rok voor mijn gezicht weg en kijk reikhalzend achterom, knipperend tegen de tranen die worden opgewekt door de windsnelheden van duizend kilometer per uur. Ik
zou wel eens willen zien hoe de schoft eruitziet, verdorie. O god,
ja hoor. Het is *Jake Jones* met wie ik deze tandemsprong maak.
Geweldig. Dus zo kom ik aan mijn eind: ik stort mijn dood tegemoet met een *acteur* op mijn rug vastgegespt. In ieder geval
draag ik couture. Ik had me altijd voorgesteld dat ik het Grote
Hiernamaals zou betreden op mijn honderdste (hoewel ik er ui-

teraard geen dag ouder uit zou zien dan 65 à la Diane Sawyer), in mijn slaap, gewiegd door de turquoise golven van de Caribische zee, met mijn zielsverwant, de niet-acteur, aan mijn zijde.

Ik ben nog niet klaar voor de dood – en zeker niet op *deze* manier. Misschien is er nog tijd om mezelf te redden. Ik trek als een bezetene aan de koorden van mijn tuigje. Er gebeurt niets. Wat is er mis met de parachute?

'Relax, ik zal je redden,' zegt Jake Jones kalmpjes. Jezus, het feit dat hij misschien Hawkman mag gaan spelen, betekent nog niet dat hij echt kan vliegen. Acteurs lijden altijd aan waanideeën en zelfoverschatting. Wacht. Dat is niet de stem van Jake Jones. Het is die van SMITH. Ik kan SMITH amper onderscheiden door deze vliegbril heen, die niet kan voorkomen dat mijn mascara aan alle kanten over mijn gezicht loopt. 'Ik zal je redden,' zegt SMITH nog een keer. Geen sprake van, ik zal mezelf wel redden, dank je feestelijk. Ik reik naar de gespen op mijn tuigje om mezelf van hem los te koppelen. Er is geen beweging in te krijgen. We beginnen salto's te maken; hoofd over kont, kont over hoofd, de ledematen vliegen alle kanten uit, en we gaan steeds sneller.

Ik kan het Kodak Theatre onder me amper onderscheiden. O *nee*! Ik moet zorgen dat ik beneden kom. Ik speur als een dolle de zee van beroemdheden af op zoek naar dat pauwenmeesterwerk. Ik zie het niet. Ik kan *niemand* vinden die Julian Tennant draagt. Is dat – o jee – o nee – het is Adrienne Hunt. Ze steekt een met Prada beschilderde middelvinger naar me op.

'Maak de parachute open!' schreeuw ik tegen SMITH. Hij geeft geen antwoord. De grond komt steeds dichterbij. Hoofd over kont, kont over voet. Dichterbij. O mijn god. Dit was het dan. Daar is de grond. FLOEP. Ineens zweef ik. De parachute!

'Het komt allemaal goed.' Wacht. Dat is niet de stem van SMITH. Het is die van dokter Gilmore. Ze ziet er werkelijk betoverend uit tegen de achtergrond van witte wolken met een witte Chanel-vliegbril en een wit Chanel-vliegpak. Waarom hebben ze mij niet voorgedragen voor zo'n exemplaar? Maar wacht, zijn dat witte Chanel-*vleugels*?'

'Niet weggaan! Laat me niet alleen!' smeek ik, maar dokter Gilmore is al verdwenen. O nee. De parachute zakt boven op me in elkaar. Ik zie niks meer. Waar is de grond? Ik zit verstrikt in een bal van nylon en chiffon. En ik tol in het rond – steeds sneller.

BAM. Mijn hoofd ketst af op de harde aarde. Ik weet zeker dat al mijn botten gebroken zijn. Ineens lig ik languit op een brancard. De paramedici hebben in ieder geval mijn jurk naar omlaag getrokken. De deuren van de ambulance zwaaien open. Is dat – George Clooney? Wat doet *hij* hier? Hij legt zijn hand op mijn voorhoofd. Dat voelt fijn. Hij begint te praten, maar het is wartaal. Het is het wah-wah-wah van Ann Coulter. Het wah-wah-wah gaat over in gepiep. Hard gepiep. *Piep. Piep. Piep.* Het ECG-apparaat. O mijn god. Ik ga dood. *Piiieeep.*

Ik schrik wakker door het schrille gepiep van een vrachtwagen die achteruit de straat in rijdt. Het klinkt zo hard dat het lijkt alsof het in mijn oor is. Als ik één oog op een kiertje opendoe, word ik getrakteerd op helder wit licht. Is dit de hemel? Of wacht, is dit de vip-penthousesuite bij Chanel? Zodra ik wat beter kan zien, krijg ik mijn zakdoek van een jurk in het oog, verfrommeld tot een bal op de grond. En mijn slangenleren laarzen liggen er ingezakt naast. O, het was een droom. Jemig, ik kan niet wachten om die aan dokter Gilmore voor te leggen. Maar wacht – dit is mijn kamer niet, en dit zijn niet mijn Pratesi's – ik zou nooit flanellen lakens op mijn bed leggen. Waar ben ik?

O god. O nee. Dit is echt een dieptepunt. Daar heb je 'm. Jake Jones – naast me in bed. O-o. Hij is naakt. Ik kijk vlug even onder de dekens. O nee. Ik ook. Wat heb ik gedaan? En is dat een levensgrote poster van Jake Jones in zijn onderbroek die daar naast de Fujitsu van anderhalve meter doorsnee hangt? Zijn dat *Girl's Gone Wild* dvd's daar op zijn 'boekenplanken' zonder ook maar één enkel boek? Hoeveel van die films zijn er eigenlijk gemaakt? Neem me mee terug naar de remslaap, snel.

'Mr. Jones! Mr. Jones!' roept de huishoudster met een vet Filippijns accent. Laat haar alsjeblieft niet binnenkomen.

'Hamas, ik slaap nog. Kom straks maar terug,' mompelt Jake, zijn extra grote kussen over zijn hoofd gooiend.

'Er zijn mannen hier. Ze zeggen het is belangrijk,' zegt ze, de slaapkamer binnenstormend.

Ik duik onder de dekens en probeer mijn lichaam net zo plat te maken als Fergies buik. Ik gluur met één oog onder het geruite flanel vandaan. Hamas heeft twee potige kerels in haar kielzog, die een grote doos tillen met een wit laken eroverheen gedrapeerd. Jake wordt langzaam wakker. Jezus, is dat een *kooi*?

'Waar wilt u 'm hebben?' vraagt een van de bezorgers.

'Wat is het?' vraagt Jake, die met een ruk rechtop gaat zitten.

De twee kerels laten de gigantische kooi op de grond zakken, en de andere bezorger tilt het witte laken op. 'Het is een havik, man.'

'Is dat ding echt?' vraagt Jake, wijzend naar het bruine schepsel met een spanwijdte van bijna twee meter.

'Daar lijkt het wel op, man,' zegt een van de kerels. Ze staren allebei naar mij. Te oordelen naar mijn kussen, dat besmeurd is met strepen zwarte mascara, kan ik me wel ongeveer voorstellen hoe mijn gezicht eruitziet. Slecht, *heel* slecht, vermoed ik, afgaand op de blikken van de bezorgers en van Hamas, die me eveneens aanstaart. Ik zwaai onhandig naar ze wanneer Hamas hen meeneemt de kamer uit, en tactvol de deur achter zich dichttrekt.

Er klinkt een angstaanjagend geflapper van vleugels als de havik op zijn stok gaat verzitten. O god. Zelfs de havik staart me aan met die priemende oogjes van 'm. Waarom blijft-ie me nou zo kwaad aan zitten kijken? Ik schaam me dood. De havik maakt een luid, jammerend 'klie-uk, klie-uk' geluid. Allemachtig, probeert de havik met me te communiceren? Ik spreek geen haviks. Wat probeert hij me te vertellen? Dat *hij* me wel een ochtendkus zou hebben gegeven? Nee. Ik weet het. Hij zegt dat ik moet maken dat ik wegkom nu het nog kan.

Oké, dus ik weet niet *precies* wat de havik zegt, maar ik weet wel wat de havik bedoelt. Ik heb een onaangename flashback naar de keer dat SMITH een rol kreeg in een film van Bruckheimer. Bruckheimer stuurde SMITH een NASA-ruimtepak (op de een of andere manier wist zelfs Jerry dat hij goed was in naar de maan gaan.)

'Gefeliciteerd. Volgens mij ben *jij* de nieuwe Hawkman,' zeg ik tegen Jake.

'Is dat wat het betekent?' zegt hij, in shock. 'Nee, nee, dat kan niet. Een van mijn vrienden wil een grap met me uithalen.' Tuurlijk, liefje. Alsof je vrienden een paar duizendjes kunnen missen om een grap met je uit te halen. Jake komt dus niet in aanmerking om lid te worden van Mensa. Toch ziet hij er aanbiddelijk uit, met zijn mond wijd open van verbazing als een kind op kerstochtend. Het gestroomlijnde mobieltje op zijn nachtkastje gaat over.

'Hallo,' zegt Jake in de hoorn. 'Nee, echt? Met wie spreek ik? *Wat?*' zegt Jake, die als de bliksem uit bed springt. 'Je hebt de havik vanuit Panama hierheen laten verschepen?' zegt Jake. 'Het is Jerry! Ik heb de rol,' fluistert hij, legt zijn hand over de hoorn en springt op en neer op het bed, naakt, zijn niet-Mensa lid fier rechtop. '*Natuurlijk* kan ik over een uur in de studio zijn om de Braziliaanse gevechtscoördinatoren te ontmoeten... Stallones baas uit *Rambo V?* Ja hoor, ik heb een gastenverblijf waar hij per direct zijn intrek kan nemen... Tuurlijk ben ik beschikbaar voor een interview. Nu meteen? Geen probleem.' Hij dekt de hoorn weer af met zijn hand. '*People Magazine,*' souffleert hij opgewonden tegen mij. 'Moet je horen, Jerry, nogmaals bedankt voor de havik. En voor de rol.' Hij doet de telefoon uit. 'Ik ben Hawkman, ik ben Hawkman, ik ben Hawkman,' roept hij en begint rondjes rond zijn bed te rennen. Nog steeds naakt. Aan het voeteneinde komt hij tot stilstand en kijkt me recht in de ogen – voor het eerst vanochtend. Ik wacht op de woorden die elke vrouw wil horen op de ochtend nadat ze voor het eerst naar bed is geweest met een gozer die ze echt heel leuk vindt: 'Ik geloof dat ik verliefd op je begin te worden' – onmiddellijk gevolgd door: 'Waar zullen we gaan ontbijten?'

'Ze vonden me te gek! Ik wist wel dat ze me te gek vonden. Dit is de mooiste dag van mijn leven!' pocht hij. O. En ik wilde net voorstellen om naar Cora's te gaan voor het ontbijt.

Dit staat in mijn officiële top vijf van meest gênante momenten aller tijden, evenals de keer dat mijn moeder een toost uitbracht tijdens een dinertje bij Ewan McGregor, omdat ik voor het eerst ongesteld was geworden – denk aan *Trainspotting*. *He mattered*. Jake loopt naar de badkamer. Zijn telefoon gaat.

'Kun jij die nemen?' zegt Jake, zijn stem gedempt door de badkamerdeur.

'Hallo, huis van Mr. Jake Jones,' zeg ik en doe mijn best om te klinken als een Filippijnse huishoudster en niet de slet van de week. 'Ja, natuurlijk, ik zal hem direct roepen.' Ik bedek de hoorn met mijn handpalm.

'*People Magazine*,' zeg ik als Jake de badkamer uit komt stappen, een handdoek rond zijn middel gewikkeld. Ik geef hem de telefoon.

'Bedankt, ja. Ik bedoel, Hawkman, het is een droom die uitkomt,' zegt hij in de hoorn. Terwijl Jake met de journalist praat, glip ik uit bed en kruip over de grond op zoek naar mijn kleren.

'Ik wil het liever niet over mijn privéleven hebben,' zegt Jake. 'Nou, nee, er is op dit moment geen bijzondere dame in mijn leven. Je weet hoe dat gaat, ik ben getrouwd met mijn werk. Jep, ik ben vrijgezel. *Volledig* vrijgezel.'

Ik verstijf, naakt op de vloer. Jake Jones' vloer. Ik wou dat ik dood was. Bij nader inzien zou ik hem wel willen vermoorden, en *daarna* mezelf. Had ik al gezegd dat ik *geen* kleren aanheb? 'Geen bijzondere dame' galmt het door mijn hoofd. '*Volledig* vrijgezel.' Nee, wacht eens even. Ach, hè-hè. Ik durf te wedden dat hij dat *moet* zeggen. Zijn publiciteitsagente heeft hem waarschijnlijk op een stoel neergepoot en hem laten *beloven* dat hij dat zou zeggen. Oké, oké, oké. Misschien is mijn reactie wat overdreven.

'Mijn type? Ik houd van alle vrouwen, man... Nou, nee, ik heb echt helemaal niks met blondjes. Ik kom uit Texas. Ik snap helemaal niets van die meiden hier in LA. Ik heb ze liever naturel. Je weet wel, lief en eenvoudig...'

Ik loop even het lijstje langs van wie ik ben. *Blond*. Afkomstig uit *LA*. *Lief*. Maar beslist niet eenvoudig. Oké, dit is afgrijselijk. Volkomen en officieel walgelijk. Nee, mijn reactie is *niet* overdreven. Geen enkele publiciteitsagent heeft hem geleerd om *dat* te zeggen. Kate had gelijk. Jake is geen mens van vlees en bloed. Hij is *de zoveelste* narcistische, onoprechte, saaie *acteur*. En dit is *Typisch Acteurs Gelul*, take 507. Jemig, wat had hij me tuk met zijn hele rups-werd-vlinder act. Het is meer rups-werd-*klootzak*.

Is hij totaal vergeten dat ik hier ben – *naakt*, ook nog? Om nog maar te zwijgen over het feit dat we *s-e-k-s* hebben gehad. En niet zomaar seks. *Fantastische* seks. Telt dat dan niet voor iets? Ik vervloek mezelf omdat ik halsoverkop van het rechte pad af ben gesprongen, boven op de acteur. Het is allemaal SMITH's schuld. Als hij me bij de GM Show niet zo had overrompeld, zou ik nooit bij Jake Jones in bed zijn beland. Waarom moet ik ook altijd uit balans raken als SMITH in de buurt is? Hij geeft me het gevoel dat ik over een koord moet lopen in het Cirque du Soleil op Lanvin-naaldhakken van vijftien centimeter hoog.

Jake klikt de telefoon uit en maakt een pompend gebaar met zijn vuist. 'Yes! Te gek!' Hij loopt terug naar de badkamer en blijft dan staan, alsof hij in de roos heeft geschoten. Ik kan de radertjes in zijn hoofd praktisch horen ronddraaien wanneer er ineens nog een gedachte bij hem opkomt. Dat ben ik, die gedachte. Jake blijft nog één dramatisch moment zwijgen, draait zich naar me om, en zegt met zijn beste Hugh Grant-stem: 'Gisteravond was fantastisch. Ik bel je nog.' De badkamerdeur gaat zachtjes achter hem dicht. Was dat het? Tja, dat was ongeveer net zo oprecht als Donald Rumsfeld.

Oké. Het is nu officieel: ik haat mezelf. *Dit* is mijn beloning voor al die maanden droog staan. Dit is nog erger dan toen Adrian Grenier me meenam naar Baja Fresh en wilde dat ieder voor zichzelf zou betalen. Vergeleken bij Jake Jones lijkt A.G. een droomprins. Ik *moet* terug zien te komen op dat rechte pad. Dag één, en de teller loopt.

Ik pak mijn tasje, schiet mijn verfrommelde jurk aan en worstel om mijn dijhoge laarzen omhoog te hijsen terwijl ik door de lange gang loop en de voordeur uit stuif. Die valt met een klap achter me dicht. Wacht. O nee. Mijn auto. Waar is mijn auto? O god. Die heb ik achtergelaten bij de GM Show. Het is ongeveer honderddertig kilometer van hier naar Hollywood en Vine. Oké.

Diep ademhalen. Wat moet ik doen? Ik probeer Jake Jones' deur open te maken – op slot. O nee.

Ik trek mijn mobieltje tevoorschijn om een taxi te bellen. Geen netwerk. Verdorie. Ik houd de telefoon in de lucht en loop door Jake Jones' voortuin op zoek naar ontvangst. Eén streepje maar, alsjeblieft. Kan ik dan verdomme niet eens één streepje krijgen? Alleen een dikke vette X op de plek waar het streepje hoort te zijn. Welke debiel gaat er dan ook in Topanga Canyon wonen? Ik zit gehurkt achter een roze azaleastruik, op zoek naar ontvangst voor mijn mobieltje, als Jakes garagedeur opengaat. Hij rijdt naar buiten in zijn zwarte Mercedes. Laat hem me alsjeblieft niet zien. Ik zie eruit als een van die types die je wel eens met een metaaldetector Venice beach ziet uitkammen. Ik heb niet eens mijn tanden gepoetst of mijn gezicht in de spiegel bekeken. Gegeneerd duik ik nog verder achter de azalea weg. Pfff. Hij is weg. Hij heeft me niet gezien. Ik kijk naar mijn mobieltje. Eén streepje. Yes! Ik bel het informatienummer. De oproep mislukt. Verdomme. De voordeur zwaait open als ik op handen en voeten over het gazon kruip, op zoek naar ontvangst.

'Dame, wat u daar doen?' roept Hamas vanuit de deuropening.

'O, hé, Hamas, o jeetje.' Ik hijs mezelf uit het natte gras overeind. 'Hamas, ik, eh, tja, ik heb mijn auto niet. Ik bedoel, ik heb hem achtergelaten – nou ja, Jake, je weet wel, hij reed me – ik had gisteravond een lift nodig – en eh, daar was hij dan – Jake in zijn zwarte Mercedes – en ach, het elastiek was op dat moment al geknapt – en eh, ik moest kiezen tussen Jake en een nat afgedankt haarelastiekje – en nou ja, ik heb Jake gekozen...' Hamas staat me aan te staren alsof ik ben veranderd in Sally Field in *Sybil*. Misschien is dat ook zo. 'Hamas, luister, ik moet even bellen.'

'Ik heet *Imas*.'

'O, sorry. Jake noemde je Hamas.'

'Geheimpje voor u, dame – hij niet luisteren,' zegt Imas, die haar donkerbruine Lesley Stahl-kapsel achter haar oren strijkt zodat er kleine gouden hartvormige oorknopjes zichtbaar worden, en ze glimlacht naar me met sprankelende bruine ogen.

'Ja, dat had ik al gemerkt.'

'Maar hij mij betalen. Hij u niet betalen – dus voor u is niet de moeite waard, aardige dame – nee?'

'Nee, Imas – niet de moeite waard – nee.'

'U binnenkomen. Wij lekker koffie drinken samen. U bellen taxi voor u.'

'Zeg Gewoon Nee,' zegt Imas, wijzend op het D.A.R.E. T-shirt dat ze aanheeft terwijl ik mijn hart bij haar uitstort over mijn acteurholisme. Ik laat haar wijze woorden bezinken en neem nog een hap van Jakes Weight Watchers ontbijttortilla die Imas voor me heeft opgewarmd.

Mijn rinkelende mobieltje onderbreekt ons openhartige gesprek. *Nu* heb ik opeens wel ontvangst.

'Ik heb om 4.00 uur vanochtend op WireImage gekeken, en Jake Jones was bij de GM Show *betoverend*. Ik ben zo trots op je,' zegt Julian. 'Ik ben net terug van een actie met PETA in New York om een koe te redden van het slachthuis en ik voel me emotioneel *veel* stabieler. Ik ben klaar om in dat vliegtuig te stappen. Dat beloof ik. Ik hoop dat Olivia niet kwaad op me is omdat ik gisteren niet bij het passen was. Is ze kwaad op me? Heeft ze naar me gevraagd? Wat is dat voor herrie?'

'Wacht. Je gaat in een vliegtuig stappen?'

'Ja, en als het vliegtuig neerstort, laat ik *alles* aan jou na. Maar nu niet van onderwerp veranderen. Wat is dat voor herrie?'

'Dat is Hamas – ik bedoel, Imas – ze is rond mijn voeten aan het stofzuigen.'

'Waar *heb* je het over? Wie is Imas? Waar ben je?'

'In het huis van Jake Jones.'

Stilte.

'Niks zeggen. Je zag SMITH en je flipte en ik was er niet om je uit de afgrond van de zelfhaat te redden. Ontken het maar niet, ik heb hem op WireImage gezien. Toe maar, zeg maar dat je me haat. Zeg dat ik je leven heb geruïneerd. Zeg dat het allemaal mijn schuld is en dat je het me nooit zult vergeven.'

'Het is allemaal jouw schuld en ik zal het je nooit vergeven.'

'Hoe kun je zoiets nou tegen me zeggen? Ik ben al je beste vriend sinds ik je heb gered van die gebleekte Guess-spijkerbroek met smalle pijpen en beenwarmers. Eerlijk gezegd voel ik me momenteel erg geïnspireerd door de jaren tachtig. Ik denk dat Boy George misschien wel mijn muze wordt voor mijn volgende collectie. Maar moet je horen. Katya heeft de American Airlines vlucht van 17.00 uur voor me geboekt. Ik land om 20.00 uur op LAX. Als je me ophaalt, neem ik je mee naar Giorgio's voor je favoriete pasta met langoustines – ik trakteer.'

'Als je me echt wilt trakteren, hoef je alleen maar hierheen te komen zodat ik dit hele gedoe voor de Oscarweek niet meer in mijn eentje hoef te doen.'

'Ik heb nog meer ongelofelijk nieuws. Heb ik je ooit verteld over mijn dierenarts die Catherine Keeners chihuahua verzorgt, en die altijd met Jack Blacks Duitse herder speelt als ze in LA is? Nou, degene die Jacks hond uitlaat, laat ook de hond van de publiciteitsagent van Willow Fox uit. En degene die die honden uitlaat, is de neef van mijn manicure. Lang verhaal kort: Willow Fox heeft belangstelling om mij naar de Oscaruitreiking te dragen!'

Ik weet niet wat ik hoor! 'Wat? Die griet uit de remake van *Fast Times at Ridgemont High* met Jared Leto? Julian, dit is enorm!'

'Nou, Willow Fox wordt nog veel *enormer* – althans, haar borsten. Je zult het niet geloven. Ze gaat *Dolly Parton* spelen. Nadat Reese de Oscar voor *Walk the Line* had gewonnen, is Universal wijzer geworden en hebben ze zich gerealiseerd dat het tijd was om – ga maar even zitten – *Dollywood* te maken! Je hebt over een uur een afspraak met Willow in de Soho House. Katya heeft de jurken uit mijn showroom per koerier naar de conciërge van de Soho House laten brengen.'

'Een uur, Julian?! Dat red ik niet. Mijn auto is –'

'Lola, moet ik je eraan helpen herinneren dat we het hier over de Oscars hebben? En je *weet* dat er maar één iemand is die ik meer adoreer dan jou, en dat is *Dolly*. Je mag deze afspraak niet verprutsen. Als we Willow kleden, mag ik haar misschien op de set opzoeken en kan ik Dolly ontmoeten. Dan kan ik als een gelukkig man sterven. Ik zie je vanavond om acht uur!'

Klik.

'Imas, je hebt absoluut mijn leven gered door me helemaal hierheen te rijden,' zeg ik als we voor de Soho House parkeren. 'Ik weet niet wat ik zonder jou had moeten beginnen. Weet je zeker dat je niet binnen wilt komen? Ik zou een nieuwe Seven-spijkerbroek voor je kunnen regelen. Misschien een massage? Of een *gratis* diamanten hanger van Chopard. Misschien kun je hem verpatsen op eBay en weggaan bij Jake Jones.' Wacht. Misschien zou *ik* hem kunnen verpatsen op eBay en maken dat ik wegkwam uit Hollyweird.

'Jij en ik vriendinnen zijn nu, Lola, nee?'

'Ja Imas, vriendinnen. Dikke vriendinnen.' Ik buig me naar haar toe en omhels haar.

'Dus jij onthouden wat Imas jou vertellen. Zeg gewoon nee,' zegt Imas, op haar T-shirt tikkend om haar woorden kracht bij te zetten. 'Mr. Jones niet goed genoeg voor jou. Hij mij naar Costco laten gaan voor zijn vetarme SnackWells. Dan hij mij naar het strand laten gaan om zout water te halen – hij moet hebben voor highlights. Dan ik moet zijn hond ophalen bij dierenarts, sigaren kopen voor pokeravond, dan Mr. Jones mij naar Hustler laten gaan op Sunset Boulevard voor zijn condooms op maat – en handboeien met bont.'

'Laat hij je dat doen? Dat is walgelijk, Imas,' zeg ik. Maar waarom heeft hij die voor mij niet tevoorschijn gehaald – ben ik het niet waard? Ik voel me net zo goedkoop als een imitatie Louis Vuitton uit Chinatown.

'Ik kan een betere baan voor je vinden, Imas,' zeg ik.

Imas grinnikt. 'Vind maar betere man voor jezelf. Jij al genoeg om je zorgen te maken.'

We kijken toe hoe de nieuwe Eva Longoria uit haar Mini Cooper cabrio stapt en in de richting van de Soho House loopt. Ze draagt een babydolljurk van crèmekleurige zijde. Imas schudt meewarig haar hoofd. 'Ze zou niet moeten dragen die ruches. Zij denk zo lijken haar tieten groter, maar zo lijk alleen haar taille groter. Die LA meiden geen verstand hebben.'

Dat heeft ze goed gezien. Ik omhels Imas nog een keer en probeer deze gekrompen jurk omlaag te trekken waarvan ik vrij zeker weet dat het niet Julians bedoeling was dat-ie ooit bij daglicht zou worden gedragen. Deze verdomde slangenleren laarzen hebben mijn dijen zo kapot geschuurd dat ze die van Jenna Jameson wel lijken. Ik heb geprobeerd mijn gezicht zo goed mogelijk op te lappen met alleen de vochtinbrengende crème van Imas, maar ik walg werkelijk van mezelf, *en* ik sta op het punt om de Soho House binnen te lopen – dezelfde ultrachique Britse club exclusief voor leden waar zelfs Samantha Jones niet naar binnen mocht toen ze over het water waren gewipt en een filiaal hadden geopend in NYC. Het is jammer dat de Soho House alleen tijdens Oscarweek in LA staat, want het zou verdomde prettig zijn om het hele jaar door een duik te kunnen nemen in hun zwembad met vers zeewater – hoewel ik het jaarlijkse lidmaatschapsgeld van $1.500 amper zou kunnen missen. Gelukkig is tijdens Oscarweek *alles gratis* in de Soho House – geen contanten, checks of creditcards vereist. De briljante ravioli met kreeft van The Naked Chef Jamie Oliver? Op kosten van de zaak. Kanten negligés van Vera Wang? Gratis en voor niets. Nerts wimperextensions van vijfhonderd dollar? Kost niks. Zelfs de dj-lessen van Tony Okungbowa, Ellen's ex, zijn gratis.

De Soho House is een van de *twintig* 'gastvrijheidssuites' die tijdens Oscarweek worden ingericht in dure hotels, chique schoonheidssalons en kolossale Hollywoodhuizen verspreid door de stad. Ze bestaan uitsluitend met het doel om te pamperen, pedicuren, plukken, pimpen, plamuren en botoxen, behangen, bijknippen en bewieroken van alle '-ista's,' '-tantes,' en '-ites' die zichzelf in gereedheid brengen voor Oscar. *Elk* product en *elke* behandeling onder de zon, van porseleinen tanden van $1.500 die je over je eigen tanden heen klikt en die je een Jennifer Hudson-glimlach geven, tot een Oscargoudkleurige, op maat gemaakte, royaal gevulde Miracle Bra van Victoria's Secret, is *gratis* – zolang je de sympathieke fotografen van US *Weekly, People* en *Star* maar een Brite Smile schenkt met de complimenten van Dr. Dorfman, terwijl je poseert met je gloednieuwe, met diamanten bezette digitale Nikon van $25.000 die in je sterlingzilveren Altoid blikje met monogram past.

Van te veel tijd doorbrengen in het Land van Niks en de Bakermat van de Buit kan elke meid een ernstige vorm van Hebberigheid oplopen. Denk aan *Supermarket Sweep,* maar dan knalrode Goyard-hutkoffers met visgraatmotief en monogram in plaats van winkelwagentjes. En die arme publiciteitsagentenannex-sherpa's die zestig van de honderd paar zonnebrillen van $400 moeten terugbrengen, die hun cliënten in de twintig paar met nertsbont gevoerde Ugg-laarzen hebben gepropt omdat de vertegenwoordiger van Ray-Ban hen daarom heeft gesmeekt.

Jezus. Die beroemdheden weten niet hoe goed ze het hebben. Toen Diane Keaton werd genomineerd voor *Annie Hall*, was het enige wat ze kreeg zo'n verdomde *Oscar*. Ik bedoel, ze kreeg geen ene mallemoer – niet eens een *gratis* rol zuurtjes. Ze is nota bene *zelf* in haar VW naar het Dorothy Chandler Pavilion gereden en had een kostuum van haar broer geleend. Man, dat moet afgrijselijk zijn geweest. Bedankt David Yurman, bedankt Jaguar, bedankt Sony, voor het erkennen van de behoeftigen – de sterren die tien miljoen dollar per film verdienen en gewoon behoefte hebben aan nog meer *gratis* spullen, ook al moeten hun accountants achteraf over de brug komen om de fiscus te betalen.

De opgefokte Britse teef bij de deur overlegt met iemand in het pand via haar headset en staart me over haar gouden zonnebril heen aan alsof zij Steve Rubell is en ik Gary Coleman. Er gaat niets boven een deurteef die probeert in te schatten wat jouw plek in de voedselketen is om je het gevoel te geven dat je een trieste moot tonijn vol kwik bent. Maar met een outfit als deze, zou *ik* mij waarschijnlijk ook niet binnenlaten.

'Julian Tennants jurken wachten op u op de tweede verdieping.' De Britse teef stuurt me naar binnen met een magische zwaai van haar Montblanc. Ik betreed het cirkelvormige vrijgezellenplatform van drieduizend vierkante meter met een schitterend uitzicht van 360 graden over de stad. Binnen ziet het eruit als de schuilplaats van James Bond. Een knappe Britse ober (slecht gebit, dat zul je altijd zien) biedt me een mimosa aan. Ach, het is al *bijna* middag, en het is overwegend sinaasappel-sap. En ik weet niet zeker of de vochtinbrengende crème van Imas wel voldoende bescherming zal bieden tegen al deze grijp-grage gratis-en-voor-niks toeristen. En na zo'n nacht, ochtend, leven, vind ik dat ik wel wat kunstmatig opgewekte vreugde heb verdiend. Bovendien, ik moet een vrolijk gezicht trekken voor Willow Fox. En we weten allemaal dat ik geen geweldige actrice ben.

'Wacht, niet weggaan,' zeg ik tegen de ober terwijl ik nog een mimosa neem. 'Na deze moet je me niks meer geven.' Ik probeer een glimp op te vangen van wie er zitten te brunchen op het overdekte terras onder de giga kroonluchter van Venetiaans glas. Kimora Lee Simmons' blingbling is hiervandaan zichtbaar.

'Ben jij Lola Santisi? Kun je alles vinden wat je zoekt? Zal ik je een rondleiding geven?' Een jonge pr-nul met een fris gezicht komt op me af gerend met een ernstige frons tussen haar wenk-brauwen. Het is duidelijk dat ze alleen naar de foto's kijkt bij de roddelrubriek, want als ze de kleine lettertjes had gelezen, zou ze geweten hebben dat ik nog niet eens een *gratis* vitamine C-kuur waard ben. 'Ik heet Anna. Je bent veel knapper in het echt,' zegt ze. Oké, ze mag blijven. Hier knap ik *veel* meer van op dan van die mimosa's.

'Dank je, Anna, je bent een schat. Is dat een J Brand-spijker-broek?' vraag ik. 'Oké, Anna, moet je luisteren. Ik heb hier een afspraak met Willow Fox, en om redenen waar ik nu niet dieper op in kan gaan, zie ik eruit alsof ik voor Heidi Fleiss werk en niet Julian Tennant, de nieuwe Tom Ford. Dus kun jij een vriendin alsjeblieft uit de brand helpen en zo'n spijkerbroek voor me halen in maat vijfentwintig? En ik heb ook een topje nodig, het kan niet schelen wat, weet je, doe maar iets. Desnoods een mouwloos shirt van Hanes.'

'Ik zal wat James Perse, C&C en Primp T-shirts voor je mee-brengen. O, en we hebben ze ook van L.A.M.B.' Binnen vijf mi-nuten is ze terug met een arm vol stretchkatoen.

'Onwijs bedankt, Anna. Ik weet dat je me al vreselijk hebt verwend, maar zijn dat Swarovski-kristallen op die teenslippers van Adidas?'

'Er zitten zeshonderd met de hand bevestigde kristallen op,' dreunt Anna plichtsgetrouw op. 'Ze kosten $280 bij Fred Segal.'

'Heb je die in marineblauw in maat 39?'

Anna brengt me naar de tweede verdieping, die is ingericht als een *exacte* kopie van Barneys, maar dan beter omdat alles *gratis* is. Er lopen nog meer knappe Britse obers rond met nog meer mimosa's, en minibagels met gerookte zalm en roomkaas met bosui, en bevroren bananen met pindakaas. Het voelt prettig om niet meer in dat lapje chiffon en die laarzen rond te lopen, vooral omdat het me wel bevalt wat deze spijkerbroek voor mijn derrière doet. Hmmmm, misschien had ik toch voor een paar van die Giuseppe Zanotti's met luipaardmotief en het gouden biesje moeten gaan in plaats van deze gestreepte Swarovski-slippers. Zelfs de kuuroordsandalen waar ik Sarah Michelle Gellar mee zie terwijl ze de blingblingkamer in duikt, zijn beter dan de Masai Barefoot Technology-schoenen waar ze in de The House of Flaunt mee leuren. Ze zouden moeten zitten alsof je 'op blote voeten op veerkrachtig mos of op een zandstrand' loopt, maar eerlijk gezegd zorgen ze er alleen maar voor dat je eruitziet alsof je paardenhoeven hebt.

Oké, oké, ik ben hier niet om te winkelen; ik ben hier om Willow Fox te vinden en haar zover te krijgen dat ze Julian draagt. Concentreer je. Anna overhandigt me Julians kledinghoes en stuurt me naar boven, naar de kuuroordverdieping, voor mijn afspraak met Willow Fox.

'Ik boek in ieder geval een placenta-gezichtsbehandeling voor je voor als je klaar bent,' zegt Anna, die zich vertrouwelijk naar me toe buigt. 'Meg Ryan is net vertrokken nadat zij er ook eentje had gehad, en haar huid ziet er *zo fantastisch* uit dat haar lippen *totaal* niet meer opvallen. Je ziet er een tikje vermoeid uit – alsof je wel een opkikkertje kunt gebruiken.'

'Goed idee, je bent een schat, Anna.' Ik weet niet precies wanneer we in de rollen van Cameron Diaz en Toni Colette uit *In Her Shoes* zijn gestapt, maar ik zeg geen nee tegen de *gratis* dienstverlening. Ik vraag me af wiens placenta ze gebruiken. Heb ik niet ooit gelezen dat het spul van schapen afkomstig is? Ach, die pasgeboren lammetjes hebben behoorlijk frisse snoetjes, toch? Hoewel, zijn ze niet een tikje... wollig? Misschien is het beter om in zalige onwetendheid te verkeren.

Wauw, het is hier boven fijner dan in Chris McMillans schoonheidssalon op Burton Way. Zijn dat Relax The Back elektrische shiatsutherapie kappersstoelen? Het lijkt hier wel *Extreme Makeover: Oscar Edition*. Dan hebben we het niet alleen over mani- en pedicure, cellulitispakkingen en extensies door haargoeroe Danilo (die Gwen Stefani *en* Miss Tyra Banks doet) en make-up door Sue Devitt *in eigen persoon*. Dan hebben we het over kutschoonheidsbehandelingen (eng), glycol bikinilijn peelings (enger), *gratis* consults bij dokter Novak (mama's cosmetisch restaurateur), en ThermaCool bij Sonya Dakar.

Uiteindelijk vind ik Willow Fox in de 'tussen-de-middag facelift' kamer, waar Sonya Dakar in eigen persoon verblijf houdt. Ze is zo grondig gebotoxt, gepeeld en gepimpt dat ik de neiging moet onderdrukken om haar aan te raken om te controleren of ze niet een exemplaar van Madame Tussaud is. Er komen genoeg elektriciteitsdraden uit Willows hoofd voor een remake van *The Bride of Frankenstein*. Ze is in een badjas gewikkeld, en haar donkere haar steekt als een ragebol uit een handdoek. Ik kan het gezicht dat de omslag van miljoenen tijdschriften siert niet goed zien.

'Wie is daar?' vraagt Willow van achter de twee plakjes komkommer op haar oogleden.

'Hoi, ik ben Lola Santisi. Ik kom je Julian Tennants jurken laten zien.'

'Ik zal jullie even alleen laten, maar maak alsjeblieft mijn snoeren niet in de war,' zegt Sonya Dakar, die aan de knoppen op een bedieningspaneel uit Starship Command draait. 'Ontspan je, Willow. Ik ben over tien minuten terug,' zegt ze, en ze doet de deur achter zich dicht. Ik kom in de verleiding om haar te smeken of ze wil blijven. Ik ben niet graag alleen met een actrice, en zeker niet eentje die aan zo'n hoeveelheid volt is vastgekoppeld.

'Ik wil ook wel terugkomen als jullie klaar zijn, als dat beter uitkomt,' bied ik aan.

'Nee, laten we de jurken nu maar bekijken,' zegt Willow, die totaal geen aanstalten maakt om de plakjes komkommer van haar ogen te halen.

'Weet je zeker dat je niet wilt wachten op je styliste – of je agent – of je manager – of je publiciteitsagent?'

'Absoluut.'

Tjonge, geen gevolg? Geen kapper-annex-beste-vriend? Geen moeder? Geen numerologiedeskundige? Zelfs geen *hond*? Ik rits de kledinghoes open en haal een bleke draperie van meerdere lagen organza met ruches tevoorschijn.

'Ahem.' Ik schraap mijn keel om haar aandacht te trekken. Willow draait behoedzaam haar hoofd in mijn richting, ervoor wakend dat Sonya Dakars snoeren of de plakjes komkommer van hun plek raken.

O-ké. Ik houd de jurk voor me omhoog, de sierlijke ruches opschuddend.

'O, dat is een schitterende kleur blauw – ik ben echt weg van de kleur,' zegt ze.

'Nou, kijk, eh, eigenlijk is het *witte* organza.'

'O, dat zal dan wel aan het licht in deze kamer liggen.'

Of misschien wel aan die verrekte plakjes komkommer.

Willow leunt achterover in haar comfortabele stoel. 'Zou je de jurk voor me kunnen beschrijven? Ik ben heel visueel ingesteld.'

De jurk voor haar beschrijven? Zou ze Alexander McQueen ook vragen om auditief hints te spelen met zijn collectie couture? Dit kan ze niet menen.

'Toe maar,' zegt ze.

O-ké. 'Nou, eh, het lijfje loopt in een punt naar de taille en de rok is een waterval van ruches tot op de grond – o, en op de taille zit een versiering van zwartsatijnen lint. Hij is heel chic. Als een soort sexy Scarlett O'Hara.'

'O, dat wordt niks – de verhoudingen zijn totaal verkeerd voor mijn lichaam. Wat heb je nog meer?'

'Moet je horen, ik denk dat als je de jurk zou *zien* – hem misschien zelfs even zou passen – je er wellicht anders over –'

'Nee, ik kan hem in mijn hoofd zien.'

Welk hoofd? Misschien moet ik Sonya Dakar vragen om de radiofrequentie van dat apparaat wat terug te schroeven; volgens mij raken de drie hersencellen die ze heeft een tikkeltje oververhit. Bij nader inzien kan ik haar misschien beter vragen om de frequentie *op* te schroeven. Misschien heeft haar brein een elektrische schok nodig om opnieuw op te starten.

'Ik zit te wach-ten,' zegt ze zangerig, zwaar uitademend, alsof *ik* gek ben. Hetgeen ik onderhand ook begin te geloven.

'Oké, nou, ik heb hier een zwart met roze en goud geblokte jurk. Dankzij Julians complexe manier van draperen en zijn ingenieuze systeem van plooitjes en zoompjes wordt het lichaam op precies de juiste plaatsen ondersteund en bij elkaar gehouden. Het bespaart je een bezoekje aan de plastisch chirurg.' Ik lach, maar mijn grapje is aan dovemansoren gericht.

'Nee, nee, nee, de stof is veel te glimmend. Ik wil er niet uitzien als Shakira bij de Grammy-uitreiking.'

'Mag ik niet één hoekje van die komkommer van je oog af halen, want de stof is echt niet zo *heel* glimmend. Het is zijdebrokaat. Het heeft de glans van een antiek wandtapijt uit Rome. Het is echt heel mooi.'

Willow tilt één zielige millimeter van de rand van het plakje komkommer op, alsof ze bij de koningin in Buckingham Palace op de thee is – compleet met opgeheven pink.

'Te glimmend,' zegt ze achteloos. 'Volgende.'

Oké, ademhalen. In. Uit. In. Uit. Verdomme, het werkt niet. Oké, een heilige pauze dan. Shit. Werkt ook niet. En als ik nou eens naar dat apparaat loop en eigenhandig de frequentie op de hoogste stand zet? Of nog beter, als ik nou eens die klote komkommerschijfjes van haar ogen af ruk zodat ze Julians meesterwerken ook echt kan *zien*? Oké, ik heb Julian beloofd dat ik deze afspraak niet zou verkloten.

'Oké, nou, deze zul je echt fantastisch vinden. Het is een wolk van een ballerinajurk. Julian heeft de stof zelf met de hand geverfd, en het is een soort regenboog van roze-tinten – van vlees-kleurig tot fuchsia. Het fuchsia beroert nog net de zoom van de jurk,' zeg ik.

'Oké, die is perfect. Dat is 'm,' zegt Willow, de plakjes kom-kommer nog altijd stevig op haar ogen gedrukt. 'Kun je alleen even de lengte meten en me vertellen hoe lang hij is?'

Perfect? Dat klinkt als muziek in mijn oren. Wat maakt het uit dat ze die verdomde jurk niet heeft *gezien*? O-o, ik heb geen meetlint bij me. Mijn lipgloss paste al bijna niet in dat tasje. Ik leg de jurk op de grond en meet zorgvuldig mijn passen ernaast.

'Hij is één meter twintig,' zeg ik.

'Hoeveel centimeter is dat?'

'Honderdtwintig,' zeg ik tegen haar. Jemig, heeft ze niet eens de kleuterschool afgemaakt?

'Zeg maar tegen Julian dat er tien centimeter af moet.'

'Maar als je er tien centimeter af haalt, raak je het fuchsia aan de zoom helemaal kwijt,' merk ik op. *Het fuchsia dat je niet eens hebt gezien*, denk ik bij mezelf.

'Nou en?'

'Tja, eh, dat maakt de jurk nou juist zo bijzonder, anders is het gewoon een vleeskleurige chiffon jurk.'

'Ik houd van vleeskleurig. Het voelt heel erg avant-garde om bij de Oscaruitreiking te verschijnen in een jurk waarin je bloot lijkt. Zeg maar tegen Julian dat hij een genie is. Zeg maar tegen hem dat het mijn droomjurk is.'

'Weet je zeker dat je de jurk niet wilt *zien*?'

'Je bent ongelofelijk beeldend in je taalgebruik.'

'Oké, prima, dus je wilt deze jurk dragen – aanstaande zondag – naar de Oscaruitreiking.'

'Het was liefde op het eerste gezicht.'

Zo kun je het ook bekijken.

Ik had nooit gedacht dat ik ooit nog enige sympathie zou kun-nen koesteren voor een komkommer – totdat Dora, de schoon-heidsspecialiste, twee verkoelende plakjes op mijn oogleden legt en mijn gezicht dik besmeert met placenta. Ik geniet met volle teugen van mijn easy-like-sunday-morning-op-een-Oscarweek-woensdag moment omdat ik Willow Fox zojuist heb laten *beloven* dat ze Julian zal dragen naar de Oscaruitreiking. Ze is dan misschien geen Natalie Portman, maar ze is ook geen Tara Reid. Ik, Lola Santisi, heb haar weten te strikken! Ik geniet van dit gevoel van *succes*. Het is enorm goed voor je zelfvertrouwen. En nu ik zo hard op weg ben om mijn CTS te overwinnen, ben ik van plan om Olivia ervan te overtuigen dat ze zondag die sensationele pauwenjurk moet dragen. Ik weet nog niet precies hoe ik het ga doen, maar ik heb mijn materiaal even doorgenomen met Dora, die me al heeft uitgenodigd voor een etentje na Oscar-week.

Mijn telefoon gaat. Ik overweeg hem niet op te nemen; ik heb het razend druk met het visualiseren van mijn Isaac Mizrahi-moment op de rode loper – 'Je bent een superster!' – en mijn nieuwe teint, die er volgens Dora uit zal zien als de billetjes van een pasgeboren baby. Maar, o shit, wat als het Olivia Cutters mensen zijn?

'Vlug, wil jij mijn telefoon pakken, Dora, en hem bij mijn oor houden?' Nu klink ik net als Mariah, maar ik kan er niks aan doen. Dora houdt de telefoon op zijn plaats.

'Hoi Lola, met Matt.'

Matt Damon? Matt Dillon? Matthew Broderick? Matthew McConaughey? Wees *alsjeblieft* Matthew McConaughey. Wat zeg ik nou weer? Geen acteurs meer. Laat het een gewoon iemand zijn, iemand uit de gewone wereld – iemand als – als Matt Lauer. Ja! Laat het Matt Lauer zijn!

'Matt Wagner, de agent van Willow Fox. Ik weet niet precies wat je over haar cornflakes hebt gestrooid, maar ze is helemaal weg van je. Ze blijft maar doorratelen over jouw visie.'

O-ké. 'Ja, nou, Willow heeft absoluut oog voor jong talent,' zeg ik.

'Dus zeg maar hoeveel,' zegt hij.

'Hoeveel wat?'

'Voor de jurk.'

'O! De jurk is gratis. Natuurlijk is-ie *gratis*.'

'Ja, we weten dat de jurk gratis is. Willow Fox is dat niet,' zegt Matt, zijn stem ineens gepantserd met pure Gordon Gekko uit *Wall Street*. 'Willow is weg van Julian. Ze is ook weg van Ungaro, Etro, Moschino. En Escada. Zij hebben ons vanochtend $100.000 geboden.'

Allemachtig, ik had moeten weten dat Willow Fox te mooi was om waar te zijn. Hoe moet ik me hier verdomme uit redden? Het waren komkommers die aan haar gezicht hingen, geen bordje van Sotheby's. Alsof Willow dat geld daadwerkelijk nodig heeft. Universal betaalt haar slechts twee *miljoen* voor Dollywood. Waar is toch die tijd gebleven dat beroemdheden gewoon dankbaar waren dat ze niet naar Neiman hoefden te gaan en de winkelprijs hoefden te betalen? Nu worden we geacht *hen* te betalen – om een of andere jurk aan te trekken? Matt Wagner kan m'n rug op met zijn veiling. Ik denk razendsnel na.

'Nou, Matt, wat ik je kan bieden is *de* hippe nieuwe ontwerper. Julian Tennant zal Willow lanceren in een compleet nieuwe modestratosfeer op die rode loper. Dat zal uiteindelijk zoveel meer voor haar carrière betekenen dan geld op dit moment. Laten we zorgen dat we haar op die lijst met stijliconen krijgen, bij Gwyneth en Nicole. Dan kun jij straks haar prijs noemen op het witte doek.'

'Ik noem haar prijs *nu*.'

Klik.

'Dora, kun jij die placenta eraf halen – snel.' Of misschien moet ik haar mijn hele lichaam ermee laten inpakken zodat ik terug kan kruipen in de baarmoeder en daar kan blijven tot deze hele nachtmerrie achter de rug is. Oké, rustig aan, laten we de gebeurtenissen à la dokter Gilmore reconstrueren: ik heb in ieder geval van het succes mogen proeven – voor het eerst in mijn *hele* leven. Al heeft het maar drieëneenhalve minuut geduurd, ik vond het heerlijk. Oké, dus dit is pech, *vette* pech, *verschrikkelijke* pech, maar ik laat mijn carrière verdomme toch niet ruïneren door een beetje pech? Ik ben nog steeds van plan om Olivia zover te krijgen dat ze die pauwenjurk aantrekt naar de Oscaruitreiking op zondag – als haar mensen me ooit nog bellen om een nieuwe afspraak te maken voor die pas-sessie. Maar wat als ze me terugbellen en de hele centrale bank erbij willen hebben?

Zodra ik klaar ben met die placenta-gezichtsbehandeling, besluit ik terug te gaan naar beneden, naar de Naaldhakken Fetisj Salon, om een paar van die Giuseppe Zanotti's te halen om me op te fleuren. Naaldhakkentherapie werkt altijd, vooral als ze *gratis* zijn. Ik steek juist de doos onder mijn arm als ik de koningin van de pr in het oog krijg met de *nieuwe* Halle Berry in haar kielzog, haar armen zo vol met buit dat ze eruitziet als een winkeljuffrouw bij Tar-Jay tijdens de uitverkoop. Ik duik weg achter een display met Benefit intense lipmaskers voor vollere lippen en bel Kate. Haar assistent Adam neemt op.

'Lola, Kate is op de andere lijn in gesprek met Brian Grazer.'

'Zeg tegen haar dat ik in de pedicurestoel lig naast Naomi Watts en dat ze overweegt om weg te gaan bij CAA omdat ze niet voor haar kunnen regelen dat ze de rol van Hilary Clinton krijgt in *All the President's Women.'*

Kate komt sneller aan de lijn dan de mensen van Malo kasjmiertruien in de Fendi Spy Bag van Star Jones kunnen proppen. 'Zeg tegen Naomi dat ik haar al helemaal voor me zie in dat rode pakje. Ik zal Mike Nichols bellen nog voordat de nagellak op haar tenen droog is,' zegt ze. 'Nee, wacht, geef haar je telefoon even als je wilt? Ik wil haar zelf even spreken.'

'Naomi is hier niet, je moet me komen halen in de Soho House – zsm.'

Kate slaakt een gefrustreerde zucht. 'Waar is je auto in godsnaam?'

'Die staat nog steeds op de hoek van Hollywood en Highland.'

Stilte. Een heel verwijtende stilte.

'Ik ben gisteravond met Jake Jones naar bed geweest omdat ik SMITH tegen het lijf liep bij de GM Show,' flap ik eruit. 'Jake Jones is echt een schoft. Hij is gewoon één van *hen*. Ze zijn niet te vertrouwen. Wat ik eigenlijk bedoel, is dat *ik* mezelf niet kan vertrouwen. Ik zou een bordje met 'gevaar' op mijn voorhoofd moeten plakken. Daar lag ik dan, in zijn bed, *naakt*, en hij zegt tegen de mensen van *People Magazine* dat er geen bijzondere dame in zijn leven is. Ik weet dat ik niet bepaald in zijn *leven* was – en dat ik niet bepaald een *dame* ben – maar ik lag verdomme wel in zijn *bed*. Had ik al gezegd dat ik *naakt* was?'

'Het kan me niet schelen of je naakt was of dat je van top tot teen ingepakt zat in een Yamamoto-bodysuit. Wat mij zorgen baart, is dat je *verbaasd* bent. Ik kan verdomme wel een bandje opzetten: hij is een *acteur*, Lola. Ik had nog zo gezegd: je mag best met ze naar bed, als je maar niet voor ze valt. Dat weet je.'

'Nou, Kate, ik heb je gisteravond *gevraagd* of je me wilde redden, en dat heb je niet gedaan, dus dit is je herkansing. Kom me alsjeblieft ophalen. Ik voel me ellendig. Ik voel me gebruikt. Ik voel me net zo beroerd als Burt Reynolds-facelift. Ik zou nu in coma moeten liggen, zo hard ben ik van het rechte pad af gevlogen.'

'Moet je horen, het spijt me, maar ik kan je niet ophalen. Ik moet naar therapie.'

'Heb ik dat nou goed verstaan?' zeg ik, en probeer me Kate voor te stellen op de divan.

'Niet voor *mezelf*. Voor Will. Hij heeft vanochtend gebeld en wil dat ik met hem en zijn moeder mee ga naar therapie. Ze is nog steeds boos op me omdat ze vindt dat ik Wills *kroonjuwelen* niet heb beschermd tijdens die *Vanity Fair*-fotoreportage – ze vindt dat zijn zaakje er klein uitziet naast dat van Josh Hartnett. Zal ik Adam sturen om je te komen halen?'

'Nee, laat maar zitten. Je moet gewoon tegen de therapeute zeggen dat toch niemand Will zou opmerken naast Josh Hartnett. Wacht even, ik krijg er een andere lijn doorheen, en dat zouden de mensen van Olivia Cutter kunnen zijn.'

'Ik bel voor mijn kans op vergeving.' O mijn god. Mijn handpalmen veranderen direct in de Stille Oceaan. Het is SMITH. 'Ga vanavond met me uit eten.'

Ik deins zo plotseling achteruit dat ik bijna tegen Zooey Deschanel aan knal. Godzijdank zou die stapel Missoni-kasjmier-reisdekens en -sokken die ze in haar armen houdt mijn val hebben gebroken. Ik kies voor de veiliger optie: ter plekke op de grond gaan zitten op het sisal vloerkleed. Of eigenlijk kies ik niet; mijn knieën begeven het onder me. Mijn stem lijkt het vliegtuig te hebben genomen naar Aix-en-Provence zonder mij.

'Alsjeblieft,' zegt SMITH.

Hij heeft altijd al de gave gehad om alle lucht uit mijn longen weg te slaan. Ik kan nu niet helder denken, ik krijg geen zuurstof. Ik schud de Giuseppe Zanotti's in de doos en zet de satijnen schoenenzak aan mijn mond. In. Uit. In. Uit.

'Gaat het?' Ik trek mijn hoofd uit de schoenenzak en kijk op. J-Lo staat boven me, pure popdiva glamour in een microshort en een van haar karakteristieke reusachtige hoeden met een brede slappe rand. Ze is vast bij het AquaBar Hydration Station langs geweest, want ze ziet er werkelijk stralend uit. Ik overweeg heel even om mijn hart bij haar uit te storten. Als er iemand is die een *ex*-drama begrijpt, is het J-Lo wel.

'Let maar niet op mij, ik heb net te horen gekregen dat ze deze niet in mijn maat hebben,' zeg ik.

'Ik ken het gevoel. Vorig seizoen, toen Donatella het laatste paar met goud bezette catwalknaaldhakken aan Kylie Minogue gaf, voelde ik me precies zo,' zegt J-Lo, en ze slentert naar de balie van de Shu Uemura 14-karaats gouden wimperkrullers.

'Schatje, ben je er nog?' O nee, *zo* mag hij me nu niet gaan noemen. Waarom denkt hij dat hij zomaar ineens weer kan opduiken en met *schatje* kan gaan strooien? Bekijk het maar. Ik val *niet* voor dat schatje-gedoe.

'Wacht even,' zeg ik tegen hem, terugschakelend naar Kate voor emotionele steun – oké, ik ben dus echt wanhopig. 'Wees alsjeblieft nog aan de lijn.'

'Je hebt geluk, ik was afgeleid doordat ik de D-lijst zat te lezen. Wist jij dat Teri Hatcher een man is?'

'Kate, hou daarover op. Ik heb SMITH op de andere lijn en hij wil iets met me afspreken vanavond.'

'Als je het zelfs maar overweegt, ben je reddeloos verloren. En ter informatie: het is Oscarweek. Ik heb geen tijd om je naar de Menninger-kliniek te brengen als hij je weer in de vernieling helpt. Zeg tegen SMITH dat als hij en Simon Cowell de laatste mannen op aarde waren – je zou kiezen voor Simon.'

'Oké, oké, doe ik. Ik ga het hem meteen vertellen nu het nog vers in mijn geheugen ligt. Succes bij de therapie met Will en zijn moeder.' Ik schakel weer over naar de andere lijn.

'Ik, ik, ik –' Ik wacht pas 189 dagen om à la *Dirty Harry* wraak te nemen op SMITH. Ik overweeg om hem de sneer over Simon Cowell te geven. Maar het probleem is dat Kate nog nooit verliefd is geweest. En nu dan eindelijk het moment daar is, kan ik het niet.

'Ik kan het niet,' klinkt het schor uit mijn keel.

'Zeg niet dat je het niet kunt. Zeg dat je het niet wilt. Maar ik weet dat je het wel wilt.'

'Alsjeblieft – ik kan het niet. Ik moet ophangen.' *Klik.*

De centimeters diepe afdrukken van het sisalkleed op mijn kont zijn niets vergeleken bij de gapende wonden in mijn hart. Ik pak mijn Giuseppe Zanotti's en struikel bijna over de mensen van De Beers en die van David Yurman die ruziën over wie Katherine Heig nog meer *gratis* hebbedingetjes mag geven terwijl ik de Soho House uit storm.

'Kruispunt Hollywood en Highland,' zeg ik bij het instappen tegen de taxichauffeur.

Hij draait zijn hoofd om en kijkt me aan. 'Je hebt toch wel geld bij je? Tori Spelling probeerde me daarnet een fooi te geven van bronzing powder toen ik haar kwam ophalen in de House of Flaunt.'

Ik sleep mijn Boeddha en mijn Ganesh van mijn verwaarloosde huisaltaar naar mijn badkamer, waar ik zo in een zuiverend bad ga liggen weken. Sommige mensen gaan graag met een rubber eendje in bad – ik geef de voorkeur aan mijn Boeddha en Ganesh, vooral na vandaag. Ik vraag me af hoeveel dieptepunten je moet bereiken voordat je officieel lid kunt worden van de Whitney Houston Minder Dan Nul Club. Ik dacht dat ik mijn platina WHMDNC-lidmaatschapskaart al persoonlijk overhandigd had gekregen toen SMITH me afdankte als de Viagra-pen in de

181

tas met hebbedingetjes van *Vegas Magazine*. Ik vermoed dat ik mijn status heb opgekrikt tot een Black Card die ongelimiteerde toegang geeft door mijn gespaarde nuchterheidspunten in te wisselen voor alweer een waardeloze acteur die beweerde 'volledig vrijgezel' te zijn, nog geen tien minuten nadat-ie me had geneukt. En nu wil SMITH me nog eens proberen? Ik dacht het niet.

Ik ga in bad liggen en dompel mijn hoofd onder in het kokendhete water. Kan ik alsjeblieft een wedergeboorte krijgen? Ik zou graag een herkansing willen. En dan zou het er als volgt uitzien: ik zou Dorothy zijn. Ik zou degene zijn met die rode schoentjes met de hoge hakken. Ik durf te wedden dat niemand in Kansas in de derde persoon praat of ooit aan Dorothy heeft gevraagd om te kijken hoe ze hun *kruis* scheren. Natuurlijk had ze haar handen vol aan dat hele Oz-fiasco. Maar uiteindelijk ging ze wel weer naar *huis*. Het enige thuis dat ik ken, is Hollyweird. En daarbij vergeleken lijkt Oz wel een dagje kuren in The Golden Door. Waar kom ik terecht als ik met mijn Louboutins klik? Ik neem me plechtig voor om na Oscarweek met mijn hakken te klikken en uit te zoeken waar ik een gevoel van thuiskomen van krijg.

VLUCHT 29 VAN JFK OMGELEID NAAR KANSAS, flitst het op het aankomstenbord van American Airlines. Kansas? Wat? O nee. Heb ik dat Kansas-gebeuren op mijn geweten? O jee, dit is een ramp. *Echt* een ramp. Ik bel Julian direct.

'Ik ben een wrak – ik was bijna omgekomen op die helse vlucht,' zegt hij snikkend in de hoorn. 'Ze zeiden dat het hydraulisch systeem het liet afweten. We waren er allemaal van overtuigd dat we zouden neerstorten. Ik zou omkomen in een vuurzee naast iemand die Dockers droeg. En stonk naar Stetson-aftershave. Ik zou nu eigenlijk in bed moeten liggen, maar onder het schuurpapier dat voor lakens moet doorgaan hier in deze Days Inn op het vliegveld van Wichita doe ik geen oog dicht. Kun je je *voorstellen* wat ultraviolet licht zou onthullen?' Ik zie voor me hoe Julian rilt bij de gedachte.

'O mijn god, Julian. Wat erg voor je. Ademhalen. Het komt allemaal goed. Je neemt gewoon de volgende vlucht deze kant uit, en dan ben je er over een paar uurtjes en sta ik hier op je te wachten. Ik zal je rechtstreeks naar het Chateau brengen. Ik heb die bungalow aan het zwembad voor je geboekt waar je zo dol op bent, en Mohammed zal een gestoomde artisjok voor je maken. Daarna kun je een bubbelbad nemen, een kaars aansteken, en onder de Frette-lakens kruipen.'

'Eén woord, Lola. *Noodlanding*. Als ik die spierverslappers niet had genomen voordat ik in het vliegtuig stapte, zou ik zijn bezweken aan een hartstilstand toen de piloot ons over de intercom vertelde dat we in de houding voor een noodlanding moesten gaan zitten. De stewardess zei tegen ons dat we kalm moesten blijven op dezelfde toon waarop ze ons had verteld dat ze de film *Mr. and Mrs. Smith Prequel* zouden starten. Hoe moest ik dan kalm blijven? De vrouw aan de overkant van het gangpad had een mix & match outfit van Kathy Ireland aan, en Aerosoles. Luister goed, ik zet *nooit* meer een John Lobb-instapper in een vliegtuig. Al zouden Clive Owen *en* Eric Bana me de hele weg naar LA om beurten pijpen.'

Ik heb met Julian te doen, maar soms is het beter om de pleister er gewoon in één keer af te rukken. 'Ik weet dat dit niet het beste moment is, maar zit je?'

'Denk je dat er hier ook maar iets is waar ik op zou kunnen zitten zonder chlamydia te krijgen – deze afzichtelijke flowerpower beddensprei soms? De muffe, geelgroene stoel? Of het van vlooien vergeven, hoogpolige, bruine tapijt? God weet wat daar allemaal in huist.'

'Ga maar in het bad zitten.'

'Prima. Wacht even.' Ik hoor gedempte voetstappen. 'Oké. Ik zit. Maar schiet een beetje op, de douchekop druppelt me onder, en de spierverslappers zijn bijna uitgewerkt.'

'Willow Fox wil $100.000 hebben om je jurk te dragen en Olivia Cutter heeft haar definitieve pas-sessie *alweer* afgezegd.'

Stilte.

'Nu zou ik willen dat de piloot dat vliegtuig rechtstreeks de

Mississippi in had gevlogen. Ik dacht echt dat we dit wel van de grond konden krijgen. Ik had niet gedacht dat het zou uitdraaien op het verlies van mijn –' zegt Julian.

'Wat? Julian, zeg het nog eens, ik kan niet verstaan –'

Ik hoor geritsel, een klap, en dan de Niagara-watervallen.

'Julian? Julian!'

'O, let maar niet op mij. Ik probeerde alleen mijn oranje krokodillenriem aan de douchekop te bevestigen zodat ik me eraan kon verhangen. Maar zelfs de douchekop deugt niet in deze tent. Ik heb hem finaal uit de muur gerukt. Nu gutst er allemaal bruin water over mijn Hermès-overhemd, *en* mijn haar is helemaal geruïneerd.'

'Julian, we krijgen dit *heus wel* van de grond, we hebben morgen een nieuwe afspraak met Olivia. Ik ben op het vliegveld. Zal ik niet gewoon in het vliegtuig stappen om je te komen halen en de hele vlucht naar LA je hand vast te houden – dan neem ik genoeg slaappillen mee voor ons allebei.'

'Lola, wat snap je niet aan de woorden "ik stap nooit meer in een vliegtuig"?'

'Julian, ik kan dit niet zonder jou. Je *moet* morgen met me mee naar die afspraak met Julia, anders maken we geen schijn van kans! Wil je de conciërge op zijn minst vragen naar de dienstregeling van de Greyhound-bus?'

'De conciërge? Neem me niet kwalijk, bedoelde je die vogelverschrikker voor de ingang? Of die kerel zonder tanden bij de frisdrankautomaat? Dit is niet het Four Seasons Hotel, prinses. Ik mag blij zijn als er een tractor is om me door te laten overrijden.'

Klik.

Blijft Mercurius de rest van mijn leven in retrograad staan? Ik begin aan de lange tocht terug naar mijn auto. Maar niet voordat ik een snelle tussenstop heb gemaakt bij de Cinnabon in terminal zes. Ik verdien het om in ieder geval *iets* over te houden aan mijn bezoekje aan LAX – mijn derde deze week. Ik neem een hap van het warme, kleffe broodje – het is elk van de ziljoen gram vet meer dan waard. Goed, het is niet de dichtgeschroeide witte tonijn met knapperige uien van Koi. Maar verdomd als ik me er niet beter door voel.

Ik heb een buitensporig grote, smeltende hap in mijn mond wanneer er op mijn schouder wordt getikt. Ik draai me met een ruk om en sta oog in oog met SMITH. Ik stik praktisch in het broodje en spuug het in een reflex uit in mijn servetje. O god, moest ik dat nou echt zo nodig doen in zijn bijzijn?

SMITH pakt me bij de schouders. 'Lola, gaat het? Het is maar goed dat ik de Heimlich-manoeuvre heb moeten leren voor die rol in *Code Blue* van Gore Verbinski.'

'Wat doe jij hier?' stamel ik. Voortaan vlieg ik alleen nog maar vanaf Burbank en Bob Hope Airport.

'We zijn hier aan het draaien voor *Nothing to Declare*. Ik speel de douanebeambte met bindingsangst. Claire Danes is de geflipte toeriste die denkt dat het gewoon Kahlúa is in haar handbagage. Michael Mann is de regisseur. We hebben even pauze om wat te gaan eten. Ga met me mee. Ik zie dat jij al aan je toetje bezig bent, maar misschien kunnen we het diner in omgekeerde volgorde afwerken.'

'Ik kan het n–' SMITH legt zijn vingers over mijn mond om me het zwijgen op te leggen.

'Ik wil geen nee horen,' zegt hij, zijn vingers veel langer op mijn lippen latend dan wettelijk is toegestaan.

Daar gaan mijn knieën weer. En mijn maag. En mijn hart – in mijn keel. Als ik had geweten dat ik SMITH tegen het lijf zou lopen, zou ik wel even bij Rite Aid langs zijn gegaan om hun hele voorraad elastiekjes op te kopen. En wat lipgloss op te doen, dat ook – en dat zwarte jurkje aan te trekken van YSL waar hij zo weg van is – en mijn misselijkmakend hoge Louboutins. O nee, ik zie er werkelijk vreselijk uit in deze joggingbroek. Misschien is dat maar goed ook. Misschien is het goddelijke interventie. Heilige pauze. Doe *alsof*, Lola. Doe *alsof* je Kate bent.

Ik pak zijn hand en verwijder deze van mijn gonzende lippen. Ik houd hem bij beide polsen vast zodat hij niet kan proberen om me te weerhouden van wat ik moet zeggen. 'Als jij en Simon Cowell de laatste twee mannen op aarde waren, zou ik Simon

kiezen.' Ik draai me om op mijn Uggs, en met de innerlijke overtuiging van Reese Witherspoon in *Election* loop ik weg. Ik heb
het geflikt! Kate zou vreselijk trots zijn. En dokter Gilmore ook.
Ik ben trots.

'Simon Cowell? Die vent uit *American Idol*?' hoor ik hem zeggen, maar ik heb hem al achter me gelaten in een wolk Fracas.
Dank je, Ganesh, dat je ervoor hebt gezorgd dat ik me royaal heb
besproeid nadat ik in bad was geweest. Ik draai me niet om. Ik
draai me niet om. Ik draai me niet om. Ik loop regelrecht mijn
toekomst binnen. Nog tweeënvijftig gates en ik ben hier weg.
Eénenvijftig, vijftig, negenenveertig. Ik heb nu officieel een
hekel aan LAX. Niet achterom kijken. *Niet* achterom kijken.
Concentreer je op de pijn in je voeten, niet op de pijn in je hart.
Achtenveertig, zevenenveertig, zesenveertig.

Bij gate vijfenveertig voel ik SMITH's hand op mijn schouder.
Hij draait me om, pal tegen zijn – o-o – lippen aan. Ik denk erover om hem weg te duwen – gedurende misschien een *milli-
seconde*. Niet dat ik daar de kracht voor zou hebben. Ik ben altijd een smeltend Pinkberry groene thee yoghurtijsje geweest in
zijn armen. Sorry, dokter Gilmore. Sorry, Kate. Sorry, Cricket.
Sorry, Julian, Christopher, mam, pap. Sorry. SMITH is mijn eerste grote liefde – en hij is toevallig acteur. En ik houd nog steeds
van hem. Wat als dit een teken is? Misschien heeft Aphrodite Julians vliegtuig omgeleid omdat SMITH en ik voor elkaar bestemd
zijn, net als Bogey en Bacall, Harry en Sally, Jay-Z en Beyoncé.

Ineens flitst het voor mijn ogen. Nee, het zijn niet van die sterretjes die rond mijn hoofd tollen. Alhoewel, die zijn er ook. Het
zijn de paparazzi.

Donderdag

*82 uur, 3 minuten, 58 seconden totdat de Oscar voor
Beste Cinematografie wordt uitgereikt.*

De cd met nocturnes van Chopin stroomt door de Bose-boxen mijn douchecabine binnen. Kindermeisje nr. 9 zei dat ze er altijd troost uit putte als ze problemen had met mannen, en daar heb ik er genoeg van om de Hollywood Bowl mee te vullen. Ik moet een vervelende waarheid onder ogen zien: ik ben nog steeds verliefd op SMITH. *Nee!* Ik laat dit *niet* gebeuren. Ik kan de soundtrack in mijn hoofd maar beter veranderen in die van *South Pacific.* Ik sta mijn hoofd in te zepen met mijn pepermuntshampoo om *die* man uit mijn haar te wassen. Ineens schuift een slanke hand het douchegordijn opzij en zet de douche uit. O god, ik eindig net als Janet Leigh in *Psycho*, en ik heb nog niet eens George Clooney mogen kussen.

Een schreeuw besterft in mijn keel. Maar het is geen slagersmes dat voor mijn ogen voorbij flitst, samen met mijn zogenaamde leven; het is een krant.

'Hoe verklaar je *dit*?' zegt Kate, de roddelrubriek onder mijn neus duwend. O nee. De foto van SMITH en mij, zoenend op LAX gisteravond. Hij is REUSACHTIG. Norman Bates zou een opluchting zijn geweest. 'Welk deel van "Ik heb geen tijd om met je naar Pennsylvania te vliegen om je te laten opnemen in de Menninger-kliniek" heb je niet begrepen?'

'Jezus, Kate,' schreeuw ik. 'Ik schrik me dood! Nu loop ik de rest van de dag rond met een posttraumatische shock!'

'Nou, je bent niet de enige. Ik zat met James Cameron te ontbijten in het Chateau. We waren net de castinglist voor *Titanic 2: Love Floats* aan het doornemen toen ik dit zag.' Ze wappert met de aanstootgevende foto om haar woorden kracht bij te zetten.

'Hoe kan James Cameron een vervolg doen op *Titanic* als het schip is gezonken en iedereen is *omgekomen* – inclusief Jack?' merk ik op.

'Ben jij naar hun begrafenissen geweest?' Kate kijkt me chagrijnig aan. 'Ik dacht het niet. En hou op met steeds van onderwerp te veranderen. Wat is er gebeurd met de Lola die Oscarweek naar haar hand zou zetten en acteurs voorgoed zou afzweren? Hoe heb je dit nou kunnen doen?'

'Het was een drive-by kus. Net zoals die nare schietincidenten in LA. Ik heb SMITH de tekst over Simon Cowell gegeven en alles. Het ging allemaal nog sneller dan de vijftien minuten van Kristin Cavalleri.'

'Wie?'

'*Precies,*' zeg ik.

Kate pakt een handdoek en wikkelt me erin, duwt me naast zich neer op de rand van de badkuip. 'Lola, dit is strikt verboden. Je gaat *niet* weer opnieuw beginnen met hem. Je bent beter dan dat. Dat moet je me beloven.'

'Ik – ik –' Ik overweeg om het te beloven met mijn vingers gekruist achter mijn rug om te voorkomen dat ik nog meer van Kates Tony Soprano woede over me uitgestort krijg. Maar ik kan niet liegen – niet tegen Kate. Ik haal diep adem. 'Kate, je snapt het niet,' zeg ik, mijn hoofd steunend in mijn handen omdat ik het zelf eigenlijk ook niet snap. 'Ik hou van SMITH. Dat is gewoon zo. Jij hebt nog nooit zo'n soort relatie gehad. Het enige waar jij naar op zoek bent, is de ware voor één nacht.'

'En jij noemt *dit* een relatie?' zegt ze, voor de zoveelste keer wapperend met die verdomde roddelrubriekfoto. Ik sta op het punt om de krant uit haar handen te rukken en hem door de plee te spoelen. Maar ik weerhoud mezelf ervan. De waarheid is namelijk dat ik er nog eens goed naar wil kijken als ze straks weg is. 'Dit is de vent die verdomme zijn *assistent* stuurde om je te dumpen. Hij schrijft zijn eigen teksten niet, zelfs niet wanneer hij met jou praat. Jezus, Lola, hij heeft je kapotgemaakt, en ik mocht de brokstukken oprapen. Hij krijgt geen tweede keer een pasje dat hem ongelimiteerde toegang tot jou verschaft. Begrijp je me? SMITH komt er *niet* meer in.' Kate begint door de badkamer te ijsberen en schudt met haar chocoladebruine haren, haar olijfkleurige huid vochtig van de stoom in de badkamer. 'Jij bent het schoolvoorbeeld van waarom ik geen relatie wil. Het is zelfs niet eens zo dat je je identiteit verliest aan die mannen; je hebt hem überhaupt nooit kunnen vinden omdat je jezelf compleet in hen verliest.'

Het doet pijn omdat Kate waarschijnlijk volkomen gelijk heeft. Maar heb ik niet ook een klein beetje gelijk? 'Liefde maakt iemand niet zwak, Kate. Het is niet erg om gevoelens te hebben. En het is niet erg om kwetsbaar te zijn. Daardoor zul je heus niet veranderen in een Desperate Housewive zoals je moeder.'

'En het maakt me evenmin jouw vader, Lola. Mijn carrière is het allerbelangrijkste voor me. Ik ben niet van plan om dezelfde fout te maken als jouw vader door te doen alsof ik in staat ben om lief te hebben en het dan niet waar te kunnen maken.' Er glijdt een schaduw over haar gezicht, maar die is even plotseling ook weer verdwenen.

Stilte en stoom vullen de badkamer. Ik luister naar het druppen van de douche. De jaren van onze vriendschap, alles wat Kate en ik samen hebben meegemaakt, trekt als een diavoorstelling door mijn hoofd. Ik voel een opwelling van genegenheid voor mijn vriendin, al doet ze nog zo stoer.

'Volgens mij is de laatste keer dat je daadwerkelijk *iets* voelde voor mijn broer geweest – en toen waren we *zestien*.'

'Ja, en toen ging hij studeren en heeft-ie me gewoon gedumpt. Ik was er helemaal kapot van,' zegt Kate met een falsetstem waarvan ik niet wist dat die tot haar bereik behoorde. 'En toen heb ik besloten dat ik dat dus nooit meer zou doen.'

'Wauw. Kate. Waarom heb je me nooit eerder verteld dat Christopher je voor de rest van je leven kapot heeft gemaakt?'

'Jezus, Lola, doe niet zo dramatisch,' zegt Kate, die weer terugschiet in haar gebruikelijke manier van doen. 'Die gevoelens waren tijdsverspilling destijds. En dat zijn ze nu nog steeds.'

'Hé, Kate,' zeg ik zacht. 'Misschien moet je juist af en toe wat tijd verspillen.'

Kate rolt met haar ogen. 'Ik geef het op. Zeg niet dat ik je niet heb gewaarschuwd.' Ze rommelt wat in haar karamelkleurige schoudertas en haalt een envelop tevoorschijn. 'Ik neem aan dat je deze mag openmaken. Ik was van plan om hem te verbranden, maar ga je gang. Hij zat bij die pioenrozen bij de voordeur, die naar ik aanneem van SMITH zijn en die ik weiger mee naar binnen te nemen.'

Ik scheur de envelop open. Kate leest mee over mijn schouder. 'Je ziet er zo goed uit aan mijn zijde,' heeft hij op het krantenknipsel uit de *Post* geschreven, en hij heeft een hartje om de foto van ons heen getekend. 'Het is maar goed dat we in de badkamer zijn. Ik geloof dat ik straks over mijn nek ga,' zegt Kate.

'Ik vind het wel lief,' zeg ik.

'Ja, als je egoïstisch en zelfzuchtig lief noemt,' zegt Kate. Haar mobieltje gaat. 'Godzijdank. Mijn assistent om me te redden van nog één emotionele gedachte.' Ze drukt op de luidsprekertoets. 'Wat is er, Adam?'

'Kevin Dillon's publiciteitsagent heeft gebeld vanuit Cedars om je te laten weten dat Kevins operatie geslaagd is.'

'Laat het Dennis Dugan-script per koerier naar hem toe brengen op de Steven Spielberg-vleugel van Cedars en zeg tegen hem dat Universal uiterlijk maandag antwoord wil hebben,' commandeert ze.

'Moet je niet ook iets van bloemen of zo sturen?' vraag ik.

'Hij heeft geen niertransplantatie ondergaan; ze hebben alleen maar zijn blindedarm verwijderd.'

Ik kijk Kate aan. 'Prima. Adam, regel die bloemen. Wie nog meer?'

'Je zus heeft gebeld om te horen of je misschien van gedachten was veranderd over het bijwonen van haar oefendiner morgenavond.'

'Zeg tegen haar dat ik voor het oefendiner kan *betalen* of dat ik erbij *aanwezig* kan zijn – ze mag zelf kiezen.' Ik kijk Kate opnieuw aan. 'O, oké. Kijk of je haar op de bellijst voor vanmiddag kunt zetten, en Adam, je kent de volgorde – cliënten, collega's, familie.'

'Prima. Will heeft gebeld. Hij moet vanmiddag om drie uur naar Zonnestudio St. Tropez, dus hij wil dat jij z'n nichtje ophaalt van het vliegveld.'

'*Nog* een nichtje? Zeg tegen hem dat hij de kindermeisjes alarmcentrale moet bellen. Of nee, Adam, ga jij er maar heen.'

'Will heeft nadrukkelijk gezegd dat hij wil dat jij erheen gaat, en hij wil graag dat je een doos Sprinkles-chocoladecakejes met roomkaasglazuur voor haar meebrengt.'

'Help me herinneren hoeveel tien procent van vijf miljoen ook alweer is.' *Klik.* Kate klapt haar telefoon dicht en kijkt me verongelijkt aan.

'Ik moet gaan. Ik heb nu voor de rest van de week officieel mijn emotionele grens bereikt.'

'O, Kate, ik hou van je.' Kate rolt met haar ogen en wurmt zich met stijve armen uit mijn omhelzing. We lopen naar de voordeur, waar mijn blik getrokken wordt naar het gigagrote boeket tere roze pioenrozen dat om de hoek van de deur staat.

'O, toe maar,' zegt Kate. 'Ik weet dat je ze er toch weer uit vist als ik ze in de vuilnisbak smijt.' Ze overhandigt me de megagrote vaas met bloemen van SMITH, maar het zou net zo goed een verwijzing kunnen zijn geweest naar de mannen in mijn leven. 'Ik zie je vanavond in de Gagosian Gallery.' Gagosian organiseert een overzichtstentoonstelling van Robert Graham's werk, en Cricket is een van zijn modellen. Anjelica Huston moet wel een heel stoïcijnse echtgenote zijn, want Cricket – en alle andere negenenveertig modellen – heeft *naakt* geposeerd. 'Denk je dat Anjelica een contract bij me tekent als ik een van Robert's standbeelden koop?' vraagt Kate terwijl ze naar haar Porsche loopt. 'En zeg tegen SMITH dat ik als hij je opnieuw kwetst *The Enquirer* bel en tegen ze zeg dat hij een klein pikkie heeft.' Ik kan niet horen dat ze het zegt, want ze draait de sleutel van haar Porsche om in het contactslot, maar ik kan het liplezen terwijl ze haar pilotenzonnebril opzet. 'En ik hou ook van jou.'

Mijn mobieltje gaat over wanneer ik weer naar binnen loop. Het is mijn BHV. Alstublieft, God, laat het Julian zijn die belt vanaf LAX.

'De krantenkop in *The Wichita Eagle* luidt "MaryBeth Conroy Opnieuw Betrapt Op Omduwen Koeien,"' kreunt Julian. 'Ik heb behoefte aan *echt* nieuws. Lees me de roddelrubriek voor, woord voor woord.'

Ik verstop de krant achter mijn rug, alsof Julian 'm zou kunnen zien. 'Ik geloof dat mijn buurman de laatste tijd steeds mijn krant jat,' zeg ik, in paniek. Het laatste waar ik op zit te wachten, is Julian op mijn nek vanwege SMITH.

'Ik reken erop dat jij ervoor zorgt dat ik contact houd met de rest van de wereld zolang ik hier zit. Wil je wel geloven dat die lui van roomservice *muntgelei* tussen mijn sandwich met *pindakaas* hadden gedaan? Het was het enige wat er op de menukaart stond dat niet gebarbecued was,' zegt Julian. 'Godzijdank was die Billy Joe, de ober, werkelijk verrukkelijk. Dan moet je denken aan Brad Pitt in *Thelma & Louise*. En ik ben van plan om de rol van Geena Davis te gaan spelen.'

'Is hij homo?' vraag ik.

'Dat weet ik niet, maar ik heb alle tijd om daar achter te komen in de tijd dat we samen in zijn pick-uptruck zitten. Hij heeft beloofd dat hij me naar LA zal brengen.'

'Je komt met de *auto* vanuit Kansas? Hoe lang duurt dat wel niet, een week? Geen sprake van. We worden *vandaag* bij Olivia verwacht. Ik kan er niet weer in mijn eentje naartoe. Het is een pure hel.'

'De hel is waar ik naartoe ga als ik omkom bij een vliegtuigongeluk. Billy Joe rijdt me. Punt uit. Ik ben er op z'n laatst op zaterdag.'

'Zaterdag?! Julian, ik word *stapelgek* van je! De Oscaruitreiking is over *drie* dagen. Ik heb je hier *vandaag* nodig om ervoor te zorgen dat Olivia Cutter iets van jou draagt op de rode loper. Ik kan het *niet* langer in mijn eentje.'

'Jawel, dat kun je wel, Lola. Je zei dat ze helemaal weg was van de jurk. Je zei dat ze hem al twee dagen loopt te aaien. Het is alleen maar een haar- en make-uptest – je slaat je er wel door-heen. O – en zeg tegen Olivia's haar- en make-upmensen dat ik bleke lippen in gedachten had, een vleugje pauwblauwe oog-schaduw, en opgestoken haar à la Brigitte Bardot.'

'Prima. Als je maar als de sodemieter hierheen komt en zorgt dat je onderweg niet wordt gearresteerd. Ik moet me gaan klaar-maken voor de afspraak bij Olivia – *in mijn eentje – alweer.*'

Klik.

Als ik mijn handdoek terugsmijt over het rek in de badkamer, neem ik het bewijsmateriaal van mijn voortijdig afgebroken douche in ogenschouw: één been geschoren, haar gewassen maar geen con-ditioner erin, één elleboog gescrubd. Geen tijd voor schadebeper-king. Ik hul mijn onderarm in knalroze elastieken – de hemel ver-hoede dat er nog eentje knapt – schiet een slonzige broek uit de herencollectie van Marni aan plus een witte haltertop en mijn Sonia Rykiel-pumps, en ik voel me direct al een heel stuk beter.

Een kwartier later draai ik Sunset Plaza Drive in en tref daar een uitzinnige menigte paparazzi aan voor Olivia's hek. Ik zoek als een dolle in mijn handschoenenkastje naar de Olivia Cutter Toegangspas die haar assistente me heeft gestuurd: een gelami-neerde David LaChapelle-foto van Olivia die haar beste Marilyn Monroe-imitatie weggeeft met Thor aan haar zijde uit zijn *LaChapelle Land*-boek. Ik houd de pas omhoog voor de beveili-gingsbeambte. Als hij me met een wuiven van zijn hand toegang verschaft tot 'Olivia Land', rijd ik plankgas langs het hek, voor-dat een van die verdomde paparazzi die nu op mijn raampje bon-zen op de motorkap springt.

Ik marcheer de stenen trap op naar Olivia's huis en gooi zelf-verzekerd mijn schouders naar achteren, klaar om te doen *alsof* Olivia Julian Tennant zal dragen naar de Oscaruitreiking. Voor-dat mijn vinger de bel raakt, zwaait haar voordeur al open.

'Kom je hier wel vaker?' Adrienne Hunt heeft een nog niet aangestoken Gitane tussen haar rood geverfde lippen hangen, en een kledinghoes over haar arm. 'Nog steeds aan het lobbyen voor Julian? Arm ding, je hebt *nog steeds* niemand gevonden die hem wil dragen naar de Oscaruitreiking. Wat jammer nou. Het lijkt erop dat *iedereen* Miuccia wil dragen!'

'Behalve Olivia,' zeg ik tegen haar. 'Zij heeft al toegezegd dat ze Julian zal dragen.' Doe *alsof.* Doe *alsof.*

'Is dat zo? Nou, lieve schat, waarom heeft ze mij dan laten komen voor een pas-sessie? En waarom kijk je zo angstig?' Adrienne streelt de kledinghoes, houdt dan meewarig haar hoofd scheef. 'Al is het natuurlijk *wel* triest voor Julian. Vooral nu zijn investeerder op het punt staat om zich terug te trekken. Ik mag jou niet – en Joost mag weten waarom hij je in dienst heeft genomen – maar Julian heeft talent. Ik zou het afgrijselijk vinden om hem onderuit te zien gaan à la Isaac Mizrahi.'

'Waar heb je het over, Adrienne?'

'O, sorry – hij heeft het je niet verteld,' zegt Adrienne met gespeeld medelijden. 'Waarschijnlijk wilde hij niet te veel druk op je tere schoudertjes leggen.'

'Zijn investeerder zou het niet in zijn hoofd halen om de stekker eruit te trekken.'

Adrienne klemt een slanke klauw om mijn pols. 'Niet als hij al die Oscarpers krijgt. Er is maar *één* beroemdheid voor nodig. Die *ene* persoon die graag Julian Tennant wil dragen op de rode loper. Die hij, helaas, niet heeft – dankzij *jou.*'

Ze bluft de hele boel bij mekaar. 'Wat ben jij zielig,' zeg ik, en stuif langs haar heen. 'Neem me niet kwalijk, maar ik heb een afspraak met Olivia.'

'Vraag het hem zelf maar,' hoor ik Adrienne zeggen terwijl ik Olivia's deur voor haar neus dichtsmijt. Die Adrienne Kut. Ze kletst uit haar nek.

Of niet? Wat als Julians investeerder zich *inderdaad* terugtrekt als ik *niemand* zover krijg om hem zondag te dragen? O god, Julian, waarom heb je het me niet verteld? Olivia Cutter is de *enige* beroemdheid die ik heb – en ik *heb* haar nog niet eens.

Ik neem een heilige pauze en loop Olivia's roodborstei-blauwe kamer binnen met het gewicht van mijn BHV's leven op mijn in Chloe gehulde schouders.

'Ahhhhhhhhhh!' krijst Olivia uit volle borst. Ze duikt hysterisch weg achter haar lichtblauwe sjofel chique bank, haar armen beschermend over haar hoofd gooiend. Het enige wat ik kan zien, is haar wraparound zonnebril met de spiegelglazen die haar tengere gezicht nog kleiner doet lijken.

Thor rent grommend op me af en laat me zijn hoektanden zien. Ik heb zin om terug te grommen. Dat kleine keffertje kan me maar beter niet bijten – of een tweede keer over me heen piesen. Niet over deze Rykiel's heen.

'Maria, ga haar dekentje halen,' commandeert Olivia's assistente de huishoudster.

'Wat is er aan de hand?' vraagt haar publiciteitsagente terwijl ze haar een tissue overhandigt.

'Olivia – Olivia – Olivia –' Olivia probeert iets te zeggen, maar het lijkt erop dat ze aan het hyperventileren is. Ze besluit om het maar weer op een krijsen te zetten als zijnde een effectievere manier van communiceren. 'Ahhhhhhhhhhhhhh!' Als ze niet uitkijkt, spat haar hele verzameling kristallen vissen van Lalique straks nog uit elkaar.

'Hier is haar dekentje,' zegt de huishoudster, die Olivia in een stukje rafelige blauwe stof wikkelt voordat ze verder gaat met afstoffen. Ze kijkt eerder verveeld dan gealarmeerd.

Wat is er in godsnaam aan de hand? Haar Dream Team heeft een perfecte cirkel gevormd rond Olivia, die nog steeds in elkaar gedoken moord en brand zit te krijsen achter de bank. Ik heb de merkwaardige neiging om zakdoekje leggen met hen te gaan spelen. In plaats daarvan loop ik naar Olivia toe en geef haar de ketting met het boze oog die ik van mijn moeder heb gekregen. Zij heeft hem duidelijk harder nodig dan ik.

'Hallo, Olivia. Ik heb een geweldige talisman voor je! Mijn eigen moeder heeft er eentje voor mijn vader gemaakt voor zijn Oscar, dus ik heb haar natuurlijk gevraagd of ze er ook eentje voor jou wilde maken, zodat jij *jouw* –'

Olivia's gekrijs wordt nog een toontje hoger dan dat van Sissy Spacek in *Carrie* als ik dichterbij kom. Ze gooit haar dekentje over haar hoofd en begint achteruit te krabbelen. Probeert ze voor *mij* weg te vluchten?

'Je kunt het ons vertellen, liefje. Wat is er aan de hand?' kirren de Wonder Twins in koor.

Uiteindelijk houdt Olivia op met krijsen en neemt een paar happen lucht. 'Toen Olivia acht was, is Olivia aangevallen door een d-d-d-d-d-duif,' stamelt ze.

Een *duif*? Is er eentje achter me neergestreken? Wat is er in godsnaam aan de hand?

'Liefje, ik zal elke duif die in je buurt durft te komen persoonlijk een kopje kleiner maken,' zegt John, haar manager.

Olivia steekt een arm onder haar dekentje uit, grijpt blindelings haar publiciteitsagente bij het hoofd en fluistert hysterisch in diens oor.

'*Welk* shirt, liefje?' vraagt haar publiciteitsagente.

'Dat van L-l-l-lola,' krijst Olivia.

Mijn shirt? Ik ben dol op deze Chloe-haltertop met print. Het was de laatste bij Tracey Ross en ik heb erom moeten vechten met Debra Messing.

'Trek het uit! Trek het uit!' schreeuwt Olivia's Dream Team tegen mij.

Voordat ik met mijn ogen kan knipperen, rennen de Wonder Twins op me af met een rol tape. Ik kijk neer op mijn shirt. Nee. Dat kan niet waar zijn. Of toch wel? Dan dringt het tot me door dat deze hele alarmfase-vijf-inzinking te maken heeft met de piepkleine *kolibrie* boven mijn linker tiet. Heeft Olivia Cutter een vogelfobie? Voordat ik ze kan tegenhouden, zijn de Twins mijn tiet aan het aftapen om de aanstootgevende vogel te bedekken.

'Oké. Nu is het veilig,' kirt het team tegen Olivia.

Olivia steekt één oog onder haar dekentje uit en gluurt om de hoek van de bank, om zich vervolgens weer haastig terug te trekken. 'Olivia weet dat-ie er nog steeds onder zit. Olivia wil dat je dat shirt uittrekt en het verbrandt!'

'Verbrand het!' schreeuwt Olivia's Dream Team tegen mij.

Dus zo moet de arme Goody Bishop zich gevoeld hebben tijdens de heksenprocessen van Salem.

John trekt zijn hemelsblauwe V-hals trui uit en geeft die aan mij. Iew. Ik dacht dat het illegaal was om zo'n ding te dragen zonder iets eronder. 'Vlug,' zegt hij. 'Trek dat shirt uit.'

'Schiet op,' smeekt haar agente.

'Sneller,' schreeuwt haar publiciteitsagente.

Ik gluur even naar het etiket in de trui voordat ik hem aantrek. Prada. *Natuurlijk*. Deinst die vrouw dan nergens voor terug? Ik prop mijn geliefde haltertopje heimelijk in mijn tas en gooi de trui over mijn hoofd. Ik wil Olivia in Julian Tennant hebben. Ik wil het net zo graag als die nieuwe Balenciaga-handtas – en wereldvrede. Maar ik sta *niet* toe dat ze dit topje verbrandt.

'Het shirt is weg,' zegt haar agente, die het dekentje van Olivia af tilt en haar overeind hijst.

'Het spijt me heel erg,' zeg ik glimlachend tegen Olivia. 'Ik snap het helemaal, die fobie.' Misschien ontwikkel ik zelf wel een geheel nieuwe fobie en kan ik de rest van mijn leven niet meer in de buurt van actrices komen.

Er lopen stroompjes zwarte mascara over Olivia's wangen, onder haar zonnebril uit, die ze weigert af te zetten. Haar publiciteitsagente dept de stroompjes met een tissue. Olivia snuit haar neus en smijt de tissue op de grond. Ze heeft *niet* zojuist haar vieze snotlap op de grond gesmeten. Of toch wel? Nee. Hij is vast uit haar handen gegleden, toch?

'Maria,' gilt Olivia, gebarend naar de Kleenex op de grond. Maria laat haar stofdoek vallen en vist stoïcijns de Kleenex van de grond. Wauw. Er bestaat vast wel een of andere Bond voor de Bescherming van Huishoudsters waar ik Olivia bij kan aangeven.

'Eh, dus, ik heb Julians schitterende pauw –' Ik kan nog net op tijd voorkomen dat ik het woord *pauw* uitspreek. Hopelijk weet Olivia niet dat een pauw een *vogel* is. Ze is niet bepaald een wonder van intelligentie. 'Dus misschien heb je zin om Julians *jurk* nu te passen?' verbeter ik mezelf haastig terwijl ik naar de overvolle rekken met kleding loop. Ik schuif de andere jurken aan de kant en houd Julians schitterende jurk voor Olivia omhoog. 'Wat vind je ervan?'

'Olivia, we gaan je eens even in die jurk hijsen,' zeggen de

Wonder Twins, en ze grissen hem uit mijn handen. Eindelijk – een beetje steun, verdomme. Godzijdank hebben ze het P-woord niet gebruikt.

'Oké, maar Olivia wil dat iedereen zich omdraait,' zegt Olivia terwijl ze achter een van de volgepakte rekken met designer-krijgertjes gaat staan. Waar komt deze preutsheid nou opeens vandaan? We hebben deze vrouw allemaal al eens spiernaakt gezien. Ze heeft nota bene in haar blote kont op de voorkant van *Vanity Fair* gestaan. Maar waarom zou een mens logica verwachten van Olivia Cutter? We draaien ons allemaal plichtsgetrouw om.

'Waar zijn de haar- en make-upmensen?' fluister ik tegen Olivia's assistente.

'O, heeft John het je niet verteld?'

'Heeft John me wat niet verteld?'

'Olivia heeft Shirley MacLaine laatst ontmoet bij Jason Schwartzman thuis, en die heeft haar Kirlian-aura-analiste langs gestuurd. Zij heeft tegen Olivia gezegd dat ze niets moest doen zonder haar. Shirley heeft tegen Olivia gezegd dat ze die Oscar voor *Terms of Endearment* aan haar te danken heeft.'

Als-je-blieft! Zelfs een kleuter zou je nog kunnen vertellen dat Olivia Cutters aura zo donker is als Marilyn Manson's oogmakeup.

'Waar is die Kirlian-aura-analiste?' vraag ik.

'O, die is boven een foto-inventaris aan het maken van Olivia's garderobe om vast te stellen welke kledingstukken Olivia's aura donker maken,' zegt ze. Tuurlijk. Geef de kleren maar de schuld. 'Maria, ga jij Anouska even halen,' commandeert Olivia's assistente.

Minuten later verschijnt Anouska. Als Paul Thomas Anderson hier een film van zou maken, zou hij Lily Tomlin casten voor haar rol. Ze is behangen met meer kristallen dan een Swarovski-kroonluchter. En er lijkt inderdaad een soort wit licht om haar heen te hangen – of misschien zijn het gewoon die kristallen die weerkaatsen op de witmarmeren vloer. En wat ze om haar hoofd heeft, is ofwel een super absorberende piqué handdoek of een tulband.

198

'En?' zegt Olivia als ze in de pauwenjurk achter het kledingrek vandaan stapt.

Anouska haalt haar supersonische 'Gas Discharge Visualisation' polaroidcamera tevoorschijn en begint Olivia vanuit alle hoeken op de foto te zetten. Terwijl Anouska zwijgend de polaroids bestudeert, bestudeer ik Olivia. De jurk ziet er anders uit. Is daar een nieuw stuk in gezet op haar rug? Wacht even. Wat is er aan de voorkant gebeurd? Nee, de jurk is niet veranderd. *Olivia* is veranderd. Haar minuscule tieten zijn niet meer zo minuscuul. Ik kon het niet zien onder het Free City T-shirt dat ze aanhad, maar nu is het overduidelijk dat Olivia's trip naar Doe-Een-Wens codetaal was voor Doe-Maar-Een-Cup-C. Ik heb nota bene een kaarsje aangestoken voor Olivia's arme Doe-Een-Wens kind Sofia. Had ze nou echt gedacht dat ik het niet zou merken? Wacht eens even, haar lippen hebben ook een vergroting ondergaan. Ik vraag me af of ze ze heeft laten injecteren met het vet uit haar kont. Ik heb gehoord dat dat langer werkt dan collageen.

'Olivia staat te wachten,' zegt Olivia geïrriteerd tegen Anouska.

Anouska kijkt op van haar stapel polaroids. 'De jurk is perfect,' verklaart Anouska. Yes! Ik slaak een enorme zucht van verlichting. 'Maar hij moet opnieuw worden gemaakt in het paars voor de Oscaruitreiking. Paars is succes, het is sterk, het bevat een zekere vibratie van sereniteit. Voor Olivia is paars perfect,' verkondigt Anouska. 'Je zult die Oscar kwijtraken als je deze blauwe jurk draagt.'

De Oscar kwijtraken? Omdat de jurk *blauw* is? Maar als ze er verdomme uitziet als Barney de paarse dinosaurus dan *wint* ze? Voor de laatste keer, mensen, de stemmen voor de Oscars *zijn al binnen*! O god, ik weet nu al dat Cojo haar een Fruit of the Loom-druif zal noemen. Dat mag ik niet laten gebeuren.

'Paars is mijn lievelingskleur,' roept de publiciteitsagente onmiddellijk.

'Ben er dol op,' zegt John.

'Een paarse pauw,' kirren de Wonder Twins.

Olivia trekt een perfect geëpileerde wenkbrauw op. O god. O

nee. Ze hebben het P-woord gezegd. Ik gooi mijn handen over mijn oren. Nu komt het oorverdovende gekrijs.

In plaats daarvan: 'Oooooooooooooh,' kirt Olivia. 'Olivia is *helemaal weg* van het idee om een paarse pauw te zijn,' zegt Olivia. Oké, ze heeft dus *geen flauw idee* dat een pauw een *vogel* is.

Ik probeer enige realiteitszin aan te boren. 'Maar pauwen zijn niet paars, ze zijn blauw. *Pauwblauw*. Het zou net zoiets zijn als Thor paars verven.'

Olivia blijft heel lang stil. O mijn god. Ik ben tot haar doorgedrongen. *Eindelijk.*

'Maria, bel Chateau Marmutt en zeg tegen ze dat Olivia wil dat ze Thor paars verven. Thor moet ook sterk en succesvol en sereen zijn.' O nee. Wat heb ik gedaan?

'Weet je het zeker? Ik bedoel, het blauw accentueert je ogen zo waanzinnig,' zeg ik, en probeer wanhopig Julians meesterwerk te redden. 'En *ik* vind blauw heel sterk – en sereen. De zee is blauw. Serener dan dat kun je het niet krijgen, wel?'

Olivia's blauwe ogen hebben beslist een ontoegeeflijke uitdrukking gekregen. 'Anouska zei paars. Olivia houdt van paars. Olivia houdt van succes, Olivia houdt van sterk, Olivia houdt van sereen, Olivia houdt van pauwen, en Olivia wil zondag de Oscar winnen. Wil jij soms dat Olivia de Oscar kwijtraakt?'

'Nee, nee, natuurlijk niet,' verzeker ik haar. 'Maar Julian heeft deze stof uit Peru laten importeren en hij kan niet geverfd worden en de Oscaruitreiking is over drie dagen en ik denk gewoon niet dat er genoeg tijd is om een heel nieuwe jurk te maken.'

Olivia staart me hooghartig aan. 'Olivia wil dat jullie de jurk opnieuw maken in het paars. Als jullie dat niet kunnen, weet Olivia zeker dat Donatella of Giorgio of Miuccia het wel zullen doen.'

Donatella, Giorgio en *Miuccia* zullen dat zeker *niet* doen. En vooral *Miuccia* niet.

'Dat zal niet nodig zijn. Julian en ik willen dat jij, Olivia, succesvol en sterk en sereen bent.' Want, liefje, *stapelgek* was je al. 'Julian zal teruggaan in de tijd naar het oude Perzië om het perfecte paars te vinden voor jouw jurk, Olivia. Hij zal de komende tweeënzeventig uur onophoudelijk doorwerken om ervoor te zorgen dat je krijgt wat je wilt.' Wat? Waar kwam dat vandaan? Oké, dus ik ben mijn verschrompelde verstand kwijtgeraakt, net als de rest van deze mensen. Het is besmettelijk.

'Mooi zo. En dit keer wil Olivia dat de maat klopt. Olivia's stylistes hebben de jurk moeten veranderen omdat hij niet paste,' commandeert Olivia als ze de kamer verlaat. Prima, als *jij* maar zorgt dat je *jezelf* dit keer niet laat veranderen. Thor drentelt achter Olivia aan. Ik heb werkelijk met hem te doen. Hij heeft geen idee dat hij op het punt staat om in een vat paarse verf te worden ondergedompeld.

'Dus je draagt deze jurk naar de Oscaruitreiking,' roep ik haar voor alle duidelijkheid na.

'Breng stalen paarse stof voor Olivia mee,' gilt ze vanuit de gang. 'En Olivia wil dat je Julian Tennant ook meebrengt.'

'Geen probleem,' roep ik stoer, en doe mijn best om geruststellend te klinken ondanks het feit dat elke molecuul in mijn lichaam stijf staat van angst en twijfel. Ik zou Olivia wel willen doorboren met haar People's Choice Award. En daarna zou ik graag willen dat iemand *anders* aan Julian vertelt dat hij de hele jurk *opnieuw* moet maken in het *paars* – vóór zondag – iets waarvan ik werkelijk niet zou weten hoe we het moesten doen. Zelfs als Julian niet met de *auto* uit Kansas was komen *rijden*. Een nog veel somberder gedachte maakt zich van me meester. Wat als Adrienne Hunt *gelijk* heeft? Wat als zijn investeerder de stekker eruit trekt als ik niet iemand in Julian Tennant weet te krijgen voor de Oscaruitreiking? O god. O nee. Als we deze jurk niet opnieuw maken in het paars, zou Julian alles kwijt kunnen raken – door *mij*. Nee! Ik moet mijn BHV redden. Ik moet een manier vinden om die klotejurk opnieuw te maken, maar dan in het paars. En daarvoor heb ik de messcherpe concentratie nodig van Anastasia wanneer ze mijn bikinilijn doet.

Ik storm Olivia's huis uit, spring in mijn Prius en bel Julian op zijn mobieltje.

'Alle lijnen zijn overbelast.' Nee!

Bij het stoplicht op de kruising van LaCienga en Sunset gaat mijn mobieltje. 'Julian!?'

'Ik heb zulk geweldig nieuws!' zegt mijn moeder. 'Master Chung heeft toegezegd om een stenen leeuw te komen installeren nadat ik had toegezegd een uitnodiging voor het *Vanity Fair* feest voor hem te zullen regelen.'

'Is er *iemand* op deze planeet die niet naar het *VF*-feest wil? Kun je zelfs nog wel een uitnodiging *krijgen*? Het is *donderdag* vandaag.'

'Ik weet het niet, ik zeg gewoon tegen Christopher dat hij niet mag komen.'

'Dat kun je Christopher niet aandoen,' zeg ik onvermurwbaar.

'Prima, dan mag jij niet komen,' zegt ze.

'*Wat*?' zeg ik, naar adem happend.

'Moet je horen, lieverd, ik geloof dat de belofte van een stenen leeuw nu al een positieve invloed heeft op het geluk van deze familie. Anjelica Huston's Armani-jurk wordt vastgehouden bij de douane en nu heeft ze niets om aan te trekken naar de Oscaruitreiking en ze moet de Oscar voor beste kostuumontwerp uitreiken. Ik heb haar maar even op jou en Julian geattendeerd. Ik hoop dat ik op die manier goed heb gemaakt dat ik hem niet draag.'

'O, mam, je bent geweldig!' Het goedgemaakt? Als Anjelica Julian draagt op zondag, heeft mijn moeder goedgemaakt dat ze het *tegenovergestelde* heeft gedaan van alles wat dokter Spock aanbeveelt voor het opvoeden van goed aangepaste kinderen.

'Anjelica staat in de wacht op de andere lijn. Kan ik haar doorverbinden met jou?'

'Je hebt haar *in de wacht* staan? O mijn god, ja!' gil ik.

'Oké, ik verbind haar door, en dan moeten jullie het verder maar samen bespreken,' zegt mijn moeder.

'Anjelica, hoi, ik vind het zo vreselijk voor je van je Armani,' zeg ik, heimelijk door het dolle heen dat ze het ding in beslag hebben genomen bij de douane. Als de iconische filmgodin iets van Julian draagt naar de Oscaruitreiking, en zelfs al *heeft* Adrienne Hunt gelijk, dan is het uitgesloten dat zijn investeerder het in zijn hoofd zou halen om de stekker eruit te trekken.

'Ik kan gewoon niet geloven dat ze de jurk niet willen vrijge-ven, ik bedoel, het is niet zo dat Giorgio er massavernietigings-wapens in probeert te smokkelen,' zegt Anjelica.

'Ik heb thuis een paar waanzinnige Julian Tennant-jurken. Ik weet zeker dat je er in elk ervan absoluut oogverblindend uit zou zien. En het zou zo'n eer zijn als je iets van Julian zou willen dra-gen. Ik ben bijna thuis, ik zou de jurken mee kunnen nemen en direct naar je toe komen,' bied ik aan.

'Weet je, toen je moeder over Julian begon, heb ik de catalogus erbij gepakt die je me vorige maand hebt gestuurd. Er staat een schitterende blauw-zilverachtige wikkeljurk in met zwevende bloemblaadjes van met kralen bezette kant. Die zou ik dolgraag willen passen,' zegt Anjelica.

'O,' zeg ik, en mijn maag draait om. Natuurlijk wil ze die *ene* jurk uit de hele verdomde collectie die ik *niet* heb. De laatste keer dat ik hem heb gezien, hing hij in Julians showroom in New York. 'Dat is Julians ode aan Madame Butterfly. Hij heeft ieder bloemblaadje er met de hand op genaaid. Maar ik heb ook een adembenemende champagnekleurige met kralen bezette koker-jurk die je buitengewoon goed zou staan,' probeer ik haar in een andere richting te sturen. 'Ik denk dat hij schitterende kiekjes zal opleveren vanuit alle hoeken op de rode loper.'

'Dat klinkt geweldig,' zegt Anjelica. 'Maar ik hoopte eigenlijk op de Madame Butterfly-jurk.'

Verdomme. 'Laat me even een paar telefoontjes plegen. Ik weet zeker dat ik de jurk voor je kan opsporen,' zeg ik, me *alles-behalve* zeker voelend.

'Dat zou fantastisch zijn. Misschien kun je hem meebrengen naar Robert's tentoonstelling en kan ik hem vanavond na het diner even passen.'

'Geen probleem.'

'Fantastisch. Bedankt, Lola, je bent echt een reddende engel.'

Klik.

De perfecte paarse stof moet maar wachten. Ik moet die Ma-dame Butterfly-jurk ZSM zien op te sporen voor Anjelica. Ik stuur een smeekbede naar Ganesh om alle mode- *en* mobieletelefonie-obstakels uit de weg te ruimen voordat ik Julian nogmaals probeer te bellen. Nog steeds geen contact. Ik bel zijn assistente.

'Katya, hoi. Ik probeer Julian al uren te pakken te krijgen. Heb jij iets van hem gehoord?' vraag ik nerveus.

'De laatste keer dat we elkaar gesproken hebben, zat hij ergens tussen Grand Rapids en de Grand Canyon en had hij geen bereik op zijn mobieltje,' zegt Katya. 'Ik kon amper verstaan wat hij zei, want zijn Purell was op en hij weigerde de munttelefoon aan te raken. Vervolgens had hij geen kleingeld meer, en sindsdien heb ik niets meer van hem gehoord. Kan ik je ergens mee helpen?'

'Ja, om precies te zijn kun je beginnen met tegen Julian zeggen dat hij Olivia Cutters pauwenmeesterwerk opnieuw moet maken in het paars,' zeg ik.

'*Wat?!* O nee. Daar is nauwelijks tijd voor. En je weet hoe Julian over paars denkt!' zegt Katya.

'Daarom wil ik niet degene zijn die het hem moet vertellen,' zeg ik, en raak zelf nu ook in paniek. 'Moet je horen, we hebben misschien enorme mazzel met Anjelica Huston. Haar Armani wordt vastgehouden bij de douane en ik geloof dat ik haar heb overtuigd om Julian te dragen.'

'O mijn god, Lola. Dat is geweldig. Wat kan ik voor je betekenen?'

'Anjelica wil die blauw-zilverachtige Madame Butterfly-wikkeljurk passen.'

'O-oh,' verzucht Katya.

'Hoe bedoel je "o-oh"?'

'Natasha Greer Smith heeft die jurk aan in een Japanse commercial die ze op dit moment aan het filmen zijn voor Isheido's Nachtegaalkeutels antirimpelcrème,' zegt Katya.

'Zei je nou *keutels*, als in –'

'Stront. Nachtegaalstront,' zegt Katya. 'Het schijnt dat dat al eeuwenlang het geheim van de geisha's is voor een jeugdige huid.'

'Katya, ik heb het over de *Oscaruitreiking*, en jij hebt het over *vogelstront.* Natasha Greer Smith heeft vorig jaar een Oscar *gewonnen.* Waarom loopt ze in Japan met vogelpoep te leuren?'

'Ik heb gehoord dat ze haar twee miljoen betalen,' vertrouwt Katya me toe.

'Katya, ik heb die jurk *vanavond nodig!*' zeg ik, en ik voel dat mijn hart sneller gaat kloppen.

'Nou, gelukkig zijn ze aan het filmen in LA. Maar de opnamen hadden vorige week al klaar moeten zijn; ze lopen alsmaar meer vertraging op,' zegt ze.

'Jezus, Katya, het is geen *War and Peace* wat ze aan het filmen zijn. Ik moet die jurk hebben. Waar zijn ze nu?'

'Op het terrein van Universal,' zegt Katya.

'Ik ben al onderweg,' zeg ik, en maak snel een draai van honderdtachtig graden op Sunset Blvd. 'Kun jij de styliste bellen en tegen haar zeggen dat we die jurk *nu* terug willen hebben en ervoor zorgen dat ze mijn naam achterlaten bij het hek zodat ik het terrein op kan? En als je iets van Julian hoort, moet je ervoor zorgen dat hij me onmiddellijk belt.'

Klik.

Na drie bijna-dodelijke aanrijdingen, één boete voor te hard rijden en minstens vijf keer een *dikke* opgestoken middelvinger te hebben gekregen, is er van de *dappere,* onverschrokken en *doelgerichte* wegpiraat van een uur geleden niets meer over. *Doorgedraaid* op de snelweg met vijftien kilometer per uur in bumperaan-bumper spitsverkeer. Is *iedereen* onderweg naar Universal?

Mijn mobieltje gaat.

'Hoi Cricket,' zeg ik, mijn vingers los schuddend uit hun verlammende witte-knokkels-greep op het stuur.

'Je klinkt niet goed,' zegt ze.

'Ik voel me ook niet goed. We hebben een last minute kans om Anjelica Huston te kleden voor de Oscaruitreiking, maar de jurk die ze wil passen na het diner bij Gagosian bevindt zich helemaal in de vallei en ik zou nog eerder in Tokio kunnen zijn.'

'Lola, dat is ongelofelijk! Anjelica gaat misschien Julian dragen naar de Oscaruitreiking!'

'Ongelofelijk zou het pas zijn als Scotty me omhoog zou stralen naar studio 12 op het terrein van Universal,' zeg ik, en ik voel mijn rug kromtrekken van de pijn doordat ik als een oma van negentig op de rand van mijn stoel zit.

'Probeer je Uijayi-ademhaling te oefenen, dat is heel kalmerend. Bel me terug als je bij Universal bent geweest.'

'Nee, niet ophangen. Praat me door dit verkeer heen. Waar heb je gezeten, trouwens? Zeg nou niet dat S.D. en jij een gooi hebben gedaan naar het tantrische wereldrecord.'

'Ik heb hem al sinds maandag niet meer gezien. Alleen omdat het Oscarweek is, wil iedereen opeens een shaktipat van instant zen, een kom-uit-je-karma-zonder-moeite kaart – *en* strakke biceps.'

'Ik niet – het enige wat ik wil, is bij Universal zien te komen. Hoe is de auditie voor dat New Orleans-gebeuren gegaan? Ben je de nieuwe Sandra Oh?' Mijn stem breekt als mijn ogen op de snelheidsmeter blijven rusten terwijl deze terugzakt naar *nul*.

'Het antwoord is een grote O, nee.' Ook Crickets stem breekt. 'Die pruik was totale tijdsverspilling. Ze zeiden dat ze "een andere richting willen inslaan". Ze gooien het hele Azië-concept overboord en geven de rol aan een of andere griet die zogenaamd de nieuwe Halle Berry is of zoiets.'

'O, Cricket, wat erg voor je,' zeg ik, hoewel ik niet weet wat ik op dit moment erger vind – Crickets tegenslag of deze Road Trip Horror Film waar *ik* momenteel de hoofdrol in speel. 'Heeft Kate nog iets anders voor je in de pijplijn zitten?'

'Ze heeft een auditie voor me geregeld voor *CSI: Tel Aviv*. Ik wou dat ik die davidsster van de kabbala nog had.'

'Weet je nog dat je wilde dat we je Rachel noemden?'

'O mijn god. Ik liet je dat rode koordje om je pols dragen dat zo vreselijk afgaf op je crèmekleurige gehaakte jurk toen het regende. Luister, ik wil je goedkeuring hebben voor de Gucci-jurk die ik heb voor dat gedoe bij Gagosian vanavond. Ze zeggen dat *iedereen* er vanavond zal zijn op Robert's overzichtstentoonstelling. Misschien zelfs Bruckheimer wel. Ik hoop echt dat het poseren voor Robert mijn grote doorbraak zal betekenen.'

'Nou ja, je hebt wel *naakt* geposeerd,' zeg ik.

'Jij komt toch ook?'

'Als ik ooit van de snelweg af kom.'

'Je weet dat de zon nu in Weegschaal staat – het is een heel gunstige tijd voor je. Anjelica gaat die jurk *zeker* dragen. Dat weet ik gewoon.'

Klik.

Negenenzeventig *ongunstige* minuten later en de snelheidsmeter staat nog steeds op 0 km/h, maar de temperatuur buiten is gestegen van vierentwintig graden naar een ondraaglijk plakkerige vijfendertig graden (het is in de vallei altijd veel heter). En mijn bloeddruk is waarschijnlijk 160 over 100. Om nog maar te zwijgen over het feit dat ik voel dat ik bezig ben een urineweginfectie te ontwikkelen, doordat ik mijn plas gedurende de afgelopen twee uur en negentien minuten heb ingehouden.

Nu is het genoeg. Ik moet van die snelweg af. Ik baan me een weg naar de rechterbaan en neem de afrit. Ik krijg een Starbucks in het oog. Ik druk met mijn Rykiel het gaspedaal in, rijd plankgas naar de overkant van de straat, en trek een sprint naar het damestoilet. Als ik de voordeur weer uit stuif, bots ik tegen – Therapie Gozer op. Wat doet hij nou helemaal hier in de vallei? *Woont* hij hier? Hij draagt een trui van Harvard. Heeft hij werkelijk *daar* gestudeerd? Hij heeft een exemplaar van *Doctor Zhivago* onder zijn arm.

'Hoi,' zegt Therapie Gozer.

'Hé,' zeg ik. 'Ben je al bij het gedeelte waar Julie Christie en Omar Sharif elkaar kussen?'

'Het is het *boek*, niet de *film*,' zegt Therapie Gozer lachend. Hij heeft een leuke glimlach.

'Aha.' Ik glimlach terug.

'Ik zie dat je van het rode touw bent overgestapt op een indrukwekkend aantal elastieken?'

'Wat?' zeg ik. Hij kijkt naar mijn linkerarm, die van pols tot elleboog in knalroze elastieken is gehuld. Ik was ze totaal vergeten. 'O, deze, nou ja, er was er eentje geknapt, en dat kan ik niet nog eens riskeren.'

'Ik ken het gevoel,' zegt hij, en hij laat die van hem zien – één enkel zwart elastiek om zijn rechterpols.

'Hier, neem een reserve-exemplaar,' zeg ik, schuif een elastiek van mijn pols, en terwijl ik het in zijn handpalm leg, vraag ik me af waar *deze* gozer een elastiek voor nodig heeft – om zichzelf ervan te weerhouden dat hij nóg een Oxford-overhemd bij J. Crew koopt? 'Het is leuk om je te zien, maar ik moet er echt vandoor.'

'Tot ziens,' zegt hij. 'En hopelijk heb ik deze niet nodig,' zegt hij, terwijl hij het roze elastiek nog een laatste keer laat knallen voordat hij Starbucks binnenloopt.

'Ja, en ik ook niet,' zeg ik, en snel naar mijn auto toe. Mijn telefoon trilt. Eén nieuw bericht.

Zeg nou niet dat je niet meer van pioenrozen houdt.
xo, IK

Het is van SMITH. O *nee*. Ik plof neer op de bestuurdersstoel en ga op mijn handen zitten om te voorkomen dat ik een sms terug stuur. Ik ga hem beslist geen sms terug sturen. Ik ga *niet* tegen hem zeggen 'Ik hou niet van pioenrozen, ik hou van *jou*. xo, ik.' Geen sprake van. Ik kijk neer op mijn telefoon. Vervolgens naar mijn arm vol elastieken. Weer naar mijn telefoon. Arm. Telefoon. Arm. Ik ga beslist niet op 'verzenden' drukken.

BERICHT VERZONDEN, verschijnt er op mijn telefoonscherm.

O god. Waarom heb ik dat nou gedaan? Ik kan me *niet* door SMITH laten afleiden van mijn missie naar Universal om die jurk op te halen. Ik geef plankgas en race de rest van de weg als een formule 1-coureur.

Uiteindelijk arriveer ik bij studio 12, ervan overtuigd dat ik elk moment aan een hartstilstand kan bezwijken, enkel om tot de ontdekking te komen dat een reus van een bodyguard de ingang verspert.

'Hoi, dit is toch waar ze de Natasha Greer Smith-commercial aan het filmen zijn, hè?' vraag ik, en strek mijn hals om oogcontact te maken.

'Wie ben jij?'

'O, hoi, ik ben Lola Santisi en ik heb een afspraak met de sty-liste, Daisy Adams.'

'Sorry, het is een gesloten set,' zegt hij met een stalen gezicht.

'Hoe bedoel je *gesloten*? Het kan niet gesloten zijn,' zeg ik, en kijk met groeiende paniek op mijn horloge. 'Daisy weet dat ik kom. Ze had mijn naam hier bij jou achter moeten laten, maar aangezien ze dat niet heeft gedaan, zou je haar dan misschien voor me kunnen gaan halen?' vraag ik.

'Het spijt me, maar ik mag mijn post niet verlaten,' zegt hij on-wrikbaar. 'Een fotograaf van de *Star* heeft eerder vandaag al ge-probeerd stiekem naar binnen te sluipen toen ik even naar de plee was.'

'Luister, ik kan je beloven dat ik geen foto wil. Ik werk voor de modeontwerper die de jurk heeft gemaakt die Natasha Greer Smith aanheeft, en het is van het grootste belang dat ik die jurk terugkrijg. Ik ben drie uur lang onderweg geweest in geestdo-dend druk verkeer om hier te komen. *Alsjeblieft*. Strijk met de hand over je hart.'

Hij beantwoordt mijn wanhoop met een wezenloze blik.

'*Alsjeblieft*,' smeek ik, en ik voel dat de dam breekt. 'Alles hangt af van of ik die jurk terugkrijg! Anjelica Huston wil hem naar de Oscaruitreiking dragen, en als ze dat doet, raakt mijn beste vriend – die ook mijn baas is – niet zijn hele bedrijf kwijt,' zeg ik, niet in staat om de stortvloed tegen te houden. 'En dan heb ik eindelijk een carrière, en die heb ik dringend nodig, want als ik weer faal, denk ik echt dat ik er nooit meer bovenop kom,' ratel ik. 'Alsjeblieft, ik moet naar binnen. Ik wil zelfs al mijn be-zittingen wel als onderpand hier achterlaten,' zeg ik smekend terwijl ik mijn zwarte Chanel-tas in zijn armen duw.

'Ik kan hier een hele hoop gedonder mee krijgen,' zegt hij, ter-wijl hij om zich heen kijkt.

'Alsjeblieft,' smeek ik nogmaals terwijl ik mijn jasje uittrek en mijn schoenen begin los te gespen.

'Oké, oké, hou maar op met je kleren uittrekken,' zegt hij ten slotte, en hij houdt de deur voor me open.

'Bedankt,' zeg ik terwijl ik de studio binnen ren.

'Isheido Nachtegaalcrème. Take 133,' kondigt een doorweekte jonge assistent vermoeid aan. Hij heeft een knalgele regenjas aan. Dat is gek. Ik kijk om me heen in de enorme studio. De voltallige crew heeft een knalgele regenjas aan. Wat is er aan de hand? Ik speur de crew af op zoek naar Daisy maar zie haar nergens. De artdirector slaat zijn klapbord dicht voor de neus van Natasha Greer Smith, die in Julians blauw-zilverachtige jurk voor een gigantisch scherm staat. Ze ziet eruit als een sexy sirene van het witte doek uit Hollywood's gouden tijdperk, in Julians jurk die haar weelderige figuurtje als een tweede huid omsluit. Het is doodzonde dat ze alleen *in Japan* te zien zullen krijgen hoe waanzinnig ze eruitziet.

'Actie!' gilt de uitgeteld ogende artdirector van onder de capuchon van zijn regenjas. 'En start de regen.' *Regen?* Ineens sta ik midden in de stromende regen. Ik kijk met samengeknepen ogen door de regen van BB's ter grootte van golfballetjes naar Natasha Greer Smith, die totaal doorweekt raakt. O god. O nee. Julians jurk. Nee! Ik kijk vol afgrijzen toe terwijl zijn schitterende couture drijfnat wordt.

'O jee, Lola, je bent doorweekt,' zegt Daisy, die zich in een Dior regenjas met bijpassende Dior regenlaarzen naar me toe haast. Ze houdt een paraplu boven mijn hoofd om me te beschermen tegen de kunstmatig opgewekte plensbui.

'Wat heeft dit te betekenen, Daisy? Julians jurk is drijfnat.'

'Natasha en de artdirector hebben besloten om van het originele concept voor de commercial af te stappen en een ode te maken aan *Singing in the Rain*. Ik beloof dat ik de jurk voor je zal laten stomen zodra we klaar zijn, en dan is-ie morgen weer zo goed als nieuw,' zegt Daisy.

'Heeft Katya je niet verteld dat ik die jurk *nu* nodig heb? Anjelica Huston wil hem aan naar de Oscaruitreiking en ik heb een afspraak met haar over –' ik kijk vol afgrijzen op mijn horloge '– een uur en drie kwartier, helemaal in Beverly Hills.'

'Het spijt me ontzettend, Lola. Ik denk dat het niet zo heel lang meer duurt, want het water is bijna op,' zegt ze verontschuldigend. 'Waarom ga je niet in de garderobetrailer zitten wachten? Je krijgt een longontsteking als je hier zo in de regen blijft staan.' Ik heb liever een longontsteking dan dat ik Anjelica de jurk niet kan bezorgen – en dus alweer zou falen.

'Oké, maar je moet me direct komen halen als jullie klaar zijn,' zeg ik, en ik loop soppend de studio uit.

'Alsjeblieft,' zegt Daisy een heel uur lang nagelbijten later, de doorweekte jurk in mijn uitgestoken armen duwend. 'Het spijt me echt heel erg.'

Ik vis de jurk van mijn handpalm en houd hem voor me in de lucht. Ik ben zwaar de lul. Over *drie kwartier* moet ik in de Gagosian Gallery zijn – met een droge jurk in mijn armen. Ik haast me met het kostbare kledingstuk terug naar mijn auto.

Ik ben decimeters verwijderd van mijn portier opensmijten en in mijn Prius springen als mijn hak wegglijdt op het cement en mijn enkel onder me dubbelklapt. Terwijl ik ter aarde stort, luidt de tekst die als een neonreclame voor mijn ogen oplicht: Red De Jurk. Als de jurk in natte toestand op deze smerige stoep vol olievlekken belandt, is-ie definitief geruïneerd – en ik ook.

Midden in de lucht draai ik mijn lichaam een halve slag en gooi de jurk met al mijn kracht omhoog zodat-ie de grond niet raakt terwijl ik met een harde smak op mijn zij terechtkom. Ik schiet overeind op mijn knieën, mijn afgebroken naaldhak nu aan mijn enkel bungelend als de losse tand van een vijfjarige. Mijn armen trillen wanneer ik hemelwaarts reik naar het onbetaalbare Franse kant dat in slow motion door de lucht tuimelt en – door een of ander goddelijk modewonder – in mijn armen belandt. De jurk heeft de grond zelfs niet eens geschampt. Ik kan wel janken van blijdschap – en pijn – maar daar is geen tijd voor.

Ik leg de jurk veilig over de passagiersstoel en rijd slippend de vijf verdiepingen van de parkeergarage naar beneden. Ik kijk paniekerig naar de drijfnatte jurk terwijl mijn temperatuur oploopt. Ik zet de airco aan. Hoe moet ik die jurk in godsnaam droog krijgen? En dan dringt het tot me door wat mijn enige optie is: de airco uitzetten en de *verwarming* op de hoogste stand. Wat kan het schelen dat het buiten vijfendertig graden is en in mijn auto

211

straks waarschijnlijk vijfenveertig en dat ik misschien wel de verstikkingsdood sterf, ik wapper de jurk heen en weer voor de blazer. Ik draai met één hand sturend de snelweg op en constateer tot mijn opluchting dat de snelheidsmeter oploopt tot zeventig kilometer per uur. Als ik de afslag Cahuenga neem en als een bezetene door de zijstraten van Los Angeles begin te scheuren, krijg ik kramp in mijn biceps. Ik geloof dat ze niet meer zoveel inspanning hebben hoeven verrichten sinds de laatste ronde van de opruiming bij Neiman Marcus van een halfjaar geleden. En verdomme, de jurk is nog steeds nat.

Ik geloof dat ik engelen hoor zingen als ik in de verte eindelijk Beverly Hills zie opdoemen. Ik stuif plankgas over Santa Monica Boulevard en draai Rodeo Drive in. Ik sta op het punt om van Rodeo af te slaan als ik vanuit mijn ooghoek iets zie. Ik maak een bocht van honderdtachtig graden.

'Godzijdank dat je er zo laat nog bent,' zeg ik tegen Frédéric Fekkai terwijl ik met mijn kapotte hak zijn beautysalon binnen strompel.

'Het is Oscarweek, liefje,' zegt hij met zijn karakteristieke grijns. 'Wat jij nodig hebt,' hij zwijgt even terwijl hij me van top tot teen opneemt, 'is *een volledige behandeling*. We zouden met je haar kunnen beginnen.'

'Geen tijd,' zeg ik, me op de eerste de beste föhn stortend. 'Frédéric, vind je het goed als ik deze even gebruik?' vraag ik, als een dolle met de jurk in de stroom hete lucht wapperend. 'En heb je toevallig ook een stoomstrijkijzer?'

Ik rijd slippend het parkeerterrein op voor de Gagosian Gallery met nog één minuut te gaan, gris de jurk mee en stuif als een bezetene naar binnen. Ik struikel bijna over het sleepje van de jurk terwijl ik de deur binnen ren als ik ineens bedenk dat Anjelica de jurk misschien niet in haar gezicht geduwd wil krijgen tijdens de tentoonstelling van haar man.

'Zou u deze jurk in bewaring willen nemen?' zeg ik, de woorden zo snel afvurend op de galeriemedewerkster dat ik haar

Jonathan Antin-lokken letterlijk naar achteren geblazen zie worden.

'Bent u een van de genodigden?' vraagt ze, me van top tot teen opnemend alsof ik in een kartonnen doos op de hoek van Hollywood en Vine woon. Hetgeen precies is waar Julian en ik misschien *samen* zullen eindigen als het me niet lukt om ervoor te zorgen dat iemand hem op de rode loper draagt. Ik keer mijn tas ondersteboven op zoek naar de verfrommelde uitnodiging.

'Ik weet dat ik wat te eenvoudig gekleed ben,' zeg ik, en kijk de kamer rond in de hoop dat ik Anjelica zal zien. Wat een understatement. Mijn haar zit rond mijn gezicht geplakt van de regen en het zweten. Mijn arme gekreukte Marni-broek is nog steeds vochtig. Net als de hemelsblauwe Prada V-halstrui van Olivia's manager die ik *nog steeds aanheb.* Ik heb geen grammetje make-up op en dan kijk ik omlaag naar mijn voeten – naar de roze papieren pedicure slippers die ik bij Fekkai heb meegegrist zodat mijn enkel niet hetzelfde noodlot beschoren zou zijn als mijn Rykiel.

'Alstublieft,' zegt de galeriemedewerkster terwijl ze me een ontvangstbewijsje geeft voor Anjelica's jurk.

In de spelonkachtige galerie zie ik Cricket en Kate bij elkaar staan. Cricket wenkt me.

'Waar is Anjelica?' vraag ik naar adem happend als ik op hen af vlieg. Kate fronst haar voorhoofd wanneer ik praktisch in haar armen instort.

'Je ziet er vreselijk uit.'

'Dank je,' zeg ik, de onberispelijke menigte afspeurend die elkaar staat te luchtzoenen in de door Richard Meier ontworpen galerie van vierentwintighonderd vierkante meter. De enige elementen die de parade van supernova's vandaag heeft getrotseerd, zijn Chris Millers föhn, Bobbi Browns make-upborstel en Dolce en Gabbana's rits. 'Ik kom rechtstreeks van Universal,' zeg ik, en probeer op adem te komen. 'Mijn dag is een pure hel geweest. Denk aan een trektocht door het Amazone regenwoud *en* Afrika ten zuiden van de Sahara op één dag en dan weet je in grote lijnen hoe mijn dag is geweest. Maar het is het allemaal waard, want Anjelica gaat naar de Oscaruitreiking Julian dragen!'

'Lola, dat is fantastisch nieuws!' zegt Kate. 'Wanneer is dat gebeurd?'

'Het *gaat* gebeuren zodra ik Anjelica vind,' zeg ik, de menigte afspeurend terwijl ik mijn twee vriendinnen aan hun polsen meesleur. Ik ben heel even afgeleid door het standbeeld van Robert Graham dat voor me staat.

'Cricket, is dat –'

'Mijn clitoris? Ja.' Cricket buigt haar hoofd, trots blozend.

'Je moet me een keer laten zien hoe je in die houding komt,' zegt Kate, gebarend naar het bronzen beeld van Cricket, op haar hoofd, in de spagaat – *naakt*. Is al die yoga toch nog ergens goed voor geweest.

'Wauw. Ik had nooit gedacht dat gedeelte van je anatomie nog eens van zo dichtbij te zullen zien,' zeg ik, inmiddels alweer als een bezetene de Gagosian Gallery aan het afspeurend op zoek naar Anjelica.

'Robert zei dat ik een bepaalde stralende energie had,' zegt Cricket. Tja, ik neem aan dat het een compliment is om iemands poes stralend te noemen, of niet soms?

'Ik bedoel, als Brett Ratner dit ziet, zal hij je *beslist* een rol in *iets* geven.' Ik knik in de richting van de beruchte Iothario-regisseur en Jessica Alba die in de hoek in gesprek gewikkeld zijn naast een twee meter hoog, anatomisch correct, bronzen exemplaar van vrouwelijke perfectie. Anjelica is nog steeds nergens te bekennen.

'Waarom denk je dat ik me in de schulden heb gestoken voor deze Gucci-jurk?' zegt Cricket, terwijl ze een pirouette maakt in de lange strakke zwarte jurk die haar gave, ivoorkleurige huid doet glanzen. 'Het is een investering in mijn toekomst.'

'Eh, liefje, je cervix is in brons gegoten. Het gaat niet om de *jurk*,' zegt Kate.

'Ik vind de jurk *waanzinnig*,' zeg ik, en ik voel nu al dat ik mijn nek ga verrekken door alle nieuwe bochten waar ik me in mijn koortsachtige zoektocht in wring. Waar is ze?

'Echt waar? Ik denk dat het model staan voor deze tentoonstelling een opstapje kan betekenen voor mijn carrière,' zegt Cricket.

'Dat het een opstapje is, staat vast,' zegt Kate terwijl we een afgietsel bekijken van Cricket in een halvemaan yogapositie. 'Sorry, meiden, ik moet jullie verlaten. Ik zie Sacha Baron Cohen daar helemaal in zijn eentje staan. Ik ga even met hem praten over Liv Tyler als zijn medespeelster in het vervolg op *Borat*. Cricket, laat die stralende pruim van je haar werk doen. En Lola, succes met Anjelica.' Kate verdwijnt in de menigte.

'Godzijdank is Will er nog niet,' zeg ik tegen Cricket. 'Als hij Kate met een andere acteur ziet praten, gaat-ie flippen à la Glenn Close in *Fatal Attraction*.'

'Hij zou waarschijnlijk haar BlackBerry koken in een pan op het fornuis,' beaamt Cricket.

Eindelijk krijg ik de beeldschone Anjelica en Robert in het oog, die staan te praten met Larry Gagosian aan de andere kant van de kamer. 'Moet je horen, Cricket, vind je het erg als ik je in de steek laat? Ik moet echt even met Anjelica praten.'

'Geen probleem. Succes,' zegt Cricket. 'Ik weet zeker dat Anjelica de jurk schitterend zal vinden.'

Ik hoop dat Cricket gelijk heeft. Laat haar alsjeblieft gelijk hebben. Anjelica ziet eruit als een echte mode- en filmdiva in een vintage Saint Laurent zwart jaren veertig mantelpakje en robijnrode lippen. Ik stel me voor hoe de statueske Oscarwinnares het podium van het Kodak Theatre betreedt, oogverblindend in Julians Madame Butterfly-jurk. Met mijn ellebogen baan ik me een weg door de menigte en loop daarbij bijna de broertjes Wilson omver, die Brooke Shields' bronzen buste staan te bekijken, werp mezelf aan Anjelica's voeten – en hoop dat ze die van mij niet ziet.

'Lola, hoi,' zegt Anjelica, en ze geeft me een kneepje.

'Hoi Anjelica,' zeg ik, en doe mijn best om niet te hijgen nu ik eindelijk voor haar sta. 'Ik heb de jurk bij me, dus je kunt hem bekijken wanneer je maar wilt. Ik heb al met je assistente gesproken, die zei dat je om 11.00 uur morgenochtend wel een gaatje in je agenda had om de jurk te passen. Dus ik heb afgesproken dat de kleermaker om die tijd ook naar jouw huis komt. En dan zullen we de jurk laten stomen nadat de kleermaker zijn wonderen heeft verricht –' Ik blijf halverwege mijn zin steken omdat Anjelica me zo ontzettend eigenaardig staat aan te kijken.

'Lola, liefje,' onderbreekt ze me. 'Ik heb je overal gezocht. Mijn Armani jurk is aan het eind van de dag toch nog vrijgegeven door de douane. Ik hoop dat je niet al te veel moeite hebt gedaan om Julians jurk voor me te pakken te krijgen,' zegt ze.

Niet al te veel moeite? Ik denk terug aan de afgelopen vijf helse uren. 'Nee hoor, geen enkele moeite,' stamel ik uiteindelijk in shock, starend in Anjelica's oprecht bezorgde donkerbruine ogen. Dit maak ik niet mee. Mijn lichaam voelt alsof het boven me zweeft. Anjelica gaat Julians jurk niet dragen. Na *alles* wat ik heb doorstaan.

'Ik zou het enig vinden om Julian te dragen naar Cannes in mei,' biedt Anjelica aan, die voelt dat ik compleet dreig in te storten, ook al voer ik mijn *alsof*-toneelstuk op.

'Dat zou geweldig zijn,' zeg ik, terwijl ik me afvraag of Julian tegen die tijd nog niet failliet is verklaard. 'Nou, Anjelica, ik weet zeker dat je er zondag schitterend uit zult zien,' zeg ik, en ik geef haar een kus op haar wang.

Terwijl Salman Rushdie zich tussen ons in perst om Anjelica te begroeten, krijg ik Christopher in het oog aan de andere kant van de kamer. Ik koers rechtstreeks op hem af.

'Christopher, ik word niet goed. Anjelica gaat Julians jurk uiteindelijk toch niet dragen. Ik moet gaan. Wil je tegen papa en mama zeggen dat ik me niet zo lekker voelde?'

'Ik vind het zo rot voor je, zusje,' zegt hij, en geeft me een stevige omhelzing. 'Moet ik met je meegaan?'

'Niet tenzij je een geladen .45 hebt en bereid bent me dood te schieten,' zeg ik.

We worden gestoord door een goudblonde schoonheid van één meter tachtig die tegen hem aan kruipt en haar pruillippen tegen zijn stoppelige wang drukt.

'Hé schatje,' zegt Christopher. 'Francesca, dit is mijn zus, Lola.' Francesca glimlacht hartelijk vanaf haar uitkijkpunt twintig centimeter boven mijn hoofd. 'We hebben elkaar ontmoet in Bungalow 8 na de Marc Jacobs-show een paar weken geleden,' zegt Christopher. 'Francesca was het mooiste meisje van de show.' De hartstochtelijke kus die daarop volgt, is voor mij het teken om te vertrekken.

'Hou van je,' zeg ik tegen Christopher, en ik loop naar Kate toe om haar gedag te zeggen.

'Wie is dat bij Christopher?' vraagt ze onmiddellijk.

'Weer een van zijn veroveringen. Ik geef het twee dagen. Waarom ga je hem niet even begroeten?'

'Kan niet,' zegt Kate, en haar blik schiet in de richting van Wills moeder. 'Als ik hier niet hoefde te babysitten, zou *ik* nu de deal rond staan te maken met de Bosnische Vince Vaughn. In plaats daarvan heeft Patrick Whitesell hem in de tang,' fluistert Kate. 'Dit is een nachtmerrie.'

'Nachtmerrie op Camden Street. Anjelica's Armani is vrijgegeven door de douane,' zeg ik als Cricket mijn arm vastpakt.

'O god, Lola. Wat erg voor je,' zegt Cricket.

'Moet je horen, het zou geweldig zijn geweest als Anjelica Julian had gedragen, maar maak je niet druk: je hebt Olivia nog,' zegt Kate bot. 'Dat is het enige wat telt.'

'Ik *heb* Olivia nog niet echt, Kate,' merk ik op, en ik voel dat ik in een neerwaartse spiraal zit, steeds dieper de afgrond in. Ik kijk naar het gezicht van mijn BAO, dat er ineens een stuk minder stralend uitziet in de schaduw van mijn crisis. 'Cricket, dit is jouw avond, laten we het alsjeblieft niet meer over mij hebben.' Mijn stem klinkt nauwelijks hoorbaar, al doe ik nog zo mijn best. 'Wat zei Brett?'

Cricket haalt haar schouders op. 'Hij zei dat ik er nog stralender uitzag dan mijn standbeeld. Hij vroeg om een foto van mijn gezicht. En een privéyogales.'

'Getver,' zegt Kate vol afgrijzen. 'En, ga je het doen? Wordt het de Omlaagkijkende Hond, of "Af, vuile hond"?'

Cricket grimast. 'Lola, weet je zeker dat je het wel redt?'

'Ik denk het wel,' lieg ik. 'Maar vinden jullie het erg als ik het diner bij Chow's oversla?'

'Natuurlijk niet,' zegt Cricket. 'O, wacht, ik wil jullie voorstellen aan Jeremiah,' zegt ze, en legt haar hand op de schouder van een buitengewoon knappe man in een oogverblindend witte tuniek. 'Hij is spiritueel gids. Hij is hier om Kate Hudson en Goldie Hawn door de Oscarweek heen te loodsen zodat ze niet verdrinken in de zee van oppervlakkigheid.' Ze buigt zich naar me toe en fluistert in mijn oor: 'Na het diner neemt hij me mee naar Tom Ford.'

Waar vind ik mijn eigen oppervlakkige zeeman?

'Je vriendin heeft iets heel bijzonders,' zegt Jeremiah tegen mij.

'Ja. Ja, nou en of,' beaam ik. Nee maar, heb je het nog niet gehoord? Ze heeft een stralende pruim. Wacht, is dat een – sparerib die Cricket daar zojuist van een dienblad griste? 'Cricket, je eet *spareribs!*' zeg ik tegen mevrouw de Ongeraffineerde Veganiste.

'Jeremiah zegt dat je innerlijke licht helderder wordt van rood vlees,' zegt ze, erop aanvallend alsof ze op dag 39 zit van *Survivor*. 'Ik bel je morgen,' roept Cricket me na terwijl ik met één hand naar haar zwaai, een sparerib pak met de andere hand, de jurk uit de kast ruk en de deur uit loop. Ik kan zelf momenteel wel wat hulp gebruiken op het gebied van het innerlijk licht. Godallemachtig, als iemand me een gloeilamp zou geven en zei dat de situatie ervan zou opklaren – dan zou ik hem inslikken.

Ik rijd over Marmont Lane naar mijn huis. Ik kan niet wachten om mijn bed in te duiken. Welke idioot heeft die Aston Martin daar op mijn plekje geparkeerd? Trouwens, wie rijdt er nou in een Aston Martin? O nee. SMITH. Daar heb je 'm. Op mijn stoep. Ik ben hier nu *niet* tegen opgewassen. Niet na deze dag – en al *helemaal* niet zoals ik er nu uitzie. Ik denk dat ik maar gewoon doorrijd. Het is heus niet zo dat SMITH daar de hele nacht zal blijven staan, of wel? O god, hoe lang staat hij daar al? Ik parkeer aan de overkant van de straat om te wachten tot hij weggaat, ga op de achterbank zitten en doe mijn ogen dicht. Ik ben zo ontzettend *moe*. Misschien moet ik gewoon in slaap vallen, en is hij weg als ik wakker word. Er wordt tegen mijn raam getikt.

'Lola, ik kan je zien. Je ramen zijn nou ook weer niet zo *heel erg* getint,' zegt SMITH, en hij maakt mijn portier open.

'O, eh, ik moest even iets pakken –'

'Ik was vanavond een heel emotionele liefdesscène aan het filmen,' zegt SMITH. 'Michael Mann vroeg me om dieper te gaan, om echt heel diep te graven en de gevoelsherinnering boven te halen van het moment waarop ik me het meest geliefd voelde. Claire Danes gaf me niets vergeleken bij wat jij me gaf. *Jij* bent mijn gevoelsherinnering. Ik heb je nodig. Ik wil dat jij mijn hoofdrolspeelster bent, Lola,' zegt hij, en hij klautert naast me op de achterbank.

Vrijdag

53 uur, 44 minuten, 12 seconden totdat de Oscar voor
Beste Kostuumontwerp wordt uitgereikt.

Ik schrik wakker van het dichtslaan van een autoportier. Jezus, is dat een veiligheidsgordel... in mijn haar? Hoe laat is het en waar ben ik? O god. Ik zit nog steeds op de achterbank van mijn *auto* – en het is nog niet eens zes uur 's morgens. Is dat – *Julian?* Die daar uit die witte Big Horn Ram pick-up stapt die geparkeerd staat naast mijn brievenbus? En wie is de dubbelganger van Brad Pitt in een verschoten Levi's 501 en een strak wit T-shirt die daar achter het stuur vandaan glijdt?

O-o. SMITH ligt naast me als een blok te slapen. Ik kijk vlug omlaag. Pfff. Ik heb al mijn kleren nog aan – dat is wel zo verfrissend, voor de verandering. Ik wurm voorzichtig mijn voorhoofd uit de veiligheidsgordel en kijk nog een keer naar buiten. O, godzijdank – het is Julian *echt*. Hij heeft het gehaald. Hij is *hier*. Mijn BHV is *eindelijk* hier. Hij is *echt* niet meer in Kansas.

Al lijkt hij wel de kleding van daar te hebben meegebracht. Mijn Julian, die waarschijnlijk in een zwarte Gucci geboren is, is nu gehuld in een rood geruite halsdoek, een chocoladebruine Stetson en – dit kan niet waar zijn – een *tuinbroek*. In plaats van zijn John Lobb-instappers, heeft hij hoge John Deere-veiligheidsschoenen aan. Het beeld van Julian, gekleed voor een linedance en het bouwen van een stal, produceert zoveel cognitieve dissonantie dat ik twee keer met mijn ogen moet knipperen om zeker te weten dat ik niet hallucineer. Maar wat doet het ertoe? Hij is er, en nu hoef ik deze Oscarweeknachtmerrie niet meer *in mijn eentje* te doorstaan.

Maar eerst moet ik afrekenen met een grote bron van afleiding. Ik weet niet wat er zal gebeuren als Julian SMITH bij mij op de achterbank ziet. Tijdens hun laatste ontmoeting heeft Julian tegen SMITH gezegd dat als SMITH ook maar in mijn richting durfde te ademen, Julian hem zou wurgen met zijn Hermès-halsdoek. SMITH is weliswaar tien centimeter langer en vijfentwintig kilo zwaarder dan Julian, maar ik vond het een lief gebaar.

Tijd voor een preventieve aanval. Voorzichtig duw ik het portier open, stap uit de auto, en doe het portier zo zachtjes weer achter me dicht dat ik SMITH niet wakker maak en mezelf niet verraad. Vervolgens trek ik een sprint naar de pick-uptruck, waar ik mijn armen om de nek van mijn BHV sla.

Julian weert me af en neemt me van top tot teen op. 'O mijn god, wat is er in jezusnaam met jou gebeurd? Je ziet er nog beroerder uit dan Christiane Amanpour na zes weken in de grotten van Afghanistan.'

'Dit is wat het met je doet als je probeert beroemdheden over te halen om jou te dragen op de rode loper,' zeg ik, neerkijkend op de V-halstrui van Olivia's manager, die zo doordrenkt is met zweet en regen dat hij inmiddels modderbruin is, maar wel zodanig gekrompen dat hij me nu als gegoten zit. 'Ik had nooit gedacht dat ik zo blij zou zijn om een man met een rood geruite halsdoek te zien,' zeg ik, zijn *Brokeback Mountain*-ensemble opnemend. Ik duw mijn neus in Julians hals en slaak een luide zucht.

'Dat heet *inburgering*. Ik mag blij zijn dat ik nog leef na dat truckerscafé in Amarillo, Texas. Het enige wat ik heb gedaan, was aan die trucker vragen of ik even naar het serienummer van zijn Levi's mocht kijken. Hij dacht dat ik hem probeerde te versieren. *Als-je-blieft zeg* – hij zag eruit als Grizzly Adams. Zijn spijkerbroek had namelijk de perfecte, wijd uitlopende pijpen. Ik dacht dat zelfs de kippen in de ren me fataal zouden worden – om nog maar te zwijgen over het stijfsel in de salade bij Denny's in Flagstaff,' zegt Julian, over zijn maag wrijvend. 'Wie heeft er ooit gehoord van Wonder Bread-sladressing?' Julian gebaart naar de Brad Pitt-dubbelganger die een 'Star Map' staat te bekijken. 'Billy Joe was zo vriendelijk om me te voorzien van camouflage-kleding. B.J., kom eens hier met je lekkere kontje en maak kennis met mijn Beste Meisje Ooit. B.J., *dit* is de Lola over wie ik je heb verteld.'

'De afgelopen drieëntwintig uur op Route 66,' zegt B.J., en hij steekt me een grote ruwe hand toe. 'Het is me een genoegen, juffie.' En verdomd als hij niet tegen zijn hoed tikt.

'Wauw, jij bent een echte cowboy, of niet?' zeg ik, enigszins met stomheid geslagen bij het zien van Julians versie van de Marlboro Man. 'Jij, daarentegen, Julian – het enige waar je met *die* halsdoek naar binnen komt, is het Halloweenfeest in de Castro.'

'Lola, rood is het nieuwe zwart – voor de rode staten,' verklaart Julian. Zou hij het menen? O god, hij meent het. 'Bovendien, moet je horen wie het zegt. Je helpt mijn imago om zeep in die outfit. Kijk nou toch,' zegt hij, wild met zijn armen zwaaiend naar mijn broek die wel van karton lijkt en mijn roze pedicure-slippers. 'Wat heb je gedaan? En zeg dat je in je auto hebt geslapen omdat je je huis hebt verkocht om Willow Fox die ton te kunnen betalen die ze wil hebben om zondag mijn jurk te dragen.'

'Julian, je weet dat dat huis niet *van mij* is,' zeg ik, en mijn maag draait om als ik bedenk dat we nog maar twee dagen hebben om Olivia te strikken om op zondag over de rode loper te schrijden – in het paars. 'We moeten praten.'

'O jee, dit klinkt serieus,' zegt Julian loom. Zijn blik is ineens uitdrukkingsloos geworden.

'Het *is* ook serieus, Julian,' zeg ik.

Ik leg mijn hand op Julians wang en kijk hem onderzoekend aan. Wat zie ik daar in zijn ogen? Pijn? Paniek? Ik richt mijn blik op de Marlboro Man.

'B.J., waarom ga jij niet kijken of je ergens een filmster kunt vinden?' zegt Julian met een verslagen zucht. 'Lola en ik hebben even een moment *alleen* nodig.'

'Ik heb er eentje gevonden!' roept B.J. wanneer SMITH uit mijn auto stapt. Zelfs als hij *net wakker* is, ziet hij eruit als – nou ja, een filmster. O god. O nee. Mijn maag draait om, alleen al als ik naar hem kijk. En Julian, tja – hij draait gewoon door – *finaal*.

'Ahhhhhhhh!' krijst Julian uit volle borst bij het zien van SMITH, zichzelf bijna in de laadbak van B.J.'s pick-uptruck lancerend. 'Wat doe *jij* hier in godsnaam?' Julian klinkt alsof hij zojuist de geest van Coco Chanel heeft gezien.

'Ik ben ook blij om jou weer eens te zien, Julian,' zegt SMITH, en hij steekt zijn hand uit naar Julian, maar die houdt de zijne diep weggestopt in de zak van zijn – *tuinbroek*. Julian fixeert hem met een ijzige blik, zijn mond vertrokken tot een grimmige streep. 'Heb je niets te zeggen tegen een oude vriend? Dan denk ik dat ik maar moet gaan,' zegt SMITH, en hij geeft me een kus en een van *die* scheve lachjes die altijd rechtstreeks naar mijn kruis gaan.

'Mag ik met je op de foto?' vraagt B.J., die zijn mobieltje met ingebouwde camera uit zijn achterzak vist, een arm om SMITH's schouder heen slaat en een foto maakt voordat SMITH antwoord kan geven. 'Ik vond je helemaal te gek in *Code Blue*, man. Het was echt waanzinnig zoals je tegen het Stratosphere Hotel afketste in Vegas. Jij bent, nou ja, mijn *held*.'

SMITH glimlacht sereen, met de noblesse oblige van de held met een honorarium met zes nullen aan het eind, die spirulina smoothies drinkt in zijn Gulf Stream-trailer van negenhonderd vierkante meter terwijl zijn stand-in aan een touw langs het Stratosphere Hotel afdaalt en ondertussen een regen van kogels op de boeven afvuurt, zich met de Porsche Boxster in de kolkende stroomversnelling stort, of de eenzame parachute van de rug van de slechterik grist terwijl ze uit de brandende Cessna tuimelen. 'Bedankt, man,' zegt SMITH, die B.J. vlug een kneepje in zijn hand geeft en deze tegelijk behendig van zich af duwt. 'Dat is leuk om te horen.' B.J. staart in stille verrukking neer op zijn gezalfde hand. Aangeraakt door een *Code Blue*-engel.

'*Dit* is wat er mis is met Amerika,' fluistert Julian, en rolt met zijn ogen.

'Allemachtig, Julian, Dolly Parton is *jouw* held,' sis ik terug.

'Ik ga naar de sportschool, Lola, ik bel je zodra ik klaar ben,' zegt SMITH, en hij loopt naar zijn auto.

Heel even ziet het eruit alsof Julian hem achterna zal gaan, maar die bedenkt zich al snel. In plaats daarvan kijkt hij mij boos aan. 'Ik geloof dat ik een antibraakmiddel nodig heb nadat ik hem jou zo heb zien kussen,' zegt hij. 'Hier is het laatste woord *nog niet* over gezegd,' zegt hij. Hij stormt het pad op naar mijn huis zonder ook maar één keer achterom te kijken.

'Maar niet nu,' roep ik hem achterna. 'We hebben iets veel belangrijkers te bespreken. Weet je, het is heel moeilijk om je serieus te nemen in die *OshKosh B'Goshes*-broek.' Julian negeert me nadrukkelijk terwijl hij onder mijn bloempot met bougainvillea naar mijn reservesleutel zoekt.

'Trek die schoenen uit,' schreeuw ik tegen Julian als hij mijn voordeur openzwaait. Het laatste waar ik op zit te wachten, is dat mijn vloer dankzij die turftrappers een broedplaats wordt voor de gekkekoeienziekte. 'Kom binnen, B.J., doe alsof je thuis bent,' roep ik over mijn schouder terwijl we naar binnen lopen.

Julian gaat stoïcijns op de bank in mijn woonkamer zitten en wikkelt zich in mijn oranje-voor-vitaliteit-en-bescherming kasjmierdeken. 'B.J., wil je een koffie verkeerd met magere sojamelk voor me maken?'

'Het is hier verdomme de *Coffee Bean* niet, Julian,' zeg ik. Ik steek mijn hand in mijn tasje, haal er wat kleingeld uit en geef dat aan Billy Joe. 'B.J., zou jij naar het Chateau aan de overkant van de straat willen lopen? Vraag naar Mohammed. Haal die koffie verkeerd voor Julian, bestel wat je maar wilt, en zeg tegen Mohammed dat ik mijn gebruikelijke recept wil. Hij maakt verrukkelijke muffins met gepocheerde eieren en artisjok die niet op de menukaart staan.'

B.J. kijkt me aan alsof ik Swahili spreek.

'Ze maken ook prima hamburgers,' zeg ik.

'Extra schuim,' roept Julian B.J. na als hij de voordeur uit loopt.

Ik wend me weer tot mijn BHV zodra we alleen zijn. 'Julian, ik meen het serieus. We moeten praten.'

'Oké, *wat* is er dan precies zo serieus dat je niet eens in de gaten hebt hoe goddelijk die man is?' zegt Julian.

'Julian, hou op met die smoesjes.' Nu het moment daar is, kost het me ineens moeite om de juiste woorden te vinden. Ik pak Julians hand.

'Oké, nu doe ik het echt in mijn broek,' zegt Julian.

'Waarom heb je me niet verteld dat je investeerder op het punt staat de stekker eruit te trekken?' vraag ik zacht. Als ik het maar kalm genoeg zeg, gaat het misschien wel vanzelf weg. 'Hoe lang sta je eigenlijk al rood, Julian? En dan heb ik het niet over je kleren.'

Stilte.

'Julian, wil je me alsjeblieft aankijken?' zeg ik. 'Wat is er aan de hand? Praat tegen me, Julian.'

Julian zet langzaam zijn cowboyhoed af. Zijn anders zo onberispelijk gekapte donkere haar lijkt recht overeind te staan. Ik steek mijn hand uit en strijk het glad. 'Prima. Het zit zo. Mijn jurken verkopen niet,' fluistert hij. 'Ik dacht dat het vanzelf goed zou komen. Dat ik op een dag wakker zou worden en dat de modefeeën het zouden hebben opgelost. Het komt niet vanzelf goed. Ik sta op het punt failliet te gaan.' Julian staart naar een of ander onbekend voorwerp voor het raam.

'Maar hoe zit het dan met alle kopers die je erbij hebt gekregen nadat je de CFDA Award hebt gewonnen?'

'Moet je horen, ik mag dan wel een hippe nieuwe ontwerper zijn in het modewereldje, maar er gebeurt helemaal niks bij Neiman of Saks omdat Tina in Tampa geen flauw idee heeft wie ik ben. Er is geen hond die mij koopt totdat ze Charlize Theron in mijn jurk hebben gezien bij de Oscaruitreiking of Jennifer Garner in het nieuwste nummer van *InStyle*.' Julian laat zijn hoofd hangen en knijpt hard in de brug van zijn neus.

Het voelt als een klap in mijn gezicht. Ik weet niet wat erger is: dat Julian ten onder gaat, of dat Adrienne Hunt gelijk had.

'Het spijt me dat ik het je niet heb verteld,' zegt hij berouwvol. 'Maar Lola, wat moest ik zeggen, tegen jou in het bijzonder? Dat ik een mislukkeling ben? Dat ik op het punt sta alles kwijt te raken tenzij jij een grote ster in een van mijn jurken weet te krijgen voor de Oscaruitreiking? Ik kon je toch niet zo zwaar onder druk zetten?'

'*Daarom* had je het me juist moeten vertellen!' schreeuw ik. 'Zodat je iemand had kunnen nemen die beter is dan ik.'

'Er is niemand beter dan jij,' zegt Julian, en draait zich eindelijk naar me toe. Hij kijkt me recht in de ogen. 'Ik wil mijn BMO. Als iemand me kan redden, ben *jij* het wel.'

Zijn bruine ogen staan zo hoopvol, zo wanhopig. Nu weet ik *precies* hoe Susan Sarandon zich voelde in *Dead Man Walking*. Ik kan Julian net zo goed persoonlijk naar de elektrische stoel vergezellen. *Ik* ben zijn enige hoop op redding? Mijn borst voelt alsof Nancy Grace met beide Manolo's en haar volle gewicht boven op mijn ribbenkast staat.

Wat ik wil zeggen: 'Julian, ik kan mezelf amper redden.' Wat ik daadwerkelijk zeg, aangezien ik donders goed weet dat er geen ontkomen aan is – ik zal ons *allebei* moeten redden: 'Wij kunnen dit.' Julian heeft zijn hoofd in zijn handen laten zakken. Ik steek mijn hand uit en til voorzichtig zijn kin op. 'Julian, ik meen het. Wij *kunnen* dit. Het enige wat je nu voor me moet doen, is met me meegaan en nog een laatste keer op Olivia inpraten. We hebben haar al aan de haak geslagen; we hoeven haar alleen nog maar binnen te halen. Er kan praktisch niets meer fout gaan.'

Julians ogen zijn roodomrand. 'Lola, denk je dat echt?'

Ik haal diep adem. 'Dat denk ik echt. Ik heb Manolo al gebeld, en hij zei dat hij de *perfecte* schoenen met naaldhakken heeft – ze hebben een paarse pauwenveer rond de enkel. Hij stuurt ze vandaag per koerier op. Bulgari heeft goddelijke oorbellen met amethisten, smaragden en robijnen. Ze zijn geniaal. En Shiseido heeft beeldschone oogschaduw. Het heet "Paarse Nevel". Ik beloof je dat er een dag komt dat jouw jurk een museumstuk is in The Metropolitan Museum. Anna Wintour zal hem onder de aandacht brengen tijdens de jaarlijkse geldinzamelingsactie. Misschien kan ik haar zelfs zover krijgen dat ze hem aan –'

'Lola, zei je daarnet nou een *paarse* pauwenveer?' Julian knijpt achterdochtig zijn ogen tot spleetjes. 'En hoorde ik je *amethisten* oorbellen zeggen? En *paarse* oogschaduw? Lola? Mijn jurk is *blauw*. Pauwblauw.'

De pot op met de heilige pauze. 'Oké, Julian. Het zit zo. Olivia vond de jurk *helemaal te gek*. Olivia's Kirlian-aura-analiste vond de jurk *helemaal te gek*. Het is alleen dat, nou ja, eh, ze –' O, gooi het er gewoon uit, Lola. 'Ze wil dat je hem opnieuw maakt – in het *paars*.' Ik doe een stap in de richting van de salontafel voor het geval ik dekking moet zoeken.

'*Wat*?! Nee! Nooit! Dat is net zoiets als aan DaVinci vragen om de Mona Lisa *blond* te maken. *Gaat niet gebeuren*,' krijst Julian, die zichzelf languit op de bank gooit.

'Julian, wat er *niet gaat gebeuren* is jouw toekomst in de annalen van de modehistorie tenzij je een nieuwe jurk maakt! We hebben twee dagen de tijd om onze huid te redden. We *moeten* Olivia in die jurk zien te krijgen.'

Julian zegt niets. Hij rolt zichzelf alleen op in foetushouding en begint heen en weer te wiegen als een patiënt van Shady Lanes.

Denk na, Lola. Denk na. Je kunt dit. 'Misschien had de Mona Lisa veel meer lol gehad als blondine,' opper ik voorzichtig.

Stilte.

'Weet je, paars is succes, het is sterkte, het is sereniteit,' zeg ik.

Julian stopt met wiegen. 'Neem je me in de maling?' vraagt hij venijnig.

'Oké, oké, ik weet het, het is wat die verdomde Kirlian-aura-analiste heeft gezegd. Maar aubergines zijn paars en je bent gek op de auberginesmiso bij Nobu. En o – wat dacht je van druiven-Bubblicious? Dat is je favoriete smaak,' zeg ik.

'Lola, dat was toen we *tien* waren. Bovendien verliest het in twee seconden zijn smaak, net als die jurk als ik word gedwongen om hem in het *paars* te maken.'

'Julian, probeer je gewoon bij paars neer te leggen. *Alsjeblieft* – met een pitloze Concorde-druif erbovenop. Je bent een kunstenaar in hart en nieren, maar zelfs kunstenaars moeten soms offers brengen voor hun kunst. Of voor Olivia's kont. Dus verman je, dan gaan we op stoffenjacht.'

Julian slaakt een lange, vloeiende zucht en knikt dan gelaten. 'Lola, je hebt me zojuist verteld dat ik mijn lievelingsjurk moet begraven. En ik heb geen andere keus, want als ik het niet doe, sta ik op het punt alles kwijt te raken wat ik ooit heb gewild. Ik heb even een moment nodig om te rouwen, oké?'

'Je hebt precies zeven minuten om te zwelgen terwijl ik onder de douche spring en me klaarmaak en jij die afgrijselijke tuin-broek uittrekt. Daarna gaan we eropuit totdat we de perfecte paarse stof hebben gevonden.'

'*I-e-w!*' krijst Julian voor de zoveelste keer vandaag. Dit keer staan we midden in World of Textiles in – Chinatown. En de reden voor bovengenoemd gekrijs? Een lap paarse georgette. '*I-e-w!* Haal het weg,' schreeuwt Julian.

'Weet je het *zeker? Zo erg* is het volgens mij nou ook weer niet,' zeg ik.

'Lola, Cojo zou dat vod gebruiken om zijn gouden Dior-gympen mee schoon te maken en vervolgens zou hij Olivia Cutter recht-streeks op zijn lijst voor slechtst gekleden zetten,' schreeuwt hij. Oké, hij heeft gelijk. Het is werkelijk walgelijk.

'Julian, dit is al de miljoenste stoffenwinkel die we vandaag aandoen. Weet je zeker dat je *nergens* paarse stof hebt gezien, in de hele staat Californië niet? Er zijn niet zoveel winkels meer over,' zeg ik, gebarend naar mijn lijst met stoffenwinkels die even lang is als ikzelf – op *hoge hakken*. Zou er werkelijk in heel LA geen fatsoenlijke paarse stof te vinden zijn? Bestaat het niet, of is alles uitverkocht? Heeft die aura-analiste *iedereen* in deze stad onder behandeling?

'Lola, we zijn in *Chinatown*. De dim sum is hier misschien wel goed, maar de stoffen zijn werkelijk *waardeloos*. En misschien zou ik helder kunnen denken als ik eindelijk eens iets te *eten* zou krijgen. Straks val ik flauw op die baal weerzinwekkende paarse polyester met paisley-motief. Je hebt na de Fiesta Fabric in

Agoura al beloofd dat je me iets te eten zou geven. Dat was drie uur geleden. Ik heb behoefte aan een loempia.'

'Julian, we hebben nog maar tweeëneenhalf uur voordat we bij Olivia worden verwacht. Er is geen tijd om te eten. Als we de perfecte paarse stof niet vinden, kunnen we ons niet eens een loempia veroorloven, want dan zitten we allebei zonder werk.'

'Liefje, we hebben elke stoffenwinkel in deze godvergeten stad uitgekamd, van het Chenille Paleis in Pasadena tot het Huis van de Duizend *Dodelijke* Stoffen in de *Death* Valley – en het enige wat ik eraan over heb gehouden, is *dit*,' zegt hij, zijn met galbulten bedekte handen heen en weer wapperend voor mijn gezicht. 'Zelfs mijn vingers komen in opstand. Ik *moet* iets e-t-e-n.' Hij staat daar met zijn vlekkerige handen te wapperen als een uitgeputte peuter.

'Prima, Julian. We hebben tien minuten om iets te eten. Empress Pavilion is aan de overkant van de straat. We halen wel iets *om mee te nemen*.' Ik grijp zijn hand en sleur hem door het verkeer heen.

Julian zet letterlijk zijn hakken in het zand als ik de voordeur opentrek. 'Lola, dit restaurant heeft een "B" op het raam. *Hier* gaan we niet eten,' zegt hij.

'Julian, de keuringsdienst van waren deelt ook B's uit voor typefouten op de menukaart. En het is dit of een Slurpee en een hotdog bij de 7-Eleven op de hoek,' zeg ik, en sleur hem het restaurant in en zet hem op een stoel neer. 'Zit. Bestel alles van de menukaart wat vegetarisch is, als je maar zegt dat het is om *mee te nemen*, Julian. Ik ben zo terug. Ik moet even naar de wc.'

Ik was mijn handen in de wasbak vol vlekken – de keuringsdienst van waren heeft ze die 'B' waarschijnlijk gegeven vanwege deze smerige toiletruimte – en spreid vervolgens de overvloed aan paarse stalen uit op het formica wastafelblad. Zijden dupioni. Nee. Stretch gabardine. Afgrijselijk. Kreukorganza. Jakkes. Katoenen chiffon met kleine gaatjes. Iew. Julian heeft volkomen gelijk. *Al* deze stalen zijn hartstikke *fout*, en ik heb nog maar een paar uur voordat ik genoodzaakt zal zijn om de paarse

229

handdoek in de ring te gooien. Dit is een complete nachtmerrie.

Mijn rinkelende mobieltje verstoort mijn privéklaagzang.

'O mijn god, o mijn god, ik heb de rol in *CSI: Tel Aviv* niet gekregen!' jubelt Cricket, giechelend. 'En ik droeg nog wel een davidsster!'

'Waarom klink je dan zo *opgewonden*?'

'De casting director denkt dat ik misschien wel geknipt ben voor een kleine rol in een Jerry Bruckheimer-*bioscoopfilm*! Kate stuurt me er vanmiddag nog naartoe! Jeremiah heeft er een heel goed gevoel over. Hij denkt dat het de perfecte rol voor me is!'

'Wie?'

'De spirituele gids van gisteravond. Weet je nog? Hij heeft me vanochtend gedeeksha'd.'

'Is dat weer zo'n tantristisch seksgebeuren?' vraag ik.

'Nee, het is een soort shaktipat op steroïden,' zegt Cricket.

'Op zo'n fiets. Ik snap het helemaal,' zeg ik. 'Waar heb je het over?'

'Het is een overdracht van positieve energie. Het heeft de ruimte helemaal vrijgemaakt zodat de film van Bruckheimer zich kon aandienen.'

'Wat vindt S.D. ervan dat je je spirituele tank aan een andere pomp volgooit?'

'Jeremiah begrijpt me op een zielsniveau waar S.D. gewoon niet bij kon komen,' zegt Cricket. 'Bovendien geeft hij een workshop Visualiseer je Eigen Scenario waar iedereen naartoe gaat: Sam Raimi, Cameron Crowe, Bryan Singer. Hij is de Robert McKee van de spiritualiteit. Ik krijg die rol, ik weet het zeker!'

'Je verdient het ech –' De woorden sterven in mijn keel. O mijn god. Daar is het. Pal voor mijn neus. Dit maak ik niet mee.

'Lola? Lola, wat is er? Ben je er nog?' klinkt Crickets stem smekend aan de andere kant van de lijn.

'Cricket, ik moet ophangen,' blaf ik in de hoorn. *Klik.*

Ik sprint praktisch terug naar de eetzaal en grijp Julian bij zijn arm. 'Vooruit, sta op! Kom mee. Ik moet je iets laten zien,' zeg ik, hem meesleurend naar de deur van de toiletruimte.

'Lola, wat doe je nou? Ik kan daar niet naar binnen gaan. Ik mag dan wel een verkapt meisje zijn, maar ik kan geen voet zetten in de damestoiletten.'

Ik ruk aan zijn arm. 'Ik wil je iets laten zien: de oplossing voor al je problemen.'

'Ik betwijfel ten zeerste of de oplossing voor al onze problemen zich bevindt in het damestoilet van Empress Pavilion.'

'Julian, hou nou eens op met praten!' Na een snelle blik naar binnen te hebben geworpen om te zien of er niemand anders is, duw ik Julian naar binnen. 'Kijk,' zeg ik.

'Waarom krijgen vrouwen altijd manshoge passpiegels?' zegt Julian, zichzelf erin inspecterend. 'Jakkes, ik heb nog steeds cowboyhoedenhaar. Ik ben een *ramp*.'

'Julian, vergeet je haar. *Kijk* even,' zeg ik, wijzend naar de gore ramen die worden omlijst door gordijnen. Paarse gordijnen.

'Oké, ik *kijk* al. Mag ik nu teruggaan om iets te bestellen?'

'Nee, *KIJK*,' schreeuw ik zo hard ik kan. 'Daar, zie je wel? Die gordijnen zijn perfect voor Olivia's jurk. Op die stof is niets aan te merken. Het is de *perfecte* kleur paars – niet te blauw, niet te paars. Het is een kruising tussen *Moulin Rouge* en een onvoorstelbaar chique Chinese *Odyssey*. Het is –'

'Lola, ik ga dokter Gilmore bellen om te vragen of ze je antipsychotica wil voorschrijven. Je hebt duidelijk last van waandenkbeelden.'

'Julian, hou je kop en bekijk die stof nou eens van dichterbij,' zeg ik, hem in de richting van het raam duwend.

Hij doet een stap naar voren en steekt voorzichtig zijn hand uit naar de gordijnen, alsof hij een in het nauw gedreven jakhals wil aaien. '*Iew.* Ze stinken naar in reuzel gebakken rijst,' zegt hij, ze van zich af slaand.

'We kunnen ze laten stomen,' zeg ik.

Hij voelt aan de stof en hapt naar adem. Als hij zich omdraait, glimlacht hij praktisch door een waas van tranen heen. 'O mijn god, Lola, je hebt gelijk. Je snapt het niet. Zulke stof maken ze tegenwoordig niet meer. Moet je dat handborduurwerk zien, en de sierrand van tule,' zegt hij, mijn hand grijpend en die op de gordijnen leggend zodat ik mijn eigen Helen Keller-wa-wa-moment kan beleven. 'Voel dan hoe licht en luchtig het is. Het is net een schuimgebakje van bakkerij Poilâne aan de Rue du Cherche Midi in Parijs,' zegt Julian. 'Vlug. Prop ze in je tas.'

'Ze passen nooit in deze tas. En we kunnen niet zomaar hun gordijnen *stelen*.'

'Ja, dat kunnen we wel. Empress Pavilion heeft *geen* idee wat ze hier in huis hebben,' zegt Julian. Ik kijk naar de gordijnen. Weer naar Julian. Gordijnen. Julian. Gordijnen. Julian.

'Je bedoelt, wat ze in huis *hadden*,' zeg ik.

'*Julian!*' krijst Olivia Cutter, terwijl ze door haar Toscane-gele gang op hem af rent. Een paar meter bij hem vandaan komt ze abrupt tot stilstand en slaat ze ineens haar met roodgouden slangenarmbanden behangen armen voor haar neus en mond. 'Olivia wil weten of je nog steeds besmettelijk bent,' zegt Olivia van achter haar armen, weigerend om zijn uitgestoken hand te schudden. 'Ben je helemaal beter? Heb je de bloemen gekregen die Olivia je heeft gestuurd?'

'Ik geloof niet dat ik de bloemen heb gekregen. Maar ik voel me weer helemaal beter nu ik jou zie,' zegt Julian.

Mijn blik wordt onwillekeurig getrokken naar de schitterende bloemenzee op het dressoir. Er piept een kaartje tussen de callalelies uit.

En nu maar duimen voor Best Gekleed! Liefs, ook van
Miuccia!
xoxo, ADRIENNE

O neeneeneeneenee. NEE. Nu is het echt *oorlog*. Het is K Feddie-aast-op-Britney's-bankrekening oorlog.

'Lieverd, hoe is het mogelijk dat je er zelfs nog verrukkelijker uitziet dan de laatste keer dat ik je heb gezien? Die lippen – ze zijn gewoon zo vol en weelderig,' zegt Julian zangerig tegen Olivia. 'En dat figuurtje. Sodeknetter. Liefje, voor jou zou een homo spontaan hetero worden.' Leuk gedaan.

'O, Julian, dat is wat alle homo's tegen Olivia zeggen – maar ze hebben het geen van allen gedaan,' zegt Olivia. Staat ze nou met haar wimpers te knipperen? 'Marcie!' gilt Olivia. Haar zwaar op de proef gestelde assistente komt haastig aanrennen met een angstige blik in haar ogen. 'Waarom heb je Julian geen violen gestuurd? Olivia had tegen je gezegd dat je Julian bloemen van Robert Isabell moest sturen. Olivia wordt omringd door moordenaars,' zegt ze in het luchtledige. Ja, vast, je hebt tegen haar gezegd dat ze bloemen moest sturen. Memo aan mezelf: ook voor Marcie een nieuwe baan zoeken zodra je voor Imas een betere plek hebt gevonden. Maar wat het zwaarst is moet het zwaarst wegen – Olivia in een jurk krijgen voor die verdomde Oscaruitreiking.

'We hebben de hele planeet afgezocht naar de perfecte paarse stof voor jou, Olivia, en we hebben hem gevonden,' zeg ik, terwijl ik mijn arm door de hare steek en haar meevoer door de gang. Het is uitgesloten dat Adrienne Hunt Olivia krijgt. Punt.

Julian slaat zijn arm om Olivia's schouder, en samen voeren we haar snel mee naar de woonkamer, waar de gebruikelijke circusvoorstelling in volle gang is. Olivia's manager, John, is omgeven door roddelbladen en zit te turven op een vel papier – is hij aan het tellen of Olivia vaker genoemd wordt dan Jessica Simpson? Haar agente staat in een Bluetooth-headset te schreeuwen en de Wonder Twins staan naar de rekken vol jurken te turen.

'Olivia wil jullie voorstellen aan de fabelachtige Julian Tennant, buitengewoon ontwerper,' zegt Olivia tegen haar Dream Team, alsof ze de aankondiging doet op de openingsavond van de Metropolitan Opera. Ze spreidt haar armen om Julian het podium te geven. Julian doet een stap naar voren alsof hij Madame Butterfly in eigen persoon is.

Olivia's agente beëindigt zowaar haar telefoongesprek. 'Buitengewoon ontwerper,' zegt ze, en ze geeft Julian een hand.

John legt zowaar *People Magazine* neer. 'Buitengewoon ontwerper,' zegt hij, Julians hand in zijn gemanicuurde knuist nemend.

De Twins verlaten hun post. 'De fabelachtige Julian Tennant, buitengewoon ontwerper,' zeggen ze in koor, en ze schudden Julian om beurten de hand.

Nee, zag ik Julian nou een buiging maken?

'Toen Lola tegen me zei dat Olivia paars wilde, was ik het daar volledig mee eens,' zegt hij tegen zijn verrukte toehoorders. 'Ik had nog stof liggen die ik al jaren heb bewaard voor de perfecte gelegenheid.' Zich tot Olivia wendend om haar het gevoel te geven dat zijn woorden alleen voor haar goddelijke oren bestemd zijn, voegt hij eraan toe: 'Weet je, blauw is zo passé. En je zult niet geloven waar we de stof hebben gevonden –'

'– in een piepkleine tempel even buiten de provincie Sjanghai,' val ik hem in de rede. *Werk nou even mee, Julian*, smeek ik in stilte.

Julian kijkt me verbluft aan. 'Het lag verscholen onder de...' Julian aarzelt.

'– drieduizend jaar oude gouden boeddha,' besluit ik, en werp Julian een waarschuwende blik toe. 'Wat vind je ervan?' vraag ik, de gordijnen over haar bank uitspreidend. Godzijdank hebben we ze laten luchten door ze uit het raampje van de auto te hangen terwijl we over Beverly Boulevard scheurden, waarna ik ze heb bespoten met het Fracas-parfum dat ik in mijn handschoenenkastje heb liggen voor noodgevallen. 'De weefselstructuur is ongelofelijk. Het zal het effect geven van stromend water. Suri, de prinses van Perzië, heeft Julian vorig jaar gevraagd een jurk te maken van dit materiaal voor haar bruiloft.' Oké. Perzië bestaat niet meer. Maar dat weet *Olivia* niet.

Dit keer weet Julian wat hem te doen staat. 'Ik heb geweigerd. Ze was dit materiaal niet waard,' zegt hij vertrouwelijk.

'Jij, Olivia, zult er oogverblindend in uitzien,' zeg ik.

'*Absoluut* oogverblindend,' voegt Julian eraan toe.

'Oogverblindend,' doet ook de agente een duit in het zakje.

'Oogverblindend,' kirt de manager.

'Oogverblindend,' zeggen de Twins instemmend.

Moet je horen, het lijkt misschien maf, maar ik aanvaard alle hulp die ik kan krijgen.

'Suri? Heet het dochtertje van Tom Cruise niet zo? Olivia *is gek op* Tom. Olivia is al gek op Tom sinds ze twaalf was,' zegt Olivia. Hoe kan het ook anders? Ik durf te wedden dat ze zich samen staan vol te proppen op Scientology-barbecues en dat ze samen weigeren hun medicijnen te nemen.

'Suri betekent rode roos,' zeg ik. Althans, dat is wat ze beweerden in *US Weekly*. Ik ga ervan uit dat het net zo'n betrouwbare bron is als om het even welke andere.

Olivia loopt om de weelderige stof heen, elke centimeter inspecterend. Thor rent de kamer binnen. Zijn vacht is nu helder Hendrix-paars. De arme stakker springt op de bank om zich in de gordijnen te nestelen, zijn paarse vacht zo camouflerend dat ik hem amper kan vinden om hem eraf te meppen. Als hij erop piest, krijgt-ie van mij een geheel verzorgde reis naar Chateau Marmutt voor de speciale euthanasiebehandeling. Julian tilt hem vlug op en begint hem overal te zoenen.

'O, Olivia, hij zou de eerste prijs moeten winnen. Hij is gewoonweg *volmaakt*,' zegt Julian. Ik wacht met ingehouden adem tot het Dream Team hem in koor bijvalt met *volmaakt*, maar zelfs zij moeten ergens de grens trekken. De hond is nu *paars*, god betert.

'Was de Kirlian-aura-analiste het eens met Thors kleur?' vraag ik aan Olivia's agente in een poging tot een grapje.

'We hebben gisteren de hele dag gewijd aan het consult,' zegt de agente op de toon van Larry King die Osama Bin Laden interviewt.

Oké.

'Zal ze de stof die we hebben meegebracht goedkeuren?' vraag ik.

'Ze werkt vandaag aan de jurk van Sandra Bullock,' zeggen de Twins in koor.

Godzijdank. Gered van de aura-analiste. Ik weet het niet, misschien heeft ze wel geholpen. Olivia is gezakt naar niveau vijf op de gektemeter.

Olivia haalt diep adem en plukt Thor van Julians schoot. *Ik* haal diep adem in afwachting van wat er zo meteen uit haar mond zal komen. Te rood? Te blauw? Te paars? Te *on*succesvol?

'Mammie wil weten wat Thor-ry Wor-ry ervan vindt,' koeterwaalt Olivia. 'Vindt Thor-ry de prachtige paarse stof mooi die Julian voor mammie uit Chili heeft meegebracht?' Wauw. Ik weet niet wat angstaanjagender is – dat Olivia denkt dat Sjanghai in *Chili* ligt, of dat hondengebrabbel dat Olivia's babygebrabbel-in-de-derde persoon naar een heel nieuw niveau van dementie tilt. Thor begint ongecontroleerd te blaffen. Er komt geen eind aan. Olivia laat het minuscule hondje op de grond vallen en krijst: 'Olivia wil dat Thor nu zijn bek houdt! Thor zet mammie voor schut in het bijzijn van haar gasten.' O, *nu* zijn we ineens gasten. 'Waarom stop je nou niet met blaffen? Paars moest je juist sereen maken.' Ik weet zeker dat de veelvuldige onderdompelingen in een bad vol stomende verf heel kalmerend zijn geweest. Oké, de gektemeter loopt in hoog tempo op naar niveau tien – en hoger.

Ik strijk de geborduurde paarse gordijnen op de bank glad. Ik moet Olivia terug zien te brengen naar niveau vijf. En snel.

'Deze stof doet me denken aan de kleur van het Caribisch gebied bij zonsondergang vanaf het balkon van het huis van Oscar de la Renta in Punta Cana,' zeg ik. Oké, misschien had ik *die* Oscar niet moeten noemen in een poging om Julian aan te prijzen voor *de* Oscaruitreiking. Snel rechtzetten. 'Zie je het goud al glimmen tegen dat adembenemende paars? Jij, met je Oscar in de hand.'

Olivia houdt haar hoofd scheef als het hondje Nipper en denkt hier even over na. 'Olivia wil zien hoe de stof eruitziet tegen Olivia's huid,' zegt ze, en ze loopt naar de spiegel en neemt een houding aan die de rode loper waardig is. Verleidelijk over haar schouder kijkend zegt ze zangerig: 'Olivia staat te *wach-ten*. Vijf. Vier. Drie. Twee,' begint ze heethoofdig te tellen terwijl de Twins met de stof naar haar toe snellen. Ik ril bij de gedachte aan wat er zal gebeuren als Olivia bij *één* komt – maar de Twins wikkelen vlug de stof als een toga rond haar lichaam.

'Nee, het zou meer *zoiets* zijn,' zegt Julian, en zijn vingers maken behendig een hele reeks ingewikkelde plooien. Hij grist Thors verdwaalde Vuitton-riempje uit de hondenmand en knoopt het rond de geïmproviseerde jurk. In twee seconden tijd heeft hij Olivia Cutter in een in het paars gehulde Griekse godin getransformeerd.

Olivia bekijkt de stof aandachtig, laat haar vingers over het materiaal glijden en poseert voor de spiegel.

'Olivia wil weten met wie de prinses van Perzië ging trouwen,' zegt ze, zich tot Julian en mij wendend.

'Wat?' zeggen Julian en ik eensgezind.

'*Suri*, de prinses van Perzië. Olivia wil weten met wie ze zou gaan trouwen,' zegt ze nogmaals.

'O, natuurlijk,' zeg ik. 'Ze is getrouwd met een alom gerespecteerde tapijthandelaar. Je weet wel, gespecialiseerd in onbetaalbare kelims,' zeg ik haastig.

'Iew. Dat vindt Olivia maar niks. Olivia vindt een tapijthandelaar niks,' zegt ze, de stof snel van zich af gooiend alsof het een besmet, synthetisch Martha Stewart-tapijt van Kmart is.

'Dat was zijn gewone baan,' vervolg ik soepeltjes. 'Hij is ook de prins van Marokko. Ook wel bekend als de prins William van het Midden-Oosten. Je weet hoe snel die lui van het koningshuis zich gaan vervelen.' Oké, dus ik was even niet helemaal op dreef. Maar nu weer wel. Ik ben net David Beckham die het in zijn eentje opneemt tegen Manchester United.

'Hij is toevallig ook een rechtstreekse afstammeling van Mohammed,' voegt Julian eraan toe. Doelpunt! Mijn spits is terug in de wedstrijd.

'Olivia is dol op boksen,' zegt Olivia, die weer een stap in de richting van de stof doet. Wie ben ik om haar een geschiedenisles of een sporttip te geven terwijl ze de stof staat te masseren alsof zij Nobu Matsuhisa is en de stof een Kobe-koe? Ineens wikkelt ze zich in de stof en doet haar ogen dicht. Ze schopt haar poederroze, met bergkristallen bezette Jimmy Choo's omhoog en gaat gestrekt op de bank liggen. Doet ze een dutje? Heeft ze een miniberoerte? Begint de Thorazine nu soms te werken? We gaan allemaal om haar heen staan, haar in stilte omringend. Ik wacht tot iemand iets zegt. Ik kijk naar Julian, naar John, naar de Twins, naar haar agente. Ze geven geen kik. Moeten we zingen? De defibrillatoren gaan halen?

'Olivia wil dat jullie elkaar allemaal een hand geven,' verkondigt de schone slaapster uiteindelijk. Ze doet haar ogen open en staart ons aan zoals we daar met zijn allen om haar heen staan, met opengezakte mond. 'Doe het!' commandeert Olivia. We geven elkaar een hand alsof we in de Log Cabin zijn voor een AA-bijeenkomst, terwijl Olivia haar ogen weer dicht doet en verder gaat met het aaien van de stof. Vijf minuten? Tien minuten? Ik weet niet hoeveel tijd er is verstreken – ik weet wel dat ik klamme handen begin te krijgen. Julian heeft mijn linkerhand in een dodelijke greep, zijn nagels diep in mijn handpalm gedrukt. Een knots van een zegelring aan de hand van de agente is mijn rechterhand langzaam aan het uithollen. Ik sta op het punt om even stiekem op mijn horloge te kijken om te zien hoe laat het in godsnaam is als Olivia haar ritueel verbreekt, abrupt rechtop gaat zitten en triomfantelijk verkondigt: 'Olivia vindt het fantastisch. Olivia zal zondag een paarse pauw zijn op de rode loper. En Olivia zal de Oscar winnen in jouw jurk.'

Julian en ik storten ons praktisch op de bank en boven op Olivia.

'Olivia, je zult de elegantste vrouw zijn van allemaal,' zeg ik met trillende stem. Ik weet niet of ik moet lachen of op de grond in elkaar moet zakken. Thor zou me in al zijn paarse glorie kunnen likken, over me heen piesen en poepen, en ik zou door het dolle heen zijn. Ik weet verdorie zo goed als zeker dat paars mijn lievelingskleur is. 'Je zult er stralender uitzien dan Grace Kelly op de dag dat ze koningin werd,' voegt Julian eraan toe. Ik kijk naar Julian – onze ogen vullen zich met tranen.

'Dat weet Olivia al,' zegt Olivia kortaf, en ze bevrijdt zichzelf uit de stof, staat op van de bank en loopt naar haar slaapkamer. Kennelijk is het magische heksenkringmoment officieel voorbij. 'Olivia wil dat jullie nu aan de slag gaan,' zegt ze, en ze doet de deur achter zich dicht.

'Ze gaat de jurk dragen?' zegt Julian geschokt, en wendt zich als eerste tot Olivia's agente.

'Je hebt haar gehoord, maak de jurk,' zegt haar agente.

'Ze gaat de jurk echt dragen?' zeg ik, en wend me vol ongeloof tot haar manager.

'Dat is wat ze heeft gezegd, maak de jurk,' zegt haar manager.

'Ze gaat de jurk dragen?' zeggen we, ons tot de Twins wendend.

'Ja! Ze gaat de jurk *dragen*,' schreeuwt het Dream Team in koor tegen ons.

'O mijn god, o mijn god, o mijn god!' krijsen Julian en ik allebei terwijl we in mijn Prius over Sunset Boulevard vliegen.

'Ik wist wel dat het je zou lukken, Lola,' zegt Julian.

'O mijn god, het is me gelukt. Nou ja, ik bedoel, met jouw hulp, Julian.'

'*Jij* was de slagroomtaart. Ik was alleen maar de nicht erbovenop,' zegt Julian. 'We moeten de jurk uiteraard nog wel *maken*,' zegt Julian. 'Maar ik moet je bedanken, Lola, omdat je mijn perzikhuidje hebt gered. En weet je – Cannes is vlak om de hoek.'

'O god, Julian, wat zal het spannend worden zondag,' zeg ik.

'O god, zondag! Vandaag is het *vrijdag!* Hoe moet ik die jurk in godsnaam op tijd af krijgen? Ik moet hem nog knippen, plooien, zomen –'

'En vergeet niet dat je vanavond je gezicht moet laten zien op het feestje van Ed Limato. Zal je investeerder daar niet ook zijn? Waarom is hij eigenlijk in de stad?'

'Marty gaat een productiemaatschappij beginnen.'

'O, geweldig. Daar zitten we echt op te wachten. De zoveelste producer. Is er iemand van Yakima tot aan Kennebunkport die niet wil *produceren?*'

'En hij wil Olivia Cutter ontmoeten.'

'Natuurlijk wil hij dat. "Produceren" is gewoon codetaal voor *met flappen wapperen* om dikke maatjes te worden met alle hippe Hollywoodpoezen,' zeg ik. 'Hoe het ook zij, je moet er naartoe en de held uithangen – Marty zal dolblij zijn om te horen dat je de hipste Oscargenomineerde poes die er rondloopt hebt weten te strikken.'

'Ik kan nu niet naar een feestje gaan! Lola, ben je niet goed bij je hoofd? Ik zal iedere minuut nodig hebben om die jurk te doen.' Julian begint te kreunen, zijn hoofd tussen zijn handen geklemd alsof hij het eraf wil draaien.

'Julian, het draait allemaal om het plaatje. Marty wil zien dat zijn sterontwerper-investering deel uitmaakt van de jetset. Dat je kalm en beheerst bent. We brengen een snelle champagnetoost uit op Olivia Cutter, fleuren Marty een beetje op, en daarna ga je weer terug naar het Chateau om aan de jurk te werken. Je bungalow is al in gereedheid gebracht. Ik zal zien wat ik kan doen om een paar helpende handen voor je te regelen.'

'Nee, er komt niemand aan die jurk behalve ik,' protesteert Julian. 'Ik kan onmogelijk toestaan dat iemand anders met zijn vingers aan mijn meester –'

'Oké, oké, duidelijk. Ik zal zorgen dat je binnen een uurtje weer weg bent bij Ed, hooguit.' Ik steek mijn arm uit en geef een kneepje in Julians hand. 'Wij kunnen dit.'

Julian blaast een stroom lucht uit door zijn neusgaten. 'Oké, één glas champagne. In ieder geval zal Marty mijn kont likken in plaats van er een schop onder te geven wanneer we hem vanavond vertellen dat Olivia Cutter mijn *paarse* pauwen krachttoer gaat dragen,' zegt hij.

'Wat doen we met Billy Joe?' zeg ik als we voor het Chateau parkeren. 'Is hij al terug van de Universal Studios?'

'Zo ja, dan ga ik kijken of hij de kracht heeft om nog één ritje te maken,' zegt Julian, en hij tuit zijn lippen om me een kus toe te blazen terwijl hij in de richting van het hotel zweeft.

'Wacht – Julian,' roep ik hem na. Ik stap uit de auto en doe het achterportier open. 'Dat was ik bijna vergeten. Hier, neem deze mee.' Ik overhandig hem het boeket calla-lelies.

'Wat zijn dit voor bloemen?' vraagt Julian, en hij leest het kaartje dat tussen de bloemen genesteld ligt. 'Zijn ze van *Adrienne*?'

'Ik heb ze uit Olivia's huis meegejat. Wat moet Olivia er nog mee nu ze *jou* gaat dragen?' zeg ik, Julian omhelzend. 'Nogmaals gefeliciteerd.'

'Die Adrienne Kut kan maar beter gaan duimen – en nagelbijten,' zegt Julian. '*Wij* krijgen Best Gekleed bij de Oscaruitreiking – al moet ik er een nier voor afstaan aan Cojo.

Ik huppel over het stenen pad naar mijn huis en blijf even staan om een vreugdedansje te doen. Het is me gelukt! Het is me gelukt! Het is me gelukt! Ik zal uiteindelijk dus toch niet naar die baan bij Winchell's hoeven solliciteren. Jemig, dit hele *succes*gebeuren is veel beter dan *falen*. Ik ga dokter Gilmore bellen. Ik kan niet wachten tot mijn volgende sessie om haar te vertellen over mijn immense triomf. Ze zal *zo* vreselijk trots zijn. Ik ben trots. Carrière Tekort Stoornis? Ha! Zeg maar gerust Carrière Triomf en Succes.

Ik smijt mijn voordeur open en stuiter naar binnen. Wacht, ben ik in het verkeerde huis? Ik storm naar buiten en controleer het huisnummer. Ik storm weer naar binnen. Wauw, wauw, wauw, wauw. Ik ben beroofd. Nou ja, niet beroofd-beroofd – het is meer dat mijn interieur een *make-over* heeft gekregen. Mijn Spaanse bungalow is omgetoverd in – een wit met turquoise mediterrane villa. Het lijkt wel iets uit – *Griekenland*. O mijn god. Het ziet er *precies* zo uit als – mijn hotelkamer – in *Santorini*. Ik stuif naar het raam en druk mijn neus tegen het glas. Is dat – wit *zand* in mijn achtertuin? En een *vulkaan*? Nee. Dat kan niet. Of wel? Ik ren door mijn openslaande deuren de tuin in. O mijn god. Het is een – *achterdoek*. En het ziet er *precies* zo uit als het uitzicht vanaf mijn balkon in Griekenland. Ik draai me met een ruk om.

SMITH komt mijn slaapkamer uit lopen. O mijn god. Ons eerste afspraakje in mijn hotelkamer in Santorini. Dat ongelofelijke dinertje op mijn terras. SMITH heeft *dit* gedaan. Voor *mij*. Hij schenkt me *die* grijns.

'Wat is er aan de hand?' vraag ik, en snel naar hem toe.

Hij geeft me een envelopje. Het ziet er precies hetzelfde uit als het exemplaar dat hij naar mijn hotelkamer in Santorini had gestuurd. Ik scheur het open. 'Neem me terug. En laten we dan samen een hapje eten,' staat er in SMITH's handschrift.

Hem terugnemen? Mijn hart heeft hem nooit losgelaten.

'Wat vind je ervan, Lola? Ik heb de kok uit ons hotel in Santorini laten invliegen om je favoriete Griekse maaltijd klaar te maken,' zegt hij, en gebaart naar de uitstalling van warme pitabroodjes met tzatziki, verse Griekse salade met kalamata-olijven, dolmades, moussaka, spiezen met gegrild lam en groenten.

'Ik vind het geweldig! Het is het meest romantische wat iemand ooit voor me heeft gedaan,' zeg ik, en ik pak hem beet en begin hem onafgebroken te kussen.

'Dit keer wordt het anders,' zegt SMITH, me in zijn armen nemend. Hij trekt me mee naar de salontafel en de brandende kaarsen. 'Trek?'

'Niet in eten. Niet nu. Ik vond de avonden dat we het diner oversloegen altijd het fijnst,' zeg ik, hem meevoerend door de gang.

'Daar gaan we dan, meisje,' zegt hij. 'Jij en ik. Voor altijd. Ik wil dat *jij* degene bent die naast me staat als ik mijn Lifetime Achievement Award van de Academy krijg uitgereikt.'

Wat maakt het uit dat hij een regel tekst van Humphrey Bogart heeft gejat? SMITH is terug.

'Het zal je deugd doen om te horen dat ik in een vliegtuig zit op weg naar Marin voor het oefendiner van mijn zus – ik kom nog net op tijd voor het dessert en het proosten – dankzij het schuldgevoel dat Cricket, Adam en jij me hebben aangepraat,' zegt Kate door de krakende, knetterende vliegtuigtelefoon.

'Hoe laat is het? O god, het is al bijna negen uur.' Ik vang een glimp op van de wekker op mijn nachtkastje. 'Ik moet in slaap zijn gevallen nadat SMITH is weggegaan,' zeg ik terwijl ik mezelf loswikkel uit de lakens en moeizaam wakker word.

'*SMITH?*' zegt Kate. O god. O nee. Hoe heb ik me nou zo kunnen verspreken? Ik wijt het volledig aan de goedmaakseks.

'Ja. *SMITH*,' zeg ik. Diep ademhalen. Nog een keer. 'Ik hou van hem, Kate. En we zijn weer bij elkaar,' flap ik eruit. Nu Kate op tien kilometer hoogte door de lucht vliegt, lijkt dit me het beste moment om het haar te vertellen.

Stilte.

'Hij heeft de decorbouwer van *Pride and Prejudice* mijn hotelkamer in Santorini, waar we ons eerste afspraakje hadden, laten nabouwen in mijn *woonkamer*. De vrouw heeft een *Oscar* op haar naam staan. Het was romantische-komedie-met-Hugh-Grant *romantisch*. Moet je horen, Kate...' Mijn stem sterft aarzelend weg.

Stilte. O mijn god, nu komt het. Als Kate zo lang stil is, bereid je dan maar voor op de Derde Wereldoorlog.

'Ik wil alleen dat je gelukkig bent, Lola. En als SMITH je gelukkig maakt –' Kate slikt zo hoorbaar dat het klinkt alsof het vliegtuig motorproblemen heeft '– tja, mazzeltof dan maar.'

'Sinds wanneer spreek jij Jiddisch?'

'Sinds twee seconden geleden, toen je me vertelde dat jullie weer bij elkaar zijn. Ik ben mijn begrip van de Engelse taal kwijtgeraakt,' zegt Kate. 'Lola, ik wil gewoon niet dat je hart een tweede keer uit je lijf wordt gerukt.'

'Dat weet ik, Kate, maar dit keer moet je me vertrouwen. We zullen het er maar bij laten dat Engels je tweede taal is,' zeg ik.

Stilte.

'Shalom,' zegt ze ten slotte.

'Wat?' zeg ik.

'Het is het enige andere woord dat ik in het Hebreeuws ken,' zegt Kate.

'Dank je, Kate,' zeg ik.

'Maar verwacht niet van mij dat ik alle dweperige details aanhoor over hoe het zover is gekomen,' zegt Kate. 'Vooral niet wanneer ik vijf dollar per minuut betaal voor deze kloterige vliegtuigtelefoon. De enige details die ik wil horen, zijn over Eds feestje vanavond. Neem desnoods een notitieblok mee om aantekeningen te maken.'

Klik.

'Ik wil graag een toost uitbrengen op Julian Tennant en Lola Santisi. Gefeliciteerd, kinderen, met het binnenslepen van Olivia Cutter. Ze zal ons allemaal rijk maken,' zegt Marty Glickman, Julians investeerder. 'Nou ja, ik ben al *rijk* – rijker dan Mark Cuban,' voegt Glickman eraan toe terwijl we met champagneflûtes klinken in de foyer van Ed Limato's optrekje in Coldwater Canyon, dat momenteel van muur tot muur is volgepakt met beroemdheden. Dit huis verdient een plekje in *Architectural Digest* – of MTV's *Cribs*. Het is volledig in Versace gehuld, van de asbakken met tropische bloemenprint tot de hondenvoerbakken met tijgerprint tot de speciaal gemaakte goudkleurige bioscoopstoelen met Medusa-print in zijn immense filmzaal. De zilverharige mega-agent van ICM is zelf ook gehuld in Versace, in een knalgeel met zwart Versace-overhemd, opengeknoopt, en een wijde witzijden broek. Tien procent is *veel* meer dan ik dacht.

Hoe heeft Glickman eigenlijk een uitnodiging weten te ritselen voor Eds feestje? Het is bijna net zo onmogelijk om zijn pre-Oscar roddelfestijn binnen te komen als dat van *Vanity Fair*. Ed nodigt zelfs sommige van zijn ICM-collega's niet uit – en zelfs niet alle ICM-*cliënten*. Mama heeft tegen Ed moeten zeggen dat mijn vader overweegt om bij CAA weg te gaan om Julian en mij op de lijst te krijgen.

'Ik was bang dat ik een Tony Montana bij je zou moeten doen, Julian,' zegt Glickman terwijl hij Julian zogenaamd een stoot in zijn maag geeft. Ja, vast, het enige waar deze New Yorker van één meter tachtig ooit mee heeft geworsteld, is de menukaart bij Cipriani. *Ik* zou Glickman nog buiten westen kunnen slaan – zelfs in deze glibberige saffierblauwe Julian Tennant-kokerjurk en op deze pumps met plateauzolen. Hoewel al die hard geworden gel in zijn haar mijn vuist wel enige schade toe zou brengen.

'Zo, wanneer kan ik Olivia Cutter ontmoeten? Ik ben een enorme fan,' zegt Glickman, die een blini met Beluga pakt van een dienblad dat voorbijkomt.

'Ze is vast ook een enorme fan van jou, Marty,' zegt Julian, en stoot zijn glas nogmaals tegen dat van Marty aan. 'Jullie worden vast net zulke dikke maatjes als Oprah en Gayle.' Waar haalt Julian deze li-la-lariekoek vandaan? Godzijdank heeft Kate tegen me gezegd dat ik een notitieblok mee moest nemen. Ik *moet* dit opschrijven. 'Neem me niet kwalijk, jullie twee, we moeten even smoezen; er is een Best-Gekleed-lijst waar we graag op willen komen,' zegt Julian, en hij stapt op Cojo af, die samen met Julianne Moore in een hoekje staat.

Ho, wacht. O nee. Niet *weglopen*. Ik kan niet geloven dat Julian me zojuist alleen heeft gelaten met deze stroopsmeerder. Ik bestudeer de gigantische kristallen kroonluchter die boven onze hoofden hangt – is dat ook een Versace? Ik sta me juist af te vragen of het ding bij een aardbeving met een kracht van 10.0 op de schaal van Richter naar beneden zou vallen om precies op Marty's hoofd terecht te komen wanneer Ed Limato in eigen persoon me aan de kant duwt.

'Neem me niet kwalijk, Lola,' zegt Ed charmant terwijl hij poseert voor een foto met Christopher Walken. Kennelijk vindt Ed, die op blote voeten bij de voordeur staat te wachten met zijn persoonlijke fotograaf om zijn megawattgasten te begroeten, *mij* een foto niet waard.

Ik berust in het lot van de Onwaardigen: over koetjes en kalfjes praten met een 'producer'. 'Mijn vrouw wilde dat ik zou investeren in moderne kunst,' zegt Marty, kijkend naar de Jasper Johns boven Eds open haard. 'Ik heb één blik geworpen op die veertien miljoen dollar kostende tijgerhaai van Damien Hirst in zijn aquarium vol formaldehyde en tegen die lul van Sotheby's gezegd dat ik er niet aan begon. De enige vis waar ik van hou, is tonijn,' zegt Glickman terwijl hij een gruyèresoesje in zijn mond stopt.

'Nou ja, op het gebied van kleding heeft je vrouw in ieder geval een betere smaak dan op het gebied van kunst.' En mannen, denk ik bij mezelf. Bedankt, Aspeth Gardner *Glickman*, dat je je man hebt opgedragen om in Julian te investeren.

'Mijn vrouw houdt net zoveel van kleren als Donald Trump van zijn haar. Van het geld dat ze uitgaf aan Julian Tennant, zou je New Orleans opnieuw kunnen opbouwen. Ik zei tegen haar dat het goedkoper zou zijn als ik het bedrijf kocht – dus dat heb ik gedaan,' zegt Glickman. Hij spoelt zijn gruyèresoes weg met een grote slok Dom.

'Gelukkig voor ons,' zeg ik.

'Hé, Lola, denk je dat je mijn script aan je vader zou kunnen geven? Het is een kruising van *GoodFellas* en *Carlito's Way* en *Reservoir Dogs*. Ed probeert een afspraak met Tarantino voor me te regelen, maar ik vond *The Assassination* echt helemaal te gek.'

'Ed *Limato?*'

'Ja, Ed vertegenwoordigt mij,' zegt hij. Richard Gere, Denzel Washington, Mel Gibson en *Marty Glickman?* Nou ja, Marty is *geld.* Tien procent van troep is nog altijd tien procent. De wereld zit zo volkomen logisch in elkaar.

'Mijn vader en jij zouden een perfecte combinatie zijn, Marty,' zeg ik, maar hij luistert niet naar me, hij is te zeer afgeleid door Salma Hayeks kont, die zich momenteel voor Robert Rodriguez bevindt, gewikkeld in een warmrode, schuin geknipte Dolce & Gabbana.

'Je moet me maar even excuseren, ik ga mezelf aan Salma voorstellen,' zegt hij, en hij ontbloot zijn vergeelde hoektanden in haar richting. 'Ik denk dat Salma perfect zou zijn voor mijn film. We hebben voor de vrouwelijke hoofdrol een lekkere latina nodig.'

Ja hoor, deze Oscargenomineerde actrice zal vast en zeker haar kans grijpen om een goedkope Elvira Hancock te spelen. 'Succes,' zeg ik, terwijl ik achteruit wegloop. Waarom zou een van de meest aantrekkelijke vrouwen in Hollywood deze geile hobbit willen ontmoeten?

Ze hebben in elk geval één ding gemeen – hun *lengte.*

Ik baan me een weg door de mensenmenigte in Eds woonkamer en bewonder in het voorbijgaan Courtney Love's nauwsluitende Marchesa van zilverlamé. Vervolgens loop ik over Eds vorstelijke gazon naar de grote magentakleurige tent die over zijn tennisbaan heen is opgetrokken. Eds gazon is zo perfect gemanicuurd dat het eruitziet alsof Jesse Metcalfe het dagelijks maait.

Ik ben op weg naar de tent als ik ineens in een paar bekende huskyblauwe ogen staar.

'Lola!' roept Jake Jones uit. 'Wauw, je ziet er fantastisch uit! Ik ben alsmaar van plan je te bellen, maar ik heb elke avond tot wel elf uur moeten werken. Ik ben net klaar met het passen van mijn vleugels.' Hij schenkt me een van zijn scheve grijnsjes. 'Hé, zullen we het hier voor gezien houden?'

'Ik denk inderdaad dat ik het *hier* voor gezien houd,' zeg ik, hem alleen achterlatend in de waas van mijn glibberige saffierblauwe kokerjurk terwijl ik wegloop.

Ik stap de tent binnen en loop naar het overdadige door Chaya verzorgde buffet. De tafel waarop het is uitgestald, is langer dan de onverkorte versie van *Apocalypse Now*. Ik ga in de rij staan achter Javier Bardem. Is dat Eds *monogram* op Javier's – *sigaret?* Wauw. Graydon Carter zal wel *stik*jaloers zijn dat hij *daar* niet aan gedacht heeft.

'Pure chocolade Oscar, juffrouw?' vraagt een serveerster die eruitziet als Pam Anderson, wijzend op het sterlingzilveren dienblad vol chocolademannetjes met daarop de namen van al Eds genomineerde cliënten. Ik heb er nooit iets op tegen gehad om met het toetje te beginnen. Ik neem er eentje en vraag me af door wie Ed ze heeft laten maken, aangezien de Academy absoluut verbiedt dat er replica's worden gemaakt van hun heilige gouden beeldje. Ed pakt wel erg groots uit dit jaar. Hij moet wel, vermoed ik, aangezien Bryan Lourd tegenwoordig zijn eigen feestje geeft op vrijdagavond om te concurreren met Ed, die veel kostbare pre-Oscar roddeltijd kreeg met alle megacliënten van CAA. Alle agenten beginnen bang te worden; het hoge stressniveau houdt nauw verband met het aantal kreeftspiezen en andijvie- en avocadosalades dat er gecaterd wordt. Zelfs de *echte* Ari Gold, Ari Emanuel van Endeavor, geeft vanavond een feestje in zijn paleisje in de Pacific Palisades. En ik heb gehoord dat hij zijn cliënte Paris Hilton gaat weggeven.

Ik kauw afwezig op Hayden Christensens hoofd – vermoedelijk is het niet realistisch om te hopen dat hij ooit afwezig op iets van mij zou kauwen. Nadat ik mezelf heb berispt vanwege dit moment van geestelijke ontrouw – per slot van rekening ben ik van SMITH, voor altijd – slenter ik naar het overdekte zwembad, waar Julian aan de bar een martini zit te drinken onder het Andy Warhol portret van Diana Ross.

'Wat heb jij *uitgevoerd?*' vraag ik.

'Flirten met Theo,' zegt Julian, wijzend naar het lekkere ding achter de bar. 'Ik kan maar een beperkte hoeveelheid stroop smeren in een uur tijd. Wat ben ik blij dat het je niet is gelukt om B.J. mee naar binnen te krijgen. Het zou net zoiets zijn geweest als chocola meebrengen naar Godiva.'

'Wil je een hap van Hayden Christensens kont?' vraag ik, mijn chocoladepoppetje omhooghoudend.

De kobaltblauwe kristallen op mijn handtasje beginnen te trillen. Ik vis mijn mobieltje eruit. Eén nieuw bericht. Het is van
SMITH. Heeft hij soms gehoord dat ik daarnet een schunnige
gedachte had over Hayden Christensen?

> Hoop vroeg naar huis te kunnen en in jouw bed. Ga maar vast
> klaarliggen.
> xo

Nu zijn de kristallen op mijn tasje niet meer het enige wat trilt.
Ik klem vlug mijn hand om mijn mobieltje heen voordat Julian
het ziet.

'Waarom sta je zo te glimlachen?' vraagt Julian. 'Zit je onder de
medicijnen?'

'O, eh –' Ik kijk neer op mijn mobieltje. Julian grist het uit
mijn hand en leest het bericht.

'Nou is het genoeg, ik keten je vast aan de minibar in mijn
kamer.'

'Julian, ik *hou* van hem, verdomme,' zeg ik. 'Zo is het gewoon.'

'Prima,' zegt Julian, luidruchtig uitademend. 'Zeg niet dat ik je
niet gewaarschuwd heb. We hebben simpelweg geen tijd om hier
nu dieper op in te gaan. Breng me terug naar het Chateau zodat
ik kan gaan naaien – en *jij* – ik word gewoon alleen al misselijk
bij de gedachte aan wat *jij* gaat doen.'

Zaterdag

29 uur, 22 minuten, 17 seconden totdat de Oscar voor
Beste Actrice wordt uitgereikt.

'Hallo?' mompel ik versuft in mijn huistelefoon, vechtend tegen de slaap. Hoe laat is het?

'Hoi Lola, met John.' Wie?

'O, eh, hoi –' Ik probeer mijn blik scherp te stellen op de wekker naast mijn bed. Zeven uur 's morgens. *Jee-zus.* Mijn hoofd ligt nog maar net op mijn kussen. Toen SMITH om *zes uur 's morgens* eindelijk klaar was met filmen, kon ik de remslaap niet meer vatten. Wie neem ik nou eigenlijk in de maling? Ik heb de remslaap nooit gehaald. Ik had het te druk met kiezen tussen de roze satijnen nachtjapon en het zwartkanten negligé – hoewel SMITH mijn kleren zo snel van mijn lijf rukte toen hij binnenkwam, dat hij mijn uiteindelijke keuze voor het roze satijn niet naar waarde heeft kunnen schatten.

'Je spreekt met John, Olivia Cutters manager,' herhaalt hij.

O nee. Niemand belt om zeven uur 's morgens op de dag voor de Oscaruitreiking met *goed* nieuws.

'Hé, John!' Ik schiet overeind en doe mijn best om te klinken alsof ik al heb gedoucht, mijn koffie verkeerd al achter de kiezen en mijn ochtendgymnastiek al achter de rug heb – wat in feite ook het geval is, als je twee waanzinnige trips naar de maan meetelt. Die het feit dat SMITH gister niet vroeg naar huis kon *ruimschoots* compenseerden.

'Haal Julian. Haal de jurk. En kom naar Barney's. ZSM.'

'*Barney's?* Het is zeven uur 's morgens. Is Barney's niet *gesloten?*'
'Niet voor Olivia Cutter.'
'Wat is –'
Klik.

Wat zou Olivia Cutter in vredesnaam van ons willen om zeven uur 's *morgens* op de dag voor de Oscaruitreiking – bij *Barney's?* Misschien is ze van gedachten veranderd over de Shiseido 'Paarse Nevel' oogschaduw en heeft ze iets nodig van de Vincent Longo-balie? Misschien wil ze de Bulgari-oorbellen met amethisten, smaragden en robijnen wel laten vallen voor iets minder voor de hand liggends, zoals die Lanvin-oorbellen met parels en kristallen? Misschien heeft die aura-analiste de paarse pauwenschoenen die Manolo speciaal heeft gemaakt afgekeurd en wil ze gaan beoordelen welke schoenen de beste energetische trillingen geven? O god.

Ik spring uit bed en trek de twee kledingstukken aan die het dichtste bij mijn voeten op de grond liggen: mijn verkreukelde roze nachtjapon – en de J Brand-spijkerbroek die al op de grond ligt sinds ik hem woensdag in de Soho House heb gescoord. Ik laat mijn voeten in een paar oude mocassins met kralen erop glijden. Ik overweeg om een briefje achter te laten voor SMITH, maar ik hoop dat ik alweer in bed lig voordat hij wakker wordt.

Ik spring in mijn auto en scheur plankgas door de bocht om Julian in het Chateau op te halen.

'Bedankt voor jullie snelle komst,' zegt John tegen ons terwijl een beveiligingsbeambte de voordeur van Barney's van het slot draait en ons naar binnen loodst. 'Volg mij.'

We lopen achter John aan door de griezelig lege winkel – alleen ik en alle bekoorlijke koopwaar die smeekt om mee naar huis te worden genomen. Als we langs de Shue Uemura-balie lopen, hoor ik die limited edition valse Tokio-wimpers daadwerkelijk mijn naam roepen. Wacht. Vergeet de doos met de rode wimpers. Zou die beveiligingsbeambte het merken als ik een van deze Bottega-tassen meejatte?

Als ik één sterren-superkracht zou mogen uitkiezen – afgezien van vier miljoen dollar vragen aan *People Magazine* voor een exclusieve foto van mij en mijn wederhelft zodat ik de vluchtelingen in Darfur te eten zou kunnen geven – zou ik willen dat Barney's alleen voor mij openging. Ik bedoel, waarom winkelen met de rest van het gepeupel als je Barney's helemaal voor jezelf kunt hebben? Oké, ik ben hier niet om te winkelen, ik ben hier om – ik heb nog steeds geen *flauw* idee waarom we hier eigenlijk zijn, om 7.23 uur op de dag voor de Oscaruitreiking. Waarom wil John ons niet vertellen wat we *hier* doen? Ik begin nerveus te worden. Waar is Olivia?

Uiteindelijk brengt John ons naar Mekka, alias de schoenenafdeling, waar we een eenzame Olivia aantreffen op een van de comfortabele banken van gelooid leer, omringd door eindeloze stapels designerschoenendozen. Thor scharrelt vrolijk rond in de kartonnen canyons. Wacht even. Ik zie die aura-analiste – of de Wonder Twins – of Olivia's agente – of de publiciteitsagente – of de assistente *helemaal nergens*. Waar is iedereen? Ik schiet officieel in de stress.

Is dat een limoengroene Manolo in Thors bek? Dat ding kost rustig vijftienhonderd dollar – en vloekt verschrikkelijk bij zijn paarse vacht.

'Wie is de Arnold Schwarzenegger die daar in de hoek bij de Cesare Paciotti-sleehakschoenen staat te bellen?' fluistert Julian. De man in het rode trainingspak met de gebruinde huid ziet eruit alsof hij op Muscle Beach thuishoort.

'Beveiliging?' fluister ik terug.

'O mijn god! Geef hier!' krijst de verfomfaaide afdelingsmanager terwijl ze de schoen voorzichtig van Thor afpakt.

Olivia kijkt op van de open plateauschoenen van Clergerie die ze op dit moment aan haar voeten heeft. 'Thors psychiater zei dat Oscarweek heel zwaar is voor Thor omdat Olivia zo afgeleid is vanwege Olivia's nominatie.' Ze tilt Thor op en houdt hem voor haar gezicht. 'Als je je niet netjes gedraagt, neemt mammie je morgen niet mee naar de Oscaruitreiking.' Olivia bedekt Thors oren. 'John, je hebt toch bij de Oscaruitreiking een stoel voor Thor naast die van Olivia geregeld, hè?'

Ik kan praktisch zien hoe de spanningshoofdpijn zich om Johns hoofd wikkelt, een strakke band rond zijn Frédéric Fekkai-kapsel. 'Liefje, je weet dat de Academy er strikt op tegen is dat er huisdieren naar de uitreiking worden meegenomen,' zegt John. Hij probeert haar snel af te leiden met iets anders. 'Waarom pas je deze niet?' Hij houdt een paar metallic open schoentjes in de lucht.

Olivia trapt er niet in. 'Thor is geen *huisdier*, Thor is Olivia's *zielsverwant*,' zegt ze.

'Maar je komt tussen Anthony Minghella en Meryl Streep in te zitten,' zegt John smekend.

'Olivia wil naast Thor zitten. Dokter Fleischkopf!' schreeuwt ze. De dubbelganger van Arnold Schwarzenegger komt aangesneld. *Dokter?*

'Rustig maar, Olivia. Dit gaat niet over Thor, daar hebben we het vanochtend al over gehad,' zegt hij met een lage, vlakke stem met een – Long Island accent.

'Wie is dat?' fluister ik tegen John.

'Olivia's psychoanalyticus.' Hij ziet er eerder uit als Mister Universe dan als dokter Freud.

'John wil dat Olivia de Oscar kwijtraakt,' krijst Olivia.

'Olivia, we willen allemaal dat jij morgen die Oscar wint,' zegt dokter Fleischkopf kalm, en hij neemt Olivia's hand in de zijne. 'En we zijn vanochtend allemaal heel vroeg naar Barney's gekomen omdat je zei dat je je hier het veiligst voelde – omringd door al deze schoenen.' Voor één keer weet ik *precies* hoe Olivia zich voelt. Dokter Fleischkopf schraapt zijn keel. 'Olivia heeft vannacht een afschuwelijke nachtmerrie over haar Oscarjurk gehad en ik vind het belangrijk dat ze vrede sluit met de jurk voor de ceremonie van morgen,' zegt hij. Ho. Wacht even. Olivia heeft ons hondsvroeg uit bed gesleept – de dag voor de Oscaruitreiking – omdat ze *eng heeft gedroomd*? 'Olivia, vertel ons alsjeblieft over je nachtmerrie,' instrueert dokter Fleischkopf.

John, de goede dokter, Julian en ik gaan op een van de gelooide banken zitten terwijl Olivia diep ademhaalt en begint, Thor stevig in haar armen geklemd.

'Olivia stond op uit Olivia's stoel om Olivia's Oscar in ont-vangst te gaan nemen uit handen van George Clooney. Het hele Kodak Theatre stond te juichen voor Olivia terwijl Olivia door het gangpad schreed. Juist toen Olivia op het punt stond het po-dium te betreden om haar Oscar te kussen – en George Clooney –' ze doet haar ogen dicht en rilt bij de gedachte aan wat er nu komt. '– de paarse p-p-p-p-pauw –' gooit ze er uiteindelijk uit '– hij viel Olivia van achteren aan en begon Olivia achterna te ren-nen over de gangpaden. Die v-v-v-v-ogel dreef Olivia uiteindelijk in een hoekje tussen Tim Burton en Samuel Jackson in en begon Olivia dood te pikken,' jammert ze. 'Tim en Sam probeerden Oli-via te redden, maar zelfs zij konden die v-v-v-v-ogel niet tegen-houden.' Olivia begint te huilen. 'Terwijl de v-v-v-v-ogel Olivia de zaal uit joeg, hoorde Olivia George Clooney tegen Kate Winslet zeggen: "Aangezien Olivia deze Oscar kennelijk niet wil hebben, is hij voor jou, Kate,"' brult ze door haar tranen heen.

Ik draai me om naar Julian om hem aan te kijken met een wat-een-gelul blik. Is dat – een traan die daar over zijn wang loopt? Misschien heeft hij gewoon traanogen door slaapgebrek.

'Olivia, jij arme, arme schat, kom hier,' zegt Julian, en neemt haar in zijn armen en omhelst haar. Olivia slaakt een laatste ril-lende zucht en wordt helemaal slap in zijn armen, compleet uit-geteld.

'Olivia, je nachtmerrie gaat niet over een pauw – of de jurk. Hij gaat over je angst om de Oscar kwijt te raken. Je projecteert je angst op de jurk,' zegt dokter Fleischkopf.

'Geen enkele jurk van mij zou jou ooit kwaad doen,' zegt Julian kalmerend in haar haren. 'Het enige wat mijn paarse pauwen-jurk wil, Olivia, is jou beeldschoon, beeldschoon, beeldschoon maken. Liefje, George Clooney zal je die Oscar geven – en zijn tong erbij.'

'Geef mij de jurk even,' beveelt dokter Fleischkopf mij. Ik wou dat er daadwerkelijk een jurk *was* die ik de dokter kon geven. Ik vis de deels aan elkaar genaaide panden van de rok uit mijn tas en geef die aan hem. 'Olivia, soms is stof gewoon alleen maar *stof*,' zegt hij.

Julian hapt naar adem. 'Stof is *nooit* gewoon alleen maar stof,' zegt hij. Ik kijk hem scherp aan en hij omhelst Olivia nog steviger.

'Hier, ik wil dat je de stof vasthoudt,' zegt dokter Fleischkopf, en duwt de stof naar Olivia toe.

'Nee. Olivia *wil* die stof niet aanraken,' zegt ze nadrukkelijk, en ze duwt de stof van zich af.

Ik ben veel te moe en het is veel te vroeg voor de zoveelste Olivia-driftbui. En als we hier nog één seconde langer moeten blijven, heeft Olivia Cutter over achtentwintig uur en tweeëntwintig minuten geen jurk om aan te trekken. Julian *moet* terug naar het Chateau om verder te gaan met naaien. En ik moet naar papa's overvloedritueel.

Ik loop naar Olivia toe, voer haar mee terug naar de bank, en ga naast haar zitten met de lappen stof op mijn schoot.

'Weet je, Olivia, ik heb een keer gedroomd dat ik een strakke spijkerbroek niet meer uit kreeg. Hij zat zo strak dat er geen bloed meer naar mijn benen stroomde. Ik moest naar de afdeling spoedeisende hulp van Cedars kruipen omdat ik in die broek niet kon lopen of autorijden. In de droom knipte de eerstehulparts de broek af met mijn benen er nog in. Toen ik wakker werd, dacht ik dat ik nooit meer een strakke spijkerbroek zou dragen, totdat ik besefte dat het niet over de broek ging, maar over mijn angst om mijn geld voor de huur uit te geven aan een *spijkerbroek*.

O nee. Mijn verhaal over de strakke spijkerbroek heeft niet het beoogde effect. Olivia zit met een vreemde glans in haar ogen naar de stof op mijn schoot te staren – liever gezegd, een *zeer angstaanjagende* glans. Ze pakt een stuk van de stof, wappert ermee in de lucht alsof het een vuile zakdoek is, en smijt de stof op de grond. Julian staat gelijktijdig te springen en te janken als de stof op het tapijt valt. God weet hoeveel vieze Chloe Paddington-mocassins hier hebben rondgelopen. Die stof is veel te exclusief om op de grond te worden gesmeten – zelfs al is het bij *Barney's*.

'Dit is geen jurk!' krijst ze. 'Dit is een hoop verfrommelde stof.' Olivia wil weten wat jullie *hier* doen terwijl er nog zoveel aan

Olivia's Oscarjurk moet gebeuren. Ga weg, verdwijn, ksst,' zegt ze met een zwaai van haar arm. We stappen over Thor heen, die inmiddels op de plexiglazen hak van een roze, leren Pucci zit te kauwen, en zetten het op een lopen naar de lift.

'Je hebt me nooit verteld over die strakke spijkerbroek-nacht-merrie. Ik ben je BHV, je hoort mij *alles* te vertellen, vooral als het over mode en trauma's gaat,' zegt Julian terwijl we Crescent Heights in draaien.

'Het was fictie. Ik wilde daar alleen maar als de sodemieter weg zien te komen zodat jij verder kon met naaien.'

'Je bent een veel betere actrice dan *Variety* deed voorkomen,' zegt Julian als we voor het Chateau tot stilstand komen.

'Julian, weet je zeker dat je mijn hulp bij het maken van die jurk niet nodig hebt? Ik zou dolblij zijn met een excuus om niet naar het overvloedritueel te hoeven.'

'Ik heb toch tegen je gezegd dat ik *alleen* wil naaien,' zegt Julian, en hij doet zijn beste imitatie van Greta Garbo in *Grand Hotel*.

'Heb je de Ganesh uit Putaparti meegebracht?' vraagt mijn moeder, haar geborduurde Dries van Noten-sari – oranje voor rijkdom, overvloed en *Oscar* – fladdert in de Malibu-bries. Ze heeft haar handen vol met miniGaneshes – een attentie voor de gasten op papa's overvloedritueel.

'Hallo, lieverd,' mama draait zich van me af om een van top tot teen in onberispelijk Nina Ricci-oranje gehulde Kate Capshaw een kus te geven. 'Neem er hier eentje van, schat,' zegt ze terwijl ze Steven Spielberg een kleurrijk beschilderde Ganesh overhandigt – en een van de oranje Govinda-sari's die mama Abby heeft laten bestellen voor de gasten die zich niet aan het kledingvoorschrift van strikt oranje hadden gehouden. 'Trek het aan, lieverd,' instrueert ze de regisseur, die gekleed is in zijn gebruikelijke T-shirt en spijkerbroek. '*Nu*.' O-ké. Dus mijn moeder *regisseert* Steven Spielberg.

'Ik heb de Ganesh meegebracht, mam. En ik heb SMITH ook

meegebracht,' zeg ik, en houd zijn hand vast en mijn adem in.

Mijn moeders ogen flitsen van links naar rechts om te controleren of haar gasten buiten gehoorsafstand zijn.

'Lola, Bruce Willis is er. Tom Brokaw is er. Maria Shriver is er,' zegt ze, en pakt me bij de kraag van mijn oranje tuniek en fluistert hysterisch in mijn oor: 'We zijn in het huis van *Barbra Streisand!*' Mama zwijgt als de oranje rozenblaadjes die zijn uitgestrooid over Babs' bamboe zonneterras aan zee in een plotseling opgestoken windvlaag tegen onze benen aan fladderen. 'Dump hem,' besluit ze met een gefluisterde kreet.

'Maar Abby zei dat ik een gast mocht meebrengen en –'

'Niet *die* gast,' valt mama me in de rede. Zelfs de lotusbloem in haar haar lijkt te huiveren van afkeer.

'Blanca, je zult aan me moeten leren wennen,' zegt SMITH tegen mijn moeder. 'Ik ga nergens heen. Ik weet dat ik het heb verknald door met Lola te breken, maar ik ben weer terug, en ik ga het met jullie allemaal goedmaken.' Ik voel mijn hele lichaam glimlachen. Ik denk niet dat SMITH er ooit zo sexy uit heeft gezien als hier en nu in dat lelijke oranje overhemd terwijl hij het voor me opneemt tegen mijn moeder.

Mama priemt een wijsvinger met een oranje diamant eraan in zijn gezicht. 'Als mijn Lola echt iets voor je betekent, zal ik de dalai lama *in eigen persoon* moeten bellen om hem een helingsritueel te laten uitvoeren. Zo erg heb je het verknald,' zegt ze.

'Richard Gere wil al sinds we samen bij de Stunt Awards "Beste Val uit een Helikopter" aan Vin Diesel hebben uitgereikt dat ik de dalai lama ontmoet,' zegt hij.

Heel slim van SMITH om mama te lijmen met zen en de kunst van het Hollywood-namedroppen. 'Weet je, Richard en ik hebben ooit nog iets met elkaar gehad,' zegt mama, die zich er totaal niet van bewust is dat ze hier te maken heeft met een collega zenmeester. Eén keer Richard Gere ter sprake brengen en ze is totaal vergeten dat ze hem haat.

'Ik zal mijn assistent vragen Richard te bellen,' zegt SMITH. Dan legt hij zijn grote hand op mama's schouder en voegt eraan toe: 'Zoveel betekent je dochter voor mij.'

'Ik zal Richard zelf wel bellen,' zegt mama, die last heeft van territoriumdrift. 'We slaan ons hier wel doorheen,' zegt ze, SMITH in haar armen trekkend.

'Maar nu moeten we je gezicht bedekken zodat Paulie je niet ziet,' zegt mama, en ze overhandigt hem een van de oranje sari's.

'Hé!' zegt John, Olivia Cutters manager. O god. Wat doet *hij* hier? 'Ken jij Kiefer?'

Het verbaast me dat Olivia Cutter het überhaupt *goed vindt* dat John ook nog andere cliënten heeft. Ik wend me tot Kiefer om hem te vragen hoe de aflevering van 24 van volgende week afloopt, maar hij loopt al naar het door Axe verzorgde ontbijtbuffet toe.

'Ik had niet verwacht jou hier te zullen zien,' zegt John, die SMITH een klopje op zijn rug geeft. 'Goed nieuws, het ziet ernaar uit dat Olivia uiteindelijk toch wil dat jij haar Danny Zuko wordt in de remake van *Grease*. Ik moet je wel zeggen, maat, dat ze echt aan het lobbyen was voor iemand anders, maar vanochtend heeft ze tegen me gezegd dat jij het moest worden. Paramount stuurt je het aanbod maandag toe,' zegt hij, en hij begeeft zich naar de Jamba Juice-bar om Kiefer te ontmoeten.

'Hoor je dat, Lola? Ik krijg die rol! Ik had niet gedacht dat ik een kans maakte. Mijn agent zei dat ik te oud was.'

Ik ben een waardeloze actrice, maar ik weet wel wanneer er van mij verwacht wordt dat ik iets zeg. 'Natuurlijk ben je niet te oud,' verzeker ik hem. 'Maar pas op – die Olivia Cutter is de duivel in eigen persoon.'

'Ja, dat heb ik gehoord. Maar *you're the one that I want, o, o, ooo, honey,*' begint SMITH te zingen, zo vals als een kraai. Hij kan maar beter een zangcoach nemen, pronto. 'Hier, help eens even om me te mummificeren,' zegt hij, en hij overhandigt me de oranje Govinda-sari. '*Dit* is liefde,' voegt SMITH eraan toe terwijl ik hem inwikkel.

'Ik wil graag dat jullie elkaar allemaal een hand geven,' zegt dokter Singh boven het lawaai van de golven uit terwijl honderd van de *intimi* uit de vrienden- en kennissenkring van mijn ouders zich verzamelen onder de oranje Hermès-tent die is opgezet in het zand voor Babs' huis. Dokter Singh staat voor een boeddha van vijftien meter hoog – heeft Marty Scorsese het decorstuk uit *Kundun* meegebracht? Ik heb me achter in de menigte verschanst, achter Christopher, om SMITH zo goed mogelijk voor papa's röntgenblik verborgen te houden. Dokter Singh is de enige witte gestalte in de zee van in het oranje uitgedoste gasten. Carbon Beach ziet er meer uit als Central Park met de vlaggen van Christo – al kunnen de meeste van *deze* oranje vlaggen die hier wapperen in de wind sneller groen licht krijgen voor een film dan Renee Zellweger en Kenny Chesney nietigverklaring kunnen zeggen.

'Voordat we vandaag beginnen, moet ik jullie allemaal vragen om alle middelen van communicatie met de buitenwereld uit te zetten terwijl we onze energie naar binnen en naar boven richten. Zet alsjeblieft alle mobiele telefoons, BlackBerry's en andere apparaten uit.' Een oorverdovende storm van riedeltjes, zoem- en bromgeluiden vult de lucht terwijl de gasten doen wat hun gevraagd is. 'Jij ook, Harvey.' Dokter Singh knikt naar Harvey Weinstein, die schuldbewust zijn RAZR uitzet. 'En jij,' zegt hij, en kijkt veelbetekenend naar Edward Norton.

Op dokter Singhs commando grijp ik aan de ene kant Kate Hudsons met henna getatoeëerde hand beet, en aan de andere kant SMITH's hand. Ik doe mijn ogen dicht en voer een 'laat mijn vader alsjeblieft zo opgaan in zijn overvloedritueel dat hij SMITH niet ziet' minirituel in mijn hoofd uit. Ik vraag me af of dokter Singh *daar* een mantra voor heeft.

'We zijn hier vandaag om de negativiteit van Paulies carrière in zee te werpen en een nieuw hoofdstuk in te luiden. We hebben geluk dat we hier in Malibu zijn – zo dicht bij Lakshmi, de godin van de overvloed, die in de zee woont. Namaste aan Babs – omdat zij dit mogelijk heeft gemaakt,' zegt dokter Singh, en hij slaat zijn handen ineen alsof hij aan het bidden is en maakt een buiging naar Barbra Streisand. Namaste aan Babs, omdat ze de duffe Donna Karan heeft gedumpt. Ze ziet er werkelijk stralend uit tegen de achtergrond van de zee in dat wijd vallende, oranje,

Indiaas aandoende gewaad, al heeft ze niemands hand vast. Niemand raakt de mani aan. 'Doe alsjeblieft je ogen dicht en zeg mij na. *Om* en groet aan Lakshmi,' begint dokter Singh.

'*Om* en groet aan Lakshmi,' herhalen we allemaal in koor. Ik doe één oog een klein beetje open en gluur even naar SMITH. Ik weet niet wat ik zie. Zijn ogen zijn stijf gesloten en hij lijkt zelfs helemaal in het ritueel op te gaan. Behalve – o nee. Hij heeft de oranje sari waar ik hem in heb gewikkeld uitgetrokken en het ding als een sjaal om zijn nek geknoopt. Papa gaat door het *lint* als hij het ziet. In gedachten verbied ik mijn handen om zweterig te worden. Maar het is al te laat. Eén gedachte aan papa en het is meteen gebeurd. Ik haat het dat ik nu een zweethandenindruk maak op Kate Hudson. Ik kijk naar haar. Godzijdank – ze is zo geconcentreerd aan het mediteren dat ik durf te wedden dat ze zelfs buiten haar lichaam is getreden.

Ik staar de kring rond. Mijn ogen zijn de enige die open zijn. Samen met die van Christopher. Hij staat tussen Jack Nicholson en Dustin Hoffman in en kijkt naar me met een blik van 'hoe-zijn-we-in-godsnaam-in-deze-krankzinnige-familie-terechtgekomen.'

Dokter Singh slaat tegen een bekken om de mantra af te sluiten. 'Ieder van jullie heeft een recensie uitgereikt gekregen toen jullie in de kring van overvloed gingen staan. Ik ga jullie vragen deze om de beurt hardop voor te lezen en daarna de negatieve recensie in zee te gooien.' Dokter Singh neemt een lange pauze. 'Ik wil jullie waarschuwen. Sommige van deze recensies zijn zeer boosaardig. En ik weet dat dit voor velen van jullie het diepe trauma kan oproepen van jullie eigen negatieve recensies. Maar het is van belang dat we ons het obstakel voor de geest halen zodat we het los kunnen laten en ruimte maken voor Paulies tweede Oscar. Tom, ik zou graag bij jou willen beginnen.' Dokter Singh gebaart naar Tom Hanks, die een golvende oranje sari aanheeft en een oranje bandana op zijn hoofd.

Tom grijnst schaapachtig. 'Sorry, mensen, ik had geen tijd om mijn haar te doen,' verkondigt hij.

Hij laat de handen van Rita en Reese Witherspoon los en

houdt *The New York Times* die hij in zijn hand heeft omhoog. Hij schraapt zijn keel en begint: "'De Academy –'" hij schiet vol bij wat er daarna komt "'– zou Paulie Santisi's Oscar voor *The Assassination* terug moeten vorderen.'" Hij aarzelt en kijkt omhoog naar de helderblauwe hemel voordat hij verder gaat. Met verwrongen stem vervolgt hij: "'Paulie Santisi heeft zijn eigen carrière *om zeep geholpen* met deze – *flop*.'" De zee van oranje snakt hoorbaar naar adem.

'Laten we hier maar eens mee afrekenen, hè, Paulie?' zegt Tom loyaal, en hij loopt naar de rand van het water en laat onder luid gejuich van de menigte de recensie los in de woeste branding. Eh, is dat geen – *milieuvervuiling*? Tom en Rita hebben afgelopen donderdagavond nog het Global Green Rock the Earth pre-Oscarfeestje met Larry David gepresenteerd. Iemand moet de politie bellen.

'Toe maar, Sean,' zegt dokter Singh.

"'Meer nog dan het afleveren van de zoveelste slechte film,'" zegt Sean Penn, wit wegtrekkend, "'is het casten van zijn dochter voor de hoofdrol de meest deprimerende ontwikkeling tot nog toe in Santisi's carrière.'" Ik verstijf als *iedereen* zich omdraait en alle blikken ineens gericht zijn op mij – en SMITH. Ik overweeg of ik *mezelf* in zee zal werpen. Wat bezielde me om *hier* te komen – zonder medicijnen – en met hem.

'Jezus Christus, wat doet hij verdomme op *mijn* overvloedritueel?' schreeuwt mijn vader. Godzijdank heeft oom J. hem bij de arm, want het ziet ernaar uit dat hij wel eens een muilpeer zou kunnen gaan uitdelen. 'Eerst verruïneert-ie *mijn* film, en nu wil-ie *mijn* overvloedritueel verruïneren?'

'Papa, alsjeblieft,' krijs ik van de andere kant van de kring. 'SMITH is hier voor *mij*,' zeg ik door de opwellende tranen heen.

'*Gelul*. Hij is hier *nu* omdat hij wil meeliften op de slippen van *mijn* goede Oscarpers voor *Whispered Screams*. Moet ik je eraan helpen herinneren dat hij je heeft gedumpt vanwege *deze* recensies?' zegt papa, en rukt de negatieve recensies uit de handen van zijn gasten en wappert ermee in mijn gezicht. 'Ik kan hier geen seconde langer meer tegen.' Papa loopt regelrecht de Stille Oceaan in en smijt de verfrommelde recensies in de golven. 'Oké, dokter Singh, laten we maar verdergaan met het gedeelte waar ik die verdomde Oscar win,' zegt hij, en hij gaat weer in de sombere kring staan.

Dokter Singh zucht diep. Het pad naar verlichting staat duidelijk niet op het zand van Carbon Beach geschreven. 'Ik zou graag willen dat iedereen elkaar weer een hand geeft,' zegt hij.

'Het spijt me,' zeg ik geluidloos tegen SMITH als ik zijn hand pak.

'Mij ook,' fluistert hij, en hij geeft een stevig kneepje in mijn hand.

'Ik wil een mantra met jullie doen. *Om* en groet aan Paulie Santisi, die oneindig is in zijn briljantheid. Nu allemaal tegelijk. *Om* en groet aan hem die in alle opzichten overvloed manifesteert – *vooral* in de strijd om de Oscar. *Om* victorie, victorie, victorie. *Om*, Oscar, Oscar, Oscar.'

'*Om* –' Ik probeer met de rest van de groep mee te doen, maar ik *kan* het gewoon niet – niet voor papa.

Boven onze hoofden klinkt een hard geluid. We kijken allemaal omhoog naar de lucht. Er is een vliegtuigje te zien dat een oranje spandoek trekt waarop staat *OM* EN VICTORIE AAN PAULIE SANTISI. Daarna volgt er een explosie van vuurwerk boven het water die niet onderdoet voor de show op Ron Meyer's jaarlijkse feestje op Onafhankelijkheidsdag, gevolgd door oranje rookbommen. Zelfs bij daglicht zijn ze schitterend. En dan de grote finale: oranje geverfde duiven die worden losgelaten in een regen van oranje rijst tegen de wolkeloze hemel van Malibu. Ik vraag me af wat dit grapje gekost heeft.

'Abby, wat hebben ze gedaan? De art director van *Memoirs of a Geisha* ingehuurd?' fluister ik tegen mijn vaders assistente, die achter me staat.

'Dat is Christophers werk,' fluistert ze. 'Een verrassing voor jullie vader.'

Waarom, wil ik vragen. Maar ik weet het antwoord al. Zodat papa notitie van ons zal nemen. Ik speur de kring af op zoek naar Christopher. Ik zie hem nergens. En papa ziet hem evenmin. Hij ziet ons nooit. Uiteindelijk zie ik Christopher in zijn eentje langs het strand lopen – met een zee vol oranje afval aan de horizon achter hem.

'Ik ben op weg naar de Oscarbrunch van Diane en Barry,' zegt Kate in mijn mobieltje terwijl Christopher en ik over PCH rijden in zijn mosgroene Land Cruiser uit 1960. 'Ik zie je daar wel.'

'Wat? Ik dacht dat je in Marin zat,' zeg ik.

'Klopt, maar Wills moeder heeft gisteravond voedselvergifti-ging opgelopen op het feestje van Ed Limato. Net goed, had ze Will maar niet mee moeten nemen naar een feestje van een an-dere agent. Dus ik moest vanmorgen om zes uur het vliegtuig nemen vanuit Oakland om Will naar de Independent Spirit Awards te brengen,' zegt Kate. 'Kun je er over tien minuten zijn?'

'Sorry, ik zit niet achter het stuur. Christopher geeft me een lift omdat SMITH naar een fotoshoot voor *GQ* moest,' zeg ik. 'En als ik deze week nog naar één Oscarfeestje moet, denk ik dat ik misschien wel een zenuwinzinking krijg. Als deze week achter de rug is, trek ik voor de rest van mijn leven mijn joggingbroek niet meer uit.'

'Laat ik het anders formuleren: ik sta niet op de gastenlijst en ik heb je echt nodig om me naar binnen te loodsen,' zegt Kate.

'Wacht, ik overleg even met Christopher,' zeg ik.

'Nee, nee, doe dat maar niet,' zegt Kate haastig.

'Waarom niet?'

'Omdat ik niet wil dat hij denkt dat ik een wanhopige agente ben die misbruik maakt van haar connecties,' zegt Kate.

'Dat is anders wel precies wat je bent,' zeg ik. 'Bovendien, sinds wanneer kan het jou het iets schelen wat hij denkt?'

'Zorg nou maar gewoon dat je me daar naar binnen loodst. Ik zie je over tien minuten,' zegt Kate.

Klik.

'Leg me nog eens uit waarom jij me dwingt *hierheen* te gaan ter-wijl ik nu bij mijn hypnotherapeut zou kunnen liggen bijkomen van vanochtend,' kreunt Christopher als we het hek binnenrijden van Diane von Furstenberg en Barry Dillers optrekje in Coldwater Canyon voor hun pre-Oscar 'picknick'-lunch voor hun BVO, Graydon Carter – en nog honderd andere megawatts.

'Is het dan zo erg dat ik behoefte heb aan wat kwali-tijd met mijn broer?' vraag ik.

'O, dat was ik even vergeten, een ochtend doorbrengen met een of ander flauwekul Oscarritueel voor onze vader, gevolgd door *dit* feestje is ons idee van kwali-tijd met elkaar.'

'Nou, we worden geacht hier te zijn om papa te steunen, Christopher.'

'Omdat hij ons *ook altijd* steunt,' zegt Christopher sarcastisch.

'Oké, ik zal eerlijk tegen je zijn. Kate komt er niet in zonder ons.'

'Hiero!' roept Kate. Ze stapt uit haar 911. Ze ziet er fantastisch uit, gekleed in een linnen korte broek en veelkleurige canvas muiltjes waarin haar bloedmooie benen goed uitkomen. Zelfs Christopher stopt met mokken om haar goedkeurend op te nemen. 'Ik heb een tas met hebbedingetjes voor je gescoord bij de Spirit Awards,' zegt Kate, en ze geeft me de canvas schoudertas.

'Dank je,' zeg ik, een snelle blik in de tas werpend. Een coupon voor een gratis Netflix-lidmaatschap, een leren iPod-hoesje met het logo van IFC erop, en een leven lang gratis Pop Secret-magnetronpopcorn. Ach ja, ik hoopte eigenlijk op iets met Swarovski-kristallen. Maar het *zijn* per slot van rekening ook de Film *Independent*'s Spirit Awards, in een tent op het strand in Santa Monica. Waar een Prius de voorkeur geniet boven een limousine, Levi's boven Versace, John C. Reilly boven John Travolta, Roscoe's House of Chicken 'n Waffles boven Wolfgang Puck, en *echt* acteerwerk boven special effects. Independent Spirit betekent dat Nicholas Cage geen honorarium van twintig miljoen dollar hoefde omdat het hele budget van de film maar een tiende daarvan bedroeg, en zich omkleedde in zijn auto in plaats van in zijn gebruikelijke Airstream-trailer van zeshonderd vierkante meter. Wat maakt het uit dat je daarna een film van Michael Bay moet doen om het privévliegtuig en de familieranch in Montana te kunnen betalen? *Independent* – onafhankelijk – betekent dat deze acteurs weer gewone mensen worden – althans, gedurende de drie weken die de opnames duren.

Ik gooi nog vlug de Spirit Awards-tas op de achterbank voordat de parkeerjongen wegrijdt.

'Niets voor mij, Kate? Ik heb Lola anders wel hierheen gereden,' zegt Christopher. 'Leuk je weer eens te zien. Ze had tegen me gezegd dat je in Marin zat,' zegt hij, en hij begroet Kate met een kus op haar wang.

'Ik moest terugvliegen voor Will. Hij heeft Beste Mannelijke Hoofdrol uitgereikt aan Topher Grace,' zegt Kate. 'Hij was net zo goed als die bowlingbaanmedewerker met hersenverlamming die Beyoncé's hart stal in *7-10 Split*. Bovendien gaf het mij de kans om onder de repetitie in de kerk uit te komen, plus de daaropvolgende mani- en pedicure en lunch met mijn zus en mijn moeder en vijf walgelijk stralende bruidsmeisjes voor de bruiloft vanavond.'

'Nou, ik ben blij dat je er bent,' zeg ik, Kate omhelzend.

'Ik ook, Kate. Je ziet er fantastisch uit. Hoe was het bij de Awards?' vraagt Christopher terwijl we in de richting van het huis lopen.

'Het zou verboden moeten worden om jong Hollywood te dwingen voor het middaguur uit bed te komen en op klaarlichte dag gefotografeerd te worden. De helft van hen had zo'n enorme kater dat ze eruitzagen alsof ze rechtstreeks van de set van *Night of the Living Dead 3D* af kwamen,' zegt Kate. 'En Lindsay ik-be-weer-gewoon-dat-ik-oververmoeid-was Lohan kwam aanzetten in dezelfde jurk die ze de avond daarvoor in het tv-programma van Jay Leno had gedragen.'

'Oscarweek zou verboden moeten worden. Het vormt een enorme bedreiging voor mijn gezondheid,' zeg ik.

'Ze serveren in ieder geval nog alcohol bij de Spirits. Ik denk dat ik morgen voor de Oscaruitreiking een dubbele whisky-cola neem,' zegt Christopher terwijl we naar de beveiligingsbeambten bij de deur toe lopen. Laat je niet om de tuin leiden door het feit dat de twee heren die de drempel bewaken eruitzien alsof ze net van de catwalk komen voor Hugo Boss. B.D. heeft ze waarschijnlijk gehuurd van de Mossad.

'Lola en Christopher Santisi met onze gast Kate Woods,' zeg ik tegen de grote blonde man die de deur bewaakt met een klembord in de hand en een headset op zijn hoofd. Hij bekijkt de lijst en stuurt ons met een knikje door de enorme voordeur naar binnen.

'Drink dit op,' zeg ik tegen Christopher, en overhandig hem een Mojito van een dienblad dat voorbijkomt. Kate en ik pakken ook allebei een drankje terwijl we ons een weg banen door de super-chique Marrakesh-ontmoet-Madison-Avenue woonkamer naar de uitgestrekte tuin. Vergeleken bij het gazon van de Von Dillers, lijkt dat van Ed Limato niet groter dan de biceps van Mary-Kate Olsen. Een *picknick* bij D.V.F. en B.D. is codetaal voor aan teakhouten tafels zitten en luieren op Mansour-vloerkleden en antieke Perzische kussens die over het gras verspreid liggen onder het genot van Cubaanse sandwiches, paella, Phillycheesesteaks en zalmtartaartjes met wasabi-komkommerdressing – dat alles met een designerspijkerbroek van zevenhonderd dollar aan en een hoornen bril op. Ik schuif mijn zwarte Jackie-O-zonnebril op. Jemig, wat is die zon fel. God zou het niet in zijn hoofd halen om het te laten regenen op het tuinfeest van de Von Dillers.

De gastenlijst is net zo internationaal als het eten, een mengeling van oost (Harvey Weinstein, Diane Sawyer en Mike Nichols, Barbara Walters) en west (Steve Carell, de Pinket-Smiths, Naomi Watts) – en een preview van al diegenen die Graydon Waardig genoeg heeft bevonden om morgenavond zijn feestje bij te wonen – in betere kleren en met meer bling.

We zwenken langs B.D., die staat te praten met Carolina en Reinaldo Herrera en Alfonso Cuarón bij het met mozaïek betegelde zwembad. Terwijl Carolina hurkt om B.D.'s geliefde jack russell te bewonderen, bewonder ik onwillekeurig haar knalblauwe krokodillenleren mini Kelly-tas.

'Zwemt ze wel eens?' hoor ik C.H. vragen aan B.D. terwijl ze het keffertje aait.

'Ze heeft een hekel aan water,' zegt B.D. 'Ze is een hond uit Manhattan.'

'Laten we even snel ons gezicht vertonen voor papa en 'm dan smeren,' fluistert Christopher in mijn oor.

Terwijl ik een hap neem van mijn kleverige gegrilde maïskolf, zie ik Charlotte Martin die bezig is het gezicht van Superman te verslinden. Pas op, Brandon Routh, die vrouw is levensgevaarlijk. Dan valt mijn oog op iets dat nog dodelijker is – Adrienne Hunt. Met haar gebruikelijke Gitane bungelend tussen haar rood geverfde lippen, en van top tot teen in zwarte Prada gehuld, loopt ze met drie Mojito's in haar klauwen alsof ze een professionele serveerster in de SkyBar is. Ze perst zich tussen Charlotte en Brandon in op een Perzisch kussen. Als Adrienne zich naar Charlotte toe buigt om iets in haar oor te fluisteren, ziet ze dat ik naar haar sta te staren. Dan, met een stekelige glimlach, zegt ze geluidloos: 'Olivia laat je groeten.'

Ik stuur een denkbeeldige dodelijke straal op haar af.

'Het spijt me zo dat ik vanochtend het overvloedritueel heb gemist,' hoor ik D.V.F. zeggen. 'Paulie, kom Felicity en Bill even begroeten.' D.V.F. sleurt mijn vader over het gazon mee naar de Huffman-Macy's terwijl mama naar Aileen Mehle toe slentert – omdat mijn moeder *nooit* een kans zou laten lopen om een vermelding te krijgen in haar 'Suzy'-column in *W magazine*.

'Ik moet hier weg,' zeg ik tegen Christopher en Kate.

'Wacht nog heel even,' zegt Kate. Haar blik is strak en trefzeker gericht op twee mannen vlak bij ons die diep in gesprek gewikkeld zijn: Jerry Bruckheimer, helemaal in het zwart, en Bryan Lourd, in een seersucker kostuum. Als ze op hen afstevent, krijgt Jerry's gezicht een stoïcijnse uitdrukking – het traditionele Sterren Afweer Schild dat aangeeft dat het onaanvaardbaar is dat deze gewone sterveling een onderhoud wenst met de koning. Kate negeert de semafoor en stapt met een warme glimlach op Bryan af. Ik grijp Christopher bij de hand en trek hem mee tot we op luistervinkafstand staan.

'Gefeliciteerd, Bryan,' hoor ik Kate zeggen terwijl ze haar idool de hand schudt. 'Ik heb gehoord dat je God hebt gecontracteerd op je feestje gisteravond.'

'Ach, hij had een nieuwe vertegenwoordiger nodig,' zegt Bryan. Bruckheimer laat zijn afweerschild zakken en schenkt haar een goedkeurende blik.

'Jerry, dit is Kate –'

'Hallo Jerry, Kate Woods,' zegt Kate, Bryan in de rede vallend en Jerry zelfverzekerd de hand schuddend.

'Lola, wanneer denk je –' begint Christopher.

'Ssst,' onderbreek ik hem. 'Ik *probeer het te verstaan*.'

'Zeg, Jerry, ik heb gehoord dat jij aan Mischa Barton denkt voor de hoofdrol in *Days of Thunder II* tegenover Orlando Bloom. Ik denk dat het een *grote* vergissing is. Mischa is –'

'Mijn *cliënt*,' valt Bryan Kate in de rede.

Kate wendt zich tot Bruckheimer. 'Amerika houdt van je omdat je altijd onbekende talenten cast.' Kate somt de vlammenwerpers op die Jerry heeft gecreëerd. 'Jennifer Beals in *Flashdance*, Nicole Kidman in *Days of Thunder*, Liv Tyler in *Armageddon*. Het is zoals William Goldman heeft gezegd: "Als Fox Steve McQueen had gecast in *Butch Cassidy and the Sundance Kid*, zou Robert Redford misschien gewoon *het zoveelste* blondje uit Californië zijn gebleven."' Jerry staat haar aan te gapen; wie is dit recht-voor-zijn-raap groentje met het chocoladebruine haar en de grote bek? 'Jerry, Cricket Curtis – die ik auditie heb laten doen voor een kleine rol als lid van de pitcrew – is je nieuwe Nicole Kidman.'

'Laat me eerst haar tape maar eens bekijken, en dan zal ik wel beoordelen of ze de nieuwe *wie-dan-ook* is,' zegt Bruckheimer.

Als Kate voelt dat ze wordt afgescheept, doet ze net of ze gek is. 'Ik wist wel dat je dat zou zeggen, Jerry. Ik heb je assistente gebeld, Jill, en haar overgehaald om de tape in je Ferrari te leggen. Je kunt ernaar kijken terwijl je naar de kapper rijdt voor je afspraak om vier uur.'

Jerry trekt waarderend zijn wenkbrauwen op. 'Je hebt wel lef, dat moet ik je nageven,' zegt hij. 'Hoe heb je Jill zover gekregen dat ze de tape in mijn auto heeft gelegd? En hoe weet je wat ik voor afspraken heb?'

Kate schenkt hem een brede grijns. 'Beroepsgeheim,' zegt ze, en ze tovert een Montblanc uit haar tasje met tijgerprint. 'Voor het ondertekenen van het contract,' zegt ze, de pen aan J.B. overhandigend. 'Ik heb het gevoel dat wij heel veel zaken gaan doen met elkaar.'

Jerry spreidt zijn handen alsof hij zich overgeeft. 'Laat me eerst die tape maar eens bekijken. Kate, het was me een genoegen.' Hij kijkt met samengeknepen ogen naar Bryan. 'Deze meid kun je maar beter in de gaten houden, Bryan, daar krijg je je handen nog vol aan.' Hij loopt weg en slaat in het voorbijgaan een arm om Kate Beckinsale heen.

'Je doet me denken aan hoe ik zelf vroeger was,' zegt Bryan. 'Ik zal niet zeggen dat ik niet onder de indruk was. Maar Mischa krijgt die rol. En als je ooit nog een keer een van mijn cliënten afbrandt, maak ik je kapot,' zegt hij, en hij draait zich om.

'Je wilt me niet kapotmaken, Bryan,' zegt Kate. 'Je wilt me in dienst nemen.'

Ik geef Kate een enorme knuffel als ze zich weer bij Christopher en mij voegt. 'Waar is dat voor?' vraagt Kate.

'Ik ben gewoon onwijs trots op je – zoals je daar alles uit de kast haalde voor Cricket,' zeg ik.

'Citeerde je nou uit *Adventures in the Screen Trade?*' vraagt Christopher.

'Je kunt het je vast niet herinneren, maar je hebt me jouw exemplaar van dat boek gegeven op de set van *Bradley Berry* in Texas,' zegt Kate.

'Mijn *gesigneerde* exemplaar,' zegt Christopher. 'Dat weet ik nog precies.'

Bloost Kate nou?

'Als ik me niet vergis, heb jij mij ook iets gegeven, weet je nog?'

O mijn god, Christopher staat met haar te flirten.

'Dat weet ik nog,' zegt Kate, en nu bloost ze *zeker*.

Mijn mobieltje gaat.

'Hoi Julian. Hoe gaat-ie?'

'O, afgezien van het feit dat ik volledig *verlamd* ben van mijn schouders tot mijn vingertoppen?'

'Wat? Ik denk dat je zei dat je verlamd bent. Maar ik kan je niet goed verstaan. Kun je de hoorn dichter bij je mond houden?'

'Als ik niet net Daniel Day-Lewis was in *My Left Foot* op zijn allerslechtste dag, dan misschien wel,' blaft Julian. '*Auwwwwwwww.*' Ik moet de telefoon een eind van mijn oor af houden. Dat schrille gekrijs klinkt als een kat die dood ligt te gaan.

'O nee, Julian?'

'Eh – *auwwwwwwww,*' kermt hij. 'Godzijdank zit je onder een snelkiestoets. Ik heb je nummer ingetoetst met mijn – neus.'

'Waar is Billy Joe?'

'Disneyla – *auwwwwww.* Kom hierheen. *Vlug,*' smeekt Julian. *Klik.*

Shit, shit, shit, shit, shit.

'Christopher, ik moet je auto lenen. Julian heeft een noodgeval. Kate, denk je dat jij Christopher een lift naar huis kunt geven? Ik moet ervandoor,' zeg ik.

'Ja hoor,' zegt Kate. 'Kan ik ergens mee helpen?'

'Nee, maar ik bel je nog wel om het uit te leggen,' zeg ik, en ik geef Kate en Christopher een snelle kus ten afscheid. 'Feliciteer je zus van me,' roep ik terwijl ik de tuin uit storm.

Op weg naar de voordeur vang ik een glimp op van D.V.F. die mijn vader van hot naar her sleept over het gazon als een Rottweiler aan een hondenriem. Jammer dat ik geen muilkorf kan toevoegen aan het geheel.

'Julian!?' roep ik, en ik smijt de deur open van zijn bungalow aan de rand van het zwembad bij het Chateau. Ik volg het spoor van '*Auwwwwwwww's*' tot ik hem vind. 'O mijn god, Julian!'

Hij ligt plat op zijn rug, midden in de inloopkast – ik wou dat mijn *huis* zo groot was – brullend als een beest in doodsnood. Als een *pauw* in doodsnood, om precies te zijn. De zestig centimeter lange sleep van Olivia's paarse pauwenjurk ligt uitgespreid over zijn lichaam – alleen zijn hoofd steekt boven de bos paarse veren uit. Ik snel naar hem toe.

'Wat is er in godsnaam gebeurd?' vraag ik.

'Afgezien van die bizarre toestand bij Barney's, heb ik alleen maar veren zitten naaien –' Julian wijst als een springer spaniël met zijn neus in de richting van de bos paarse veren '– non-stop, met de *hand, sinds gisteravond*,' kreunt hij. 'En nu kan ik mijn – mijn – *auwwww* – handen – of armen – niet meer bewegen. Ze zijn totaal verkrampt!'

O god. O nee. Inademen. Uitblazen. In. Uit.

'Heb je dit wel eens eerder gehad?' vraag ik.

'*Neeeeeeeeeee.*'

'Waarom heb je me niet eerder gebeld? Hoe heb je dit kunnen laten gebeuren?'

Julian zegt niets, ligt daar alleen maar te jammeren.

Ik buk me om zijn hand aan te raken.

'*AUWWWWWWWWWWWWW!*'

'Julian, ik heb je hand nog niet eens aangeraakt,' zeg ik.

'Alleen de gedachte dat je hem aanraakt doet al pijn.'

Ik trek mijn mobieltje tevoorschijn en begin een nummer in te toetsen.

'Wie bel je?' kreunt Julian.

'112,' hijg ik, en probeer te voorkomen dat ik ga hyperventileren.

'*Hang op!*' krijst Julian. 'Het enige wat ik nog erger vind dan vliegtuigen, zijn *ziekenhuizen.*'

Ik kijk naar Julian. Naar mijn mobieltje. Julian. Mobieltje. Julian. Mobieltje. Ik hoor een vrouwenstem vragen: 'Wat is uw noodgeval?' Eh, dat mijn BHV *verlamd* is. Dat *niemand* op die klote rode loper Julian Tennant zal dragen – *morgen*. Wacht. Tenzij ambulancepersoneel wordt opgeleid voor mond-op-mond-beademing, het beoordelen van ruggenmergletsel en kantklossen...

'*Hang op*,' smeekt Julian.

Ik druk mijn mobieltje uit.

'Prima. Geen ziekenhuizen. Maar ik ga wel mijn moeders acupuncturist bellen. Dokter Lee. Hij is een genie – toen Scott

270

Caan op de set van *Ocean's Seventeen* per ongeluk Steven So-
derbergh in zijn kont schoot, heeft Steven niet eens het filmen
hoeven stilleggen.'

'Ik hoop dat hij zich beter kleedt dan haar spiritueel genezer,
Gonzalo.'

Ik werp Julian een boze blik toe.

'Lola, hij had een spijkerbroek met *taps toelopende pijpen*.'

'Julian, je verkeert op dit moment niet in een positie om hooghartig te doen over modekeuzes.'

'Ik heb verdomme een bloedhekel aan de kleur paars! Kun je
de fles Vicodin voor me halen? Hij staat in de badkamer.'

Ik ren naar de badkamer en bel dokter Lee. Voicemail. Shit! Ik
spreek een bericht in waarin ik hem smeek om naar het Chateau
te komen om Julian op te lappen. Dan kniel ik naast hem en duw
de Vicodin in zijn mond.

'Zou je me nu alsjeblieft op het bed willen helpen? Ik lig al
uren op de grond in deze kast.'

'Prima,' zeg ik. 'Wie had ooit gedacht dat ik je nog eens uit een
kast zou moeten slepen?' Ik hijs hem op het bed.

'Kun je het kussen goed leggen?' zegt Julian, en draait met zijn
hoofd op het hagelwitte kussensloop. 'En kun je me nog een Vicodin geven?'

'Die Vicodin kun je vergeten, Julian. Ik heb geen tijd om voor
dienstmeid te spelen. Dit is foute boel. Dit is *echt* foute boel,' zeg
ik, om het bed heen ijsberend. 'We hebben nog maar *twaalf* uur
om de jurk af te maken.'

'Het is voorbij, Lola. We kunnen het wel vergeten.' Julian doet
zijn ogen dicht en slaakt een beverige zucht.

'Sssst, Julian, het is nog *niet* voorbij. Ik heb een idee.' Ik begin
als een bezetene te bellen.

'Imas? Hoi, met Lola,' zeg ik.

'*Imas?!* Je belt *Imas?!*' krijst Julian.

'Ssssst,' zeg ik tegen Julian. 'O sorry – ik heb het niet tegen
jou, Imas. Heb jij me niet verteld dat je die rok die je aanhad
toen we elkaar voor het eerst ontmoetten zelf gemaakt had,
Imas?' vraag ik.

271

'Ja,' zegt Imas. 'Ik net klaar met maken jurk van mijn nichtje voor schoolbal. Ze zei ze wou roze strapless als Hilary Duff dragen naar MTV Movie Awards.'

'Toe maar, roze strapless. Welke lengte? Doet er niet toe. Imas, ik heb je *nodig*. Denk je dat je er tussenuit kunt knijpen bij Jake en naar me toe kunt komen in het Chateau Marmont? Ik heb een baan voor je die heel goed betaalt. Neem je vingerhoed mee.'

'Meneer Jones zei hij vanavond pas heel laat thuis. Ik kan er zijn over halfuur.'

'Bedankt, Imas. *Bedankt*,' zeg ik, diep uitademend. 'O, en zei je nou dat je bevriend was met Olivia Cutters huishoudster, Maria?'

'Ja, we kennen elkaar van de ZKHB bijeenkomsten,' zegt Imas. 'De wat?'

'De Zelfhulpgroep voor Kindermeisjes en Huishoudsters van Beroemdheden.'

'Weet je of Maria kan naaien?' vraag ik.

'Maria ook dol op naaien,' zegt Imas.

'Imas, wil je tegen haar zeggen dat als ze weg kan, ik haar ook graag zou willen inhuren voor wat naaiwerk.'

'Ik Maria bellen en snel komen,' zegt Imas.

Klik.

'Ben je stapelgek geworden?' schreeuwt Julian. 'Je kunt me verdomme nu net zo goed die hele fles Vicodin laten slikken, want mijn leven is V-O-O-R-B-I-J. Hoe kom je erbij om te denken dat *Imas* Olivia's jurk af kan maken? Denk je dat John Galliano *Imas* ook maar een draad zou laten afwerken van een van zijn *couture*-jurken?'

'Heb jij betere ideeën?'

'Jake Jones' huishoudster? Olivia Cutters huishoudster?' gilt Julian. 'Waarom bel je niet gewoon iedere huishoudster in deze hele klotestad op die volgens jou slecht behandeld wordt?'

'Moet je horen, Julian, Imas zal ons niet teleurstellen. Geloof me. *Alsjeblieft*,' zeg ik, en ik bel de conciërge van het hotel. 'Ik heb minimaal drie naaimachines nodig in bungalow 2. En kunt u roomservice een stuk of zes tosti's met patat laten brengen – en wat wil jij?' zeg ik tegen Julian.

'Een fles Patron *To-kill-ya* – om me uit mijn lijden te verlossen.'

In minder dan een uur tijd heb ik Julians bungalow omgetoverd van repetitieruimte voor de cast van *Rebel Without a Cause* in de westkusteditie van *Project Runway*. Ik zou graag willen denken dat ik een veel betere ambiance heb gecreëerd voor *mijn* team: drie als oud vuil behandelde huishoudsters die zijn gebombardeerd tot couture-naaisters.

Stevie Wonders 'Superstition' wordt gelardeerd met het klikken en snorren van de Bernina-naaimachines. De Fig Illume-kaarsen werpen een zacht licht in de kamer. En een snoezige ober-annex-wannabe-acteur heeft zojuist de lege tostibordjes weggehaald en cappuccino's en chocoladesoufflés gebracht. Het is bijna alsof we weer in Parijs zitten bij Monsieur Lagerfeld in eigen persoon. Imas zit voorovergebogen over het strakke lijfje om met de hand de ingewikkelde figuurnaden te naaien. Maria is met grote zorg de stof aan het knippen voor het elegante schouderbandje. Isabella, een derde huishoudster, is het zijden garen in haar machine aan het verwisselen ter voorbereiding op het maken van de zoom van het voorpand. En ik lig languit op de grond en probeer de perfecte plek te vinden voor de resterende pauwenveren die op de zestig centimeter lange sleep genaaid moeten worden.

'Lola, kan ik je even spreken?' vraagt dokter Lee als hij uit de slaapkamer komt, waar hij Julian heeft volgestoken met naalden.

'Wat mankeert-ie?' vraag ik.

'De perifere zenuwen in zijn handen zijn afgekneld en getraumatiseerd,' zegt dokter Lee. 'Hij heeft een ernstige vorm van carpaal tunnel syndroom. Het komt wel weer goed, maar hij moet zijn handen minimaal drie weken rust geven, en hij mag onder geen voorwaarde verdergaan met naaien.' Dokter Lee werpt een blik op zijn horloge. 'Ik moet ervandoor – ik moet Mira Sorvino's honden behandelen, maar ik bel vanavond nog wel even om te horen hoe het met Julian is.' Hij klapt zijn acupunctuurtafel dicht en laat zichzelf uit.

Julian duwt de slaapkamerdeur met zijn hoofd open en komt de kamer binnen snellen. Hij is nog steeds in de badjas van het hotel gewikkeld, en zijn handen hangen als twee krachteloze vodden langs zijn lichaam. Hij buigt zich over Imas' schoot om haar vorderingen te controleren. 'Nee, Imas, meer zo,' zegt hij, met zijn grote teen naar het lijfje wijzend en vervolgens Imas' gezicht afspeurend naar een teken van begrip. Als ze hem wezenloos aanstaart, brengt hij zijn neus naar een steek toe en maakt een zwaaiende beweging met zijn hoofd.

'O, nu snap ik,' zegt Imas, en ze gaat weer aan het werk.

'Schitterend – ja! Ja! Ja!' zegt Julian, die elke ja kracht bijzet met een staccato sprongetje boven Imas' hoofd. Dan draait hij zich zwierig om naar Isabella met het enthousiasme van Michael Tilson Thomas die een orkest staat te dirigeren. 'Isabella, maak nog eens een steek precies *daar*,' zegt hij, en hij zwaait zijn been over haar schouder en zet zijn teen op de naald van de naaimachine.

'Julian, dokter Lee heeft gezegd dat het heel belangrijk is dat je rust houdt,' zeg ik. 'Wat dacht je van een bad met je favoriete lavendelbadzout?'

'Nee,' zegt Julian, die weer om de vrouwen heen begint te ijsberen. 'Nee, nee, Maria. Meer *zo*,' zegt hij, een teen op haar schoot parkerend.

'Oké, luister, Julian, laat hen *met rust*,' zeg ik, en ik sleur hem mee naar de slaapkamer. 'We hebben al een *biljoen* keer doorgenomen hoe je het wilt hebben. Die jurk zal eruitzien alsof hij is genaaid door Yves Saint Laurent in eigen persoon.' Ik duw Julian op het bed en doe de deur stevig achter hem dicht. Laat hem die maar eens open zien te krijgen zonder handen.

Ik denk dat ik misschien wel mijn ogen moet laten laseren na vijf uur *onafgebroken* deze paarse pauwenveren op deze sleep vastmaken. Maar het is het waard geweest. Julians meesterwerk wordt precies zoals we hadden gepland. Een totale triomf. En het mooiste van alles is dat Julian het zelf nog niet eens weet. Hij heeft *eindelijk* ingestemd om een slaappil te nemen. Hij zal op zijn minst nog een paar uur buiten westen in bed liggen.

Ik kijk naar de drie vrouwen die vol toewijding zitten te naaien. Er trekt een warm gevoel van waardering door me heen. Ik weet niet waarmee ik deze buitengewone vrouwen in godsnaam moet belonen. Wat ik wel weet, is dat het *een heleboel* moet zijn.

'Imas, Maria, Isabella – jullie zijn echt geweldig. Waar hebben jullie in vredesnaam zo leren naaien?'

'Wij elke week naaien tijdens bijeenkomsten van onze Zelf-hulpgroep voor Kindermeisjes en Huishoudsters van Beroemd-heden,' antwoordt Imas. 'Wij elke week werken aan stukje van onze quilt.'

'Quilt? Wat voor quilt?' vraag ik.

'De Slecht Behandeld Quilt,' zegt Imas. 'Onze ZKHB-thera-peute zegt het is heel heilzaam om jezelf artistiek te uiten.' Ze rommelt in haar canvas schoudertas en vist er een vierkant van twintig bij twintig centimeter uit. 'Kijk, dit is Mr. Jones die mij laat wegspoelen de mayonaise uit zijn Nate 'n Al's koolsla en ver-vangen door vetarme mayonaise.'

Het is verbluffend gedetailleerd, een wandtapijt uit een kloos-ter in een modern, eenentwintigste-eeuws Hollywoodjasje. Imas moet alleen al vijf verschillende kleuren garen hebben gebruikt om Jake Jones' verwassen Diesel-spijkerbroek af te beelden.

'Imas, ik heb nog nooit zoiets knaps gezien. Je hebt echt on-gelofelijk veel talent,' zeg ik enthousiast. 'Hoeveel vierkantjes hebben jullie?'

'We hebben, nou, wel honderd vierkantjes.'

Maria graaft in haar tas en diept haar vierkantje op. Een krij-sende Olivia Cutter met een keffende Thor in haar armen ge-klemd, staat over een triest kijkende Maria heen gebogen, die op handen en voeten op de vloer zit om stapels gebruikte Kleenex op te rapen onder de David LaChapelle-foto's van zes bij zes me-ter van Olivia in Marilyn Monroe-achtige poses waar alle muren in haar slaapkamer mee zijn behangen.

Imas knikt naar de derde naaister. 'Isabella, laat Lola die van jou ook eens zien.' Ik hap naar adem als ik haar vierkantje zie, waarop een somber kijkende Isabella staat afgebeeld die een

275

vuilniszak aan het vullen is met condoomverpakkingen, oude nummers van *Playboy* en kapotgetrokken strings. Ik geloof dat ik niet wil weten wie haar baas is.

Ineens weet ik precies hoe ik deze vrouwen moet belonen. 'Dames, mag ik deze vierkantjes even lenen? Ik moet een telefoontje plegen.'

Ik vang een glimp op van de klok. Het is acht uur. Ik heb over *twintig* minuten een afspraak met SMITH om naar Jeffrey Katzenberg's 'Night Before' feestje aan het zwembad van het Beverly Hills Hotel te gaan, waarvan de opbrengst ten goede komt aan het Motion Picture & Television Fund. Het laatste wat ik nu moet doen, is naar het *zoveelste* Oscarweek-feestje gaan. Maar ik heb hem beloofd dat ik mee zou gaan.

'Imas, redden jullie het als ik *twee* uurtjes wegga?' vraag ik.

'Hoe lang Julian slapen met die pil?' vraagt Imas.

'Nog minstens vier uur,' zeg ik.

'Wij alles onder controle. Maar jij, oppassen daar buiten,' zegt ze, en ze buigt zich weer over het paarse lijfje.

'Je ziet er oogverblindend uit,' zegt SMITH vanuit mijn deuropening. 'Ik ben niet alleen de sexyste man in het heelal, maar ook de grootste bofkont,' zegt hij lachend, en hij kust me.

'We zouden het feestje ook over kunnen slaan,' zeg ik. Ik heb echt geen zin om te gaan. Wat kan mij het schelen dat de Goddelijke Huisvrouw in eigen persoon, Nigella Lawson, haar verrukkelijke gevulde kreeft komt klaarmaken, dat ze een buitenhuis op Mars gaan veilen *en* dat Radiohead optreedt? Ik had amper genoeg puf om deze crèmekleurige Julian Tennant-bustier met ruches en legging aan te trekken. En ik krijg fantoompijn in mijn voeten alleen al bij de gedachte dat ik die gouden pumps met naaldhakken van twaalf centimeter moet aantrekken. Ik zou veel liever met SMITH in bed kruipen. 'Je hebt nog steeds iets goed te maken omdat je er vanochtend pas om zes uur was. Ik ben *uitgeput*,' zeg ik, mijn zaak bepleitend.

'Ja, ik ook. Het filmen vannacht was slopend,' zegt hij. 'Maar

ik heb tegen mijn agent gezegd dat we hem daar zouden ontmoeten. Hij zei dat het goed voor me zou zijn om mijn gezicht
even te laten zien aan de grote bazen van Paramount. En ik heb
vijfentwintigduizend dollar per stuk betaald voor onze tickets.'
Jee-zus. Is het al te laat om die tickets in te ruilen zodat ik een
aanbetaling kan doen op een huis? 'Ik beloof dat ik je mijn
waardering zal laten blijken voor het feit dat je mee bent gegaan
zodra we weer thuis zijn,' zegt SMITH.

Ik schiet mijn schoenen aan, loop wankelend naar zijn Aston
Martin, en smijt mijn vintage crèmekleurige jas op de achterbank.

We rijden zigzaggend over Sunset Boulevard. Ik kijk naar
SMITH. En ik weet tot in het diepste van mijn wezen dat als een
of andere agent in zijn Porsche tegen ons op zou knallen op weg
naar een afspraak om de nieuwe Chris Rock te contracteren, ik
zou sterven als een gelukkig mens – omdat ik bij hem ben. Oké,
ik heb wat moeite om me een babystoeltje voor te stellen in de
Aston Martin. Maakt Chanel babystoeltjes? Maar als ik over vijf
jaar toe ben aan een baby, zal SMITH wel toe zijn aan een Volvo.
Oké, misschien geen Volvo, maar misschien wel een Range
Rover.

Het stoplicht op het kruispunt van Sunset en Beverly Drive is
kennelijk op groen gesprongen, want de BMW achter ons begint
te toeteren. SMITH blijft me onverstoorbaar kussen.

'Let maar niet op die eikel,' fluistert hij. 'Ik geloof in lange,
langzame, diepe, zachte, natte kussen die drie dagen duren,' zegt
hij. Wat maakt het uit dat hij Kevin Costner citeert in *Bull Dur-
ham?* Het effect is er niet minder om.

We arriveren bij het BH Hotel en sluiten aan in de rij Aston
Martin's, limousines, Mercedessen en Bentley's voor de parkeerservice.

'Dank je,' zeg ik tegen de parkeerjongen als hij mijn portier
voor me openzwaait. Ik pak SMITH's hand terwijl we naar de entree van het hotel lopen. 'O wacht – mijn jas,' zeg ik. Het is altijd tepel-alarm-koud bij het zwembad. Terwijl hij stilstaat om
even met Philip Seymour Hoffman te kletsen, ren ik terug naar

de auto om mijn jas van de achterbank te grissen. Is dat? ... Nee. O mijn god. *Nee*. Ik word misselijk. Alles begint te tollen. Adem in. Adem uit. Adem in. Adem uit. Misschien houdt het tollen op als ik mijn ogen dichtdoe. Ik doe mijn ogen open en probeer ze scherp te stellen op SMITH.

'Hé, jij,' probeer ik te zeggen, maar er komt geen geluid. Ik klauter uit de auto.

'Gaat het wel, juffrouw?' vraagt de parkeerjongen.

Ik grijp zijn schouder beet om mijn evenwicht te bewaren. Mijn ogen proberen zich nog steeds scherp te stellen op SMITH.

'Hé, jij,' fluister ik.

'Juffrouw?' zegt de parkeerjongen.

Ik houd mijn jas in mijn hand geklemd. Ik kijk naar SMITH. Dan weer naar mijn jas. SMITH. Jas. SMITH. De jas glijdt uit mijn vingers en valt op het cement.

'Juffrouw, u hebt uw jas laten vallen,' zegt de parkeerjongen, en hij drukt hem weer in mijn hand.

'Bedankt,' weet ik uit te brengen terwijl ik SMITH's blik vang. Hij schenkt me *die* glimlach die normaal gesproken rechtstreeks naar mijn kruis zou gaan. Dit keer blijft-ie al in mijn keel steken, wat voelt alsof hij wordt dichtgeknepen, zodat ik nauwelijks lucht krijg.

'Kom op,' zegt hij geluidloos, en hij draait zich om naar de deur.

'Hé, jij!' krijs ik als ik mijn stem weer heb gevonden. SMITH draait zich abrupt om. Net als *alle andere* aanwezigen die op weg zijn naar binnen. Ze staren me allemaal aan. Jennifer Connelly en Paul Bettany. Ellen DeGeneres en Portia de Rossi. Robert Redford. Jodie Foster. Allemaal. Maar mijn ogen blijven op SMITH gericht.

Hij schenkt me nog een keer *die* glimlach. En dit keer gaat-ie rechtstreeks naar mijn vuist, die bonst van het verlangen om hem op zijn bek te slaan. Ze hadden allemaal gelijk. Allemaal. Dokter Gilmore, Kate, Cricket, Julian, mama – zelfs papa. En ik ben zo *eigenwijs* geweest. En onnozel. En gebruikt. Wat een dwaas.

'*Kom hier!*' schreeuw ik zo hard ik kan.

SMITH speurt nerveus de voorkant van het hotel af om te zien hoe groot de schade is – wie zijn er *precies* getuige van mijn waanzin? Hij zwaait naar Michael Douglas in een wanhopige poging om te doen alsof er niks aan de hand is, en slentert dan op me af.

'Hoe verklaar je *dit?*' gil ik, en duw mijn jas in zijn gezicht.

'Je jas?' zegt hij, niet-begrijpend.

'De *paarse hondenharen,*' ik verslik me haast in de woorden, 'waar mijn crèmekleurige jas mee bedekt is omdat je hele achterbank ermee bezaaid ligt.'

'O, dat... nou ja... dat is van... eh... de pruik die ik op moest voor mijn scène gisteravond,' zegt hij.

'Lieg niet! *Ik* ben de reden dat Olivia Cutters hond paars is, vuile klootzak!' schreeuw ik, terwijl ik probeer om een hap lucht bij elkaar te schrapen, plus wat er nog over is van mijn gezonde verstand – en mijn *waardigheid.* 'Je was helemaal niet tot diep in de nacht aan het filmen. Daar was je gisteravond, hè? Je was bij *Olivia.* Vertel me de waarheid. *Nu.* Geen leugens meer,' zeg ik, vechtend tegen de tranen.

'Lola, je snapt het niet. Ik wil die rol van Danny Zuko in *Grease* zo ontzettend graag,' zegt SMITH zwakjes.

Het voelt alsof ik een klap in mijn maag heb gekregen. Ik verlies het gevecht tegen mijn tranen.

'Heb je haar geneukt?' vraag ik, maar ik weet het antwoord al. Ik voel het in mijn binnenste alsof ik er zwanger van ben. Hij staat alleen maar naar zijn instappers te staren. 'O god. Je bent bij *mij* in bed gedoken nadat je bij *haar* was geweest.'

Ik kijk SMITH in de ogen. En dan bedoel ik echt *kijken.* En voor het eerst zie ik hem zoals hij *werkelijk* is: een vieze vette vuile *huichelaar.* Hij is gewoon *de zoveelste* narcistische, smakeloze, idiote *acteur.*

'Ik hield van je! Ondanks wat iedereen zei, geloofde ik je. En je bent een bedrieger, je bent een vuile bedrieger. Nu ik erover nadenk: Olivia en jij verdienen elkaar. Je verdient *mij* niet.' Terwijl ik het zeg, realiseer ik me dat ik het ook werkelijk meen. *SMITH verdient mij niet.* Ik, Lola Santisi, verdien *beter.* Ik kijk nog eens lang en aandachtig naar hem, en ik weet dat het de

279

laatste keer zal zijn. 'Je verdient mij niet,' herhaal ik zacht door mijn tranen heen terwijl ik de trap op ren naar de lobby van het hotel, rechtstreeks in de armen van – mijn vader.

Ik kijk naar papa op terwijl er geisers uit mijn ogen spuiten. Hij moet het hele debacle hebben gezien, net als alle andere gasten die op weg waren naar het feest. Ze hebben me allemaal horen krijsen alsof ik rechtstreeks uit het gesticht ben ontsnapt. Ik zet me schrap voor de onvermijdelijke impact van een woede-aanval met orkaankracht van papa. Nu zul je het hebben – mijn vader die me gaat vertellen dat ik hem te schande maak. Dat ik onnozel ben en dat hij gelijk had. En het doet pijn omdat het waar is. Als het zwembad van het hotel niet afgedekt was, zou ik de knotsen van diamanten om Catherine Zeta-Jones' nek eraf rukken, ze rond mijn enkels binden en er meteen in springen.

Voordat ik een nieuwe gedachte vol zelfhaat kan formuleren, slaat mijn vader zijn armen om me heen en omhelst me – omhelst me *echt*. En ik geloof niet dat hij me ooit eerder op deze manier heeft omhelsd. En hij doet het midden in het Beverly Hills Hotel, terwijl heel Hollywood toekijkt. Hij schenkt er totaal geen aandacht aan, alles verdwijnt gewoon naar de achtergrond. Ik weet dat er voor hem niets anders bestaat dan ik in zijn armen.

Oscarzondag

7 uur, 19 minuten, 59 seconden totdat de Oscar voor
Beste Regisseur wordt uitgereikt.

Als de zon opkomt boven het Chateau, gooi ik de plastic deksel open van de vuilnisbak op straat voor mijn huis. Diep, louterend ademhalen. Eén. Twee. Bij *drie* smijt ik de vaas met pioenrozen van SMITH erin. Ik kijk hoe de vaas uit elkaar spat en de lichtroze bloemblaadjes omlaag dwarrelen. Ik voel het breken van het glas tot in mijn botten. En ik wil het ook voelen. *Dit* keer kan het nog zoveel pijn doen, maar ik ga de brokstukken niet tussen het vuilnis uit vissen. Ik ben zover dat ik hem kan loslaten. Ik, Lola Santisi, met betraande wangen en een afschuwelijke kater in mijn hart, laat SMITH los – *voorgoed.* Het is tijd om mezelf bij elkaar te rapen. Het is Oscardag.

Moet je horen, ik ben geboren op een Oscarzondag, en vandaag, zesentwintig jaar later, op alweer een Oscarzondag, zal ik herboren worden. Geen gezwelg meer in zelfmedelijden, om te beginnen. SMITH mag mijn hart dan vernietigd hebben, maar ik laat hem niet ook mijn wilskracht kapotmaken. Vandaag begin ik mijn zoektocht naar inhoud. Naar een man die geen regisseur en geen script nodig heeft om een gesprek met inhoud te voeren. Een *echte* man. Niet iemand die een man speelt.

Ik ga afmaken waar ik aan begonnen ben, en ik ga *succes* boeken. Wat maakt het uit dat Olivia Cutter hem geneukt heeft. *Zij* zal over de rode loper gaan in Julians pauwenmeesterwerk en op elke verdomde Best-Gekleed-Oscarlijst terechtkomen die er maar bestaat. Punt. Uitroepteken.

Wanneer ik mijn slaapkamer binnenloop, staat de televisie er nog precies zo bij als ik hem heb achtergelaten – luid blèrend in de nacht om de stemmen vol zelfhaat in mijn slapeloze hoofd te overstemmen. Ik zoek me rot naar de afstandsbediening om Mary Harts walgelijk opgewekte stem uit te zetten. Heeft die vrouw *ooit* een depri-dag?

'Van oogverblindende jurken tot onbetaalbare diamanten, *Entertainment Tonight* heeft alle beelden van de rode loper voor u, live vanuit het Kodak Theatre. Wie zal er dit jaar de titel Best Gekleed toebedeeld krijgen van Cojo? Kijk vanmiddag vanaf drie uur naar *Entertainment Tonight* om erachter te komen. Alles rondom de Oscars bij *Entertainment Tonight*,' roept Mary Hart in het promofilmpje.

Ik druk op de uit-knop op de afstandsbediening en kijk naar mijn onopgemaakte bed. Ach, stik ook maar. Ik kruip erin en trek de dekens over mijn hoofd. Net als ik alle manieren lig te verzinnen waarop ik SMITH *en* Olivia Cutter gewelddadig zou willen martelen, hoor ik gemorrel aan mijn voordeur, gevolgd door voetstappen.

'Als je hier bent om me te beroven en te vermoorden, ik ben in de slaapkamer,' schreeuw ik van onder de dekens.

'Lola,' hoor ik Kate roepen vanuit de gang. De manier waarop ze mijn naam uitspreekt, ontketent een hele stortvloed van tranen. Ik heb Kate nog nooit die toon horen gebruiken: *medelijden*. Ik gluur met één oog onder de dekens uit.

'Dus je hebt het gehoord,' weet ik uit te brengen.

Kate gaat naast me op het bed liggen en slaat haar armen om me heen. 'Liefje, *heel* Hollywood was op dat feestje gisteravond. Ik denk dat zelfs de jongens in de postkamer het hebben gehoord,' zegt ze zacht.

'Nou, als je hier bent gekomen om je te verkneukelen omdat je gelijk had over SMITH en om mij te vertellen dat je niet van plan bent om de brokstukken nog een keer op te rapen: daar ben ik me al van bewust,' zeg ik.

282

'Ik wou dat ik geen gelijk had, Lola. Maar ik zal er *altijd* zijn om je brokstukken op te rapen,' zegt Kate, hetgeen genoeg is om me in een onbedaarlijk snikken te doen uitbarsten. Als mijn BV het al erg vindt dat mijn tranen vlekken maken op haar paars-blauwe zijden hemdje, dan zegt ze het in ieder geval niet.

'Dank je wel, Kate,' snotter ik.

'Je kon hier natuurlijk weer niet mee wachten tot *na* de Oscar-uitreiking,' zegt Kate schertsend terwijl ze mijn haar streelt. 'We komen rechtstreeks van het vliegveld.'

'*We?*'

'Christopher en ik. Hij is na het feest bij Barry en Diane met me mee gegaan naar de bruiloft van mijn zus.'

Ik schiet overeind. En staar Kate aan.

'Kijk niet zo naar me. Jij was degene die Christopher aan zijn lot overliet. En –' Kate wacht even. 'Ik geloof dat ik eraan toe ben om gevoelens te doen,' zegt ze glimlachend. 'Oké, ik weet het, *ik* kan mezelf wel schieten omdat ik dat net heb gezegd.'

'Wacht – jij... en Christopher? O mijn god, Kate. Je bent altijd als een zus voor me geweest, maar nu wordt het *officieel*,' zeg ik, en ik sla mijn armen om mijn BV heen en omhels haar stevig.

'Jezus, Lola,' zegt Kate, en haalt mijn armen van haar af. 'Mijn zus was degene die ging trouwen, *niet* ik. Maar we hebben wel goddelijke seks gehad. Hij –'

'Hij is mijn *broer*,' val ik Kate in de rede. 'Bespaar me alsje-blieft alle ranzige details,' zeg ik, terwijl ik me met een zucht weer op mijn kussen laat vallen. 'Waar *is* Christopher eigenlijk?'

'Koffie verkeerd voor ons aan het halen.'

'Kate.'

'Ja,' zegt ze, en ze legt haar hoofd op het kussen naast dat van mij.

'Bedankt dat je gekomen bent.'

'We slaan ons hier wel doorheen, Lola,' zegt Kate, die me een kneepje in mijn hand geeft. 'En reken maar dat ik *The Enquirer* ga bellen om te zeggen dat SMITH een pik heeft met het for-maat van een pinda.'

'Ik ben echt heel blij voor jou en Christopher.'

'Ik ook,' zegt ze. 'Weet je, Lola, dit keer is het niet alleen de seks. Ik hou echt van –' We verstijven allebei als we een luid gestommel in de woonkamer horen.

Julians stem buldert: 'Cricket, kun je mijn pony uit mijn gezicht strijken en me nog een slok koffie geven?'

'Julian, ik kan niet je koffie, je banaan-en-chocolademuffin, je Nano, je mobieltje, je zonnebril, je jasje en je lippenbalsem vasthouden, *en* je pony uit je gezicht strijken,' hoor ik Cricket vermoeid zeggen.

'Kom maar, ik zal je pony wel uit je gezicht strijken,' hoor ik mijn broer zeggen.

'Ik wacht al mijn hele leven om je dat te horen zeggen, Christopher,' kirt Julian.

'Hier ben ik om je te omhelzen,' zegt Julian als ze mijn slaapkamer binnenkomen. Zijn verlamde handen hangen als verlepte tulpen langs zijn lichaam. Cricket laat Julians zonsopkomstaccessoires op de grond vallen en klimt aan de andere kant naast me in bed. Ze omhelst me zo stevig dat ik bang ben dat ik er een ingeklapte long aan overhoud.

'SMITH is een klootzak. Olivia is een klootzak. Ze zijn perfect voor elkaar,' zegt Christopher terwijl hij me een koffie verkeerd overhandigt en op het voeteneind van het bed neerplot, waar hij één hand op mijn been legt – en de andere op dat van Kate. Ze schenkt hem een smeltende glimlach.

'Ik heb erover nagedacht, en die vrouw mag mijn jurk *niet* aan,' verkondigt Julian. 'Al moet ik de rest van mijn leven SpaghettiO's eten, het kan me niks schelen.'

'Julian, ik heb er ook over nagedacht. Ze gaat die jurk gewoon *dragen*. Punt uit,' zeg ik. 'We hebben hier te hard voor gewerkt. Maar ik weet vrijwel zeker dat ik er geen bezwaar tegen heb als je er een paar spelden in laat zitten.'

'Dat zal ik aan Imas doorgeven. Misschien kunnen we haar nieuwe implantaten lek prikken,' zegt Julian.

Kate werpt een blik op haar horloge. 'Sorry, Lola, maar ik moet gaan. Ik heb afgesproken dat ik Will bij hem thuis zou klaarstomen voor zijn rode-loper-interviews. Ik zweer je dat hij door het lint gaat als ik er niet ben om hem te helpen beslissen welke gel hij in zijn haar moet doen, welk ondergoed hij aan moet trekken en of hij zijn neushaar moet knippen. Cricket blijft hier bij jou, en Christopher rijdt met Julian naar Olivia's huis. Ik kom zo snel mogelijk terug,' zegt Kate, die kennelijk het hele dienstrooster al heeft uitgewerkt voor de verpleegkundigen in het Lola Santisi Ziekenhuis voor Gebroken Harten.

'Christopher hoeft Julian niet te rijden. Ik ga gewoon naar die pas-sessie,' zeg ik.

'Wat ga je?' brengen ze eensgezind en naar adem happend uit, terwijl ze allemaal van hun plaats opspringen.

'Als ik mijn armen ter protest in de lucht kon gooien, zou ik het doen,' zegt Julian. 'Jij gaat *niet* de confrontatie aan met die duivelse vrouw na wat ze je heeft geflikt.'

'Ja. Dat doe ik wel. Ik moet dit doen. Ik moet het karwei af-maken,' zeg ik. Terwijl ik het zeg, constateer ik geschokt dat ik het daadwerkelijk meen, dat de overtuiging in mijn stem net zo sterk is als de overtuiging in mijn gebroken hart.

'Ben je niet goed bij je hoofd?' zegt Kate.

'Julian kan het wel alleen af,' zegt Cricket.

'Nee, dat kan hij niet,' zeg ik. 'Hoe kan hij nu een pas-sessie doen zonder zijn handen? Bovendien, die vrouw kennende zal ze de jurk niet aantrekken omdat ze denkt dat Julians carpale tunnel besmettelijk is.'

'Daar heb ik schijt aan. Ik kan die trut heus wel aan,' zegt Julian. 'Weet je *zeker* dat je dit wilt?'

'Ja.'

Ze kijken me allemaal sceptisch aan.

'Ik *moet* dit doen. Ik ga naar die pas-sessie. *Oké?!*'

'Oké,' zegt Julian. 'Maar we kunnen maar beter *als de sode-mieter* een rustgevend algenmasker voor je gaan halen, want je ogen zien eruit alsof je tien rondes hebt gedaan met Mike Tyson.'

Ik zit al drie uur onafgebroken naar dezelfde zin te staren in *Us Weekly* bij Olivia Cutter thuis, wachtend tot ze tevoorschijn komt. Ik schuif ongemakkelijk heen en weer op de kussens. Ik krijg kippenvel wanneer ik me afvraag of SMITH en Olivia het ook op deze bank hebben gedaan. Julian zwaait zijn been over mijn knie heen om te zorgen dat het nerveuze tikken van mijn voet ophoudt. Ik sta op het punt om de deur uit te stormen als Olivia Cutter een in een roze bontpantoffel gehulde voet in de kamer zet, gevolgd door een onfatsoenlijk korte ochtendjas met luipaardprint en een hoofd vol krullers.

'Olivia draagt Prada,' verkondigt ze. 'Jullie kunnen gaan.'

'Je draagt *wat*?' zeg ik. Ik voel mijn geestelijk en emotioneel welzijn knappen, tegelijk met haar Juicy Fruit-kauwgom. Ik probeer mijn evenwicht te houden op mijn Louboutins terwijl het zweet me uitbreekt.

'Je hebt Olivia wel gehoord. Of zijn je oren net zo kapot als Julians handen? Olivia draagt *Prada*.'

Ik zweef ergens boven mijn lichaam. Ik worstel uit alle macht om mezelf terug te trekken naar de aarde. Ik krijg geen lucht. Inademen. Uitblazen. Inademen. Uitblazen. Waar is verdomme alle zuurstof gebleven, en *waarom* heb ik deze rode pumps met hakken van tien centimeter aangetrokken? Als ik platte schoenen aanhad, zou ik minder ver hoeven vallen. Ik hap naar adem en worstel uit alle macht om mijn evenwicht te bewaren.

Ik kan niet geloven dat dit echt gebeurt. Dit was het dan. *Niemand* gaat Julian Tennant dragen op de rode loper. Ik kijk naar Julian, die praktisch verschrompelt in de foetushouding op de bank. John, Olivia's agente, haar publiciteitsagente en haar assistente staren allemaal met een stoïcijns gezicht naar de witmarmeren vloer. Maria houdt op met stoffen en keert zich met tranen in haar ogen naar me toe. Ik staar naar Julians paarse pauwenmeesterwerk dat levenloos aan het kledingrek bungelt. O god. Ik heb Julian teleurgesteld. Ik heb mezelf teleurgesteld. *Alweer*. Ik heb zelfs Maria, Imas en Isabella teleurgesteld. Die verdomde Adrienne Kut.

'Wil je de jurk niet op zijn minst even *passen*? Julians handen zijn misschien wel permanent verlamd door het naaien voor jou,' zeg ik in een laatste wanhopige poging om mijn BHV's carrière te redden – en die van mij.

Olivia zet een zojuist gemanicuurde hand op haar vooruitgestoken heup en slaakt een geïrriteerde zucht. 'Waarom? Olivia wil geen paarse pauw zijn. Olivia haat *v-v-v-ogels*. Olivia wil een Pruisisch blauwe Prada-prinses zijn. Het spiritistisch medium dat Olivia gister heeft ontmoet in de W Retreat heeft tegen Olivia gezegd dat Olivia de Oscar gaat winnen in Prada.'

Haar woorden galmen na in mijn oren. Ik denk terug aan alle vernederende manieren waarop ik mezelf heb verlaagd om die duivelin te paaien – slaafs gehoorzamend aan iedere schizoïde gril. En nu gaat ze Julians jurk niet aantrekken naar de Oscaruitreiking? O *nee*. Olivia mag SMITH hebben, maar ik pak verdomme wel mijn zelfrespect terug. Als Olivia zich omdraait op haar bontpantoffels en wil weglopen, hou ik haar tegen.

'Wacht even, Olivia.'

'Wat?' vraagt ze, zichtbaar geïrriteerd.

Ik haal diep adem en plant mijn beide voeten stevig op de grond. 'Weet je hoe Lola over Olivia denkt? Lola vindt dat Olivia een grof, arrogant, verwend, ondankbaar kreng is zonder enige stijl.'

Olivia's Dream Team hapt hoorbaar naar adem. O *als-je-blieft zeg*. Ze zouden met zijn allen moeten applaudisseren. Ze zouden allemaal wel willen dat zij Olivia konden vertellen hoe ze *werkelijk* over haar denken.

'Lola vindt het verachtelijk dat Olivia heeft gelogen over Doe-Een-Wens om haar tieten te laten doen.'

'Lola –' probeert Julian me in de rede te vallen.

'Nee, Julian. Lola is nog niet klaar met Olivia vertellen hoe Lola over Olivia denkt,' zeg ik. 'Lola vindt dat Olivia Olivia's Kirlian-aura-analiste en Olivia's psychoanalyticus en het spiritistisch medium van de W Retreat en Olivia's irritante, paarse keffertje in Olivia's blubberige platte reet kan steken omdat – nieuwsflits, liefje – de Oscarstemmen al wekenlang binnen zijn en zelfs het tot leven wekken van de heilige Antonius in eigen persoon om een van zijn wonderen te verrichten ze niet meer kan veranderen. En Lola vindt dat Olivia het niet verdient om Julian Tennant te dragen.' Ik gris de paarse pauwenjurk van het rek en sleur Julian van de bank. We moeten als de sodemieter weg hier uit dit gekkenhuis, voorgoed.

'Olivia snapt het niet. Waarom praat ze zo?' hoor ik Olivia aan haar Dream Team vragen terwijl ik de voordeur met een klap achter ons dichtsmijt.

'Julian, het spijt me zo. Ik –' Ik kijk naar mijn BHV, die als een zielig hoopje tegenover me op zijn bed zit in het Chateau, en ik kijk in zijn met tranen gevulde, wanhopige, lichtbruine ogen. 'Het spijt me zo,' is het enige wat ik kan uitbrengen. Mijn BHV's bestaansmiddel, zijn droom, het enige waarvoor hij bestemd is in dit leven, komt met een enorme klap tot stilstand.

De hoteltelefoon gaat over.

'Zeg maar dat ik dood ben, tenzij het Brad Pitt is om te zeggen dat hij bij Angie weggaat voor mij,' zegt Julian schor.

'Hallo,' zeg ik als ik de telefoon opneem.

'Hoi Lola, met Marty.'

Ik bedek de hoorn met mijn hand. 'Het is Marty,' fluister ik tegen Julian.

'Hang op,' zegt Julian, die meteen overeind schiet.

'We moeten het hem vertellen, Julian.'

'Nee, dat hoeft niet, we kunnen liegen en dan komt-ie er vanzelf wel achter als hij terug is in New York – en ik dood ben,' smeekt Julian.

'Het spijt me, Julian,' zeg ik. 'Laten we maar gewoon even door de zure appel heen bijten.' Ik druk de hoorn tegen mijn oor. 'Hoi, Marty. Hoe is het met –'

'Laat de koetjes en kalfjes maar achterwege,' snauwt Marty. 'Hoe is de pas-sessie met Olivia Cutter verlopen en wanneer kan ik haar ontmoeten?'

Oeps.

'Luister, Marty. Ik heb nogal...' het kost me moeite om de woorden uit te spreken '... slecht nieuws.'

'Gooi het er maar uit, Lola,' blaft hij tegen me.

'Olivia Cutter gaat Julian niet dragen. Ze draagt Prada,' flap ik eruit.

Ik heb nog nooit zo'n oorverdovende stilte gehoord.

'Het spijt me, ik geloof dat de verbinding wegvalt – of zei je nou net dat Olivia Cutter Julians jurk niet gaat dragen,' brult Marty tegen me.

Stilte.

'Is dat wat je zei?'

'Ja,' mompel ik verslagen.

'Olivia Cutter draagt Prada en jullie hebben niemand anders die Julian draagt op de Oscar-rodeloper?'

Stilte.

'Eh, klopt,' zeg ik uiteindelijk.

'Niemand draagt Julian Tennant op de Oscar-rodeloper? Is dat wat je wilt zeggen – dat NIEMAND hem draagt?' Marty's woorden voelen stuk voor stuk als een rechtse hoek in mijn gezicht.

Stilte.

Ik kan praktisch horen hoe zich een laagje ijs vormt op de hoorn.

'O-ké... het feest is V-O-O-R-B-I-J, kinderen.' *Knock-out*. Ik sla dubbel van wanhoop. 'Het is einde verhaal, met onmiddellijke ingang. Ik zal New York laten weten dat ze de kantoren moeten sluiten. We zullen al het personeel ontslaan en het meubilair en de roerende zaken verkopen voor een zo goed mogelijke prijs. Zeg tegen Julian dat hij zijn naam mag houden, maar dat is dan ook het enige,' zegt Marty.

'O god. Nee! Marty, doe dit alsjeblieft niet. Dit *kun* je niet doen. Julian heeft zoveel talent. Hij wordt groter dan Karl Lagerfeld. Je moet hem nog een kans geven. Hij verdient een tweede kans, Marty. Alsjeblieft!' smeek ik.

'In het *echte* leven bestaan geen tweede kansen, meisje. Marty Glickman stapt uit de mode-industrie. Ik had toch beter in die formaldehydehaai kunnen investeren,' zegt Marty. 'En zeg tegen Julian dat hij *vandaag nog* naar het Holiday Inn verhuist. Ik betaal zijn rekeningen van het Chateau geen dag langer.'

Klik.

De hoorn glipt uit mijn vingers en ploft neer op het azuurblauwe vloerkleed. Julian kijkt me met tranen in zijn ogen onderzoekend aan. Ik kan de juiste woorden niet vinden. Wat moet ik zeggen tegen mijn BHV, die zojuist alles is kwijtgeraakt door *mijn* toedoen? Ik hoef geen woord te zeggen. Het staat op elke porie van mijn gezicht geschreven. Ik plof naast Julian op het bed neer.

'Doe de gordijnen dicht,' zegt Julian, die zich oprolt in foetushouding.

'Wat?' zeg ik, en til mijn hoofd op uit mijn handen, waar ik het heb begraven.

'Ik wil het liefste in het donker sterven. En gedrogeerd. Breng me de fles met Vicodin.'

'Nee Julian. Marty mag dan wel de stekker eruit hebben getrokken, maar je carrière is nog niet voorbij. Dit is niet het einde voor jou, Julian. Je hebt zoveel talent. Ik vind wel een nieuwe investeerder voor je. Ik zal papa om het geld vragen. Ik zal alles verkopen wat ik bezit. Julian, dit is niet het einde voor jou. Dit is niet zoals het moet gaan,' zeg ik.

'Maar zo *gaat* het wel.' En dat is *mijn* schuld. 'Lola, mijn leven is voorbij. Ik wil alleen zijn. Geen "plus gast" op mijn begrafenis.'

'Julian, het is *niet* voorbij voor jou. Ik weet dat het op dit moment zo voelt, maar het is *niet* voorbij.'

'Lola, wanneer dringt het nou eindelijk eens tot je door dat Happy Hollywood Endings alleen in films voorkomen?' zegt hij. 'Voor de rest van de wereld is Hollywood niet meer dan een lelijk stadje vol smog in Californië. Als ik niet zo'n vliegangst had, zou ik in ieder geval met waardigheid in New York kunnen sterven en niet als Hollywoodcliché in het Chateau. Laat me alsjeblieft gewoon alleen.'

'Julian?' zeg ik smekend.

'Alsjeblieft.'

'Het spijt me zo, Julian.'

'Dat weet ik.'

'Oké, ik ga weg. Maar ik neem alle scherpe voorwerpen uit deze kamer mee.'

Zodra ik mijn voordeur binnenstap, wikkel ik me in mijn oranje-voor-bescherming kasjmierdeken. Terwijl ik hem tot mijn kin optrek, besef ik dat ik met geen mogelijkheid kan verzinnen *waar* ik nog tegen beschermd zou moeten worden. Oké, misschien die Taepodong 2-raket die Kim Jong Il op Californië gericht heeft staan. Maar op de een of andere manier denk ik niet dat deze deken veel zal uithalen als heel Hollywood in rook opgaat.

Ik smijt de deken van me af en pak mijn telefoon om dokter Gilmore te bellen voor een noodsessie. Ik weerhoud mezelf ervan. Wat heeft het voor zin? Ze zal alleen maar tegen me zeggen wat ik al weet: dat ik een ontzettende stomkop ben. En een dikke vette mislukkeling. Deze rampzalige week heeft werkelijk niets opgeleverd, behalve een gebroken hart en werkeloosheid. En een beste vriend die door *mijn* toedoen alles kwijtraakt. En drie overwerkte huishoudsters die ik niet kan betalen. *En* ik had een half-uur geleden al bij mijn ouders moeten zijn om me klaar te gaan maken voor de rode loper. Waarom zou ik? Zodat ik Olivia Cutter in Prada haar Oscar voor Beste Actrice in ontvangst kan zien nemen? Ik dacht het niet.

Mijn mobieltje gaat voor de triljoenste keer. Dat is natuurlijk mama, *alweer*, die zich afvraagt waar ik in godsnaam blijf. Ik voel het schuldgevoel bij elke keer dat-ie overgaat groter worden.

Ik sleep me naar mijn garderobekast. Ik heb het deze week zo druk gehad met anderen kleden, dat ik geen *flauw* idee heb wat ik in godsnaam moet aantrekken. Ik bekijk één voor één al mijn jurken. Ze zijn geen van allen geschikt. Ik plof op mijn bed neer. Mijn blik wordt getrokken door een paarse pauwenveer die uit de kledinghoes steekt die ik op de grond heb gesmeten. Ik staar naar de lichtgevende paarse veer. Ik spring van het bed af en rits de hoes open. Zal de maat zelfs maar goed zijn? Ik wurm me in Julians museumstuk en koers rechtstreeks naar mijn passpiegel in de badkamer. Wat maakt het uit dat-ie een beetje aan de korte kant is en een tikje krap zit? Het is de mooiste jurk die ik ooit heb gezien. Julians jurk is verdorie gemaakt voor de Oscar-rode-loper. En daar zal-ie overheen lopen. Al *is* het slechts met *mij*.

'Lieverd, je ziet er vreselijk uit,' zegt mijn moeder. Zelf kan ze zo op de omslag van *Vogue* dankzij François Nars *in eigen persoon*, zoals ze daar zit in haar royale marmeren badkamer, waar ze vermoedelijk al sinds zonsopgang bezig is om zich klaar te maken voor de Oscaruitreiking. 'Ik heb François *alles* verteld,' zegt ze, terwijl ze in de spiegel haar bloedrode lippen en haar rokerige oogschaduw inspecteert. 'Als François klaar is met je gezicht, zal niemand weten door wat voor hel je bent gegaan met SMITH en Olivia Cutter. Denk erom, lieverd, er oogverblindend uitzien is de beste wraak. Nietwaar, François?'

'*Absolutement*, Blanca! Iemand de andere wang toekeren is prima, maar dan wel eentje die subliem is opgemaakt,' zegt de koning van de make-up van de sterren met zijn *très adorabele* Franse accent.

'Ik ga *nog* een overvloedkaars aansteken en een laatste voorspoedmantra doen voordat ik Karls jurk aantrek. François, lieverd, vergeet niet om Lola helemaal in te smeren met je goddelijke Body Glow. Het is magisch,' zegt ze, en ze grist de fles Dom Perignon van de wastafel en beent de badkamer uit.

'Ik zit aan Ursula Andress in *Dr. No* te denken,' zegt François, die met perfect geëpileerde wenkbrauwen aandachtig naar me zit te staren en met een perfect gemanicuurde hand over zijn perfect geknipte sikje strijkt.

Achtendertig minuten later – en drie tubes camouflagecrème, een fles olievrije foundation, een toefje bronzing powder, een royale laag 'Orgasm'-rouge, een oneindige hoeveelheid individuele valse wimpers, een pot zwarte vloeibare eyeliner, een triljoen laagjes mascara, meerdere lagen van François' 'Barbarella'-lippenstift en –

'*Voilà*,' zegt François, en hij draait me rond in de make-upstoel voor mama's driedelige spiegel. 'Dodelijk,' verkondigt François.

Als ik diep in mijn Parijse-catwalk-ogen staar, zie ik alleen maar een grote *mislukkeling*. Alle make-up van de hele wereld zou *dat* nog niet kunnen verhullen. Ik denk aan Julian, alleen in zijn bungalow in het Chateau met de gordijnen dicht, en ik krijg tranen in mijn ogen.

'Nee! Niet huilen,' krijst François, en hij stuift als een bezetene naar de doos met Kleenex en houdt strategisch twee tissues onder mijn ogen om te voorkomen dat de tranen vlekken maken op mijn dauwachtige wangen.

'Het spijt me, François,' zeg ik, achteroverleunend met mijn hoofd in een poging te voorkomen dat de tranen gaan vloeien. 'Het is alleen – ik geloof niet dat ik dit kan.'

'Nonsens. Je trekt Julians jurk-om-een-moord-voor-te-doen aan en je gaat als Giselle over die rode loper schrijden.'

'Alsof iemand *mij* zal opmerken,' verzucht ik. 'Ik kan gewoon niet geloven dat Olivia Cutter Prada gaat dragen.'

'Lola, je bent *opgegroeid* in Hollywood, weet je nou nog steeds niet hoe *gestoord* die actrices zijn? Ik weet zeker dat Olivia het afgelopen uur al een dozijn haar- en make-upmensen heeft versleten. De Twins hebben me gisteravond gebeld om te vragen of ik beschikbaar was, maar toen kreeg Olivia het in haar bol en heeft ze hen ontslagen.'

'Heeft ze de Wonder Twins ontslagen? Waarom?' vraag ik, terwijl ik me vaag herinner dat ze vanmorgen bij die totale nachtmerrie bij Olivia thuis inderdaad afwezig waren.

'Olivia zag dat Keira Knightley gisteravond op een of ander feestje precies dezelfde Matthew Williamson-broche met kristallen en veren droeg als zij, en toen ging ze door het lint. Ze heeft zich de halve avond in het toilet opgesloten en de Twins om middernacht vanuit het toilet opgebeld en hen ontslagen.'

'O mijn god,' zeg ik, in een opwelling van medelijden met hen. 'Die Olivia Cutter is de duivel.'

'Liefje, het is *Oscarweek* – dat is nog *niets*. Charlotte Martin heeft *haar* styliste ontslagen toen ze erachter kwam dat Olivia Cutter en zij allebei naar de Oscaruitreiking Prada zouden dragen omdat Charlotte weigert een ontwerper te dragen die ook al door een andere actrice wordt gedragen. Vannacht om vier uur heeft ze totaal hysterisch de Twins opgebeld en hen *in dienst genomen*.'

'Zou Charlotte Martin ook Prada dragen? Jezus, is er iemand die *niet* door Adrienne Kut gekleed wordt?' zeg ik. 'Welke ontwerper heeft Charlotte dan uiteindelijk –' Ik onderbreek mezelf. De rode loper begint over drie uur en ik weet zeker dat Charlotte Martin *inmiddels* wel een juweel van een japon van een of andere ontwerper heeft gevonden die ze kan aantrekken. Maar wat als dat *niet zo is?*

Ik stort me op mijn mobieltje en bel de Twins. Voicemail. Shit. Shit. Shit. De rode loper begint verdorie over *exact* drie uur – wat had ik nou gedacht? Ik weet precies wat ik denk: als er ook maar 0,0000000000000000000000000000001 procent kans is dat Charlotte Martin in Julian Tennant over de Oscar-rodeloper zou kunnen schrijden, dan zal ik die grijpen.

Oké, denk na, Lola. *Denk na.* O-o-o-o-o. Bingo. Toen de koningin van de pr me laatst in de Polo Lounge meesleepte naar de tafel van Charlotte en Graydon Carter, vertelde Charlotte dat ze in het BH Hotel logeerde. Ik bel gewoon naar het hotel en vraag naar – *o-o.* De kans dat ze daar onder haar eigen naam verblijft: *nul.* Verdomme.

Wacht. *Ruth.* Ze maakt al aardbeienmilkshakes en cheeseburgers voor me in de Coffee Shop van het BH hotel sinds de baarmoeder. Als er iemand is die wat invloed voor me kan uitoefenen, is het *Ruth* wel. Een snel telefoontje naar Ruth en...

'Hallo,' Een vermoeide vrouwenstem neemt de telefoon op in de hotelkamer van Charlotte Martin.

'Hallo, je spreekt met Lola Santisi en ik vroeg me af –'

'Lola?' zegt een van de Twins vragend.

'Luister, ik ben bij François Nars en hij heeft me alles verteld over de hele Olivia Cutter-nachtmerrie – ik vind het heel beroerd voor jullie, trouwens. Maar gefeliciteerd, want hij heeft me ook verteld over Charlotte Martin – en daarom bel ik. Ze is natuurlijk vast al aangekleed, maar voor het geval Charlotte nog steeds geen jurk heeft, dacht ik, laat ik maar even bellen want –'

Ze valt me in de rede. 'Hoe snel kun je in het BH Hotel zijn?'

'Tien minuten, hooguit.'

'Bungalow 9.'

Klik.

O mijn god. O mijn god.

Ik gooi de paarse pauwenjurk over mijn hoofd, geef François een dikke knuffel en storm de badkamer uit. 'Zeg tegen mijn moeder dat ik haar wel zie bij de Oscaruitreiking,' roep ik terwijl ik met twee treden tegelijk de trap af ren.

'Nee, nee, nee, nee, nee,' foetert Charlotte Martin in haar roze hotelbadjas terwijl ze een voor een alle Julian Tennant-jurken op het rek bekijkt die ik heb meegebracht, een Marlboro Light in de ene hand en haar aanhalingstekens openen aanhalingstekens sluiten Evian *water* in de andere hand. Wat zou de wereld wel niet denken als ze wisten dat Amerika's lieveling rookt als een goederentrein en drinkt als een kogelvis? Ik geloof dat ik daadwerkelijk rook uit haar met oogverblindende 60-karaats Harry Winston-diamanten behangen oren zie komen. 'Iemand, *doe iets*,' krijst ze terwijl Laura Mercier, in levenden lijve, Charlottes lippen – momenteel in optimale pruilstand – probeert te stiften, en haargoeroe Oribe de krullers uit Charlottes kastanjebruine lokken verwijdert. Stilte vult de kamer, want er is niets meer *te doen*. Charlotte heeft alle jurken bekeken. En ze *allemaal* afgekeurd. Ik werp een blik op de klok op de salontafel. O mijn god. Het is al twee uur. De rode loper begint over een *uur*.

'Wil je deze niet op zijn minst even passen?' zeg ik, en haal Julians briljante, granaatrode, knielange, met kralen bezette jurk met blote schouders tevoorschijn.

'Liefje, die is misschien goed genoeg voor Olivia Cutter, maar *Charlotte Martin* bevindt zich in een heel andere stratosfeer,' zegt ze tegen me terwijl ze een lange trek van haar sigaret neemt en haar lege glas *water* aan een geagiteerde assistente geeft om bij te vullen. Terwijl ze door de kamer stuift – en er zelfs in die badjas met een half hoofd vol krullers adembenemend knap uitziet – besef ik dat ze gelijk heeft. Charlotte Martin bevindt zich inderdaad in een heel andere stratosfeer. Vergeleken bij Charlotte ziet Olivia eruit als een trieste, goedkope Steve Madden-kopie van Amerika's lieveling. Maar weet Charlotte dan niet dat roken net zo passé is als Ben Affleck en leggings?

Ik kan Charlotte hier niet de deur uit laten marcheren op die lange benen in een andere ontwerper. Ze *moet* hier de deur uit gaan in Julian.

'*Dit* is een bijzondere jurk,' zeg ik, een smaragdgroene gladde zijden jurk met ongeoorloofd hoge splitten tevoorschijn trekkend die ik Olivia zelfs niet eens heb laten zien. Zij zou het nooit hebben klaargespeeld. 'De strakke snit en het diepe decolleté zouden je fantastisch staan. Hij zou je beeldschone lange benen accentueren,' zeg ik.

'Die kleur is totaal verkeerd. Nee. NEE. *Nee*. Absoluut *NIET*,' zegt ze. 'Schiet op, mensen. Doe iets. Wat is er zo moeilijk aan "Ik moet over een halfuur op de rode loper zijn"?' krijst ze.

'Toen Susan van Vera Wang hier was, zei je dat je helemaal weg was van deze jurk. Pas die dan nog een keer,' zegt een van de Twins wanhopig, en pakt een schitterende limoengroene zandlopervormige halterjurk.

'Ik ben actrice. Een verdomd goede actrice. Ik acteerde. Als in *doen alsof*,' foetert ze. 'Hij is afschuwelijk. Spuuglelijk. Doe dat ding weg,' zegt ze, en creëert een aura van rook boven haar hoofd terwijl ze met haar vijfde sigaret op rij wuift om haar woorden kracht bij te zetten. Ik heb het idee dat ik gewoon kan voelen dat die sigarettenrook me fataal wordt. Concentreer je, Lola. *Concentreer je*. Ik zoek nog een keer tussen Julians jurken.

'Charlotte, we moeten gaan. Als we niet *nu* vertrekken, zijn ze de rode loper al aan het *oprollen* tegen de tijd dat we er aankomen,' zegt haar publiciteitsagente, bijna hysterisch.

'Weet je zeker dat je deze niet wilt overwegen?' De Wonder Twins zijn me voor met hun couture, en trekken een oogverblindende rode met kralen bezette strapless jurk uit het rek. *Nee!* Ik probeer hun een telepathische boodschap te sturen, maar die vertaalt zich als een nutteloze boze blik.

Charlotte slaakt een luide zucht. 'Goed dan. Welke Italiaan is dat?'

'Valentino.'

Stilte.

'Prima. Hijs me er maar in. Ik schik me wel. God! Ik haat schikken! Waarom zou ik me ergens in moeten schikken?'

O god. O nee. De hemel is opengebroken boven Oscarweek en ik heb een tweede kans gekregen en ik heb hem laten schieten. Ik dwing mezelf om op te staan van de bank en gris Julians jurken bij elkaar. Als mijn hand naar de voordeur van de bungalow gaat om mezelf uit te laten, kijk ik over mijn schouder om gedag te zeggen.

'Wacht eens even.'

Het duurt even voordat ik besef dat Charlotte het tegen mij heeft.

'Wat is dat?' zegt Charlotte, en ze bekijkt me alsof ik de sofa met ananasprint in de hoek ben die ze voor het eerst ziet. 'Ik wil *dat* aan.'

'Wat?' zeg ik geschokt.

'Die jurk. Ik wil *die* jurk aan,' zegt ze, en wijst naar mij.

Ik kijk neer op de bos wuivende pauwenveren. Na*tuurlijk*. Waarom heb ik daar niet eerder aan gedacht?

'O, oké. Ja,' zeg ik, en ik smijt de jurken die ik in mijn armen heb op de grond. 'Help me hier eens uit, dames,' zeg ik als de Wonder Twins in actie komen. Ik gris een hotelhanddoek naar me toe terwijl ik Charlotte Martin de jurk overhandig. 'Het is Julian Tennants mooiste creatie.' De Wonder Twins snellen naar haar toe. Ze gooit de rode Valentino aan de kant en stapt elegant met één gazellenbeen in de pauwenjurk en daarna met het andere. De Twins ritsen en schudden op en Charlotte Martin zet een stap in de richting van de spiegel. Ik kijk de kamer rond om te zien of het stokken van mijn adem hoorbaar was. Het is niet te geloven. De jurk zit als gegoten. Ze ziet er werkelijk engelachtig uit in deze jurk.

'Ik heb van mijn leven nog nooit zoiets schitterends gezien,' zeg ik, en ik sta tegenover Charlotte Martin in deze niets verhullende hotelhanddoek met genoeg kippenvel over mijn hele lichaam om *dat* te kunnen dragen naar de Oscaruitreiking.

'Ik ook niet. Het is *perfect*,' zegt Charlotte, die in de spiegel naar zichzelf staat te staren. 'Oké, mensen, we gaan,' schreeuwt ze, de betovering verbrekend. '*Opschieten*,' blaft ze alsof ze generaal Schwarzkopf in eigen persoon is. Ik ren naar het kledingrek en gooi vlug de granaatrode met kralen bezette tule jurk over mijn hoofd die Olivia Cutter *en* Charlotte Martin hebben afgekeurd en springt in Charlottes wachtende limousine.

'Shit!' schreeuwt Charlotte terwijl de billboards op Hollywood Boulevard voorbijflitsen tijdens de dollemansrit naar het Kodak Theatre. Doordat Charlotte zo schreeuwt, knoei ik Krazy Glue over mijn hele hand. Ik was ermee in de weer om twee pauwenveren op haar zilveren Blahniks-sandaaltjes te lijmen in een poging net zulke schoenen te creëren als Manolo speciaal voor Olivia Cutter had gemaakt.

'Wat is er?' vraagt haar publiciteitsagente gespannen.

'Mijn tenen. Ze hebben de verkeerde kleur voor deze jurk. Ik kan geen *rode* tenen hebben bij *deze* jurk,' zegt ze ziedend. 'Shit. Shit. Shit. Shit. Shit. Mijn tenen mogen zo *niet* gezien worden.' Zelfs haar onberispelijke masker van make-up kan de lelijke trek op haar gezicht niet verhullen als ze zo uit volle borst zit te schreeuwen.

Laura Merciers assistente gooit haar make-uptas open en begint er als een dolle in te graaien. 'Hier,' zegt ze nadat ze een wattenschijfje heeft gedrenkt in nagellakremover. 'Ik neem de rechtervoet. Jij doet de linker,' zegt ze, en overhandigt me het kant-en-klare wattenschijfje. Waarom *ik?* Kan niemand *anders* dit doen?

'Ik ben nog niet klaar met deze Blahni –'

'Die maken wij wel af,' valt een van de Twins me in de rede terwijl ze Charlottes schoenen van mijn schoot plukt.

'Doe je ogen dicht,' gebiedt Laura Charlotte, zodat de make-updeskundige Charlottes prachtig paarse oogleden kan bijwerken terwijl Oribe haar opgestoken kastanjebruine lokken in de haarlak zet. Ik kijk om me heen in de volgepakte limousine. Ik vermoed dat ik de enige ben die overblijft voor teennagelcorvee, aangezien Charlottes assistente druk bezig is om zoveel mogelijk Marlboro Lights in Charlottes Judith Leiber-tasje van Tic-Tac-formaat te proppen en haar publiciteitsagente in haar mobieltje zit te schreeuwen om de rode loper voor te bereiden op Charlottes aankomst. Maar alles is vergeven. Charlotte Martin is *werkelijk* een plaatje. Ik heb Julian Tennant naar de Oscaruitreiking gebracht. Het is me *gelukt*. Ik zal de giftige dampen inademen van deze Hawaiian Orchid-nagellak – en haar tweedehands sigarettenrook – en ik zal ervan genieten.

Mijn betovering wordt abrupt verbroken door Charlottes gebrul.

'O nee! Deze juwelen zijn *totaal* verkeerd bij deze jurk,' krijst ze, haar volmaakt gevormde, met saffieren en diamanten getooide ledematen uitstekend alsof ze behangen zijn met goedkope zirkonia's van Claire. 'Ik zie eruit als Ice Cube met al die blingbling terwijl deze jurk schreeuwt om Audrey Hepburn. Wat hebben we nog meer? Ik moet iets eenvoudigs hebben,' gebiedt ze terwijl ze de armbanden van een miljoen dollar per stuk afrukt en ze naar de Twins toe gooit.

'Dat zijn de enige juwelen die we hebben. Weet je nog? We zijn naar Harry Winston geweest en daar heb je uitgezocht wat je wilde hebben,' antwoordt een van de Twins bedeesd.

'Dus je wilt zeggen dat er wat juwelen betreft geen andere opties zijn? Is dat wat je probeert te zeggen?' krijst ze.

'Ja,' zeggen de Wonder Twins in koor.

'Wat is dat?' zegt Charlotte, wijzend op de hand van een van de Twins. Ze draagt een simpele diamant aan haar linker ringvinger.

'Dat is mijn verlovingsring,' zegt de Twin schaapachtig. 'Hij is nog van mijn oma geweest.'

'Geef 'm aan mij,' beveelt Charlotte.

O mijn god. Ik moet mijn kaak van de vloer tillen terwijl de Twin haar verlovingsring van haar vinger draait en hem aan Charlottes vinger schuift.

'Perfect,' verkondigt Charlotte. 'Daar gaat-ie, mensen,' buldert Charlotte als het Kodak Theatre in beeld komt.

De limousine mindert vaart als we het eerste checkpoint van de bewaking naderen. De ramen van de auto mogen dan wel pikzwart getint zijn, ze zijn verre van geluiddicht. Op een blok afstand kunnen we het oorverdovende gebrul al horen van de hordes gillende fans die al dagen op tribunes bivakkeren om een glimp van hun favoriete ster op te vangen. Honderden fotografen en cameraploegen van over de hele wereld staan gespannen te wachten, hun telelenzen op scherp en gericht op de honderdvijftig meter lange rode loper. Het is zover. De Oscaruitreiking. De belangrijkste avond van het jaar voor Hollywood. Ik breng vlug de laatste laag Hawaiian Orchid nagellak op Charlottes kleine teen aan en schuif voorzichtig haar hooggehakte open schoentje aan haar voet.

'Huh, huh, huh.' Charlotte produceert een geluid vanuit haar middenrif alsof ze een cadet is die zich aan het voorbereiden is op de stormbaan, gevolgd door een diep, resonerend 'Yeahhhhhhhhhhhhh,' en opnieuw een staccato 'Huh! Kom op, mensen. We gaan ervoor,' zegt ze als het portier van de limousine voor de deur van het Kodak Theatre openzwaait. Charlotte Martin verandert voor mijn ogen in die prinses van twintig miljoen dollar, stapt in Julian Tennants meesterwerk majestueus uit de auto en heft haar arm op naar haar fans in haar rol van de Koningin van Amerika's Kassucces. Ze zet een plaatje van een pauwenveren-Manolo op...

De Oscar-rodeloper...

Er zijn meer explosies rond Charlotte Martin dan op Onafhankelijkheidsdag. Ze staat pats boem midden in een orkaan van lichtflitsen. En ze *doet* het – ze laat de fotografen haar voorkant zien, haar achterkant, ze draait in het rond en wuift met de oogverblindende bos pauwenveren, duwt één slanke dij naar voren, kromt haar gebruinde rug, tuit die wellustige lippen – ze geeft hun alles wat ze heeft. Het is de Charlotte Martin Show. En de hongerige fotografen en gillende fans vreten haar op; smeken 'alsjeblieft, nog eentje' terwijl Amerika's lieveling zich langzaam over de rode loper begeeft, zwaaiend en glimlachend alsof het niet meer is dan een zondagse picknick met haar naaste familie.

Ik kan hiervandaan meer sterren zien dan ik vanuit de Hubble-ruimtetelescoop zou zien. De opgefokte fotografen weten niet wiens naam ze als eerste moeten roepen. Mijn hoofd tolt van de bulderende kakofonie van megawattnamen – 'Brad en Angie! Kijk eens hierheen! Orlando! Reese! Johnny! Eentje nog! Tom en Katie! Tobey! Leo! Julia! Hier! George! Sienna! Jude!' Jennifer Aniston doet haar act van succesvolle vrouw voor de camera's in een pikzwarte kokerjurk van Givenchy, Nicole Kidman geeft hun een statige Australische koningin in een gouden strapless zandlopervormige YSL-jurk, Gwyneth Paltrow belichaamt een aardse godin in soepel zilverkleurig Stella McCartney-chiffon, maar mijn ogen blijven gericht op – Charlotte Martin. Zelfs Jake Gyllenhaal kan mijn aandacht niet van haar afleiden.

O mijn god, dit maak ik niet mee. Charlotte Martin, de megaster der megasterren, loopt in Julians paarse pauwenmeesterwerk over de Oscar-rodeloper. En ik blijf maar staren, en geniet van mijn triomf.

Charlotte schrijdt over de rode loper en paradeert langs de pers terwijl ze haar gillende fans handkusjes toeblaast. Joan Rivers grijpt haar bij de arm en trekt haar mee naar haar cameraploeg. O mijn god. Nu gaat het gebeuren. Joan Rivers staat op het punt om ons lot te bezegelen. Ik heb een levendige flashback van Joan die aan Björk vroeg of ze dronken was toen ze dat 'kippenpak' aantrok. Ik sta hier op de rode loper te bidden dat Joan Rivers niets tegen vogels heeft. Zal ze ons de Gouden Kleerhanger of de genadeslag geven?

'Je bent *adembenemend*. Deze goddelijke pauwencreatie maakt dat de andere dames eruitzien als een stel kalkoenen,' verkondigt Joan Rivers met de bruuske stem die haar handelsmerk is. *Yes!* 'Charlotte, wie heb je aan?'

'Julian Tennant!' zegt Charlotte dweperig terwijl ik mezelf in mijn arm knijp. 'Hij is een wonderdoener! Zet die naam maar op je lijst met modegoeroes, Joan. Van hem gaan we nog een *heleboel* horen.'

O mijn god, dit maak ik niet *mee*. Mijn handen trillen als ik in mijn slangenleren tasje naar mijn mobieltje zoek om Julian te bellen.

'Julian, zet de tv aan,' schreeuw ik in de telefoon boven het gebrul van de paparazzi uit, die roepen: 'Charlotte, hier, kijk eens hierheen! Charlotte, hier!'

'Waarom kwel je me zo?' mompelt Julian. 'Probeer je me soms serieus onder de zoden te helpen?'

'Julian, zet gewoon channel 2 aan, *nu!*'

'Mij best. Een ogenblikje.' Ik hoor gescharrel en een klap. Bedient Julian de afstandsbediening met zijn voeten?

'Laat me je eens bekijken,' zegt Cojo, en hij draait haar rond voor de camera's van *Entertainment Tonight.*

'*AAAAAAAAAAHHHHHHHHHHHHHHH!*' krijst Julian. 'Is dat – Is dat –' hyperventileert hij.

'Charlotte Martin in jouw pauwenjurk,' krijs ik.

'O mijn god, Lola. Hoe kan dat nou? O mijn god, o mijn god,' piept Julian hulpeloos.

'Julian, hou je kop en luister naar Cojo.'

'Lieve schat, je bent de meest perfecte pauw die ik ooit heb gezien. Julian Tennant is een *genie!*' zegt Cojo dweperig. 'Als ik doodga, zal ik tegen God zeggen dat ik terug wil komen als deze jurk. Hij is *waanzinnig.* Waar heeft dit talent zich al die tijd schuilgehouden?'

'Julian, hoor je dat? Hoor jij wat ik hoor?'

'Sssssssst! Ik zit te luisteren naar Cojo die me een genie noemt! Ik ben hier, Cojo – dit talent heeft zich schuilgehouden in het Chateau,' brult Julian.

'Vlug, Julian, zet *E!* aan,' zeg ik terwijl Charlotte langs de verzamelde pers slentert en blijft staan om de jurk te laten wervelen voor Isaac Mizrahi's camera's.

'Liefje, wat heb jij voor iets goddelijks aan?' Isaac buigt zich over de jurk heen alsof hij de penseelstreken van Cezanne inspecteert in het Musée d'Orsay.

'Ik draag mijn favoriete nieuwe ontwerper. Julian Tennant. Hij is geweldig. Hij is de nieuwe Karl Lagerfeld,' vertelt Charlotte lyrisch.

'Wie kan het nog iets schelen wie die Oscars wint? Jij bent mijn winnares in de categorie Best Gekleed.' Isaac straalt en keert zich naar zijn camera's om vol ontzag zijn hoofd te schud-

den vanwege Julians kunstwerk. Vervolgens draait hij zich weer
om naar de jurk, drukt zijn wijsvinger tegen zijn lippen en voegt
er met een zucht aan toe: 'Stralend. Werkelijk stralend. Deze
ontwerper is helemaal te gek.' Zich weer tot de camera richtend
jubelt Isaac: 'Mijn ogen zijn op je gericht, Julian Tennant.'

'O, en de mijne op jou, Isaac,' krijst Julian. Ik kan de veren van
Julians bed in het Chateau horen piepen terwijl hij erop staat te
springen. 'Isaac zei dat Charlotte zijn winnares was voor Best
Gekleed! Isaac zei dat Charlotte zijn winnares was voor Best Gekleed!' zingt Julian vrolijk. Ik merk dat ik zelf ook wel op en neer
zou willen springen van blijdschap op de rode loper. 'Hoe is dit
nou mogelijk?'

'Vraag niet hoe het kan, maar profiteer ervan,' zeg ik.

'Het is je gelukt, Lola. Het is je gelukt! Het is je gelukt! Het is
je gelukt! Je hebt me op die rode loper gekregen samen met Karl,
Donatella, Oscar, Giorgio, Stella, Marc, Galliano, McQueen.
Pas op wereld, hier ben ik! Dankzij jou ben ik nu een van de grote jongens. Je hebt een mode-icoon van me gemaakt!' schreeuwt
Julian. 'Oké, oké, ik draaf door.' Hij gaat een toontje lager zingen. 'Maar je hebt me wel op de *kaart* gezet – of moet ik zeggen:
de *rode loper*.'

'Julian, trek je smoking uit de kast. Jij en ik gaan de ene fles
Dom na de andere drinken op Patrick Whitesells afterparty.'

'O mijn god, Lola, misschien kun je Graydon zelfs overhalen
om me binnen te laten bij *VF* nu ik een modester ben,' krijst
Julian.

Ik krijg in de zee van Oscargekte mijn familie in het oog, op
het punt om het theater binnen te gaan. 'Julian, er zijn grenzen. Ik heb je bij de Oscaruitreiking gekregen. Mijn taak zit erop.'

'Lola?' zegt Julian zo zacht dat ik hem amper kan verstaan in
de kakofonie op de rode loper.

'Ja?'

'Dank je wel.'

Ik hoef niets te zeggen. De stilte tussen ons zegt alles. Wat een
prestatie. Wat een week. Ik houd de telefoon boven mijn hoofd

zodat Julian hier bij me kan zijn om het delirium van deze Os-cargekte te ervaren. Het is ons gelukt. Het is mij gelukt.

'Kun je dat horen?' zeg ik.

'Of ik het kan horen? Ik geloof dat ik nu doof *en* verlamd ben.

'Het is een zeldzame Prada-flater,' vang ik op. Ik draai me met een ruk om en zie Olivia Cutter in Pruisisch blauwe Prada, en haar gezicht verschrompelt als ze haastig bij Joan Rivers vandaan snelt. Olivia rent naar haar manager John toe om Thor uit zijn armen grissen.

'Julian, vlug, zet Joan Rivers weer aan. Ik moet ophangen.'

Klik.

'Die meid ziet eruit alsof Boy George zijn oogschaduw op een aardappelzak heeft gesmeerd; het is vreselijk, vreselijk, vreselijk!' zegt Joan Rivers klokkend. 'Wie heeft dat arme kind zo de deur uit laten gaan?'

'Adrienne Hunt,' zegt een van de Wonder Twins, die vlak bij haar staan, hulpvaardig.

'Nou, laten we hopen dat die Hunt nooit meer zo'n stunt uit-haalt.'

Waar is Adrienne in godsnaam? Ik hoop dat ze naar Joan Ri-vers zit te kijken. Zit *alsjeblieft* naar Joan Rivers te kijken. *Alsje-blieft*. Ik grijp een van de Wonder Twins bij de arm. 'Ik heb Adrienne Hunt nog niet gezien, en jullie?' vraag ik, en ik doe mijn best om nonchalant te klinken.

'Heb je het nog niet gehoord?' fluistert ze.

'Heb ik *wat* nog niet gehoord?' Ik snak naar een lekkere rod-del.

Ze trekt me tot vlak bij haar gezicht. 'Madonna heeft gister-avond bij haar thuis een etentje gegeven voor Miuccia en –'

'Wacht. Adrienne zei tegen mij dat Madonna in Londen zat en dat zij haar huis mocht gebruiken zolang ze niet in het land is,' val ik haar in de rede, denkend aan Adriennes triomfantelijke ge-zicht toen ze me op Heathrow vertelde dat ze in Madge's land-huis zou verblijven.

'Doe niet zo raar. Adrienne logeert in het Hyatt,' zegt ze. 'En ze kan er maar beter van genieten voor zolang als het duurt,

vant het is veel comfortabeler dan de cel van drie bij drie waar
e naartoe gaat.'

'Wat?'

'Miuccia zag gisteravond op het feestje bij Madonna dat een
an Trudie Styler's vriendinnen een Prada-proefmodel aanhad
waarvan er maar één is gemaakt. Toen Miuccia haar vroeg waar
ze het vandaan had, bekende ze dat ze de jurk op eBay had gekocht.' De Twin zwijgt even om haar woorden kracht bij te zet-
en en vouwt dan haar hand om mijn oor. 'Het schijnt dat
Adrienne honderden Prada-dollars heeft uitgegeven om Miuccia's unieke proefmodellen per koerier naar haar zuster in Wales
op te sturen, en vervolgens *duizenden* dollars in haar zak heeft
gestoken nadat haar zus ze voor haar had verkocht op eBay,' zegt
de Twin vertrouwelijk.

'O mijn god,' breng ik hijgend uit. Het ontwerp voor mijn mini-
tasje stelen in Parijs is één ding, maar stelen van Miuccia Prada?
Adrienne is nog veel boosaardiger dan zelfs ik had gedacht. Ik
denk terug aan de eindeloze uren die ik heb doorgebracht met
bidden, mediteren, Ganesh smeken om Adriennes ondergang,
en nu het moment daar is, is het zelfs nog beter dan ik had gedacht. Game. Set. Match. *Ik.*

De Oscaruitreiking...

Terwijl de beau monde zich haastig naar hun stoelen begeeft in
het Kodak Theatre, kijk ik vanaf mijn plek halverwege de derde
rij tussen mama en Christopher in naar mijn vader, die zijn dodelijke greep op mama's hand loslaat zodat hij op kan staan om
Meryl Streep te omhelzen. Met de hoeveelheid zweet die zich
verzamelt in papa's boord zou je de vijver van het Bel Air Hotel
kunnen vullen. Ik ben bang dat hij M.S.'s make-up misschien
wel ruïneert wanneer zijn zweterige gezicht langs haar porseleinen wang strijkt. Waarom verroert mama zich niet? Ik ben met
stomheid geslagen dat ze niet van de gelegenheid gebruikmaakt
om zichzelf op M.S.'s schoot te parkeren en haar goede kant
naar de door Laura Ziskin geproduceerde camera close-up te

keren. Er zijn op dit moment drie dingen aan mijn moeder waa
ik in mijn zesentwintig jaar als haar dochter nog nooit eerder ge
tuige van ben geweest. Eén: het lijkt haar koud te laten dat we
worden omringd door een zee van mega-supersterren; ze heef
niet één kushandje weggegeven. Twee: ze heeft al ongevee
zeven minuten lang haar mond niet opengedaan. Drie: ze zie
groen. Dan dringt het tot me door: mama is bang dat papa nie
zal winnen. Niet omdat zij het een schande zou vinden. Maa
omdat het hem zou kwetsen. En ze houdt van hem.

'Gaat het?' fluister ik tegen mama, die nauwelijks merkbaar ja
knikt ten antwoord. De lichten in het theater worden gedimd
Mijn moeder klemt haar hand om mijn been als een bank
schroef.

'Ik heb nog nooit zoveel beeldschone vrouwen in zovee
beeldschone jurken gezien als vanavond,' zegt Ellen DeGeneres
als ze het podium betreedt, waardoor mijn vader en moeder tij
delijk uit hun zombie-toestand lijken te komen. 'Ik wist dat ik
daar niet tegenop zou kunnen, dus ik heb maar gewoon dit oude
geval aangetrokken,' zegt ze. 'Nee, niet jij, Peter O'Toole, deze
smoking.'

Ik stop abrupt met lachen als ik een glimp opvang van Olivia
Cutter die twee rijen verder naar beneden Thors paarse vacht
aan het aaien is. John heeft het keffertje zeker stiekem mee naar
binnen gesmokkeld. In een onaangename flits zie ik haar ineens
SMITH aaien – of erger nog – hem *haar* aaien. Een golf van mis-
selijkheid trekt door me heen.

George Clooney stapt het podium op om de Oscar voor Beste
Actrice uit te reiken. Ik ben zo afgeleid door hoe verdomd knap
hij is, dat ik werkelijk even vergeet waar ik ben. Ik heb acteurs
definitief afgezworen, maar misschien zou ik hem in de categorie regisseurs kunnen indelen? Of producers? Ik zou na de Oscaruitreiking rechtstreeks naar Barney's marcheren om die Bot-
tega Veneta slangenleren Amarillo-tas terug te brengen waarvoor
ik heb gesmeekt, geleend en gestolen, om *hem* uit de categorie
acteurs te krijgen. Hij is zo mega-adembenemend dat ik er zelfs
door vergeet hoe belangrijk dit moment is – hij staat op het punt

Olivia Cutters lot te bezegelen. George begint de lijst met genomineerden voor te lezen.

'Catherine Zeta-Jones, voor haar rol als een dappere Wal-Mart medewerkster-annex-alleenstaande-moeder die een opstand onder het personeel leidt in *Silent Smiley Sunday*...'

Terwijl George de andere genomineerden voorleest, hoor ik al niet eens meer wat hij zegt; ik heb het te druk met bidden. Alstublieft God, laat die vrouw, die heks, die halvegare geen Oscar winnen. *Alstublieft*. Ik doe mijn ogen dicht als hij de envelop openmaakt.

'En de Oscar gaat naar –' Ik haal diep adem. 'Catherine Zeta-Jones voor *Silent Smiley Sunday*,' verkondigt hij. Yes!

Ik spring op uit mijn stoel om de staande ovatie in te zetten en kan mezelf er nog net op tijd van weerhouden om een hoorbare jubelkreet te slaken. *Natuurlijk* zou Catherine Zeta-Jones die Oscar winnen, wel *allemachtig*. Juist als ik volop sta te genieten van Olivia's nederlaag, vang ik een glimp van haar op terwijl ze het gangpad door en het theater uit rent in die *rampzalige* Prada aardappelzak, met Thor in haar kielzog. Ineens is mijn dag een *heel* stuk beter geworden.

Renee Zellweger beent op de microfoon af in een nauwsluitende strapless Carolina Herrera om de Oscar uit te reiken voor Beste Acteur. Ik speur het theater af op zoek naar Kate. Daar zit ze, ze zit naast Will Bailey en ma Bailey zit aan zijn andere kant. Als de lichten in het theater worden gedimd en een scène van genomineerde Joaquin Phoenix het scherm boven R.Z.'s hoofd doet oplichten, fluistert Kate iets in Wills oor terwijl ma Bailey zijn haar gladstrijkt. Als de scène afgelopen is, zoomen alle camera's in de zaal in op Joaquin Phoenix, die een en al intensiteit uit zit te stralen op de tweede rij. R.Z. knijpt haar ogen tot spleetjes en tuit haar geverfde lippen als ze verdergaat met de volgende genomineerde.

'En Will Bailey voor zijn portret van Raul Sanchez in *The Day before Today is Yesterday*,' zegt ze, terwijl er een filmpje van Wills optreden als de homofiele Mexicaanse filosoof die wordt vermoord door homofobe bandieten op het scherm wordt geprojecteerd. Als Will op de grond valt in zijn sterfscène gaan de lichten in het theater weer aan en zwenken de camera's naar Will die op de derde rij zit te grijnzen in zijn Prada-smoking. Alle ogen zijn gericht op R.Z. in het midden van het podium terwijl ze de envelop optilt.

'En de Oscar gaat naar... Will Bailey voor *The Day before Today is Yesterday!*' schreeuwt R.Z., en het theater barst los in applaus. Will en Kate springen op uit hun stoel en vallen elkaar in de armen. Wanneer Will over zijn moeder heen springt om zich naar het podium te begeven, grijpt ma Bailey Will van achter bij zijn smokingjasje en trekt hem terug in haar armen voor een kus. Will neemt de trap naar het podium met twee treden tegelijk. Als hij eindelijk bij R.Z. is, geeft hij haar een dikke natte kus op haar lippen en grist de Oscar uit haar handen.

'Ik ben met stomheid geslagen. Ik ben gewoon – eh – met stomheid geslagen. Mam, deze is voor jou,' zegt Will, en zwaait met het gouden beeldje door de lucht. Hij draait zich om en wil weglopen. Wat? Was *dat* het? En Kate dan? Nee! Juist als R.Z. haar blote arm door de zijne steekt om van het podium af te lopen, draait Will zich nog een keer om naar de microfoon. 'O, en ik wil graag mijn fantastische agente bedanken, Kate Woods, die me al sinds het begin terzijde staat.' *God*zijdank. Ik kijk naar Kate. Terwijl de tranen op het hemelsblauwe chiffon van het lijfje van haar Marc Jacobs-jurk vallen, realiseer ik me dat dit de eerste keer is dat ik mijn beste vriendin heb zien huilen sinds die keer, toen we zestien waren, in die badkamer in Texas.

'Omdat het een groene show is –' Ellen DeGeneres heeft haar plaats achter de katheder weer ingenomen en brengt me in één klap terug in het heden '– wil de Academy dat ik een paar van mijn oude grappen recycle.'

Het hele theater buldert van het lachen. Behalve mama – doodstil naast me – en papa – die zelf inmiddels een soort mosterdkleur heeft gekregen. Hij heeft zijn witte knokkels de afgelopen twee uur niet van mijn moeders dij af gehaald. En nu komt het. Papa's lot. De sleep van Julia Roberts' champagnekleurige Gianfranco Ferre piept tevoorschijn van achter de coulissen, waar ze op het teken staat te wachten om met die lange benen het podium op te stappen en te vertellen wie er straks met de Oscar voor Beste Regisseur naar huis gaat.

Het is zover. Julia Roberts loopt naar haar plaats in het midden van het podium, waar ze bijna een meter boven Ellen DeGeneres uit torent. Er loopt een stroompje zweet over papa's wang. Ik overweeg of ik hem Christophers heupfles zal geven, maar bedenk me zodra ik me realiseer dat elke beweging die hij maakt nu door een camera wordt geregistreerd. Ik hoop dat de honderden miljoenen kijkers een Xanax-waas niet herkennen als ze er eentje zien.

Julia Roberts schraapt haar gouden keel. 'En de Oscar gaat naar – mijn favoriete regisseur. Ik wacht nog steeds op een kans om een keer met je te mogen werken –' Oké, J.R., schiet nou maar op. Dit gaat verdomme niet over *jou*. '– *Paulie Santisi* voor *Whispered Screams!*' verkondigt Julia Roberts met die gigantische, fonkelende glimlach.

'O mijn god,' piep ik, en ik spring op uit mijn stoel. Papa blijft in shock op zijn stoel geplakt zitten terwijl het hele Kodak Theatre onder luid geraas gaat staan. Mijn moeder komt onmiddellijk weer tot leven, hijst hem overeind en slaat haar armen om hem heen, bedekt zijn gezicht met kussen. Uiteindelijk glimlacht hij – iets wat ik hem niet meer heb zien doen sinds, o – *eeuwen*. De mosterdkleur van zijn huid gaat langzaam weer over in olijfkleur. Tom Hanks steekt zijn armen naar hem uit vanuit de rij voor ons terwijl papa door het gangpad loopt. Hij ziet er wankel uit als hij de trap op klimt om zijn Oscar in ontvangst te nemen. Ik ben even uit balans gebracht door de plotselinge golf van emoties die me overspoelt. Het is een gevoel waarvan ik niet had gedacht dat ik het ooit voor mijn vader zou voelen – oprechte blijdschap.

'God, het voelt echt fantastisch om weer terug te zijn,' zegt papa, die zijn Oscar bij de strot grijpt. De menigte klapt terwijl papa ongelovig zijn hoofd schudt. 'Ik wil graag mijn vrouw bedanken, Blanca, die al vijfendertig jaar lief en leed met me deelt en nog altijd even mooi is als toen we elkaar leerden kennen. Mijn kinderen, Christopher en Lola, ik hou van jullie.'

Ik kijk naar Christopher, die stoïcijns naast me zit, en vraag me af of hij denkt wat ik denk – dat onze vader een podium nodig heeft om ons te vertellen dat hij van ons houdt. Ik pak mijn broers hand en knijp er hard in.

'Au, dat doet pijn,' fluistert hij, mijn blik zoekend.

'Sorry,' zeg ik, en beantwoord zijn blik terwijl er een traan over mijn wang rolt.

In de limousine op weg naar Mortons voor het *VF*-feest moet ik onwillekeurig denken aan hoe Julian zich *vergist* heeft. Happy Hollywood Endings bestaan wel degelijk in het *echte* leven. In Hollywood althans.

Vanity Fair redux

2 uur, 30 minuten, 19 seconden nadat de Oscar voor Beste Regisseur is uitgereikt.

Sprong in de tijd naar: tweeëneenhalf uur, een glas champagne en minstens één van oom J.'s whisky met water later. De haarspelden in deze wrong bezorgen me puntbloedinkjes op mijn hoofdhuid. Ik ben dronken. Ik ben misselijk van die In-N-Out-cheeseburger – en de aanblik van SMITH's tong zo diep in Olivia Cutters keel dat hij haar een blindedarmoperatie zou kunnen geven. *En* ik heb zojuist mijn vader aangetroffen in een wc-hokje bij Morton's op het *VF*-feestje met zijn glimmende gouden Oscar stevig in de ene hand geklemd en *Charlotte Martin*'s zonnebankbruine, in paarse pauwenveren gehulde kont in de andere.

Ik moet hier weg. Ik moet Kate vinden. De deur van het toilet slaat achter me dicht. Terwijl ik op deze naaldhakken mijn evenwicht probeer te bewaren, overvalt het me ineens als een wolkbreuk van Oscars.

Kennelijk bestaan Happy Hollywood Endings zelfs niet *in* Hollywood.

Bij nader inzien is het wel *echt* Hollywood – of niet soms? Amerika's lieveling die door mijn vader genomen wordt in de paarse pauwenjurk waar Julian zijn handen op kapot heeft gewerkt en die gemaakt is van stof uit het *damestoilet* van Empress Pavilion in Chinatown voor Olivia Cutter die het nu doet met mijn niet-meer VRIENDJE. Als ik mijn verhaal zou opdissen aan

Stacey Snider van DreamWorks zou ze tegen me zeggen dat he
overdreven was. Mijn antwoord: *natuurlijk* is het dat.

De hemel zij dank, daar zie ik Kate door de menigte op me a
stormen. Maar alle kleur is uit haar gezicht weggetrokken, er
haar blauwe ogen lijken grijs. Haar donkere chocoladekleurig
haar danst wild om haar hoofd. Haar Marc Jacobs-jurk hangt al
een hobbezak om haar lijf, hetgeen een ware prestatie mag hete
met zo'n perfect gevormd figuurtje. Ze staat niet op het punt on
zichzelf van kant te maken. Ze staat op springen. Dit is pas d
derde keer in de elf jaar dat ze mijn beste vriendin is dat ik eer
barstje heb zien verschijnen in haar stoere stoïcijnse buitenkant
Ik grijp haar schouders beet om haar in evenwicht te houden.

'Jij eerst,' zeg ik.

'Mijn leven is voorbij,' roept ze uit. 'Will Bailey heeft me zo
juist *ontslagen*.'

'Ik heb mijn vader zojuist betrapt terwijl hij *Charlotte Martin*
nam in het toilet.' Zo staan we elkaar daar zwijgend en in shock
aan te staren, het gewicht van deze hele kloteweek zwaar drukkend op onze in couture gehulde schouders.

'Heb je gehoord wat ik zei?' zegt Kate verbijsterd.

'Heb jij gehoord wat *ik* zei?' zeg ik, net zo verbijsterd. 'Jezus,
het spijt me,' zeg ik. 'Gaat het?'

'Met jou dan?'

'Jawel,' zeg ik ten slotte. 'Ja, het gaat wel.' Ik mag dan wel
dronken zijn, en misselijk, maar het gaat. Papa zal *nooit* veranderen. Maar ik wel. En voor het eerst in mijn leven, voel ik iets
voor mijn vader wat ik nog nooit heb gevoeld: aanvaarding – van
wie en wat hij is. 'Het gaat wel,' zeg ik nogmaals.

'Daar ben ik blij om. Met mij gaat het niet. Will zei dat hij, nu
hij een Oscar heeft, graag een niveau hogerop wil. Hij zei dat ik
hem altijd zou zien als die knul die bij Zpizza werkte, maar dat
Ed Limato hem ziet als *filmster*,' zegt Kate.

'O mijn god. Will heeft je daarnet nota bene nog bedankt op
de landelijke televisie,' zeg ik ongelovig.

'Vertel mij wat. Nu kan ik die baan bij CAA wel vergeten.'

'Will Bailey en zijn *mammie* kunnen doodvallen. Je hebt Will

Bailey niet nodig om een baan bij CAA te krijgen.' Kate kijkt onzeker, een gezichtsuitdrukking die ik niet gewend ben bij haar te zien. Maar terwijl de woorden over mijn lippen rollen, word ik steeds *zekerder* van mezelf. Net zomin als Kate Will Bailey nodig heeft om een baan bij CAA in de wacht te slepen, heb ik papa niet nodig, of een of ander Dom Acteursvriendje om te komen – nou ja, waar het dan ook moge zijn dat ik komen wil. 'Kate, Will Bailey verdient jou niet. En je *zult* de *nieuwe* Will Bailey vinden,' zeg ik, en ik weet dat mijn beste vriendin diep van binnen weet dat ik gelijk heb. En *ik* weet diep van binnen dat het wel goed komt met mij. Beter dan goed. Ik heb deze Oscarweek overleefd en mijn hele Hollyweird-leven tot nu toe. En ik sta nog steeds stevig in mijn Louboutins met hakken van tien centimeter hoog. 'En je hebt pas nog dat contract van vijf miljoen dollar voor Will gesloten met Sony, dus die commissie mag je gewoon houden, toch?'

'Ik heb Sony zelfs omhoog gekregen naar zeveneneenhalf procent.'

'Ik ben trots op je. Kom hier,' zeg ik, en ik sla mijn armen om haar heen om haar te omhelzen. 'Kate, Will *is* per slot van rekening *acteur*, wat had je dan verwacht?' zeg ik met een uitgestreken gezicht.

'Jouw vader *is* per slot van rekening regisseur. Wat had je dan verwacht?'

'Meer.'

'Ik weet het,' zegt Kate, en beantwoordt mijn omhelzing. 'Die acteurs kunnen de pot op. Van nu af aan werk ik alleen nog maar met schrijvers, regisseurs, en *dieren*,' zegt ze, weer helemaal de oude Kate.

'Kom mee, we gaan Christopher zoeken en dan knijpen we er tussenuit,' zeg ik.

'Kate, lieverd, je zult ons even moeten excuseren,' zegt mijn moeder, die opgewonden met haar handen wappert terwijl ze zich aansluit bij onze omhelzing. 'Kom, Lola, *Bernard Arnault* wil kennismaken met *jou*!' zegt ze, en ze pakt me bij de arm en sleept me mee naar de Bill Gates van de modewereld, een parmantige man met grijs haar in een onberispelijk zittende smoking. Ik probeer vlug het aantal Louis Vuitton, Christian Dior, Marc Jacobs en Fendi-tassen, -jurken, -schoenen en -zonnebrillen te berekenen dat is verkocht om van hem de op zes na rijkste man ter wereld te maken. Ik moet mezelf tot de orde roepen voordat ik een modeberoerte krijg en mezelf op zijn Vuitton-schoenen grand mal.

'Ik ga Christopher en de auto vast halen,' roept Kate ons na.

Mama poot me neer voor de president-directeur van Louis Vuitton Moët Hennessy. 'Bernard, hier is ze. De vrouw die Charlotte Martin vanavond in Julian Tennant heeft gehesen. Ik zal jullie even rustig laten babbelen,' zegt ze, en ze verdwijnt in de mensenmenigte.

'Gefeliciteerd, Lola. Je moeder vertelde dat jij verantwoordelijk bent voor Julian Tennants succes op de rode loper vanavond,' zegt Bernard.

'Nou, ik kan niet in mijn eentje met de eer gaan strijken; Julian is degene die de mooiste jurk heeft ontworpen die ik ooit heb gezien,' zeg ik.

'Ik zou het bedrijf graag willen kopen,' zegt hij.

Ik staar hem ongelovig aan. Bernard Arnault kan dit niet *menen*. Of wel? Hij ziet er niet uit als een man die grapjes maakt als het over *mode* gaat. Ik staar hem onderzoekend aan. O mijn god, hij is doodserieus. De president-directeur van LVMH wil Julians bedrijf *kopen*!

'Ik volg Julians carrière al sinds zijn eerste show en ik heb altijd geloofd dat hij het in zich had om net zo groot te worden als Marc Jacobs,' zegt Bernard. 'Vanavond heb jij bewezen dat ik gelijk had. Ik ben nog tot woensdag in de stad. Ik zou graag met Marty Glickman rond de tafel willen gaan zitten. Is dat iets wat jij kunt regelen?'

'Nou ja, dat zou ik wel kunnen – maar Marty is niet meer de eigenaar van Julian Tennant.'

'O. Sinds wanneer niet meer?'

'Sinds vanochtend,' zeg ik, en onwillekeurig breekt er een grote grijns door op mijn gezicht.

'Met wie moet ik praten om deze deal rond te maken?'

Diep louterend ademhalen. Doe *alsof*. NEE! Maak daarvan, *doe het*. 'Met Julian,' zeg ik. 'En met mij. Het Chateau. Morgen. Eén uur?'

'Ik verheug me erop,' zegt hij.

'Tot dan,' zeg ik, en Bernard Arnault loopt weg om Uma Thurman te omhelzen.

Alsjeblieft, Marty Glickman. *En* Adrienne Hunt. *En* Olivia Cutter. *LVMH* gaat Julian Tennant *kopen*. Mijn BHV wordt nog groter dan Marc Jacobs.

Ik draai me om en zie mama aan de andere kant van de kamer staan kletsen met Katie Couric. Ze draait zich om en kijkt naar me en houdt haar hand omhoog om haar duim naar me op te steken. Ik werp haar een kushandje toe en word ineens overspoeld door een golf van liefde voor mijn moeder, die op haar eigen manier haar best doet voor ons allemaal. Ze werpt een kushandje terug. En als ik mijn vader door de kamer zie lopen met die Oscar in zijn ene hand en zijn andere hand naar mama uitgestoken, weet ik dat ze op hun eigen manier net zo vanzelfsprekend zijn als Lucy en Desi – of om het even wat in Hollywood. En ik weet dat ik haar nooit van zijn levensdagen zal vertellen wat ik vanavond in dat wc-hokje heb gezien.

Ik storm naar buiten om Kate en Christopher het waanzinnige nieuws te vertellen. Ik *moet* het hardop zeggen tegen mijn beste vriendin en mijn grote broer zodat ik zeker weet dat ik niet droom – iets waar ik heel bang voor ben. Ik zie Christopher staan praten met – Cricket, die staat te stuiteren. Wat doet *zij* hier – en waarom staat ze te stuiteren als een springer spaniël? Waar is Kate? O, daar is ze, in gesprek gewikkeld met – *Bryan Lourd*. Misschien is het dan *toch* een droom. Ik ren op Cricket en Christopher af.

'Ik heb de rol! Ik heb de rol!' krijst Cricket.

'Rustig aan. Welke rol? En zou je alsjeblieft kunnen stoppen met stuiteren?'

'O, sorry,' zegt ze, en ze plant haar Jimmy Choo's stevig op de stoep. 'Ik ben de *nieuwe* Nicole Kidman. Jerry Bruckheimer heeft me zojuist ingehuurd om te schitteren naast Orlando Bloom in *Days of Thunder 2!*' schreeuwt ze.

'O mijn god!' piep ik, en ik grijp Cricket beet. Ik kan de neiging om te stuiteren zelf niet weerstaan. Ons ge-pogo wordt onderbroken door een bekende stem.

'Hoi, Cricket, Bryan Lourd,' zegt hij, en steekt zijn hand tussen Cricket en mij in om zichzelf voor te stellen aan mijn BAO. 'Gefeliciteerd met de Bruckheimer-film,' zegt hij, en hij schudt Cricket de hand.

'Dank je,' zegt Cricket.

'Ik zou graag willen dat je morgen naar ons kantoor komt zodat ik je aan iedereen bij CAA kan voorstellen,' zegt hij.

'Ik waardeer het aanbod, Bryan, maar ik heb al de beste agente van de wereld. Ze is slim, ze is gedreven, ze is loyaal, ze is –'

'Ik weet het. Daarom heb ik Kate zojuist in dienst genomen,' valt Bryan Cricket in de rede.

'*Wat* zeg je?' zeggen Cricket, Christopher en ik in koor.

'Jullie hebben de man gehoord. Ik stap over naar CAA,' antwoordt Kate, die ineens opduikt achter Bryans schouder, stralender dan de Grote Beer.

'Kate en ik hebben nog een ander project waar we het met je over willen hebben, Cricket,' zegt Bryan. 'Paramount heeft besloten om Olivia Cutter te dumpen en met onbekende namen te gaan werken voor de remake van *Grease*, en we denken dat jij daar echt geknipt voor zou zijn. Cricket, Kate, ik bel jullie morgen,' zegt Bryan, die zich omdraait en weg wil gaan. 'En Kate? Je kunt me maar beter een hele doos vol Montblancs sturen. Er moeten heel wat contracten getekend worden. Misschien heb je nog wat suggesties voor de nieuwe Danny Zuko. We zetten Olivia's keuze aan de kant.'

Kate, Cricket en ik doen een enorme groepspogo zodra Bryan zich heeft omgedraaid. Natuurlijk, ik ben dolblij dat mijn BV en mijn BAO nu precies krijgen wat ze verdienen. Maar is het niet zalig dat dat ook voor SMITH geldt? Ik kan het niet helpen dat ik, al stuiterend op mijn Louboutins, uit volle borst sta te zingen: *YOU'RE not the one that I want, oh-hoo-hoo, honey.*

Ineens hoor ik ergens dat vertrouwde, irritante, Britse accent. Ik draai me om en krijg de bron van *die* stem in het vizier – ene Adrienne Hunt – van top tot teen gehuld in Prada, Gitane in de mond, vrij op borgtocht naar ik vermoed, precies op de plek waar ze thuishoort – *achter* het roodfluwelen koord.

'Kijk dan *nog een keer*. Adrienne Hunt. H-U-N-T. Graydon heeft me *persoonlijk* op de lijst gezet.'

'Het spijt me, juffrouw, maar uw naam is doorgestreept.' *Au.* Kennelijk verspreidt nieuws zich in Hollywood sneller dan op CNN.com. Voordat het volledig tot me doordringt hoe gemeen karma eigenlijk is, hoor ik –

'Lola.' Ik draai me met een ruk om. Het is SMITH.

'Lola,' roept iemand van de andere kant. Ik draai me om. Het is Jake Jones.

Ik wend mijn blik af en zie George Clooney staan. Hij glimlacht. Glimlacht hij nou naar *mij?* O god. O nee. Hij glimlacht naar me. Ik kijk naar SMITH, dan naar Jake Jones, dan weer naar George Clooney. SMITH. Jake Jones. George Clooney. SMITH. Jake Jones. George Clooney. *Ze kunnen allemaal doodvallen.* Ik SPRING, REN, HUPPEL, STUITER, STORM weer terug naar dat rechte pad – *voorgoed.* Ik ben Lola Santisi en ik ben een *genezen* Acteurholist. Dag één en de teller loopt. Ik kijk nog een laatste keer naar SMITH, Jake Jones, en George Clooney, en dan begin ik in de andere richting te rennen – nee, *sprinten.*

'AAAAAAAAAAAAAAAAHHHHHHHHHHHHHH!' De tien centimeter hoge naaldhakken van mijn Louboutins glijden weg op de stoep en ik knal in volle vaart met mijn hoofd tegen Charlotte Martin op, die staat te kotsen tegen een palmboom.

'Eens even kijken, feesten met Leo, Jude, Orlando en Owen op Patrick Whitesells supermega-afterparty in een of ander fabelachtig landhuis in de Hollywood Hills *of* rondhangen op de afdeling spoedeisende hulp van Cedars,' zegt Julian, die in zijn Gucci-smoking de volgepakte, fluorescerend verlichte wachtkamer binnenstapt, waar Kate, Christopher en Cricket de afgelopen drie kwartier plichtsgetrouw aan mijn zijde zijn gebleven.

'Julian, het spijt me zo,' zeg ik, en ik krimp ineen wanneer Christopher de zak met ijs op mijn gezwollen enkel verlegt.

'Hou je kop. *Bernard Arnault* wil mijn bedrijf kopen omdat *jij* ervoor hebt gezorgd dat Charlotte Martin mijn paarse pauwenjurk naar de Oscaruitreiking heeft gedragen. Je hebt een verlaat-de-Julian-gevangenis-zonder-betalen kaart voor het leven. Bovendien, ik werk voor je. Jij bent nu de president-directeur van Julian Tennant,' zegt hij. 'En ik ken drie vrouwen die absoluut perfect zullen zijn als hoofdnaaisters voor Maison Julian!'

'Als je Imas, Maria en Isabella wilt hebben, zul je met Larry Gagosian om hen moeten vechten,' zeg ik. 'Dankzij mij gaat hij een expositie houden in zijn galerie van die Slecht Behandeld Quilt waar ik je over heb verteld. Half Hollywood staat erop!'

'Ik heb het gevoel dat Jake Jones en Olivia Cutter niet in de rij zullen staan om 'm te gaan zien,' zegt Cricket.

'SMITH ook niet.' Ik glimlach. 'Isabella blijkt zijn huishoudster te zijn geweest.'

'We hebben heel wat te vieren,' zegt Julian. 'Christopher, zou jij de honneurs waar willen nemen?' Hij overhandigt mijn broer de fles Cristal die hij onder zijn arm heeft.

'Ik wil graag een toost uitbrengen,' zeg ik, en ik hef mijn plastic bekertje met champagne in de lucht. 'Op ons allemaal, omdat we Oscarweek hebben overleefd. Zonder jullie zou het allemaal betekenisloos zijn. Op mijn BHV, die nog groter wordt dan Marc Jacobs; op mijn BV, de CAA mega-agente; op mijn BAO, de *nieuwe* Nicole Kidman; en op mijn grote broer Christopher, wiens documentaire *Burning Man* volgend jaar voor een Oscar genomineerd zal worden – als-ie 'm nou eindelijk een keer afmaakt: ik hou van jullie.'

'Wij ook van jou,' echoën ze terug.

Christopher buigt zich naar Kate toe om haar te kussen. Zelfs haar rinkelende mobieltje – of is dat haar BlackBerry? – weerhoudt haar er niet van om zijn kus te beantwoorden.

'Lola Santisi,' roept een verpleegster.

Ik kom strompelend uit mijn stoel en volg haar naar een klein, steriel kamertje waar ik me moeizaam op de onderzoekstafel hijs.

Zittend onder de buitengewoon onflatteuze fluorescerende lampen, besef ik weer wat voor gruwelhekel ik aan ziekenhuizen heb. Maar terwijl ik hier met mijn kapotte Louboutin in de hand moederziel alleen naar mijn verstuikte enkel zit te kijken, realiseer ik me dat *ik* allesbehalve kapot ben. Voor het eerst in mijn hele Hollyweird-bestaan. Ik voel me goed. Ik ben er *gekomen*. Ik weet niet goed of *dit* nu wel precies is *waar* ik wil komen – maar het is een begin. En ik hou het voorlopig even bij platte schoenen.

Er wordt op de deur geklopt.

'Binnen,' zeg ik.

De deur zwaait open en wie komt er binnen... Therapie Gozer. Wat doet hij hier nou? En waarom heeft hij een witte jas aan? Ik tuur naar zijn naamkaartje. Dokter Levin? Dokter Levin is – Therapie Gozer?! Jawel, hoor. Al die tijd heeft er een *levensechte dokter* bij dokter Gilmore in de wachtkamer gezeten. Niet iemand die voor dokter speelt, niet iemand die bij Lee Strasberg is geweest: iemand die daadwerkelijk medicijnen heeft gestudeerd. Ik kijk glimlachend in die vriendelijke ogen en hij glimlacht direct terug.

'Wauw, wat zie je er mooi uit,' zegt dokter Levin, met een blik op mijn Julian Tennant-jurk. 'Iets te vieren?'